HELLCROSSED – DEUTSCHE AUSGABE

DIE RAVEN CURSED-SERIE
BUCH FÜNF

MCKENZIE HUNTER

ANNA DRAGO

McKenzie Hunter

Hellcrossed – Deutsche Edition

© 2022, McKenzie Hunter

McKenzieHunter@McKenzieHunter.com

Cover: Orina Kafe

Übersetzung: Anna Drago

Lektorat (Deutsch): Katrin Dolle

ISBN: 978-1-946457-48-6

DANKSAGUNGEN

„Bücher sind eine gute Gesellschaft, in traurigen wie in glücklichen Zeiten, denn Bücher sind Leute – Leute, die es geschafft haben, am Leben zu bleiben, indem sie sich zwischen den Buchdeckeln versteckt haben." - E.B. White

Jedes Mal, wenn ich ein Buch fertiggeschrieben habe, werde ich daran erinnert, dass es ein Publikum gibt, das bereit ist, meine Geschichte zu lesen. Ich bin für immer dankbar, Leser zu haben, die sich für Erins Reise interessieren. Danke.

Ich möchte auch Elizabeth Bracker, Márcia Silva, Robyn Mather, Sherrie Simpson Clark, Stacey Mann und meinen Lektoren Meredith Tennant und Therin Knite meine Wertschätzung und meinen Dank für ihre Hilfe bei Erins Abenteuer aussprechen.

Wärme leckte meine Haut, und ein strenger, würzig-pfeffriger Duft hüllte mich ein. Ich war auf Händen und Knien, in derselben Position, in der ich gewesen war, als ich nach Halt gesucht und verzweifelt versucht hatte, Dareus davon abzuhalten, mich in das Dämonenreich zu schicken. Meine Finger pochten, ein paar Nägel waren eingerissen.

Ein sanftes, melonenfarbenes Leuchten drang durch die offenen Fenster herein und gab mir genug Licht, um zu erkennen, dass ich mich in einem Haus, in einem Schlafzimmer, befand. Wessen Haus? Als ich die Klinge aus meinem Schuh zog, war ich dankbar, aber zu panisch, um mich darüber zu freuen, dass sie bei der Durchsuchung vor dem Betreten des Clubs nicht beschlagnahmt worden war. Mein Herz raste; ich atmete langsam und kontrolliert ein, um mich zu stärken und zu entspannen. Meine Handflächen waren verschwitzt, was es schwierig machte, das Messer zu halten, während ich aufstand und mich im Zimmer umsah. Ich wischte mit der Hand durch die Luft und schloss die offene Tür. Meine Magie funktionierte! Es löste zwar nicht die Anspannung und Angst in meinem Magen, aber das Wissen, dass ich meine Magie hatte, linderte meine Angst ein wenig.

Das Zimmer war groß und minimalistisch eingerichtet. Modernes Himmelbett, Schrank, ein einzelner Nachttisch mit mehreren darauf gestapelten Büchern. Ich fand den Lichtschalter und betätigte ihn. Nackte, cremefarbene Wände. Keine Bilder, Dekoration oder Hinweise darauf, dass dieser Raum einem anderen Zweck diente als dem Schlafen. Lesen vielleicht. Ich hielt mein Messer in der Hand und ließ meine Aufmerksamkeit zwischen der Tür und den Büchern auf dem Nachttisch hin und her wandern. Beim Durchblättern der Seiten entdeckte ich Zeichnungen von Sigillen und etwas, das wie Zaubersprüche in einer unbekannten Sprache aussah. Vielleicht hatten Dämonen wie die Elfen ihre eigene Sprache.

Als ich zum Schrank ging, fand ich eine Schublade voller Männerkleidung und weitere Bücher. Ein Talisman, ein Buch mit Runen darauf, Tannin, Salz, Fenchel, ein Athame und ein Messer mit Symbolen, die in die Klinge graviert waren und nicht in den Griff. Neugierig, für welches zeremonielle Ritual Messer und Athame verwendet wurden, nahm ich das Messer, weil es größer war als das kleine, das ich aus meinem Schuh geholt hatte. Dann machte ich mich auf den Weg durch das Haus. Es war ein kleines Haus, nur zwei Schlafzimmer, eine bescheidene Küche, ein Wohnzimmer und ein Arbeitszimmer, das in eine Bibliothek umgewandelt worden war. Das Einzige, was dem Haus Persönlichkeit und einen Hauch von Wärme verlieh, waren die hochwertigen Holzmöbel. Nachdem ich festgestellt hatte, dass ich allein war, entschied ich mich, mich gründlicher umzusehen.

Sofort kehrte ich in die Bibliothek zurück. Auf dem Schreibtisch neben einem Stapel Bücher war in großen, scharfen Schleifen mein Name auf ein Blatt Papier geschrieben. Von Elfen Berührte stand unter meinem Namen vermerkt. Es war mit so viel Druck geschrieben worden, dass das Papier stellenweise eingerissen war.

Ich war mir sicher, dass ich in Dareus' Haus war. Wohin sonst würde mich dieses Arschloch schicken? Ich setzte mich an den Schreibtisch und blätterte in den Büchern. Sie waren alle in der unbekannten Sprache geschrieben. Keine Hilfe für mich.

Ich ging zum Bücherregal und sah mir jedes Buch sorgfältig an, in der Hoffnung, etwas auf Latein oder Englisch zu finden, das ich lesen konnte. Es gab mehrere auf Englisch. Die Bücher, die ich nicht kannte oder die ich nicht selbst besaß, waren meine Priorität.

Ich ließ mich auf den Schreibtischstuhl fallen, warf meinen Pferdeschwanz über die Schulter und wickelte meine Haare zu einem Knoten. Dann ging ich die Bücher durch, las jeden Zauber sorgfältig und hoffte, etwas Nützliches zu finden. Nichts.

Mein Vertrauen in meine Fähigkeit, einen Zauber zu weben, ging gegen null. Dareus hatte mir ein Dämonenmal verpasst, aber Elizabeth hatte den Zauber beschworen, um mich hierher zu schicken. Ich wusste, dass der Zauber aus zwei Teilen bestand, sonst könnte er von jedem ausgeführt werden, und Elizabeth hatte sich das Vergnügen gewünscht, mich in das Dämonenreich zu schicken.

Ich stand auf und ging im Raum auf und ab, hin und her und ging die Ereignisse dieser Nacht noch einmal durch. Meine Mutter hatte einen Deal mit Dareus gemacht, wahrscheinlich, um mich zu töten, um ihre Magie zu verstärken, damit sie eine weitere Armee erschaffen konnte. Im Gegenzug dafür hatte sie ihm Zugang zu einer Elfe versprochen, was ihn körperlich machen würde. Der Hexenkörper, den Dareus benutzte, war nur ein dürftiges Gefäß für seine Magie. Der Deal sollte eine hübsche und saubere Schleife sein, konstruiert durch Mord und Bosheit.

Doch als Dareus erfahren hatte, dass meine Mutter ihm keine Elfe liefern konnte, hatte er Malific verraten und sich mit Elizabeth verbündet. Sein Verrat musste wehgetan haben. Das war das Einzige, was mir Trost spendete. Hatte sich der Verrat gelohnt? Sie würde ihn dafür bezahlen lassen. Gewalt war ebenso Teil ihres Wesens wie ihre Gliedmaßen. Sie schien nicht in der Lage zu sein, ohne zu funktionieren. Oder besser gesagt, sie weigerte sich, ohne zu funktionieren. Gewalt war für sie genauso wichtig zum Leben wie Luft zum Atmen.

Elizabeth, meine moralisch fehlgeleitete Tante. Das Einzige, was sie am Leben hielt, war der Schwur, den meine Mutter leisten musste, um an mich heranzukommen. Der Schwur beschützte sie, Nolan und die Elfen. Ich war jedoch von diesem Schutz ausgenommen.

Hoffnungslosigkeit machte sich breit. Ich befand mich in einer Abwärtsspirale und ließ mich davon mitreißen. Es musste etwas geben, das ich tun konnte. Ich war halb Elfe, halb Göttin, und ich würde mich unmöglich von einem Dämon und einer selbstgerechten Elfen-/Feen-Hybriden besiegen lasse.

Ich wurde mir der Realität bewusst. Das war eine Menge Magie, mit der ich zu kämpfen hatte. Dann begann die Verzweiflung und wuchs, je länger ich auf- und abging. Ein scharfer Schmerz schoss durch mich und hinterließ eine Leere, als ich mir vorstellte, dass Mephisto versuchen würde, mich zu finden. Wir hatten so wenig Zeit miteinander gehabt. Ich hatte nie die Gelegenheit bekommen, zu erkunden, was aus uns hätte werden können. Ich verdrängte das Gefühl; es ließ meine Verzweiflung nur wachsen.

Maddie raste wahrscheinlich durch die Stadt und versuchte herauszufinden, was passiert war. Hatte sie gesehen, was im Club geschehen war? Wussten sie, dass Elizabeth beteiligt war, oder würden sie es nur mit Malific in Verbindung bringen? Es gab so viele unbeantwortete Fragen.

Auf ihre Hilfe zu warten, war keine Option. Ich musste selbst einen Ausweg finden.

Das Dämonenmal verhöhnte mich zusammen mit Elizabeths Abschiedsworten. Ich musste gerufen werden.

„Nolan wird dir das nie verzeihen", hatte ich im Gegenzug gesagt.

Und ihre Antwort? „Er wird es nie erfahren. Du hast bekommen, was du wolltest: Du bist nicht mehr an Malific gebunden. Ich bezweifle, dass er erwartet, dass du noch mehr von ihm wollen würdest. Ich habe meinen Zweck dir gegenüber erfüllt. Jetzt erfüllst du deinen für uns. Lebewohl, Erin."

Dass sie mich damit verhöhnt hatte, ich sei arrogant genug zu glauben, ich könnte lernen, gerufen zu werden, um zurückzukehren … Nein, so arrogant war ich nicht, ich war so wütend. Hass und Rachedurst waren schreckliche Gefühle, aber sie brannten durch die Verzweiflung und waren jetzt wie ein Inferno, das in mir wütete.

Was machte es mit einem, wenn man seine eigene Mutter tötete? Gute Frage. Was machte es aus einem, wenn man Mutter und Tante tötete? Ich wollte es herausfinden.

Der Schleier. Vielleicht könnte ich über den Schleier nach Hause zurückkehren. Als ich mitten in der Bibliothek stand, versuchte ich, ihn mir vorzustellen, und erinnerte mich an das erste Mal, als ich versehentlich dorthin gegangen war, nachdem ich mir Mephistos Magie ausgeliehen hatte. Ich stand still und dachte daran, wie ich vor Mephisto gestanden hatte, wie seine Magie durch meinen Körper pulsiert und ich in eine neue Welt eingeführt worden war. Eine mit geflügelten Übernatürlichen, Feen, Wandlern und Magiern, die mächtiger waren als alles, was wir je erlebt haben, was zu Machtkämpfen im Schleier führte, wie wir sie in unserer Welt nie erlebt hatten.

Ich holte tief Luft und versuchte, die durchsichtige Wand zu sehen, die die Welten trennte. Ich konzentrierte mich stärker, als ich nichts sah, machte Pausen, um zu meditieren, mich zu zentrieren und meine Konzentration zu verbessern. Ich musste das tun. Nach sieben Versuchen war ich erschöpft. Ich wartete zwischen den einzelnen Versuchen, um zu sehen, ob es mit Verzögerung passierte. Doch es passierte nicht. Erschöpfung überwältigte mich. Ich brauchte Schlaf. Essen und Schlaf. Aßen Dämonen? Ich dachte darüber nach und machte mich auf den Weg in die Küche.

Wenn er eine Küche hatte, musste er essen. Vampire brauchten kein Essen, obwohl alle, denen ich begegnet war, eine Küche für Gäste hatten. Dunkle Gedanken darüber, was die Dämonen als Nahrung betrachteten, schlichen sich immer wieder in meine Gedanken ein.

Zu meiner Erleichterung gab es Essen, und es war nicht allzu widerlich. Es gab einen Behälter mit gepresstem Fleisch, das verdächtig aussah und noch schlimmer roch. Eine Salatsorte, die einen starken Geruch nach Senf und Gurken verströmte. Ich war hungrig genug, um nicht wählerisch zu sein, und wollte den Salat gerade versuchen, als ich ein paar Eier, Nektarinen und Brot fand.

Die Eier waren größer als die in unserer Welt, und die Schale war grau, aber es war Nahrung, und ich musste essen.

Ich machte mir ein Eiersandwich, aß es und die Nektarine und die Linsensuppe aus der Dose, die ich in der Speisekammer gefunden hatte. Es gab Fleisch im Gefrierschrank und jede Menge Konserven und Reis. Während ich aß, fragte ich mich, ob ich lange allein im Haus bleiben würde. Lebte Dareus mit jemandem zusammen? Würde ich im Schlaf angegriffen werden? Alles, was in den letzten Tagen passiert war, machte mich argwöhnisch und paranoid.

Bevor ich schlafen ging, schob ich den Schrank vor die Tür. Dabei zerkratzte ich den Holzboden. Ich muss zugeben, dass ich nicht vorsichtig gewesen war. Befriedigt betrachtete ich die tiefen Furchen. Die kleinliche Stimme in mir empfand es als tröstlich genug, um leichter einzuschlafen als erwartet.

Ich erwachte zu einem gedämpften grünlichen Gelb, das die Sonne des Dämonenreichs zu sein schien. Eine Erinnerung daran, dass ich nicht zu Hause in meinem Bett war. Die Matratze, die nur wenig weicher als der Boden war, war eine weitere Erinnerung daran. Ich durchsuchte das Zimmer nach einer Zahnbürste und Toilettenartikeln. Keine Zahnbürste. Also putzte ich mir die Zähne mit dem Finger.

Beim Duschen wusch ich meine Haare mit der Shampoo/Conditioner-Kombination, die ich in einer der Schubladen in den Badezimmerschränken gefunden hatte, und benutzte das Duschgel, das offensichtlich von jemandem hergestellt wurde, der noch nie in der Nähe einer Bergquelle gewesen war. Ich fühlte mich nicht sauber – nicht so, wie ich es wollte. Es fühlte sich an, als hätte ich einen Film dunkler, klammer Magie auf meiner Haut. Sie lag in der Luft, ein Überbleibsel der Magie, die vermutlich beim Beantworten von Anrufungen gewirkt worden war. Etwas, das ich lernen musste, wenn ich je wieder nach Hause wollte. Ohne die Dämonensprache zu beherrschen, war ich mir nicht sicher, ob ich es lernen konnte.

Mein Höschen war glücklicherweise ziemlich schnell

getrocknet, etwas, worauf ich nicht wirklich warten wollte, aber dazu gezwungen war, nachdem meine Versuche, mich magisch anzukleiden, gescheitert waren. Ich durchstöberte Dareus' Sachen und fand ein Hemd. Es war zu groß, aber ich krempelte die Ärmel um und knotete es in der Taille. Ich überlegte, aus seinen Boxershorts ein paar Shorts zu machen, wollte aber nichts, was in der Nähe seiner Dämonen-Kronjuwelen gewesen war, so nah an mir haben. So verzweifelt war ich nicht. Noch nicht. Die Jogginghose, die ich gefunden hatte, ließ sich nicht eng genug binden, damit sie beim Gehen nicht etwas herunterrutschte, aber es musste reichen.

Nachdem ich versucht hatte, die Bücher auf dem Nachttisch zu entziffern und die Zauberbücher mit frischen Augen durchzugehen, wurde mir klar, dass ich ins Reich hinaus musste. Ich hatte keine Ahnung, wonach ich suchen sollte. Einen freundlichen Dämon. Einen Wohlmeinenden. Es war wahrscheinlicher, dass ich einen Freundlichen fand, und seine Hilfe würde ihren Preis haben. Ich war verzweifelt genug, ihn zu bezahlen.

In meinen improvisierten Klamotten sah ich nicht wie jemand aus, den irgendwer anhalten würde, um mit ihm reden. Ich sah schlecht aus. Normalerweise waren mir solche Dinge egal. Ja, ich war mir meiner bewusst genug, um zu erkennen, dass ich das Unvermeidliche vor mir herschob. Ich hatte Angst, in diese unbekannte Welt hinauszugehen. Es war nicht so, als würde ich in den Schleier treten, wo jemand auf der anderen Seite auf meine Rückkehr wartete.

Als ich das ungepflegte Gras betrachtete, das etwa knöchelhoch war und teilweise eine grünbraune Farbe hatte, die Baumgruppe, die die Häuser dahinter verdeckte, und das Stück Land, das zwischen diesem und dem nächsten Haus lag, überlegte ich, ob es eine so gute Idee war, hinauszugehen. Wollte ich, dass die Leute auf meine Anwesenheit im Dämonenreich aufmerksam wurden?

Anstatt als Mensch auszugehen, entschied ich, dass eine

Katze weniger auffällig wäre. Ich überprüfte die Hintertür noch einmal, um sicherzustellen, dass sie unverschlossen war, zog meine Kleider aus, legte sie in die Nähe der Tür und stapelte ein paar Bücher darauf, um zu verhindern, dass sie von den unbeständigen und sporadisch starken Winden weggeweht werden. Es war, als kämen sie aus beiden Richtungen, Osten und Westen, und kämpften um die Vorherrschaft. Ich ging davon aus, dass die unregelmäßigen Winde indirekt mit Magie und etwas, das in diesem Reich passierte, zusammenhingen.

Ich machte einen Versuch zu wynden, mir wohl bewusst, dass ich dadurch in meine Katzengestalt gezwungen werden würde. Ich wünschte wirklich, dass der Versuch zu wynden dazu führen würde, dass ich es tatsächlich tat, denn hier eine Katze zu sein, würde seine Vorteile haben. Ich konnte mich relativ unbemerkt bewegen. Obwohl es als Maine-Coon etwas schwieriger war, jeglicher Aufmerksamkeit zu entgehen.

In meiner Katzengestalt bewegte ich mich leichter und sicherer durch die Straßen. Der Wind strich mit einem beißenden Geruch über mein Fell. Niemand konnte meinen Ekel sehen, wenn ich an Dämonen in den Gestalten vorbeikam, die sie in ihrem Reich verwendeten. Ich hatte vermutet, dass das, was wir sahen, anders war als das, was sie uns zeigten. Niemand würde einen Deal mit einer Kreatur mit dunkler Lehmhaut, oder obsidianschwarzer oder fauliggrüner Lederhaut eingehen. Und Hörner. Einige hatten Hörner mit Stacheln, andere große und kunstvoll geschwungene. Ich hatte nur wunderschön gefärbte Federflügel gesehen, die sich zu einem herrlichen Farbteppich ausbreiteten. Wenn Dämonen des Gehens müde wurden, breiteten sie ihre Flügel aus und enthüllten gedehnte Flughaut ähnlich der von Fledermäusen, komplett mit einem unansehnlichen Flickenteppich aus venenartigen Linien.

Ignorier das alles, Erin, ermahnte ich mich. *Du suchst nach einem freundlich aussehenden Dämon.* Was definitiv nicht bedeuten musste, dass es ein guter Dämon oder ein hilfsbereiter sein würde. Mephisto und die Jäger waren attraktiv, aber gnadenlos. Dasselbe galt für Landon und Asher. Man könnte Malific als majestätische Schönheit bezeichnen, doch sie genoss Gewalt so, wie Sommeliers Wein genossen.

Ich schlich die Straße entlang und erkundete die Nachbarschaft, wobei die einzelnen Häuser so weit voneinander entfernt waren, dass es schwierig war, sie als Nachbarn zu betrachten. Die Häuser in der Nähe von Dareus waren dunkel, und die Bewohner schienen nicht viel zu unternehmen. Während ich mich vorsichtig durch das Reich bewegte, wurden die Häuser immer größer. Auch wenn man die Landschaft nicht gerade als lebendig bezeichnen konnte, verschwanden die stumpfen Grün- und Brauntöne, und normale Grüntöne wurden mehr, was meine Angst vor diesem unbekannten Ort etwas linderte. Die näher beieinander liegenden Häuser boten mir mehr Schutz. Ich achtete darauf, von den Dämonen in den Häusern unbemerkt zu bleiben, in denen im Gegensatz zu den Häusern in der Nähe von Dareus die Vorhänge nicht zugezogen waren, was die Gefahr erhöhte, gesehen zu werden, und schlängelte mich um die Gebäude herum, bis Beton und Gras von Kopfsteinpflaster abgelöst wurden, als ich mich einem Marktplatz näherte.

Während ich schnell darüber schlenderte, versuchte ich, nicht aufzufallen. Im Gegensatz zu den Wohnhäusern in neutralen Farben herrschte auf dem Marktplatz ein lebhaftes Treiben, und die Geschäfte gaben sich alle Mühe, Aufmerksamkeit zu erregen. Ich war extrem aufmerksam auf meine Umgebung und beobachtete, wie sich die Dämonen zu den wenigen Tischen vor den Geschäften und Gebäuden und wieder weg bewegten. Der Marktplatz war eine Mischung aus Einkaufszentrum und Flohmarkt. Schilder für Metzgereien,

Fachgeschäfte und Okkultläden. Der strenge Geruch, der aus einem der Geschäfte wehte, versengte meine Nase. Das war wahrscheinlich der Grund, warum es das einzige Geschäft war, dessen Ladentür geschlossen war. Ich war im Abwind, als jemand die Tür öffnete. Als ich näherkam, bemerkte ich, dass es ein weiterer okkulter Laden war, von dem ich sicher war, dass er etwas mit den dunkleren Elementen von Dämonenmagie zu tun hatte. Allein der Gedanke einer dunkleren Version der Dämonenmagie war besorgniserregend.

Am Ende des Blocks standen Tische voller Waren. Ich ging an einem Tisch langsamer, auf dem es nur eine Tafel mit Namen gab, dem Standort in der Stadt und etwas, das wie ein ausgeklügeltes Bewertungssystem aussah. Als ich den Namen von Wendy sah, der schändlichen, gierigen und mächtigen Hexe vom Lunar Marked Zirkel, hielt ich mitten im Schritt inne. Ich wollte nicht auffallen und zu lange starren, als ob ich in Katzengestalt die Informationen verstehen könnte. Es gab noch andere Tiere: Hunde, Kaninchen; ich hatte eine Schlange herumschleichen sehen. Es bestand auch kein Mangel an Tauben oder Ratten. Das schien ungefähr richtig zu sein. Es gab auch Katzen, aber keine, die wie ich aussah – also fiel ich auf. Ich ging weiter und hielt gelegentlich inne, wenn ich sah, wie Dämonen miteinander interagierten.

Eine Gruppe Dämonen unterhielt sich unter einer Markise. Ich duckte mich in die Gasse zwischen ihnen und dem Gebäude daneben. Dort war so wenig Licht, dass ich im Schatten bleiben und dem Austausch lauschen konnte. *Englisch.* Sie sprachen Englisch. Ihre schönen melodischen Stimmen nervten mich genauso wie die von Dareus. Die Täuschung war widerlich. Wenigstens war ihre ansprechende menschliche Gestalt kein so krasser Kontrast dazu wie ihre übliche Gestalt im Reich.

Tratsch. Wie nett. Und es klang, als würden sie über

Dareus sprechen. „Er hat mir gesagt, er habe einen Ausweg. Dass er einen Körper hat, der ihm so gut wie sicher ist."

„Ein Hexenmeister, habe ich gehört. Einer, der ihm was schuldete. Dass er seinen Körper bekommen würde."

„Wirklich", sagte ein anderer fasziniert. Die Lippen seines unförmigen Mundes verzogen sich zu einem verschlagenen Lächeln. Nichts daran wirkte freundlich. Ein solches Maul konnte einem nur Angst einflößen.

Das Getratsche ging weiter, Dareus' Flucht war das Hauptthema. Die Wehmut in ihren Stimmen war nicht zu überhören. Sie schienen fasziniert von seiner Fähigkeit, einen Mord zu verhandeln und eine Leiche zu beschaffen. Das Schrecklichste, was ich hörte, war die geflüsterte Andeutung, dass er vielleicht einen Weg finden würde, sie aus dem Dämonenreich zu befreien. Das war das Letzte, was wir brauchten.

Ich musste nicht nur aus diesem Reich kommen; wenn Dareus es mit seinen Plänen, Dämonen aus ihrem Reich zu befreien, ernst meinte, musste er aufgehalten werden. Als ich mich an das dunkle befriedigte Grinsen auf seinem Gesicht erinnerte, stand ihn ins Reich zurückzubringen nicht mehr an erster Stelle meiner Liste. Ihn loszuwerden schon.

Meine Gedanken drehten sich im Kreis, als ich zum Haus zurücktrottete. Sie sprachen Englisch, also musste es einen Schlüssel zu ihren Büchern geben. Ich musste es einfach herausfinden. Dass meine Magie funktionierte und ich möglicherweise einen Schlüssel zu den Zauberbüchern in Dareus' Haus fand, gab mir Anlass zu Optimismus. Teile des Zauberspruchs, den Elizabeth benutzt hatte, fielen mir ein. Ich verstand die Sprache nicht – definitiv elbisch, obwohl ich mir der Worte nicht sicher war. Aber es war etwas.

Gedanken an das Black Crest-Zauberbuch schossen mir durch den Kopf. War es das Einzige? Könnte es hier etwas Ähnliches geben? Wenn ja, wo könnte er es versteckt haben? Ich musste seine Bücher noch einmal durchgehen. Als ich mich dem Haus näherte, fiel ich in einen Laufschritt, bis ich geschnappt wurde. Ein warmer, ledriger Körper drückte mich gegen sich. Der Gestank von Schwefel und Pfeffer stieg mir in die Nase.

„Du gehörst nicht hierher, oder?", sagte eine ernste, tiefe, kultivierte Stimme. Ich zappelte und wand mich, während ein Halsband um meinen Hals befestigt wurde. Es war eng, und das Leder schnürte mich fast ein. Meine Krallen, die in seine Haut bohrten, machten dem Dämon nichts aus. Mein Angreifer bündelte mich zu einem flauschigen Ball und trug mich von Dareus' Haus weg, wobei er mich festhielt, während ich mich drehte, verrenkte und wehrte. Erst als ich mich in der Enge eines Hauses befand, wurde ich in einen Wohnbereich losgelassen. Ein Sofa, ein Tisch und Bücherregale standen an der Wand, die am weitesten von der Tür entfernt war. Ein abgenutzter Schreibtisch stand an der Stelle, an der die meisten Menschen einen weiteren Sessel hatten, ein Platz, auf dem Gäste sitzen konnten.

Mein Entführer stand vor mir, die ledrigen Flügel ragten aus seiner Karbonithaut. Eine breite, geschwungene Nase, große, ausdrucksstarke Augen, gerahmt von dicken Brauen. Auf seinem Kopf ragten Widderhörner hervor. Der Körper war menschlich oder so menschlich, wie er mit ledriger Haut sein konnte. Ohne Hemd oder eine Hose, die den unteren Teil seines Körpers bedeckte … Füße, die wie eine beunruhigende Kombination aus Hufen und menschenähnlichen Füßen aussahen. Seine Hände waren genauso. Lange Krallen mit einem leichten Schwung, die ihm die Geschicklichkeit erlaubten, mir schnell und effizient das Halsband anzulegen. Kein Wunder, dass Dämonen ihren Beschwörern und potentiellen Deal-Anwärtern ihre ansehnliche menschliche Fassade präsentierten, denn niemand würde mit diesen Kreaturen einen Deal machen. Bei jedem Schritt, den er in meine Richtung machte, wich ich einen zurück. Er grinste und entblößte seine gezackten, scharfen Zähne.

„Ich bin Asial", stellte er sich mit leiser, angenehmer Stimme vor, die einen starkem Kontrast zu der Kreatur bildete, die vor mir stand. Ich hätte nicht gedacht, dass Katzen die Stirn runzeln können, aber mein Gesicht musste etwas verraten haben, denn er kniff die Augen zusammen. Sein Lächeln wich einem finsteren Blick, als er mir zunickte.

Im nächsten Moment war er ein Mann, etwa genauso groß wie seine vorherige mittelgroße Statur von eins neunzig. Seine Karbonitlederhaut hatte jetzt die Farbe winterlicher Dämmerung. Er hatte eine breite Stupsnase. Große jungenhafte Augen, die ihn harmlos aussehen ließen. Es war ein ansprechender Anblick, nicht ganz hübsch, aber ein großer Unterschied zu seiner Dämonengestalt. Sein neues Aussehen ließ ihn nicht wie eine Bedrohung wirken – und genau das war der Punkt.

„Und du bist?", fragte er, nachdem er seine Verwandlung in kürzerer Zeit vollzogen hatte, als Wandler brauchten, um in ihre Tiergestalt zu wechseln. Und sie waren erschreckend schnell.

„In dieser Gestalt kannst du nicht sprechen", stellte er stirnrunzelnd fest. Ich starrte ihn nur an und miaute dann. Ich war eine Katze und würde mich ihm nicht anders zeigen.

Sein bellendes Lachen hatte einen sanften, musikalischen Klang. Er lachte viel, was die Falten um seine Augen verrieten, die in seiner Dämonengestalt nicht zu sehen waren.

„Ich weiß, dass du keine Katze bist", sagte er verwundert.

Miau. Miau. Fucking miau. Beweis' es doch.

Er zuckte mit den Schultern. „Mit dem Halsband kannst du nicht wandeln, du würdest dich erwürgen."

Er ließ sich auf das Sofa fallen und betrachtete mich einige angespannte Momente lang. „Wie bist du hierhergekommen, Hexe?" Er grinste und entblößte gerade etwas vergilbte Zähne, die man bei starkem Kaffeekonsumenten sah. Die Liebe der Dämonen zum Detail war unheimlich und beunruhigend.

„Dareus ist weg, du bist hier. Das kann kein Zufall sein …
aber wie hat er diesen Deal gemacht?"

„Miau."

Er lachte und warf mir ein schiefes Lächeln zu. Er ließ
sich nicht täuschen, aber ich überließ es ihm zu beweisen,
dass ich mehr als nur eine Katze war. Während er mich
weiter beobachtete, machte ich eine Bestandsaufnahme des
Zimmers und suchte nach einem Ausweg. Die Fenster waren
klein, rund und ungewöhnlich hoch. Ich könnte jedoch in
meiner Katzen- und Menschengestalt durchkommen. Es gab
keine Möbel in ihrer Nähe, auf die ich springen oder klettern
könnte. In menschlicher Gestalt bräuchte ich ein paar Zentimeter, um sie zu erreichen. In Katzengestalt brauchte ich
etwas, wovon ich abspringen konnte, und es gab keinen
Vorsprung.

„Oh, Kitty, ich sehe, dass du nach einem Fluchtweg
suchst. Du wirst es schwieriger machen, als es sein muss."

Er bewegte sich mit einer unerwartet schnellen Anmut
und versuchte, mich zu packen. Ich rannte los und sprintete
in einen anderen Raum, während er mir schnell folgte. Ich
hatte gehofft, dass er mir hinein folgen würde, wo ich mich
schnell wandeln und ihn hoffentlich einsperren konnte.
Welche Zauber musste ich verwenden, um die Tür zu
verschließen? Aber mit dem verdammten Halsband um
meinen Hals konnte ich nicht wandeln. Ich krallte danach
und versuchte, das Leder durchzuschneiden. Ich vermutete,
dass es einen Schnellverschluss hatte, aber der war im
Nacken, und ich konnte ihn nicht erreichen, außerdem zweifelte ich daran, ob ich ihn mit Pfoten manipulieren könnte.
Meine Krallen kratzten an etwas unter dem Leder. Eine
Kette.

„Hexe, du bist entschlossen, es dir schwer zu machen,
nicht wahr?", rief er, nachdem ich in die Küche gegangen
war. Auf der Theke stieß ich auf das gleiche Hindernis: hohe,
kleine Fenster mit winzigem Sims. Aber es gab eine Tür.

Sollte ich riskieren zu wandeln, in der Hoffnung, dass die schiere Wucht des schnellen Wandelns die Kette zerreißen würde, wenn ich schnell genug war?

Mit vor der Brust verschränkten Armen sah der Dämon aus, als wäre er amüsiert über mein Dilemma. Ich wollte mich gerade auf ihn stürzen und ihn mit meiner Katzenkralle Bekanntschaft machen lassen, als er aus der Küche stürmte und mit einem Käfig zurückkam, der groß genug war, dass ein Mensch darin unbequem hineingezwängt hocken könnte.

„Sture, sture Hexe", tadelte er. Die Magie, die er in mich hineinschleuderte, fühlte sich wie ein Taser an, als sie mitten im Sprung in meinen Bauch traf, als ich mich mit den Krallen voran auf ihn stürzen wollte. Ich fiel zu Boden. Er zwang mich in einen gnadenlosen Griff und warf mich in den Käfig.

Er schob seine Hand durch die engen Abstände der Gitterstäbe und griff nach mir. Ich wand mich aus seinem Griff, weil ich ihn nicht in meiner Nähe haben wollte.

„Wirst du stillhalten, damit ich das Halsband abnehmen kann, oder soll ich Gewalt anwenden?" In seinen Augen war ein Funkeln, das mich glauben ließ, dass er Gewalt vorziehen würde. Er wollte, dass ich unterwürfig war. Es fiel mir schwer, zugänglich zu sein, von unterwürfig ganz zu schweigen. Mein Körper schmerzte immer noch von seiner magischen Show, also senkte ich den Kopf. Dabei stieg mir die Galle in die Kehle, aber hier ging es ums Überleben und darum, in meine Welt zurückzukehren. „Wandle!", befahl er.

Ich miaute.

Seine Lippen verzogen sich zu einem Lächeln. „Kätzchen miauen, um ihrer Mutter zu zeigen, dass ihnen kalt ist oder dass sie hungrig sind. Katzen miauen anderen Katzen gegenüber nicht. Sie tun das, um die Aufmerksamkeit der Erwachsenen zu erregen, um zu bekommen, was sie wollen. Dein

Miauen hat keine Wirkung auf mich. Du wirst tun, was ich will. Nicht umgekehrt. Jetzt wandle!", verlangte er.

Ich hatte nicht vor, mich ohne Kleidung für Mr. Katzen-Wiki zu wandeln.

Ob er gut darin war, Tiere zu lesen, oder ob sich mein menschlicher Gesichtsausdruck in meinem Katzengesicht zeigte, er lächelte. Es jagte mir Gänsehaut über den Rücken. „Ein sittsames Menschenmädchen."

Frau, Arschloch. Und sittsam war ich nicht, aber ich wollte Kleidung, eine Barriere gegen Verletzung und zum Seelenfrieden, die es mir erlauben würde, nachzudenken. Augenblicke später schob er ein Shirt durch die Gitterstäbe.

Er wartete darauf, dass ich wandelte, und ich wartete darauf, dass er mir Privatsphäre gewährte, was uns in eine Pattsituation brachte.

Er schnaubte, ging am Käfig vorbei und verließ den Raum. Das Wandeln in meine menschliche Gestalt war unangenehm, genauso wie der enge Käfig, der mir nur Platz zum Sitzen mit an die Brust gezogenen Beinen ließ.

„Sieh an, sieh an. Wie hast du –" Er hielt abrupt inne, als sein Blick auf mein Dämonenmal fiel. Er bewegte seinen Kiefer von einer Seite zur anderen, eine seltsame Bewegung, als würde er an seinen Gedanken herumkauen.

„Dieser hinterlistige Hund", brachte er hervor. „Immer einen Zaubertrick im Ärmel und nie einen, den er zu teilen bereit ist. Sie sind dumm, wenn sie glauben, dass er nach einem Weg sucht, die Barriere zwischen uns und dem Dämonenreich zu durchbrechen", sagte er bitter. Sehr bitter. Ein Maß an Bitterkeit, das zu Rachegelüsten führte. Vielleicht konnte ich das ausnutzen.

Was er sagte, erleichterte mich ein bisschen. Ich hoffte, dass Dareus wirklich so egoistisch war.

„Wie meinst du das?", fragte ich mit heiserer Stimme. Ich hatte nicht bemerkt, wie durstig ich war. Er spürte es. Er ging zur Spüle, kam mit einem kleinen Becher Wasser zurück und füllte ihn mehrmals, bis mein Durst gestillt war.

Er zeigte mir ein ähnliches Mal, das er trug. „Das ist, was uns an dieses Reich bindet. Wir alle haben es."

„Er hat einen Körper", sagte ich ihm. „Das entfernt das Mal nicht?"

Er schüttelte den Kopf. „Genau genommen nein. Wenn wir einen Wirt haben, wird das Mal dadurch unterdrückt, dass wir im Wirtskörper sind. Wenn wir einen Körper finden, bleibt das Mal in seinem Schatten, also wieder unterdrückt. Im unwahrscheinlichen Fall, dass dem Schatten der Person etwas zustößt, wird der Dämon zurückgedrängt. Aber er hat es geschafft, es auf dich zu übertragen. Wie hat er das gemacht?"

Das wurde immer schlimmer. Würde ich es auf jemand anderen übertragen müssen, um von hier wegzukommen? Oder vielleicht auch nicht, weil ich kein Dämon war. Ich entschied mich dagegen, ihn um Bestätigung zu bitten, bis ich wusste, dass er mir helfen konnte oder würde.

„Wie hat er das gemacht?" Wieder schien er nachzudenken, weil er an mir vorbei sah. Ich verdrängte schnell den Gedanken, ihm zu sagen, dass ich mich an einen Teil des Zauberspruchs erinnerte, denn ich war mir allzu bewusst, dass er einen Käfig in Menschengröße in seinem Haus parat hatte. Welche Art Soziopath hatte sowas?

Ich könnte es genauso gut herausfinden. „Warum hast du einen Käfig in Menschengröße?"

Er neigte den Kopf und betrachtete den Käfig, als wäre es das erste Mal, dass er ihn sah. *Du hast mich in dieses verdammte Ding gesteckt, also ist es offensichtlich nicht das erste Mal, dass du ihn siehst.*

„Obwohl es hier schon einige Hexen gab – zwei, um genau zu sein –, ist es mir noch nie gelungen, eine einzusperren." *Ganz toll. Er wollte eine Hexe einsperren, das ist kein bisschen beunruhigend.* „Sie halten nicht lange. Sobald ihre Magie hier aufgebraucht ist, verwelken sie. Ihr seid zerbrechliche Kreaturen."

„Magie aufgebraucht? Wie meinst du das?"

Sein Lächeln wurde breiter. Er hatte eine dunkle Grausamkeit an sich, vor der ich mich hüten musste. „Hexen sind nicht dafür gemacht, hier zu sein, genauso wenig wie deine wirkungslose, seltsame, winzige Magie. Es scheint also, als ob ihr etwas davon in euch speichert, und wenn sie einmal weg ist, ist sie weg."

Mist. Mist. Mist. Wie viel Magie hatte ich gestern unnötig verplempert? Aber ich war keine Hexe. Vielleicht galten für mich nicht die gleichen Regeln. Ich schickte eine Bitte an das Schicksal, dass dem nicht so war, weil ich meine Magie brauchen würde, um aus diesem Schlamassel herauszukommen.

„Warum waren die Hexen hier? Wie ist es dazu gekommen?"

„Ich habe nie herausgefunden, wie die Erste hierhergekommen ist. Sie hat uns in unserer Gestalt gesehen, ist in unseren Wald gerannt und, nun ja, die Tiere haben sie erwischt." Sein Blick wanderte zu mir. Er wollte eine Reaktion. Angst. Ich verweigerte sie ihm und zwang einen teilnahmslosen Ausdruck auf mein Gesicht. Er klopfte auf den Käfig. „Dafür ist dieser Käfig da. Ich jage gern – frisches Fleisch ist das Beste." Er machte eine seltsame Bewegung mit dem Mund, und als er lächelte, enthüllte er seine seltsam gezackten Zähne.

Ich wollte nicht an die Art wilder Tiere denken, die es im Dämonenreich gab.

„Und die andere Hexe?"

Er verdrehte die Augen. „Eine Temperamentvolle, die auf Rache aus war. Ihr Auftauchen war eindeutig ein Zufall. Anscheinend hatte sie ihren Zirkel nicht davon abhalten können, Dämonen anzurufen, also hat sie versucht, einen Zauber zu finden, um zu verhindern, dass wir beschworen wurden. Ich weiß nicht, wie sie das gemacht hat, und konnte diese Informationen nicht aus ihr herausbekommen. Sie war eine mächtige Hexe, und es hat Wochen gedauert, bis ihre Magie erschöpft war. Sie war wütend und wollte Vergeltung. Selbst als sie auf dem Marktplatz verkauft worden ist, verfluchte sie unsere Existenz." Die Erinnerung brachte ein Lächeln auf sein Gesicht. „Das hat den Preis in die Höhe getrieben. Schließlich wäre ihre Unterwerfung hart erkämpft. Spaß für den richtigen Käufer." Ein Lächeln huschte über sein Gesicht. Ich hasste ihn.

„Hattest du Spaß?", fragte ich mit zusammengebissenen Zähnen.

„Nein, ich wurde überboten. Aber sie hat nicht lange durchgehalten. Ihr Besitzer" – ich konnte meinen Ekel nicht verbergen, sosehr ich es auch versuchte – „kam zu dem Schluss, dass sie mehr Ärger gemacht hat, als sie wert war. Er konnte sie nicht weiterverkaufen, und hat sie daher entsorgt." Die leichtfertige Art, wie er über den Mord an einer Hexe sprach, ließ mich meine Fäuste ballen. Das gefiel ihm. Es machte ihm Spaß, Leute zu brechen. Das stärkte meine Entschlossenheit. Er würde brechen, bevor ich es tat.

Er ging in die Hocke. „Also, meine lebhafte kleine Hexe, was soll ich mit dir machen?" Nachdenklich tippte er sich ans Kinn. „Marktplatz?" Er musterte mich. „Ich denke, du würdest einen guten Preis erzielen." Noch mehr Klopfen an sein kantiges Kinn, das ich so lange schlagen wollte, bis es nicht mehr da war.

„Du redest einen Scheiß!", platzte ich heraus, mein Ton stählern und kalt. Ich würde ihm keine Angst zeigen.

Ich schätzte kurz alles ein, was ich von ihm erfahren hatte, und meine Erfahrungen im Umgang mit Variationen seines Typs. Dieselben Leute, nur andere Spezies. „Du bist kein Typ, der lange Reden schwingt, sondern einer, der handelt. Wenn du mich auf dem Markt verkaufen wolltest, würdest du nicht laut darüber nachdenken. Ich würde schon da oben stehen und Gebote hören. Wenn du mir wehtun wolltest, wäre ich jetzt verdammt sicher schon verletzt. Und du scheinst verdammt neidisch zu sein, dass der zwielichtige Dareus einen Ausweg gefunden hat. Dieses Arschloch hat mich mit Hilfe meiner Tante hierher gebracht."

Ich hatte sein Interesse so weit geweckt, dass er sich vorbeugte, als würde er im Kino auf den Beginn einer spannenden Szene warten. Mein Herz flatterte. Ich hatte meine Zweifel. Meine nächsten Worte könnten mich retten oder meinen Tod bedeuten.

„Sie ist eine Elfe. Eine *mächtige* Elfe." Wenn er Lügen erkennen konnte, gab es in meiner Bemerkung keine. „Ich glaube nicht, dass Dareus wusste, wie man das Dämonenmal überträgt. Ich glaube, meine Tante hat ihm gezeigt, wie es geht."

Ich wusste nicht sicher, ob dem so war, aber das wusste er nicht, und die Tatsache, dass ich die Verbindung zur Flucht und der Übertragung seines Mals auf jemanden darstellte, bedeutete, dass er mich brauchte. Mein subjektiver Wert würde ihn zwingen, mir zu helfen, und mich am Leben halten.

„Aber er braucht keinen Körper. Sie hat die Fähigkeit, dich ganz körperlich zu machen. Deine Magie würde nicht durch die Nutzung eines Wirts gemindert. Er lebt, in seinem menschlichen Körper, magisch uneingeschränkt."

Hass und Neid loderten in seinen Augen und breiteten sich in seinem Gesichtsausdruck aus. Die Emotionen spannten seinen Körper an. Das waren Emotionen, mit denen ich arbeiten konnte.

Schließlich verzog er seine Lippen. Er war interessiert. Nein, begierig danach. Er würde alles tun, um zu bekommen, was Dareus hatte, und das war das Verlangen, das ich brauchte.

„Keine Hexe", sagte er mit großem Interesse in seinen Augen.

„Keine Hexe", wiederholte ich. Den göttlichen und den

menschlichen Teil erwähnte ich nicht. Es war zweifelhaft, ob ihn eins davon interessiert hätte, denn Elfenmagie konnte ihn in meiner Welt körperlich machen und ihm ermöglichen, ohne die Verwendung eines anderen Körpers zu leben.

Der berechnende Blick bestätigte es nur. „Kannst du mich hier rausbringen?", fragte er.

„Das kann ich", log ich. Es war nicht wirklich eine Lüge, sondern nur ein Spiel mit der Wahrheit. Kreative Freiheit damit. „Ich kann dich körperlich machen. Ich kann es hier nicht tun. Hilf mir, hier rauszukommen, und ich werde meine Tante zwingen, dich körperlich zu machen, oder ich finde selbst einen Weg, es zu tun. Meine Magie ist dazu in der Lage."

Er kniff misstrauisch die Augen zusammen.

„Bist du bereit, auf dieses Versprechen einen Dämoneneid zu leisten?"

Natürlich konnte es nicht so einfach sein. Wie wäre es mit einem Kleiner-Finger-Schwur? Mach den Deal jetzt und mach dir später Sorgen, da wieder rauszukommen, sagte ich mir.

Ich nickte. „Aber erst, nachdem wir sicher wissen, dass ich hier rauskommen kann."

„Natürlich." Er zog den Schlüssel aus seiner Hose und wollte den Käfig aufschließen, hielt aber inne. Er entblößte seine gezackten Zähne und knurrte: „Lass mich nicht bereuen, dir vertraut zu haben, keine Hexe."

Woher kam seine seltsame Besessenheit mit Hexen? Nenn mich einfach eine verdammte Elfe. „Erin", sagte ich. „Ich heiße Erin."

Sein Gesichtsausdruck veränderte sich nach der Vorstellung nicht. Tatsächlich schien sie ihn mürrischer zu machen. Kalte, berechnende Augen bohrten sich in mich hinein. „Lass mich nicht bereuen, dir vertraut zu haben, Erin."

„Schau, ich streite mich regelmäßig mit dem Alpha des örtlichen Rudels, Götter haben versucht, mich zu töten, und als ich das letzte Mal mit dem Vampir zusammengearbeitet habe, der unsere Stadt kontrolliert, habe ich ihm den Mittelfinger gezeigt, und ich bin aus einer Mordanklage rausgekommen. Ich ziehe nicht so schnell den Schwanz ein, also droh mir nicht. Ich versichere dir, es gibt keine Worte, um auszudrücken, wie sehr ich mich an Dareus rächen will, und wenn ich einen Deal mit dir mache, dann bin ich die Verbündete, die du haben willst."

Sein Blick wanderte über mich. Seine furchteinflößenden Zähne verschmolzen zu seinen menschlichen, und ein begeistertes Lächeln ersetzte seinen finsteren Blick. Kleinlichkeit, Neid und Rachedurst waren Gefühle, auf die man sich immer verlassen konnte, um ungewöhnliche Verbündete zu finden.

„Hast du Hunger?", fragte er, schloss den Käfig auf und trat zur Seite, um mich herauszulassen. Ich streckte meine Beine, dachte über alles nach, was er mir zuvor über die Vorliebe für frisches Fleisch und die Tiere in der Dämonenwelt, die er aß, erzählt hatte, und entschied mich dann dagegen. Nicht hungrig genug.

„Lass uns rausfinden, wie wir mich – *uns*, hier rausbringen."

3

Wenn ich mir Illusionen gemacht hatte, dass Asial freundlich sein könnte oder dass dieser Dämon nichts Dunkles an sich hatte, verschwanden sie, als er mich mit Kleidung versorgte. Drei Hemden, die einen Tick größer hätten sein können, drei Jogginghosen und Unterwäsche. Ein diabolisches Grinsen spielte um seine menschlichen Lippen, als er mir eine dunkelgrüne Bluse mit Puffärmeln anbot, in die das Wappen eines Zirkels eingestickt war. Einige Hexen taten das als Erinnerung an ihre Verpflichtung gegenüber ihrem Zirkel, um sie zu erden. Wenn sie komplizierte Magie ausführten, glaubten einige, dass ihr Zirkelwappen eine Quelle der Stärke sei. Die meisten trugen es in Form eines Armbands oder Anhängers. Cory tat es als nichts weiter als Aberglauben ab. Ich sah, dass dieses Angebot seinen Ursprung in Asials Böswilligkeit hatte. Eine Erinnerung an eine Hexe, die vor mir hier gewesen war. Eine kaum verhohlene Drohung.

Ohne ihm die Angstreaktion zu geben, die er suchte, brachte ich die Kleidung zurück in Dareus' Haus, überzeugt davon, dass er nicht zurückkommen würde und dass er allein gelebt hatte. Wenn er nicht allein lebte, würde ich es lieber mit einem unbekannten Fremden als Asial aufnehmen.

„Hast du jemandem deinen Dämonennamen gegeben, damit er dich beschwören kann?", fragte ich, in angenehmer Entfernung von Asial. Obwohl er seine menschenähnliche Gestalt behielt, wusste ich, wie er aussah, und hatte eine Vorstellung von der Bedrohung, die er darstellte. Ich setzte mich an den Schreibtisch. Es war mir nicht entgangen, wie schief er mich in den zu engen Klamotten ansah.

Er nickte und lehnte sich auf dem Sofa zurück.

„Genug." Er verzog das Gesicht. „Ich glaube nicht, dass du eine Ahnung hast, wie selten wir gerufen werden", gab er zu.

Wir hatten definitiv abweichende Interpretationen dessen, was wir für selten hielten. Der Umgang mit Dämonen brachte einen Magier in eine dunkle Zone, aber ich hatte kürzlich herausgefunden, dass es mehr Hexen gab, die sich mit Dämonen einließen, als ich vermutet hatte, doch keine von ihnen betrachtete sich selbst als Praktizierende dunkler Magie, sondern eher als Studentin der Magie oder als magisch einfallsreiche Amateurin in Diablerie oder nutzte andere verharmlosende Beschreibungen. Den dunkleren Elementen schrieben sie gern nur Tod und Blutverlust zu.

„Wie oft wirst du gerufen?"

„Vielleicht zweimal im Monat. Aber ich bin mir nicht sicher, ob du in der Lage wärst, eine Beschwörung mit mir zu beantworten."

Zweimal im Monat. Ich könnte also monatelang hier sein.

„Ein allgemeiner Ruf könnte der beste Weg sein." Er runzelte die Stirn. „Die sind sehr schwer zu beantworten. Hunderte von uns wetteifern um diesen Platz und versuchen zu antworten. Ich bin schnell, aber es gibt andere, die es schaffen, mich zu schlagen." Er runzelte die Stirn. „Weißt du, wie man auf einen Ruf reagiert?"

Das war das Problem. Elizabeth hatte mich beschimpft, weil ich arrogant genug war, zu glauben, dass ich es könnte. Doch es war keine Arroganz, es war Hoffnung. Ohne, dass irgendjemand wusste, wo ich war, konnte ich nicht einmal den Optimismus aufrechterhalten, dass sie wissen würden, wie sie mich finden könnten.

Ich schüttelte den Kopf.

„Den Ruf zu spüren ist nicht der schwierige Teil. Es ist die Antwort, die schwierig wird."

Er kam näher. Seine Lippen verzogen sich. Er öffnete und schloss mehrmals den Mund. Ich vermutete, dass er nach der richtigen Art suchte, um zu beschreiben, wie es sich anfühlte.

„Es ist ein Drücken, vielleicht ein Pressen. Wenn du gerufen wirst, wird dir der Ort angezeigt, sobald du antwortest – der Beschwörer hat eine unverwechselbare Note. Du wirst es wissen."

„Aber manchmal antwortet ihr nicht." Ich erinnerte mich, dass Mephistos Ruf unbeantwortet geblieben war. Der Gedanke an ihn verursachte einen stechenden Schmerz in meiner Brust. Es war anstrengend, nicht dauernd an ihn, meine Familie und Freunde zu denken. Das Letzte, was ich tun durfte, war, meine Emotionen zuzulassen oder mich davon runterziehen zu lassen. Mephisto. Wir standen erst am Anfang von allem, was zwischen uns passieren könnte, und noch nie zuvor war ich so neugierig darauf gewesen, wie sich die Beziehung entwickeln würde. Sich so sehr nach jemandem zu sehnen konnte nicht gut sein, aber ich tat es. Nachdem ich es so lange geleugnet hatte, war es eine Befreiung gewesen, ihm nachzugeben.

„Wenn sich die Magie seltsam anfühlt oder uns unbekannt ist, reagieren wir nicht. Es ist am besten, sich nicht in ungewohnte Situationen zu begeben." Ich drängte nicht auf weitere Informationen. Ich wusste nicht, ob sie von Göttern wussten und beschlossen hatten, deren Ruf nicht zu folgen, oder ob sie aus Selbstschutz eine Abneigung gegen das Unbekannte hatten.

Asial stand auf, legte seine menschliche Gestalt ab und ging durch den Raum, wobei er mit der Klaue gegen sein

Kinn tippte. „Ich denke, es wäre das Beste, wenn wir klären, ob du einem Ruf gemeinsam mit mir nachkommen kannst."

„Wie mache ich das?", fragte ich.

Sein Gesicht verzog sich zu einem spöttischen Grinsen, bevor er Tss machte. Seine krallenbewehrte Hand wedelte in meine Richtung. „Das Wichtigste zuerst. Der Eid. Wenn du in der Lage bist, auf einen Ruf zu antworten, sind wir schon halb am Ziel."

Natürlich würde er das nicht vergessen. Ich hatte zugestimmt, aber zu sehen, wie er das Papier aus dem Äther holte und es mir überreichte, war ein Beweis dafür, wie scharf er darauf war, das Reich zu verlassen. Ich nahm das Papier und las mir die unanfechtbare Vereinbarung durch, die keinen Spielraum für Interpretationen, Manöver oder Ausnahmen zuließ, sie aus technischen Gründen zu brechen. Der Eid verbot sogar die Übertragung des Eides, woran ich nicht gedacht hatte. Er band mich an eine Person, nicht an einen Namen – etwas, worüber ich nachgedacht hatte. Als ich den Teil erreichte, der mich verpflichtete, als Wirt zu dienen, wenn er nicht innerhalb von dreißig Tagen nach meinem Verlassen dieses Reichs körperlich wurde, zeigte er mit seiner Klaue in meine Richtung. „Nichts davon ist verhandelbar", sagte er. Sein Ton war angespannt und entschlossen. Eiskalte Augen hielten meinen Blick fest.

Ich holte tief Luft, ging den Eid noch einmal durch und dachte über alle Optionen nach, die mir zur Verfügung standen. Könnte ich selbst herausfinden, wie ich auf einen Ruf antworten konnte? Wollte ich mich wirklich mit den Konsequenzen auseinandersetzen, wenn ich eine Vereinbarung brach und ihn mir zum Feind machte? Als ich in seine Richtung sah, begegnete ich seinem Blick und sah die erbarmungslose Bosheit, die darin lauerte.

„Ich hätte nichts anderes erwartet." Ich schenkte ihm ein schwaches Lächeln. „Ich brauche einen Stift."

Er warf mir einen langen, abschätzenden Blick zu, und

ein dunkles, amüsiertes Lächeln umspielte seine Lippen. „Du bist ein schlaues Ding, nicht wahr?" Er kam näher an mich heran, ergriff meine Hand und zeigte mir langsam und mit sichtlicher Freude, wie scharf seine Krallen waren, indem er eine über meinen Zeigefinger zog und die Haut aufschnitt.

„Unterschreib!", forderte er und sah mich mit steinharten, kalten Augen an.

Obwohl ich wusste, dass ich keine anderen Optionen hatte, zögerte ich dennoch. Sobald ich meinen Namen schrieb, spürte ich die blutige Bindung des Eidkokons um mich herum und die hauchdünne Verbindung des Bandes mit ihm.

Mit einem breiten Lächeln nahm er mir das Papier ab und trat einige Schritte zurück, als erwartete er, dass ich es ihm wegnehmen wollte. Seine Lippen bewegten sich, als er einen Zauber aussprach, der den Eid verschwinden ließ.

Er ging nachdenklich auf und ab und blieb immer wieder stehen, um mich zu bitten, ihm alles zu erzählen, was vor meiner Verbannung hierher passiert war.

Er runzelte die Stirn, als er es das Mal betrachtete. „Du wirst zusammen mit mir Rufe beantworten. Wir werden zusammen reisen. Wenn ich auf einen Ruf antworte, wirst du deinen Körper behalten, weil du kein Dämon bist", vermutete er. „Sobald wir gerufen werden, musst du den Beschwörer davon überzeugen, den Kreis zu brechen und dich rauszulassen."

„Wenn derjenige den Kreis bricht, wirst du dabei auch rausgelassen", bemerkte ich.

Er nickte. „Das wäre für uns beide von großem Vorteil. Und wenn es jemand ist, der mich schon einmal beherbergt hat, wird es eine Verbindung geben und ..." Er beendete den Satz nicht. Anscheinend empfand er es als weitaus abstoßender, einen Mord vorzuschlagen, als ihn zu unterstützen.

Wenn die Menschen, die einen Dämon beherbergten, nur wüssten, dass die Verbindung, die sie mit dem Dämon geschaffen hatten, gefährlicher war als jeder potentielle Schaden, den ihr Körper durch Missbrauch durch den Dämon erleiden konnte. Sie machten sich verletzlich und zu einem potentiellen vorübergehenden Wirt, bis der Dämon einen Weg fand, körperlich zu werden. Und das Einzige, was das verhinderte, war, dass der Dämon jemanden fand, der bereit war, für ihn zu morden.

„Ich werde niemanden töten."

„Es wäre ein Vertrauensbeweis. Ein vorübergehender Körper, bis ich selbst körperlich werde."

„Das ist nicht Teil unseres Deals."

Er knurrte seinen Unmut mit verächtlicher Miene.

Er schlüpfte in seine menschliche Gestalt und ließ sich auf das Sofa fallen. „Jetzt müssen wir nur warten", sagte er zu mir und klopfte auf den Platz neben sich.

Das Warten dauerte nicht lange, nur zwanzig Minuten. Das Einzige, was ich zur Orientierung brauchte, war, dass er ein Wort knurrte, das ich nicht verstand, und grob meine Hände packte, während seine rußgeschwärzte Magie um mich herumwirbelte und mich mit dem Machtwort verband. Nachdem er vom Sofa gerissen wurde, peitschte seine frenetische Magie um mich herum. Ich war außerhalb des Reiches und im Kreis eingeschlossen.

Es dauerte ein paar Augenblicke, bis ich klar sehen konnte und mein Geist zur Ruhe kam. Vor Aufregung drängte ich mich zu sehr an die Grenze des Dämonenkreises, und eine elektrische Ladung schoss schmerzhaft in mich hinein und ließ mich zurückprallen. Der Kreis sah nicht wie die anderen aus, die ich gesehen hatte. Die Person, die uns gerufen hatte, hatte zusätzliche Vorsichtsmaßnahmen getroffen. Als ich seine elfenbeinfarbene Haut, sein struppiges, dunkelkupferfarbenes Haar, die Tätowierungen an seinen Armen und ein paar Tätowierungen um seine Finger betrachtete, erkannte ich ihn schneller als er mich: Das war Trace, der Hexenmeister, der versucht hatte, mich im

Austausch für das Black Crest Zauberbuch an Dareus zu übergeben. Mephisto hatte ihn bedroht, aber nicht, bevor ich meinen Unmut über ihn kundgetan hatte.

Zumindest hatte er nach unserer ersten Begegnung gelernt, seine Dämonenkreise zu verstärken. Er war jetzt extrem vorsichtig und beobachtete das Auftauchen von etwas, von dem er wahrscheinlich annahm, dass es sich um zwei Dämonen handelte. Es war offensichtlich, dass er diese Situation nicht für zufällig hielt. Stirnrunzelnd schüttelte er den Kopf und gestikulierte abweisend in unsere Richtung.

„Nein!", flehte ich und versuchte, näher an den Rand des Kreises zu treten, wurde aber von der Magie des Kreises zurückgeschleudert. Ich versuchte verzweifelt, verankert zu bleiben und scheiterte.

Die Stunden vergingen wie im Flug und wir erlebten eine Reihe von Misserfolgen, aber nicht, weil wir nicht gerufen wurden. Wir waren nicht schnell genug. Es gab viel mehr Leute auf der Erde, die mit Dämonen interagierten, als ich jemals vermutet hätte. Es gab mir gleichzeitig Hoffnung und beunruhigte mich, dass es so viele Hexen gab, die nie zugeben würden, dass sie dunkle Magie praktizierten, es aber auf jeden Fall taten.

Als ich ihren seltsam gefärbten Einbruch der Dunkelheit erlebte, hatte ich schon viel Zeit in Asials Nähe verbracht, und mehrere Stunden lang hatte es keinen Ruf gegeben.

„Ich komme morgen zurück", sagte ich mit müder, niedergeschlagener Stimme. Es war ein beschissener Tag gewesen, und ich war in einer Abwärtsspirale der Verzweiflung.

4

Innerhalb einer Woche beantworteten wir sechs Rufe, und jeder zog ihn zurück, als er zwei Gestalten sah. Der Schreck brachte fragende Blicke auf ihre Gesichter. Einem von ihnen konnte ich sagen, dass ich kein Dämon war. Er warf mir einen ungläubigen Blick zu und schickte uns zurück. Mir wurde aber nie die Möglichkeit gegeben zu erklären, in welcher Situation ich war. Einen Dämon zu beschwören und scheinbar zwei zu bekommen, erwies sich als größeres Problem, als ich angenommen hatte.

Durch die Zeit mit Asial hatte ich so viel über Dämonen erfahren, auf die ich gern verzichtet hätte. Sie mussten essen, aber ihr Fleisch war nicht wie unseres. Sie konsumierten verschiedene Eier, aber ich schaffte es nicht, so zu tun, als stammte das orange-schwarz gesprenkelte Ding in der Größe eines Straußeneis von einem Huhn. Der Käse ... nun, ich tat einfach so, als wäre er aus Kuhmilch, obwohl weder die Konsistenz noch der Geruch dafür sprachen. Und ich war nicht hungrig genug, um die Kreatur zu essen, die Asial zubereitet hatte. Die Auswahl an Beeren, die es im Dämonenreich gab, war überraschend. Ich ernährte mich mehr als alles andere von vertrauten Früchten.

„Ich denke, ich muss einen Ruf allein beantworten", sagte ich ihm, als wir draußen standen. Ich bemühte mich gezielt, alles zu ignorieren, was im Wald lauern könnte. Es waren nicht nur die Geräusche, die aus dem Wald kamen, oder die roten Augen der Kreaturen, die im hohen Gras herumschlichen, die die Umgebung eher einem Dschungel als einem Wald ähneln ließen. Der ungewöhnliche Mangel an Licht war immer gruselig, aber wenn ich einen Lagerkoller bekam, war die einzige Alternative, nach draußen zu gehen. Asial hatte eine ausgeprägte Abneigung dagegen, in Dareus' Haus zu sein; er Hass saß tief. Mein dämonischer Verbündeter hatte deutlich gemacht, dass es für mich besser wäre, meine Anwesenheit im Reich geheim zu halten. Ich hielt ihn nicht für vertrauenswürdig, aber aufgrund des Schicksals der anderen Hexen, die in das Reich gekommen waren, befolgte ich seinen Rat.

Mit zusammengekniffenen, kühlen Augen kam er bis auf wenige Zentimeter heran und musterte mich misstrauisch. Er sah mich immer an, als könnte er mir nicht vertrauen. Da irrte er sich nicht. Er hatte etwas Grausames und Beunruhigendes an sich, und ich hatte zugestimmt, ihn in unserem Reich freizulassen, nicht, dass ich das wollte. *Konzentriere dich, Erin! Das ist ein Problem für einen anderen Tag. Es war deine einzige Option.*

„Was für eine Nummer versuchst du abzuziehen, Erin?"

Ich wich zurück und schüttelte den Kopf. „Keine." Immer, wenn wir uns dem Wald näherten, blieb ich in höchster Alarmbereitschaft, mir wohl bewusst, dass ich den Kreaturen darin zum Opfer fallen könnte. Dem Fleisch nach, das er aß, und den Eintöpfen, die Asial immer im Haus hatte, waren die Tiere für ihn Beute.

„Du musst es mir sagen, wenn es eine Beschwörung gibt."

Ich ließ ihn das glauben. Ich hatte gelernt, dass Beschwörungen eine atmosphärische Veränderung verursachten. Die seltsamen Winde, die ich bemerkt hatte, traten immer erst auf, kurz bevor Asial mir mitteilte, dass jemand rief. Das erste Mal könnte ein Zufall gewesen sein, beim vierten Mal konnte ich davon ausgehen, dass es ein Muster war. Zusammen mit dem charakteristischen würzigen Geruch, der in der Luft lag, war ich zuversichtlich, dass ich erkennen konnte, wann ein Dämon beschworen wurde. Weder der Geruch noch die Veränderung in der Luft waren dem Dämon aufgefallen. Er hatte die Verbindung nicht hergestellt. Aber mir ging es ums Überleben, also bemerkte ich alles. Vor allem, wie mühelos die Dämonen ihre alternative Form beibehielten und mit einer Leichtigkeit hinein- und hinausschlüpften, als würden sie ein Hemd ausziehen. Er trug jetzt seine Dämonengestalt und die messerscharfen Krallen.

„Wenn ich nicht mit dir gehe, musst du aus deinem begrenzten Vorrat an Magie schöpfen", sagte er.

Ich wusste das und wollte ihn nicht erschöpfen und hier ohne Magie sein, weshalb ich es trotz des Wissens, wann ein Dämon beschworen wurde, bisher nicht allein versucht hatte.

„Gibt es eine Möglichkeit, eine Beschwörung für dich zu beantworten?" In der Zeit, in der ich bei ihm war, hatte er nur eine Frage beantwortet. Er schüttelte den Kopf. Es musste einen einfacheren Weg geben. „Auf dem Marktplatz habe ich eine Liste mit Namen und Orten gesehen. Wofür war die?"

Ein verschlagenes Lächeln huschte über seine Lippen. „Nur zur Information."

„Welche Art von Information?"

Er warf mir einen abschätzenden Blick zu und verzog nachdenklich sein Dämonenmaul. „Verschiedene Dinge. Diejenigen mit schwachen Kreisen. Potential", erklärte er kryptisch.

„Potential für was?" Als Antwort zuckte er mit den Schultern, und ich war mir sicher, dass er potentielle Wirte oder

Leute meinte, von denen sie glaubten, sie könnten ihnen bei der Suche nach einer Leiche helfen.

„Dann bleibt uns nichts anderes übrig, als dass ich es allein mache", schlussfolgerte ich.

Sein scharfer Blick blieb an mir hängen, als er zurückwich, zum Haus ging und mit einem Notizblock zurückkam, auf den ein Wort gekritzelt war.

„Hier." Er hielt mir das Papier entgegen. „Sag das."

„Ocolesi." Er korrigierte meine Aussprache, bis ich es richtig gesagt hatte.

„Was bedeutet das?"

„Damit kannst du auf eine Beschwörung antworten."

Ich wollte mehr über die Dämonensprache lernen, aber Asial schien mir dabei nicht helfen zu wollen.

„Die Bedeutung?", wiederholte ich.

„Sag es einfach", sagte er mit zusammengebissenen Zähnen. „Damit kannst du auf eine Beschwörung antworten. Du musst schnell sein", erklärte er.

Er warf mir einen finsteren Blick zu, der mich auf weitere Fragen verzichten ließ. Wir warteten, und seine nachdenklichen Augen beobachteten die Aktivitäten der Kreaturen, die das Gebiet hinter mir bevölkerten. Ich nahm das kleine Messer in die Hand, das ich aus meinen Schuhen gezogen hatte, als ich im Reich der Dämonen gelandet war. Es war, um eventuelle Angriffe der Waldbewohner abzuwehren, aber je finsterer seine Blicke wurden, desto mehr fragte ich mich, ob er Bekanntschaft mit der kleinen, aber gefährlichen Klinge machen würde.

„Jetzt!", platzte er heraus. Ich reagierte nicht sofort und hoffte, dass mich die verschwendete Zeit nicht meine Chance gekostet hatte.

Obwohl ich meine Magie nutzte, um auf den Ruf zu antworten, hatte sie etwas Feuchtkaltes an sich. Durch das Dämonenreich gefiltert, wirkte sie abstoßend. Ich fragte mich, ob es etwas war, das der Beschwörer bemerken würde. Würde es sich zu meinem Vorteil oder Nachteil auswirken?

Der Mann auf der anderen Seite fuhr sich mit der Hand durch sein dunkelviolett gefärbtes Haar. An der Außenseite seines Arms verlief bunte Körperkunst. Er hatte einen Nasenring. Durchdringende bernsteinfarbene Augen musterten mich misstrauisch. Seine blass weizenfarbene Haut war gerötet. Angst. Vielleicht Scham. Als er sich dem Kreis näherte, zögerte er.

„Ich hatte was anderes erwartet", gab er zu. Er war ein Erstbeschwörer. Das konnte gut oder schlecht für mich sein.

„Ich brauche deine Hilfe", platzte ich offensichtlich etwas zu aggressiv heraus, weil er ein paar Schritte zurückwich. „Ich bin kein Dämon", erklärte ich.

Seine Lippen verzogen sich. Als hätte er einen Täuschungsversuch erwartet und ich hatte ihn nicht enttäuscht.

„Du bist kein Dämon, aber du bist gekommen, als ich einen beschworen habe?" Seine Antwort war herablassend und sein Gesichtsausdruck voller Zweifel.

„Ich weiß, es ist schwer zu glauben, aber jemand hat mich in das Dämonenreich verbannt." Ein Funke Angst huschte über sein Gesicht und verschwand dann. Es musste erschütternd sein zu wissen, dass das möglich war.

„Ich weiß, dass dir das unwahrscheinlich vorkommen muss. Ich verstehe. Mein Name ist Erin Jenson. Wenn du Madison Calloway kontaktieren könntest, sie leitet die Runes-and-Recovery-Abteilung der STF, oder Cory Keats, werden sie dir sagen, dass ich seit etwas mehr als einer Woche vermisst werde."

Er wich ein paar zögernde Schritte zurück, und es fiel mir immer schwerer, seinen Gesichtsausdruck zu deuten. Für einen Moment war seine Miene leer, bevor er seine Lippen zur Seite verzog. Er schüttelte den Kopf. Natürlich würde er zögern, jemanden für mich zu kontaktieren, denn dann müsste er zugeben, mit Dämonen und dunklerer Magie herumgespielt zu haben.

„Sie werden nichts dazu sagen, dass du einen Dämon beschworen hast, das schwöre ich dir." Mein Versprechen bedeutete ihm nichts, denn für ihn war ich ein Dämon, der versuchte, ihn auszutricksen.

Ich überlegte, ihm mein Mal zu zeigen, aber wie sollte ihn das überzeugen, da alle Dämonen eines hatten? Er wusste wahrscheinlich nicht einmal, dass sie sie hatten. „Was muss ich tun, um dich zu überzeugen?" In meinem Kopf herrschte ein hektisches Surren. Wem würde er vertrauen? „Du bist ein Magier?", mutmaßte ich, als ich einen Blick auf das Symbol ihres Gottes Prae erhaschte.

Ich war im Begriff, ihn zu verlieren. „Wie heißt du?", fragte ich mit unverhohlener Verzweiflung in meiner Stimme.

„Das werde ich dir nicht sagen", blaffte er.

„Ein Dämon kann mit einem Namen nichts anfangen", sagte ich zu ihm mit angespannter Stimme und versuchte, die wachsende Frustration zu unterdrücken. Meine Angst und mein Kummer ließen mich wahrscheinlich verrückt aussehen. „Asher", platzte ich heraus. Vielleicht würde er es lieber einem Mann erzählen, der kein Magieanwender war. Jeder kannte den Alpha; er hat es deutlich gemacht. „Der Alpha der Wandler. Würdest du ihn für mich kontaktieren?"

„Du willst, dass ich den Alpha des Nordwestrudels kontaktiere und ihm was sage?"

„Dass ich im Dämonenreich bin. Er wird es die anderen wissen lassen."

Er runzelte die Stirn. „Vielleicht sagst du die Wahrheit, aber ich will mich nicht einmischen."

Er öffnete den Mund. Er wollte mich zurückschicken. Ein Gefühl der Hilflosigkeit ließ mich gegen den Kreis rennen, doch wieder wurde ich zurückgeworfen. „Brich den

Kreis. Ich bin kein Dämon. Brich den verdammten Kreis!",
verlangte ich. „Bitte schick–"

Asial teilte meine Enttäuschung, als ich dort, wo ich angefangen hatte, zu Boden sackte und gegen die Tränen
ankämpfte. Jeder Misserfolg bedeutete, dass auch er das
Reich nicht verlassen würde.

Ich werde nicht besiegt werden. Wie konnte ich sie überzeugen, dass ich die war, die ich zu sein behauptete? Wen kannte
ich, der dem Beschwörer Vertrauen einflößen würde?

5

Ich war seit zwei Monaten im Dämonenreich. Meine Effizienz bei der Beantwortung von Beschwörungen hatte sich verbessert. In den letzten drei Tagen hatte ich vier beantwortet. Meine Fähigkeit, Beschwörungen ohne Asial zu beantworten, veranlasste mich, die meiste Zeit draußen zu sein und bis auf zwei bis drei Stunden pro Tag für Beschwörungen zur Verfügung zu stehen. Der Mangel an Schlaf beeinträchtigte meine Toleranz und Geduld, die ich brauchte, zusammen mit der klugen Überzeugungskraft, um aus dem Reich herauszukommen.

„Besitzt du eine Phylaca-Urne?", platzte ich bei einem Beschwörer heraus. Keines der Skripte, die ich für die Beschwörer erstellt hatte, hatte funktioniert. Niemand war bereit, Madison, Cory oder auch nur Asher zu kontaktieren. Ich hatte sogar Mephistos Namen erwähnt, aber er war in den Kreisen, die Dämonen beschworen, nicht so bekannt, es sei denn, sie waren extrem dubios und besaßen ein beeindruckendes Bankkonto. Sein Kreis war die magische Elite.

Vertraue niemals einem Dämon war der Glaube, der von den meisten vertreten wurde. Ich antwortete auf eine Beschwörung; sie waren davon überzeugt, dass ich ein

Dämon war, der sie austricksen wollte. Alle betrachteten mich mit größtem Argwohn.

„Was?", fragte die drahtige Latina vor mir. Auf jeden Fall eine Hexe. Eine Mächtige, die nicht viel von Smalltalk zu halten schien.

„Ich bin kein Dämon, aber wenn du mir nicht vertraust, stell die Phylaca-Urne in die Nähe des Kreises, öffne sie und benutze sie, um mich zu fangen", flehte ich. Asial war zuversichtlich, dass ich körperlich sein würde, weil ich körperlich war, bevor ich ins Reich verbannt worden war.

Sie runzelte die Stirn. Ich stellte sie vor eine Aufgabe? Unwahrscheinlich.

„Ich habe eine, und ich gebe sie dir", sagte ich zu ihr. Sie hatte sich nicht wie die anderen gesträubt, was mich optimistisch stimmte. „In meiner Wohnung ist eine. Du kannst sie haben. Sobald du sicher bist, dass ich kein Dämon bin, gehört sie dir. Du kannst sie für viel Geld verkaufen."

„Du kannst mir also kein Denuck besorgen?", fragte sie, und das Interesse an dieser Situation, an mir, war ihrem Gesichtsausdruck anzusehen.

„Nein, das kann ich nicht. Ich bin kein Dämon, und warum zum Teufel versuchst du, an die dunklen Zaubersprüche zu kommen, die darinstehen? Versuchst du, Menschen, Tiere, Dinge zu kontrollieren?", fragte ich. *Schelte sie nicht! Verurteile sie nicht, Erin! Du brauchst sie.*

Sie presste ihre Lippen zu einer dünnen, starren Linie zusammen.

„Ich kann versuchen, dir zu helfen, aber du musst mich rauslassen. Brich den Kreis!"

„Ich sollte zuerst die Phylaca-Urne haben, oder?"

Ich nickte.

„Und das Denuck?"

„Ich kann es versuchen. Wenn du mir sagst, wofür du es brauchst, werde ich mein Möglichstes tun, dir zu helfen. Du bekommst, was du willst, und ich gehe davon aus, dass es sich um einen beliebigen Zauber in diesem Zauberbuch handelt, und eine Phylaca-Urne, und du musst keinen Deal mit einem Dämon machen. Die Urne kannst du für fast zehntausend Dollar verkaufen."

Ich schauderte angesichts dessen, was ich Maddox, dem Drachenwandler, dafür bezahlt hatte, um sie gegen Dareus einzusetzen.

„Also muss ich einen Weg in deine Wohnung finden." Sie schnaubte. „Die Phylaca-Urne holen, dich dann aus dem Kreis lassen und hoffen, dass du mir mit dem Denuck helfen kannst?" Spott und Ungläubigkeit hatten sich als starre Grimasse auf ihr Gesicht gelegt.

„Du wirst dafür entschädigt."

„Wie komme ich in deine Wohnung?"

„Meine Schwester hat einen Schlüssel", platzte ich heraus. „Madison Calloway."

Sobald ich den Namen gesagt hatte, beobachtete ich, wie die Hexe über ihn nachdachte und überlegte, wo sie ihn gehört hatte. Mein Scheitern tat weh, als die Erkenntnis, dass Madison bei der STF war, auf ihr Gesicht trat. Ich hatte eine Hexe gebeten, einen Schlüssel von Madison zu holen, nachdem ich sie mich gebeten hatte, ihr ein höchst illegales Denuck-Zauberbuch zu besorgen, damit sie wahrscheinlich einen ebenso illegalen Animationszauber ausführen konnte.

Ich hatte keine Chance, etwas zu sagen, bevor sie den Zauber flüsterte, um mich zurückzuschicken.

Als ich auf dem rauen Gras landete, kämpften Wut, Rachegelüste und Verzweiflung in mir. Der einzige Trost, den ich fand, war die Gewalt, die ich Elizabeth und Malific antun wollte. Über mich würden warnende Geschichten erzählt. Die Leute würden auseinanderlaufen, wenn sie mich sahen, aus Angst vor meinem Zorn. Es war mir egal, dass das die Fieberträume einer Psychopathin waren. Ich wollte Rache. Ich hatte sie verdient.

Halbmondförmige Vertiefungen zeichneten sich in

meinen Handflächen ab, weil ich Fingernägel hineingebohrt hatte. Mein Atem war unregelmäßig und flach, als ich die beißende Luft einatmete. Ich versuchte, mich an einem Hoffnungsschimmer festzuhalten, aber er verblasste schnell. Das durfte nicht der Ort sein, an dem ich meine letzten Tage verbrachte. Es durfte einfach nicht sein.

„Ich dachte, du wärst inzwischen weg und arbeitest an einem Plan, deinen Eid zu brechen."

Ich setzte mich auf, um Asial in seiner Dämonengestalt zu sehen. Der vorwurfsvolle finstere Blick verschwand nie wirklich aus seinem Gesicht. Er wurde sanfter, blieb jedoch.

„Der Eid ist bindend", erinnerte ich ihn. Ich hasste den schwachen, trostlosen Klang meiner Stimme. Er ließ sogar ihn innehalten.

„Ich will hier raus, Erin. Du gibst nicht auf, oder?" Er sah mich mit zusammengekniffenen Augen an, als ob er sah, dass seine Chancen, dem Reich zu entkommen, mit meinem Selbstvertrauen schwanden.

Als Antwort konnte ich nur den Kopf schütteln.

„Ah, deshalb haben wir dich so selten gesehen", sagte eine Stimme hinter mir. Sie war tief, mit rauem Timbre, aber keineswegs unangenehm. Ich war mir sicher, dass der Besitzer alles andere als das war. Diskret nahm ich die Athame in die Hand, die ich mir aus Dareus' Zimmer geliehen hatte, dann stand ich auf und drehte mich um.

Asial war groß. Doch dieser Dämon war massiv, sowohl was seine kräftigere Statur anging, als auch in seiner Größe. Er war mehr als einen Kopf größer als Asial. Seine ledrige Haut war von einem fauligen Grün. Die Grate über seiner Stirn schienen scharf genug zu sein, um zu schneiden, und waren eine zweite Möglichkeit für ihn, jemanden aufzuspießen, wenn die Hörner nicht reichten. Ich wollte unbedingt seine angenehmere menschliche Gestalt sehen, weil sein Dämon jedes Warnsignal in mir schrillen ließ und mich zur Flucht drängte.

Die Gewaltbereitschaft zwischen den beiden war spürbar. Asial betrachtete ihn nur einen Moment lang, bevor er sich auf das rotäugige Tier an seiner Seite konzentrierte. Das dicke Fell und seine gewaltige Größe erinnerten mich an einen tibetischen Mastiff. Aber hier endeten die Ähnlichkeiten auch schon. Es fletschte messerscharfe Zähne. Aus der Mitte seines Kopfes ragte ein Dorn, eine verzerrte Version eines Horns. Es wedelte mit einem langen, ledrigen Schwanz hin und her, der leicht als Peitsche durchgehen konnte.

„Sariez", stieß Asial mit zusammengebissenen Zähnen hervor. „Das ist nicht dein Land. Geh!"

Sariez runzelte die Stirn. „Dir gehört es auch nicht, und angesichts der Beziehung, die du mit Dareus hattest, würdest du niemals einen Fuß in die Nähe seines Grundstücks setzen, wenn er da wäre, und er würde dich auch nicht darauf finden wollen. Also" – sein Blick fiel schnell auf mich – „gehe ich davon aus, dass er nicht zurückkommt." Der Neuankömmling bewegte sich langsam auf mich zu. Ich umklammerte das Athame fester und war mir nicht sicher, wie viel Kraft es erfordern würde, die dicken Hautschichten zu durchdringen, und ob es schmerzhaft für ihn wäre. Es musste. Ich hoffte, dass es so war.

„Ich glaube, das hat mit unserem neuen Gast zu tun", gurrte er. Der Dämonenhund trottete neben ihm her. Ich wich einen Zentimeter zurück und behielt meine Waffe an meiner Seite, bereit zuzuschlagen, wenn nötig.

„Meine", zischte Asial. Ich war nicht glücklich darüber, in welche Richtung sich diese Bewegung entwickelte.

„Deine?", schoss Sariez mit düsterer Belustigung zurück. In seinen Worten lag etwas Heimtückisches und Anzügliches. „Du hast niemandem die Chance gegeben, sie zu beanspruchen. Kein Bieten? Wie egoistisch von dir."

Mein Magen wurde flau. Könnte er Asial dazu zwingen? War das Teil ihres Gesetzes, eine soziale Norm oder eine stillschweigende Vereinbarung zwischen den Dämonen?

„Verschwinde!", stieß Asial mit zusammengebissenen Zähnen hervor.

„Hmm. Ich habe gehört, was du zu ihr gesagt hast." Er kam zu nah. Nur wenige Zentimeter entfernt. Ich bereitete mich darauf vor, mich zu verteidigen, während er den Kopf neigte und mich musterte. „Wie willst du ihm hier raushelfen?"

Ich weigerte mich, mich unter seiner bedrohlichen Präsenz zu ducken, egal, wie stark der Impuls war. Ich straffte meine Schultern und stand aufrechter. Er streckte die Hand aus, um mich zu berühren oder zu packen, aber Asials Körper kollidierte mit ihm, und seine Krallen schnitten in Sariez' Hals. Eine tief schwarz-rote Flüssigkeit sickerte heraus. Sie konnten bluten, aber das Ausmaß der Kraft, die dazu nötig war, war erstaunlich. Ich beobachtete den Hund, dessen rote Augen mich fixierten.

Als der Kampf begann, hatte ich keine Ahnung, wer gewinnen würde. Sariez hatte für einen gewissen Abstand zwischen ihnen gesorgt. Er stürmte auf Asial los und spießte ihn mit seinen Hörnern auf. Asial rammte Sariez seine Fäuste in den Rücken und ließ noch heftigere Schläge in seine Seite niederprasseln. Zwischen Sariez' Versuchen, den Treffern auszuweichen, gelang es Asial, sich mit ausgebreiteten Flügeln von den Hörnern zu lösen, und er schleuderte sich mit großer Anstrengung in die Luft. Sie waren beide verletzt, aber ich wusste nicht, ob die Wunden tödlich waren.

Meine Verpflichtung gegenüber Asial würde mit ihm sterben, aber wenn ich keinen Weg finden konnte, aus dem Dämonenreich zu fliehen, und Sariez überlebte, könnte ich dann denselben Deal mit ihm abschließen oder würde er mich auf dem Markt verkaufen? Mein Herz hämmerte so heftig, dass ich die Veränderung der Atmosphäre und den Duft der Beschwörung beinahe nicht bemerkt hätte. Ich flüsterte das Wort und fegte davon, gerade als der Schwanz des Dämonenhundes in meine Richtung peitschte.

6

Als mir klar wurde, dass es mir gelungen war, auf den Dämonenruf zu antworten und den Angriff des Dämonenhundes abzuwehren, atmete ich erleichtert auf. Dann stieß ich fast einen Freudenschrei aus, als ich Wendy auf der anderen Seite des Kreises sah. Auf dem Gesicht der gierigen Hexe zeichnete sich Verwirrung ab. Sie hatte einen Dämon beschworen und stattdessen mich bekommen.

„Was?" Sie runzelte die Stirn. „Wie kommst du hierher?"

„Lange Geschichte. Du musst den Kreis brechen. Lass mich raus." Anstatt näher zu treten, wich sie zurück. „Wendy, bitte", sagte ich schwach. „Bitte. Du musst das wirklich für mich machen. Es ist eine lange Geschichte, und ich kann sie später erklären. Aber ich muss aus diesem Kreis raus. Es geht um Leben und Tod." Ich brauchte das so sehr, dass ich nicht davor zurückschreckte, mich flehend auf die Knie zu werfen.

Sie kam näher und musterte mich immer noch skeptisch. Mein Herz raste. Mehr als zwei Monate und ein einziges Wischen von Wendys Fuß über den Kreis und es könnte endlich vorbei sein. Die ständige Enttäuschung hatte mich ausgelaugt, und ich war mir nicht sicher, wie ich noch eine überleben sollte.

Sie zögerte. „Bist du ein Dämon?"

„Nein, ich wurde von einem anderen Dämon hierher verbannt. Ich habe dasselbe Mal wie sie, aber ich bin keiner."

Sie starrte nachdenklich zu Boden. „Wirst du nicht körperlos sein, wenn du aus dem Kreis gehst?", fragte sie. Das war ihr egal; sie wollte einfach nicht, dass ich versuchte, sie als Wirt zu benutzen.

„Selbst wenn ich es wäre, müsstest du einem *Gavale Bradish*-Atropismus zustimmen, um deinen Körper als Wirt anzubieten."

Ich hatte auch Angst davor, körperlos zu sein, aber ich war kein Dämon; ich trug nur das Mal. Wenn eine Hexe von unserer Welt in das Dämonenreich gelangen konnte, musste es umgekehrt auch funktionieren.

Ich gebe zu, Müdigkeit, Hoffnungslosigkeit und Verzweiflung hatten ihren Tribut gezollt. Ich faltete mich in mich selbst zusammen und hatte nicht einmal die Kraft, die unsanfte Rückkehr aus dem Kreis zu ertragen.

Berechnung huschte über ihr Gesicht und blieb in ihren Augen. „Was bist du, Erin?", fragte sie, nur wenige Zentimeter von dem Kreis entfernt, den sie nicht durchbrechen wollte.

„Wird das zwischen uns bleiben?"

Sie nickte unverbindlich. Sie war nicht zur Geheimhaltung verpflichtet. Meine einzige Hoffnung war, dass das Druckmittel, das das Wissen eindeutig darstellte, sie dazu ermutigen würde. Vielleicht war es an der Zeit, mich zu outen.

„Ich bin eine Halbelfe oder halb Halbgöttin. Jeder scheint seine persönliche Vorliebe dafür zu haben, wie er mich nennen will."

Ihre Augen weiteten sich, und für einen kurzen Moment hatte ich den seltsamen Eindruck, dass sie sich verbeugen oder irgendwelche Zeichen der Ehrfurcht zeigen würde. Aufregung erhellte ihren normalerweise verkniffeneren

Gesichtsausdruck. „Ich wusste, dass du kein Magier bist. Ich wusste es!" Ihre Füße glitten über die Barriere und durchbrachen den Kreis.

Als ich mit dem Gesicht nach vorn fiel, überwältigten Erschöpfung und rohe Diablerie-Magie mich. Die Welt drehte sich um mich herum.

„Danke", hauchte ich, bevor es dunkel wurde.

„Erin." Corys Stimme war ein heiseres Flüstern, das durch die Dunkelheit drang. Ich öffnete die Augen einen Spalt weit und konnte sein schattenhaftes Gesicht durch meine Wimpern sehen. Sein Bild wurde klar, als ich meine Augen weiter öffnete.

„Du bist hier." Seine Stimme brach, als er mich an sich zog. Seine Umarmung war erdrückend fest, aber willkommen. Oh, so willkommen.

„Warum liege ich am Boden?", fragte ich und sah mich in dem unbekannten Raum um. Wendy stand an der Tür.

„Da bist du gelandet, und ich wollte dich nicht anfassen. Nachdem du ohnmächtig geworden bist, hat dein Arm braun-orange geleuchtet, und schwarzer Ruß ist von deinem Körper aufgestiegen. Ich wollte dem, was auch immer es war, nicht ausgesetzt sein, also bin ich rausgegangen", gab Wendy zu und warf einen Blick auf Cory, vielleicht, um herauszufinden, ob er irgendwelche negativen Auswirkungen auf die Nähe zu mir spürte.

Dir ist schon bewusst, dass niemand dir je vorwerfen wird, ein Held zu sein, oder?

Ich warf einen Blick auf meinen Arm. Das Dämonenmal war verschwunden. Das erklärte das Leuchten. Ich war mir nicht sicher, ob es zu Dareus zurückkehren, ihn auf meine Flucht aufmerksam machen und ihn wissen lassen würde, dass ich kommen würde, um ihn mir vorzunehmen. Es war sehr befriedigend zu glauben, dass er vielleicht ein bisschen Angst hatte, vielleicht sogar in Panik geriet. Leider war anstelle des Mals ein dünner, in sich verschlungener, anthrazitfarbener Reif um mein Handgelenk. Mein Eid, der mich an Asial band. Er hatte seine Begegnung mit dem anderen Dämon überlebt.

Als Cory das Mal sah, zog er die Augenbrauen hoch. Ich warf ihm ein schwaches Lächeln zu. „Das erkläre ich später." Aus meinem Gesichtsausdruck musste er schließen, dass es nichts war, das ich in Wendys Gegenwart besprechen wollte.

„Denkst du, du kannst zum Auto gehen?", fragte Cory, streckte seine Hand aus und zog mich hoch, damit ich aufstehen konnte. Ich war aufgrund der einseitigen Ernährung und des Schlafmangels wackelig. In den letzten zwei Monaten war ich nur von Hartnäckigkeit, Entschlossenheit, Wut und Rachegelüsten angetrieben worden. Ein Mensch konnte nur eine begrenzte Zeit davon leben, und ich war an meine Grenzen gestoßen.

Er legte seinen Arm um meine Taille.

„Soll ich dich tragen?", flüsterte er.

„Himmel, nein. Gib mir einfach einen Moment."

„Ich habe dich vermisst", gab er zu.

Mein Magen knurrte, und meine Lider waren schwer, aber ich schaffte es bis zur Tür, wo Wendy stand und immer noch vorsichtigen Abstand zu mir hielt.

„Ich hoffe, du vergisst das nicht", sagte sie. Übersetzung: Sie würde definitiv einen Gefallen als Gegenleistung erwarten.

„Natürlich." Ich würde die Tatsache ignorieren, dass Wendy regelmäßig mit Dämonen zu tun hatte. Ab wann galt jemand als Praktizierender dunkler Magie?

„Wohin soll ich dich bringen? Du kannst bei mir bleiben. Ich habe nur das eine Bett, aber es gehört dir, wenn du willst. Ich kann mir nicht vorstellen, dass du allein bleiben willst. Oder zu Madison? Sie ist bei der Arbeit, aber ich werde –" Er runzelte die Stirn. „Deine Handtasche und dein Handy wurden im Club gefunden, du hast also keine Schlüssel, oder?"

Ich schüttelte den Kopf. „Kein Handy, keine Schlüssel, keinen Ausweis. Ich gehe davon aus, dass ich kein Zuhause habe, wohin ich gehen kann. Ich habe meine Miete seit zwei Monaten nicht bezahlt."

Cory grinste schief. „Nein, du hast definitiv ein Zuhause. Ich habe deine Miete bezahlt, und anscheinend gab es eine Menge Leute, die darum gewetteifert haben, dafür zu sorgen, dass du ein Dach über dem Kopf hast. Die Hausverwaltung schien davon ziemlich amüsiert zu sein. Mephisto war schneller als ich, Madison und Asher. Deine Miete ist für ein ganzes Jahr bezahlt."

Verdammt. Ich konnte mir nicht vorstellen, wie es sich für sie angefühlt haben musste, sich vorzustellen, dass ich ein ganzes Jahr weg sein könnte.

7

Auf der Nachhausefahrt gelang es Cory, sich mit Fragen zurückzuhalten, konnte sich aber mehrere verstohlene, besorgte Blicke nicht verkneifen. Madison war geschickt darin, ihre Gefühle zu unterdrücken, und wirkte stoisch, während die Welt in Flammen stand. Ich war mir sicher, dass sie diese Fähigkeit während meiner Abwesenheit intensiv genutzt hatte. Als sie mich sah, fiel das alles weg. Ihre Lippen öffneten sich, aber die Worte kamen nicht, als sie zitternd Luft holte und versuchte, mich zu begrüßen. Ein vertrocknetes Krächzen kam heraus, bevor sie sich auf mich stürzte, um mich zu umarmen, und sie ihren Körper an mich drückte. Ich konnte spüren, wie sehr meine Abwesenheit sie belastet hatte.

„Du hast es zurückgeschafft", flüsterte sie und bewegte sich, weigerte sich aber, ihre Hände ganz von mir zu nehmen.

„Nicht ohne Konsequenzen", gab ich zu und ließ ihre Augen besorgt aufblitzen.

„Bist du verletzt?", fragte sie und musterte mich, bevor sie mit ihren Händen über meine Schultern und meinen Arm strich und schließlich einen flüchtigen Blick auf meine unteren Extremitäten warf.

Ich schüttelte den Kopf, doch sie trat zurück und runzelte die Stirn, als sie mich betrachtete. Ich hatte abgenommen, hatte meine Haare nicht so gepflegt, wie ich sollte, und die Produkte aus dem Dämonenreich und die rußartige Magie, die zurückgeblieben war, hatten bei mir das Gefühl hinterlassen, dass ich schmutzig war, obwohl ich nicht glaubte, dass ich so aussah.

„Du bist okay?", fragte sie. Ich bestätigte es, aber nicht sehr überzeugend. Irgendetwas brachte sie dazu, es dabei zu belassen. Vielleicht wollte ich es nicht noch einmal durchleben, bevor ich die Gelegenheit hatte, mich mit Vertrautheit zu umgeben. Als ich mit Cory und Madison hinter mir die Tür meiner Wohnung öffnete, wurde mir das Ausmaß von allem bewusst. Ich war zu Hause. Eine sauberere, nach Zitrone duftende Version meines Zuhauses mit ordentlich platzierten, aufgeschüttelten Kissen. Als ich über meine Schulter blickte, konnte ich nicht sicher sagen, wer seine Frustrationen beim Putzen meiner Wohnung herausgelassen hatte. Ich bedankte mich einfach.

Noch dankbarer war ich dafür, dass sie mich nicht mit Fragen bombardierten. Aufgrund der Art und Weise, wie ich zurückgekommen war, war ich mir sicher, dass sie eine Vorstellung davon hatten, wo ich gewesen war.

Meine Gefühle schwankten zwischen Freude und Erleichterung, zu Hause zu sein, und der überwältigenden Angst vor dem, was mich nach meiner Rückkehr erwartete. Madison drückte mir mein Handy, das irgendwie überlebt hatte, in die Hand. Ich entsperrte es und warf einen Blick die Nachrichten.

„Ruf unsere Eltern nicht an", riet Madison, wohl wissend, dass es sich bei einem erheblichen Teil der Benachrichtigungen um verpasste Anrufe und Nachrichten von ihnen handelte.

„Warum nicht?"

Den Blick auf den Boden gerichtet, ließ sie seufzend die Schultern hängen. Sie fuhr mit den Fingern durch die Haarsträhnen, wo ihr natürlicher Kupferton langsam unter der dunklen Farbe, mit der sie sie gefärbt hatte, zum Vorschein kam.

„Ich wollte nicht, dass sie sich Sorgen machen, also habe ich ihnen gesagt, dass du einen Auftrag hast und nicht gut kommunizieren kannst." Sie presste ihre Lippen aufeinander. Wir logen unsere Eltern nie an. Zumindest keine offensichtlichen Lügen. Wir beschränkten uns auf Auslassungen und entschärfte Versionen der Wahrheit und gaben nur auf Nachfrage nähere Erklärungen ab.

Ich nickte und schenkte ihr ein nachdenkliches, verständnisvolles Lächeln, da ich mir vollkommen darüber im Klaren war, was sie in den letzten zwei Monaten mit unseren Eltern und der Suche nach mir durchgemacht hatte.

Die Stille war bedrückend vor Neugier, aber ich brauchte einen Moment. Widerwillig nickten sie verständnisvoll, als ich ihnen sagte, dass ich eine Dusche brauche. Nicht nur, um die Spuren des Dämonenreichs wegzuwaschen, sondern auch, um alles zu verarbeiten, was passiert war, bevor ich es noch einmal erzählen musste.

„Essen?", fragte Cory.

„Pizza bitte."

In meinem Schlafzimmer starrte ich auf die Unmenge von Nachrichten auf meinem Handy. Ich hatte Anrufe und Nachrichten von Asher und Landon, Nachrichten für Aufträge, mehr als die Hälfte der Anrufe kamen von meinen Eltern und meinen zweiten Eltern, aber nichts von Nolan. Warum nicht? Ich rief ihn zuerst an. Der Anruf schaltete direkt zu einer automatischen Antwort, die vorprogrammiert war und abgespielt wurde, wenn jemand keine personalisierte Nachricht eingerichtet hatte. Mein nächster Anruf galt Mephisto.

„Erin." Seine Stimme war rau und besorgt.

„Hi." Das war alles, was ich herausbrachte, als ich gegen die geschlossene Schlafzimmertür sank.

„Wo bist du?", platzte er heraus. Im Hintergrund war Rascheln zu hören, das sich anhörte, als würde er seine Jacke anziehen und durch das Haus gehen.

„Zuhause. Ich bin sicher, hier mit Cory und Madison."

Es folgte kurzes Schweigen. „Brauchst du Zeit?"

Und ob ich die brauchte. Ich wollte Zeit mit Cory und Madison verbringen, aber ich wollte ihn hier haben, wenn ich über die Ereignisse im Reich sprach. Ich wollte das nur einmal erzählen müssen. „Ich möchte, dass du hier bist … ich … ich will es allen gleichzeitig erzählen", brachte ich hervor.

„Natürlich." Wir hätten auflegen sollen, aber keiner von uns schien dazu in der Lage zu sein. Die Stille, sein Schweigen, füllte eine Leere, von der ich nicht gewusst hatte, dass sie existierte. „Ich seh dich gleich." Dann legten wir auf.

Bevor ich unter die Dusche ging, überlegte ich, ob ich eine Nachricht schicken oder Asher anrufen sollte. Ich entschied mich dafür, ihm eine Nachricht zu schicken, und war damit im Vorteil. Ich müsste mir keine Bemerkungen zu Veränderungen in meiner Atmung anhören oder was er aus der Modulation oder meinem Ton schloss.

„Ich bin zu Hause", schrieb ich.

„Zu Hause?" Die Antwort kam sofort. Dann folgte schnell eine weitere Nachricht. „Ist das alles, was du mir sagen willst?"

„Nein. Wir reden später."

„Im Laufe des Tages?"

„Nein. Später. Vielleicht morgen. Es ist kompliziert, und ich muss viele Brände löschen."

„Ich bin eine Feuerwache", schoss er zurück. Natürlich hatte er das Bedürfnis, Feuer- und Wolf-Emojis zu senden. Als würde irgendjemand jemals vergessen, dass er ein Wandler und der Alpha war. Asher würde Asher bleiben.

„Ich brauche keine Feuerwache. Nur eine Menge Magie, die ich nicht habe. Lass uns später reden. Okay?"

Diesmal dauerte es länger, bis er antwortete. Ich konnte ihn schreiben sehen, dann nicht. Dann noch einmal. Sonst nichts. Schließlich bekam ich ein „Okay".

Sauber fühlte sich gut an. Im Dämonenreich hatte meine Entschlossenheit, so vielen Beschwörungen wie möglich zu folgen, mich so schnell duschen lassen, dass ich mich nie so sauber fühlte wie nach einer ausgiebigen Dusche zu Hause. Ganz zu schweigen von dem rußigen Film aus Dämonenmagie, der an meiner Haut klebte und mich selbst nach dem Duschen nie zu verlassen schien. Hier erfüllte der anhaltende blumige Duft meines Shampoos und der Vanille-Duschcreme mein Badezimmer und meine Sinne. Zu Hause. Es fühlte sich wie zu Hause an.

Ich zog das Handtuch fester um mich und rief „Herein!", als es an meiner Tür klopfte. Mephisto spähte herein, sein Lächeln war nachdenklich und vorsichtig.

„Hi." Seine Stimme klang heiser. Sein Aussehen – frisch gebügeltes anthrazitgraues Hemd und Hose – stand im Widerspruch zu der Müdigkeit in seinen Augen. Der Schatten eines Stoppelbartes war zu sehen, und sein Haar war ein bisschen länger. Weiche Wellen fielen in seine Stirn und über seine Ohren.

Vielleicht lag es daran, dass ich geblinzelt hatte, oder ich hatte mich an diese unmerkliche Bewegung gewöhnt, aber gerade noch stand er an meiner Tür, und im nächsten Moment war er direkt vor mir und drückte mir einen Kuss auf die Stirn.

„Danke, Cousin M. Ich habe dich auch vermisst. Was bringst du zum nächsten Familientreffen mit, vielleicht Krautsalat?", neckte ich. Dann bedeckten seine Lippen meine in einem sanften, zärtlichen Kuss.

„Meine Halbgöttin", flüsterte er und beendete den Kuss. Er schmiegte sein Gesicht an meinen Hals und drückte meinen Körper fester an sich. Schließlich zog er sich zurück, sein Finger glitt über die Kanten meines Kinns, strich zu meinem Hals, meiner entblößten Schulter und die Rundungen entlang. Seine Erkundung endete mit einer federleichten Berührung meiner Stirn, bevor er sie sanft küsste. Die Wärme seines Körpers und seiner Berührung vertrieb die Kälte im Raum.

Ich lehnte mich an ihn und verschmolz mit der Wärme seiner Umarmung. Er atmete in meine Haare und flüsterte: „Es tut mir leid." Verzweiflung und Schmerz lagen in seiner Stimme, als bräuchte er Absolution.

Ich löste mich von ihm und blickte in seine tiefen, dunklen Augen. „Was meinst du?"

„Dass ich dich nicht gefunden habe. Ich hatte keine Ahnung, wo du warst. Ich wäre nie auf die Idee gekommen, dass du im Dämonenreich sein könntest."

Ich ging davon aus, dass Madison und Cory ihm gesagt hatten, wo ich war. Mephisto war das vermeintliche Versagen in der grimmigen Miene, die ich auch bei Cory und Madison bemerkt hatte, anzusehen. Die falschen Leute geißelten sich selbst, hatten Schuldgefühle und das Gefühl des Versagens. Elizabeth und Malific trugen die Verantwortung, obwohl sie nie Reue verspüren oder zeigen würden.

„Es gibt nichts, wofür du dich entschuldigen musst", sagte ich ihm und legte eine Hand auf seine. Ich könnte es noch hundertmal sagen, und er würde es nicht glauben. Das Gewicht seines vermeintlichen Versagens war spürbar. „Ich sollte mich anziehen", sagte ich.

„M-hmm", machte er, aber keiner von uns rührte sich.

„Meine Klamotten sind da drüben." Ich zeigte auf die Kommode. Seine Hand löste sich von mir und nahm die Hitze der Berührung mit.

„Du musst nicht gehen", sagte ich, als er zur Tür ging. Ich warf ihm ein beruhigendes Lächeln zu und fügte hinzu: „Ich muss mich nur anziehen."

Ich zog mich an, während er mich mit derselben Sorge beobachtete, die ich zuvor bei Cory und Madison gesehen hatte. Etwas, das aufhören musste.

Die Müdigkeit machte sich stark bemerkbar, und das Wachbleiben fiel mir immer schwerer. Doch es gelang mir, während ich Corys urteilende Blicke ignorierte, ich ein Stück Pizza nach dem anderen verschlang und alle schmutzigen Details von Elizabeths Verrat und ihrem Deal mit Dareus erzählte. Ich beschrieb jede einzelne Entdeckung und jedes Ereignis meiner Zeit im Dämonenreich detailliert: die Menge der Leute, die Dämonen beschworen, sogar die beiden Hexen, die sich auf den Weg in das Reich gemacht hatten, meinen Eid Asial gegenüber und seinen Kampf mit Sariez, die Bücher, Zaubersprüche und jede noch so kleine Sache, von der ich hoffte, dass sie in Zukunft von Nutzen sein könnte. Cory war angespannt und angewidert von der Tatsache, dass so viele Hexen dunkle Magie praktizierten. Madison wertete die Informationen ab und formulierte die Schritte, die die Supernatural Task Force unternehmen musste, um diese Situation einzudämmen.

Ich warf ständig Blicke auf mein Handy, in der Hoffnung, eine SMS von Nolan oder vielleicht einen verpassten Anruf zu sehen, auch wenn der Klingelton eingeschaltet war. Keine Anrufe von Nolan, aber ein verpasster Anruf von Landon, den ich so schnell nicht zurückrufen wollte.

Madison saß mir gegenüber im Sessel. Ich saß neben Mephisto, der mir seit dem Verlassen meines Schlafzimmers nicht viel Abstand gewährt hatte. Es war, als rechnete jeder damit, dass ich wieder verschwinden könnte. Es war nicht nur die ständige Aufmerksamkeit von Mephisto oder die häufigen besorgten Blicke von Cory und Madison; ich war mir des angespannten Wortwechsels zwischen Madison und Mephisto bewusst. Wann immer sie mich ansprach und um Aufklärung bat oder gar etwas in Zweifel zog, was Mephisto sagte, biss er die Zähne zusammen. Es war so diskret, dass ich mich fragte, ob ich zu viel hineininterpretierte. Bildete ich mir die ungreifbare Wolke nur ein, durch die sie beide zu waten schienen?

Nein, sie war definitiv da. Corys prüfender Blick während ihrer Interaktionen bestätigte es.

„Hast du eine Ahnung, wer diejenige war, die das Denuck haben wollte?", fragte Madison.

Ich schüttelte den Kopf. „Wenn ich sie noch einmal sehen würde, würde ich sie erkennen. Aber es gibt viele Hexen, die ich erkennen würde." Ich beschrieb sie Cory.

„Sagt mir nichts." Er sah Madison an. „Ich werde mich damit befassen." Am Ende seiner Antwort war etwas wie eine Frage. „Glaubst du, dass es etwas ist, das jetzt weiterverfolgt werden muss?"

Sie zuckte mit den Schultern. „Es ist so lange ignoriert worden, dass die Grautöne der Magie immer dunkler werden und Hexen" – ihr Blick wanderte zu mir, eine Erinnerung daran, dass es nicht nur Hexen waren – „und Magier scheinen die Grenzen zu überschreiten." Wenn wir nichts tun, fürchte ich, dass die Menschen es tun werden. Unter uns lebt jetzt ein Dämon. Er hat nichts unternommen, daher hatten wir bis jetzt keine Ahnung. Er hatte Harrisons Körper und jetzt hat er seinen eigenen. Aber ich habe ihn damit noch nicht gesehen. Als Harrisons Leiche gefunden wurde, hätte ich annehmen müssen, dass da noch mehr war."

Sie lächelte mich schwach an und sagte: „Er wurde in Rivers Garten zurückgelassen. Die Ermittlungen dauern an. Natürlich hat sich River in die Ermittlungen eingemischt." Ich war mir nicht sicher, wer die Leiche dort deponiert hatte. Elizabeth, als Ersatz, falls es mir gelang, dem Dämonenreich zu entkommen? Wenn ich wegen Mordes eingesperrt war, würde sie ihr Versprechen gegenüber Nolan immer noch halten und ich würde weiter meinem Zweck dienen, der Grund für ihre magische Unterdrückung zu sein. Malific aus keinem anderen Grund, als mein Leben noch mehr zur Hölle zu machen? Dareus, aus einer Reihe von Gründen wie Vergeltung oder Vertuschung?

River suchte wahrscheinlich unermüdlich nach Beweisen, mich mit dem Mord an Harrison in Verbindung zu bringen, und setzte seine zielgerichtete Mission fort, mich hinter Gitter zu bringen, nachdem Madison einen Deal ausgehandelt hatte, der es mir erlaubt hatte, Zeit im Stygian anstatt im Gefängnis zu verbringen. Der Cop mit politischen Ambitionen war fest entschlossen, mich im Gefängnis sitzen zu sehen. Und dass jemand Harrisons Leiche in seinem Garten deponierte, war eine Provokation, die er nicht ignorieren konnte. Wenn er irgendwelche Beweise fand, bestand kein Zweifel, dass ich ihn vor meiner Tür finden würde. Doch bis dahin müssten River und seine Vendetta warten.

„Ich glaube nicht, dass Dareus so inaktiv ist, wie wir glauben. Jemand versteckt ihn", fügte Mephisto hinzu, „ich vermute, mit derselben Magie, die es Elizabeth erlaubt hat, unentdeckt zu bleiben. Ich glaube nicht eine Minute lang, dass sie nicht irgendwo in der Nähe ist und die Konsequenzen ihrer Arbeit beobachtet."

Die Erwähnung von Dareus und Elizabeth rückte die riesigen Elefanten im Raum ins Zentrum der Aufmerksamkeit: den Eid, den ich Asial geschworen hatte, und dass Elizabeth im Besitz des Laes war.

„Elizabeth hat das Laes", erinnerte ich ihn.

Mephisto atmete scharf ein. Als er wieder ausatmete, war der Stoizismus, den er zur Schau trug, hart erkämpft. „Ich weiß." Noch nie hatten so wenige Worte so viel gesagt. Das Thema war nichts, worüber er sprechen wollte. Ob auf unbestimmte Zeit oder in Anwesenheit von Cory und Madison, wusste ich nicht.

„Hast du Nolan kontaktiert?", fragte Madison. „Wenn Elizabeth Dareus körperlich gemacht hat, kann er dir vielleicht bei Asial helfen."

„Ich habe ihn angerufen", gab ich mit einem Anflug von

Enttäuschung zu und kämpfte gegen den Drang an, es nochmal zu versuchen. Das Gespräch verlagerte sich auf Banalitäten, wenn es den Anschein hatte, als gäbe es keine Optionen. Angesichts des Dreißig-Tage-Fensters wurde unsere Stimmung düster. Als Cory und Madison beschlossen zu gehen, berührte ich Mephistos Hand und bat ihn zu bleiben.

Madison erinnerte mich daran, dass sie am nächsten Tag um zwei vorbeikommen würde, um mich abzuholen. Mein Auto, das Malific in einem Wutanfall zerstört hatte, nachdem sie ein wenig Zurückhaltung gezeigt und mich nicht getötet hatte, war noch nicht ersetzt worden. Corys und Madisons Widerwillen, mich aus ihren Abschiedsumarmungen zu entlassen, ließ mich ihre Zuneigung schätzen, gab mir aber auch die Gewissheit, dass das nicht zur neuen Normalität werden würde. Es war nicht nur Zuneigung, es war Angst. Wir teilten die emotionale Unruhe, und ich hasste es.

Ich dachte, mein Hass würde außerhalb des Dämonenreichs verblassen und sich etwas beruhigen, aber er hielt sich vehement. Ein Feuersturm, der sich nicht unterdrücken ließ.

„Elizabeth hat das Laes", wiederholte ich und lehnte mich gegen die geschlossene Tür.

„Ich weiß." Mephisto runzelte die Stirn. „Sie hat sich mit einem Angebot bei uns gemeldet." Sein Ton war vor kaum unterdrückter Wut messerscharf. Er holte tief Luft und versuchte, seine Gefühle zu zügeln.

„Vier Tage nach deinem Verschwinden hat sie eine SMS geschickt. Ich habe vorgeschlagen, dass wir alles persönlich besprechen, aber sie lehnte ab. Sie wusste, dass ich ihrem absurden Vorschlag anders begegnen würde, wenn wir uns persönlich gegenüberstünden", sagte er.

„Was war der Vorschlag?"

Er verzog das Gesicht und verschränkte seine Finger mit

meinen. „Es zu zerstören und uns von unserer Beschränkung zu befreien, unter der Bedingung, dass wir im Schleier bleiben.“

„Auf unbestimmte Zeit“, vermutete ich.

Er nickte. „Ein Eid.“

Obwohl ich mit seiner Entscheidung, zu bleiben, glücklich war, wusste ich, dass diese Entscheidung die Beziehung zwischen ihm und den anderen Jägern zusätzlich belastete. Der Hauptgrund für die Belastung dieser Beziehung war ich. Ihre Sorge und Vorsicht in meiner Gegenwart waren entsprechend spürbar. Sie hatten erkannt, dass ich Mephistos Schwäche war, und wollten ihn beschützen. Und, was wahrscheinlich noch wichtiger war, sich selbst vor dem Schaden schützen, der dadurch entstehen könnte, dass sie mich in ihrem Leben hatten. Meinetwegen saßen sie hier fest. Mehr als fünfzig Jahre lang hatten sie versucht, einen Weg zurück in den Schleier zu finden, und Mephisto hatte ihnen den Weg zurück verwehrt, weil er sich nicht darauf festlegen wollte, ausschließlich im Schleier zu leben.

Als könnte er meine Gedanken lesen, lächelte er mich schwach an. „Erin, ich habe diese Entscheidung nicht für sie getroffen. Ich habe ihnen gesagt, sie sollten tun, was ihrer Meinung nach das Beste für sie sei, und mich zurücklassen. Sie haben beschlossen, zu bleiben.“ Er sagte es mit spürbarer Erleichterung. Ohne sie wäre es schwierig für ihn, hier zu sein.

„Kai?“, fragte ich mit einem unterdrückten Gähnen. Kai hatte es am schwersten hier, und es schien, als wäre er an seiner Belastungsgrenze.

„Ohne uns wollte er das Angebot nicht annehmen.“ Da war noch mehr, aber Mephisto sagte es mir nicht. Obwohl es schwierig war, nicht alle Facetten seines Lebens zu kennen, wusste ich, dass ich die Nuancen ihrer brüderlichen Bindung nie wirklich verstehen würde.

Er hob mein Kinn und küsste mich. „Du musst schlafen“,

drängte er. Widerwillig schaffte er Abstand zwischen uns und wollte zur Tür gehen.

„Bitte bleib bei mir."

Er nickte und erlaubte mir, ihn zum Bett zu führen. Er schlüpfte aus seinen Schuhen, zog Hemd und Hose aus, während ich ihn verstohlen beobachtete, und ich entledigte mich meiner Kleidung. Während er mit mir ins Bett kroch, Haut an Haut, war Schlaf das Letzte, woran ich dachte.

„Erin", schnurrte er an meinem Kiefer, als ich mein Gesicht an seinen Hals schmiegte und meine Hand über seine harten Bauchmuskeln strich. Er küsste meine Stirn und hielt meine wandernden Hände mit seinen fest.

„Schlaf", flüsterte er. Ich rang meine Libido nieder, von der ich mir einzureden versuchte, dass sie vom nicht verbrauchten Adrenalin aus meiner Kampf-oder-Flucht-Reaktion herrührte. Es war eine fette Lüge. Ich mochte Sex und mit Mephisto besonders. Aber ich brauchte Schlaf. Er zog mich an sich, und die Wärme seines Körpers hüllte mich ein. Als ich mich in den Trost seiner Arme entspannte, kam der Schlaf schnell.

8

Als ich aufwachte, war Mephisto verschwunden und ein verführerischer Essensgeruch brachte meinen Magen zum Knurren. Ich warf die Laken von mir, ging ins Bad, wusch mein Gesicht und putzte mir die Zähne. Als schwachen Versuch, mein zerzaustes Haar zu zähmen, bürstete ich es. Ich sah immer noch so aus, als hätte ich mit dem Schlaf gekämpft und verloren. Das Bett war genauso durcheinander, aber es ließ sich nicht leugnen, dass ich ausgeruht war.

Ich zog Unterwäsche und ein Shirt an, ging in die Küche und holte mein Handy vom Sofa, wo ich es am Abend zuvor gelassen hatte.

Ich hatte fast zwölf Stunden geschlafen.

Mephisto, der nur seine Hose vom Vortag trug, wandte sich vom Herd ab, seine dunklen Augen musterten mich flüchtig, bevor er mich mit einem Kuss auf die Wange begrüßte. Seine Hand berührte meine und blieb dort.

Ich bin immer noch hier, dachte ich und lächelte ihn beruhigend an, bevor ich an der Küchentheke Platz nahm. Als ich mein Handy auf verpasste Anrufe oder Nachrichten überprüfte, hatte ich nur eine von Madison, in der sie mir erzählte, dass sie gestern Abend mit unseren Eltern über meine Rückkehr von meinem *Auftrag* gesprochen hatte und sie sich darauf freuten, uns zu sehen. Madison versuchte, so mit dem Thema umzugehen, dass sie sich keine Sorgen machten. Ich war nicht davon überzeugt, dass sie im Dunkeln bleiben sollten.

Ansatzpunkte, das Thema meiner Gefangenschaft im Dämonenreich mit meinen Eltern anzusprechen, beschäftigten mich, bis Mephisto einen Teller mit Pfannkuchen, Speck, Äpfeln und Rösti vor mir abstellte. Da ich sicher war, dass Madison und Cory den Kühlschrank in ihre Stressreinigung einbezogen hatten, war ich von der Auswahl überrascht.

„Ich habe Essen liefern lassen", erklärte er auf meinen fragenden Blick. „Keine Beeren oder Eier", fügte er grinsend hinzu. Bei meiner Erzählung gestern war ich vielleicht ein paarmal abgeschweift und hatte geschimpft, dass ich für den Rest meines Lebens weder Beeren noch Eier essen wollte.

„Nichts für dich?"

„Ich habe schon gegessen. Als ich das erste Mal gekocht habe, hast du durchgeschlafen. Ich dachte, der erste Versuch würde dich wecken, weil ich durch deine Küche gegangen bin und nach allem gesucht habe, was ich zum Kochen gebraucht habe. Aber ich schätze, es war über die Soundeffekte, die von dir kamen, schwer zu hören."

„Habe ich geschnarcht?", fragte ich.

Seine Finger strichen über meine Hand, die auf der Theke lag. „Nein, du hast nur tief und fest geschlafen", erklärte er höflich.

„Könnte es sein, dass es sexy Schnarchen war? Sowas muss es doch geben, oder?"

Sein Gelächter hallte durch den Raum, und ich bemerkte, dass er seine Hand nicht bewegt hatte, als würde mich der Kontakt hier verankern. Es war bizarr für mich und sehr offensichtlich, dass es auch für ihn nicht einfach war. Als ich anfing zu essen, ging er zur Kaffeemaschine.

Er stellte eine Tasse Kaffee neben mich und nippte an seiner Tasse, die neben der Kaffeemaschine gestanden hatte.

Er warf einen Blick auf mein Handy. „Du solltest Nolan nochmal anrufen", schlug er vor, als ich mit dem Essen fertig war. Ich unternahm einen weiteren Versuch, doch auch der wurde wieder an seine Voicemail weitergeleitet. Ich wiederholte meine Nachricht von gestern und schickte gleichzeitig eine SMS. Mein Finger schwebte über dem Sendeknopf, als ich die Nachricht noch einmal las: *Dad, ich brauche dich.* Ich löschte sie und änderte sie auf *Nolan, bitte ruf mich an. Ich brauche deine Hilfe.* Es vergingen einige Augenblicke, bevor ich sie abschickte.

Keine Nachrichten von ihm fühlte sich falsch an. Unsere letzten Interaktionen hatten mich glauben lassen, dass er, egal, was Elizabeth wollte, irgendwie an meinem Leben teilhaben würde. Hatte Elizabeth das auch ruiniert? Ich versuchte, meine Gedanken nicht an düsterere Orte abschweifen zu lassen und mich zu fragen, ob ihm was zugestoßen war oder nicht.

„Vielleicht sollte den Eid loszuwerden meine Priorität sein", schlug ich vor.

„Ich bin mir nicht sicher, ob meine Magie oder die von irgendjemandem das kann." Mephisto verstummte, dann sagte er nachdenklich: „Es scheint eine unbestreitbare Verbindung zwischen Dämonen- und Elfenmagie zu geben, Erin. Ich habe den größten Teil des Vormittags versucht, mehr darüber herauszufinden. Benton forscht weiter. Elfen können Dämonen körperlich machen. Wenn irgendjemand anders es tun könnte, hätten die Dämonen sicher einen Weg gefunden, einen Deal abzuschließen. Und dass du in das Dämonenreich verbannt werden konntest. Waren sie schon immer dazu in der Lage? Es scheint höchst unwahrscheinlich, dass sie es noch nie zuvor getan haben, wenn sie einen Leichnam zur Verfügung hatten."

„Die meisten sind nicht in der Lage, ihre Magie zu halten."

„Genau. Elizabeth hat den Zauber gewirkt, der dich in das Dämonenreich geschickt hat."

„Vielleicht gibt es einen Zusammenhang zwischen Feen- und Dämonenmagie", spekulierte ich. „Vielleicht kann Madison Leute in das Dämonenreich verbannen." Wieder biss er die Zähne zusammen, als ich Madison erwähnte. Ich irrte mich nicht, es musste etwas zwischen ihnen passiert sein.

„Ian war eine Fee." Ich erinnerte ihn an das Feenwesen, das dem Schleier entkommen war und einen Dämon getötet hatte, nachdem er ihm Immunität gegen Eisen verliehen hatte. Mit seinen Animantiefähigkeiten quälte Ian die Wandler, was mich dazu gebracht hatte, einen Weg zu finden, die Wandler mit denen im Schleier zu verbinden und ihnen Immunität gegen Magie zu verleihen.

„Apropos Ian" – Mephistos Tonfall war scharf und verächtlich. „Du solltest Asher anrufen, bevor er mich nochmal nervt. Er stellt meine Geduld auf die Probe."

„Ich habe gestern kurz mit ihm gesprochen."

„Ah." Seine Antwort war einfach und ohne Feindseligkeit. Widerstrebende Neugier machte sich in seinem Blick bemerkbar. Und unleugbare Eifersucht. Sie regte sich, und verursachte ihm Unbehagen. Er streckte seinen Hals, als versuchte er, ihn zu entspannen. So wird man Eifersucht nicht los, Mr. Jäger.

„Nachdem ich dich angerufen habe." Ich wusste nicht, ob das das Problem war oder ob er Asher einfach nicht ausstehen konnte. Wahrscheinlich eine Kombination aus beidem. Das war jedoch eines der am wenigsten drängenden Probleme, mit denen ich mich befassen musste, also legte ich es vorerst auf Eis, auch wenn sich dort immer mehr Probleme türmten. Ich nahm mir vor, Asher anzurufen und ihm zu sagen, was passiert war. Ich wollte ihn nicht außen vor lassen; ich wusste, dass er sich einmischen würde, wenn ich ihm alles erzählte. Für diese Situation war jedoch ein Skalpell und keine Machete.

Mephisto räumte meinen Teller und mein Glas weg, als ich vom Stuhl sprang, um die Tür zu öffnen. Cory reagierte mit einem Stirnrunzeln auf meinen Ausdruck der Enttäuschung.

„Ich dachte, es wäre Nolan", erklärte ich und trat beiseite, um ihn und Alex hereinzulassen. Corys Besuch kam nicht unerwartet. Meine Rückkehr würde dafür sorgen, dass er öfter da sein würde als sonst und die Rolle von Madisons Spion übernehmen würde. Es würde auch seine Sorge lindern.

„Wie oft muss ich mit diesen Kontrollbesuchen rechnen?", fragte ich. Er verzog das Gesicht und stieß Alex unter dem Vorwand, er sei der Grund für den Besuch, nach vorn.

„Willkommen zurück." Als Antwort auf meinen fragenden Blick reichte mir Alex eine Geschenktüte.

Ich spähte hinein. Dort war eine hübsche cremefarbene Spa-Box, aus der der Duft von Flieder, Eukalyptus, Orange und anderen Noten wehte, die nicht so leicht zu identifizieren waren. Ich war mir sicher, dass auch ein Luffa, eine Kerze und Peeling-Handschuhe darin zu finden waren. Neben der Spa-Box waren noch ein kleiner heulender Plüschwolf und ein Metallschlüsselanhänger in Form einer Feuerwache darin.

„Soll ich dir oder Asher danken?" Alex' Besuch war offensichtlich darauf zurückzuführen, dass Asher nach mir sehen wollte. Ich beugte mich vor und grinste ihn wissend an, trotz des stoischen Blicks, den er beibehielt.

Alex warf mir ein schiefes Lächeln zu. „Die Box ist von mir. Ich verstehe nicht, was das mit der Feuerwehr soll." Er begegnete meinem Blick mit einem kleinen Augenzwinkern. „Der Wolf ist süß, oder?"

„Wölfe sind Raubtiere. Sie als süße kleine Plüschis zu

betrachten, kann gefährlich sein", antwortete ich. „Ich denke, das weißt du besser als jeder andere." Ganz gleich, welches entwaffnende Lächeln sie einem zuwarfen oder welch unbekümmerte Miene sie zur Schau trugen, bei jedem von ihnen lauerte ein Raubtier dicht unter der Oberfläche. Es war ein Fehler, das zu vergessen. Selbst wenn einer von ihnen einen maßgeschneiderten Anzug trug und mich wohlwollend anlächelte.

Ich drückte Cory die Tüte in die Hand, streckte meine Hände aus und drehte mich langsam im Kreis. „Hier, Du kannst ihm sagen, dass es mir gut geht. Keine Verletzungen, Knochenbrüche oder Narben." Das Shirt verbarg meinen Dämonenfluch, und ich hatte nicht vor, mit Alex darüber zu reden.

Er nickte, bevor er weiter in die Wohnung kam und sich in den Sessel gegenüber von Mephisto setzte, der auf dem Sofa saß.

„Madison wird bald hier sein", sagte ich über die Schulter zu Cory, als ich in mein Zimmer ging, um schnell zu duschen und mich anzuziehen.

„Ich weiß, sie hat mich eingeladen."

Madison hatte angesichts der Umstände schon einen Exitplan von unseren Eltern ausgearbeitet. Cory würde sich eine Ausrede einfallen lassen, warum er gehen musste, und da er mit uns gekommen war, würden wir letztendlich mit ihm gehen müssen. Er würde vorschlagen, eine Mitfahragentur zu benutzen, und unsere Eltern würden von der bloßen Idee entsetzt sein. Wir nutzten diese Taktik so oft, dass es überraschend war, dass sie immer noch darauf reinfielen. Aber vielleicht wussten sie es und spielten nur unser Spiel mit.

Ich hatte kein gutes Gefühl, einen Plan zu brauchen, aber sie bestanden immer darauf, dass wir blieben – ein Versuch, uns vor allem zu schützen, womit wir ihrer Meinung nach nicht zurechtkamen. Ihnen zu sagen, dass ich im Dämonenreich gefangen gewesen war, würde ihren Beschützerinstinkt wecken. Wer könnte es ihnen verdenken? Während ich duschte, überlegte ich, ob ich bei Madisons Geschichte bleiben sollte, doch als ich abgetrocknet und angezogen war, kam ich zu dem Schluss, dass sie alles wissen mussten – wenn auch vielleicht nicht alle Details, eine entschärfte Version.

Ich war immer noch blass, also benutzte ich etwas Rouge, Mascara und pfirsichfarbenen Gloss, um ein bisschen Farbe zu bekommen. Ich hatte mich zweimal umgezogen und versucht, Klamotten zu finden, die den Gewichtsverlust verbergen würden. Eine karierte Bluse mit Volants und Jeans waren die einzigen Stücke, die ich fand, um es zu tarnen.

Als ich herauskam, wartete Mephisto an meiner Schlafzimmertür. „Ich muss gehen. Wir sehen uns später, und ich sage dir Bescheid, sobald Benton was findet", sagte er. Madison war angekommen, als ich unter der Dusche gewesen war, und wartete in der Nähe der Haustür auf mich. Vor Publikum war Mephistos Kuss federzart, als seine Lippen meine berührten, dann ging er. Er nickte Cory und Alex zum Abschied zu, und sein Gesichtsausdruck war sorgfältig neutral, als er sich Madison näherte. Sie wich von der Tür zurück und machte einen weiten Bogen um ihn. Obwohl die Interaktion nur wenige Sekunden dauerte, war die Spannung zwischen ihnen spürbar.

„Was zum Teufel ist zwischen euch beiden los?", fragte ich sie, als er weg war.

„Nichts." Sie winkte ab. Röte breitete sich über ihren Nasenrücken aus und lief über ihre Wangen, eine Reaktion, die normalerweise immer dann passierte, wenn ihr etwas peinlich war. Aber sie sah nicht verlegen aus; eher trotzig. „Zwischen uns ist alles gut", fuhr sie fort.

Cory reckte seinen Hals, um über seine Schulter in ihre Richtung zu spähen. „Wirklich?", fragte er mit hochgezogener Augenbraue.

Alex spannte sich bei seiner Frage an.

Ich muss es wissen.

„Zwischen euch beiden ist nichts gut. Was ist passiert?", drängte ich.

Madisons Lippen verzogen sich zu einem schmalen Strich. „Nichts."

„Was?", keifte Cory mit großen Augen, als er auf sie zukam. Er war fassungslos.

„Alles, was ich getan habe, war legal", blaffte sie mit zusammengebissenen Zähnen.

„Und halt schön weiter an dieser Einstellung fest. Das wird dir helfen, sollte er jemals beschließen, eine Beschwerde wegen Amtsmissbrauchs gegen dich einzureichen."

Ihre Haut leuchtete geradezu, aber in ihrem vorgeschobenen Kinn blieb der Trotz. „Wir sollten gehen. Wir wollen sie nicht warten lassen. Sonst bekommen wir panische Anrufe", sagte sie, um das Thema zu wechseln.

„Madison?", drängte ich.

Sie holte tief Luft und atmete genervt durch. „Alles, was ich wollte, war, dich zu finden, Erin. Das war alles, was gezählt hat, und es war wichtig, dass alle, die da waren, um zu helfen, es auch taten. Das war nicht die Zeit für Spiele oder halbherzige Bemühungen. Das habe ich deutlich signalisiert. Dass Ablenkungen die Suche beeinträchtigen und nicht toleriert werden würden."

Okay, das beantwortete keine meiner Fragen.

„Sie hat ihn verhaftet", platzte Cory heraus. „Sei nicht schüchtern, Madison. Sie hat deine beiden *Boyfriends* Asher und Mephisto verhaftet."

Zu geschockt über die Enthüllung, korrigierte ich ihn nicht, was meine Beziehung zu Asher anging, denn es hätte nichts geändert. Cory mochte Mephisto und Asher, sprach sich aber schamlos für eine Dreiecksbeziehung aus.

„Was?"

Madison seufzte. „Es war nötig. Er hat die Ermittlungen

behindert und …" Sie verstummte, als wüsste ich, wie ich ihren Satz vervollständigen sollte. Ihre Verlegenheit machte unerschütterlichem Trotz Platz.

„Okay, da du dich mit den Details hinterm Berg hältst, überlass es mir, die Geschichte zu erzählen." Cory sprang von seinem Sessel auf und stellte sich neben mich. Er warf Alex einen Blick über die Schulter zu. „Du willst das vielleicht nicht hören. Es wird eine Menge brutale Bemerkungen über Asher geben, die dein Zartgefühl verletzen könnten", warnte Cory mit einem Grinsen.

„Ich bin Ashers Fehlern gegenüber nicht blind", erwiderte Alex.

Cory zuckte mit den Schultern. Manchmal war er ein bisschen zu Cory und machte ein Schauspiel daraus, wie er sich auf die Erzählung der Geschichte vorbereitete. Was mich mich auf eine fantastische Zusammenfassung mit ausführlichen Kommentaren gefasst machen ließ.

„Du weißt, dass Asher ein bisschen viel sein kann. Mister ‚ich leite diese Stadt', Boss aller Wölfe. König der Arroganz. Der große böse Wolf, der selbstsicher auf der Grenze zwischen charmantem Selbstvertrauen und einem totalen Arschloch balanciert." Er warf einen Seitenblick auf Alex, der unruhig auf seinem Stuhl hin und her rutschte. Alex mochte sich Ashers Schwächen bewusst sein, aber Corys Offenheit warf sicherlich ein wenig schmeichelhaftes Licht auf den Wandler.

„Wir hatten einen Hinweis bekommen, jemand, der behauptet hat, jemanden gesehen zu haben, der wie du aussah. Zu diesem Zeitpunkt hatten wir nichts, nur Sichtungen von irgendwelchen Leuten. Diese Person hat es so klingen lassen, als würdest du gegen deinen Willen festgehalten. Wenn Belohnungen ausgesetzt sind, bekommt man leider viele falsche Hinweise."

„Etwas, das ich sehr deutlich gemacht hatte. Ich habe die Leute dazu ermutigt, keine Belohnungen auszusetzen. Weder

Asher noch Mephisto haben auf mich gehört. Es hat viel zu viele falsche Sichtungen und zweifelhafte Hinweise gegeben", bemerkte Madison.

„Dieser schien legitim zu sein. Derjenige hatte Harrison beschrieben. Sein Leichnam war noch nicht gefunden worden, daher wussten wir nicht, dass er tot war und dass Dareus einen eigenen Körper hatte", fuhr Cory fort. „Madison und die STF hatten alles unter Kontrolle, obwohl sie River abwehren mussten, der ein besonderes Interesse daran hatte, Harrison und dich zu finden." Natürlich hatte er das.

„Die STF war dort, zusammen mit Mephisto und Clay. Es war ein effizienter Suchtrupp. Asher bekam Wind von der Jagd und ist auf die einzige Art und Weise, die er kennt, dort aufmarschiert. Ohne die Spur von Feingefühl. Fünf SUVs voller Wandler. Das war kein Hilfsangebot, es war eine dramatische Ansage, wenn ich je eine gesehen habe. Es war eine Kriegserklärung – für einen Krieg, von dem niemand wusste, dass es ihn gab."

Alex stand auf und ging zu Cory hinüber und tippte ihm auf die Schulter, bevor er sich mit der Ausrede entschuldigte, dass er glaubte, dass wir Privatsphäre brauchten. Dann ging er.

„Können wir zur Verhaftung kommen?", drängte ich.

Er warf mir einen beschwichtigenden Blick zu. „Dazu komme ich gleich. Geduld ist eine Tugend."

„Nicht übermäßig dramatisch zu sein auch", schoss ich zurück.

Cory warf mir ein grimmiges Lächeln zu, bevor er weitererzählte: „Ich gehe davon aus, dass Asher da war, um Hilfe anzubieten, aber als er Mephisto gesehen hat, hat er die Richtung geändert und ist auf ihn zugegangen. Ich habe keine Ahnung, was sie einander an den Kopf geworfen haben." Er wandte sich hilfesuchend an Madison.

Sie verdrehte die Augen. „Asher hat ihn beschuldigt, an

deinem Verschwinden schuld zu sein. Und darauf hingewiesen, dass du verletzt wurdest und in gefährlichere Situationen geraten bist, seit du ihn in dein Leben gelassen hast. Und dann hat er ihm noch gesagt, dass er dich besser beschützen muss. Mephisto hat das nicht gut aufgenommen, und anstatt die Situation zu deeskalieren, was er leicht hätte tun können, hat er ihn provoziert."

Sie schnaubte. „Er hat Asher gesagt, dass in Gefangenschaft nichts gedeiht, und höhnisch darauf hingewiesen, dass das der Grund sei, warum sich die Freundschaft zwischen dir und Asher nicht zu etwas Größerem entwickelt hatte. Dann hat er gesagt, dass Asher sicher sein könne, dass Mephisto weitaus besser dazu in der Lage sei, für deine Sicherheit zu sorgen, als ein aufgeblasener Hund."

Madisons Miene wurde finster. „Natürlich bot Asher an, ihm den Biss des aufgeblasenen Hundes zu demonstrieren. Sie waren mit sich selbst beschäftigt und haben uns aufgehalten, und ihre Diskussion hatte sich zu einem Weitpissen entwickelt, wofür ich weder Zeit noch Geduld hatte. Ein Kampf war unvermeidlich. Ich konnte sehen, wie er sich zusammengebraut hat. Ich habe versucht, die Situation zu entschärfen ... es hat nicht funktioniert."

„Du meinst, dass du dich zwischen sie gestellt und ihnen gesagt hast, sie sollen aufhören, bevor du sie dazu gezwungen hast, hat die Situation deeskaliert?", fragte Cory bissig.

Madison starrte ihn wütend an. „Sie haben eine Ermittlung behindert und haben Zeit gebraucht, um sich zu beruhigen."

„Du hast sie verhaftet?" Ich verstand Corys Entsetzen. Das war extrem für sie.

Ihre Stimme wurde sanfter, genauso wie ihr Gesichtsausdruck. „Ich wollte dich nur finden", sagte sie.

Es war nicht meine Schuld, dass ich im Dämonenreich gefangen gewesen war, und ich wusste es. Aber es wurde unmöglich, keine Schuldgefühle zu bekommen, dass ich meinen Freunden und meiner Familie das angetan hatte, auch wenn ich wusste, dass es nicht meine Schuld war. „Ich weiß. Es tut mir leid, dass du in dieser Lage warst."

Schweres, trauriges Schweigen hielt an, bis Cory es brach. Er beugte sich zu Madison hinüber und flüsterte: „Willst du ihr nicht von der Drohung erzählen, Clayton auch zu verhaften, oder sollen wir uns diesen Teil für später aufheben?"

„Wir sind mit der Geschichte fertig", zischte sie, und sein ansteckendes Grübchengrinsen half nicht gegen den strengen Blick, den sie ihm zuwarf.

„Mr. Geschmeidig hat gelächelt und mit seiner tiefen, sexy Stimme versucht, deine Schwester dazu zu bringen, Mephisto freizulassen. Du hättest sein Gesicht sehen sollen, als sie ihn gefragt hat, ob er sich Mephisto anschließen wollte. Offensichtlich ein Mann, der bisher mit einem Lächeln und geschmeidigen Worten seinen Willen durchsetzen konnte", platzte Cory heraus und beendete die Geschichte schnell, während Madison warnend mit dem Finger in seine Richtung deutete. „Ich bin fertig. Hier gibt's nichts zu sehen. Die Geschichte ist vorbei. Nur eine Geschichte einer Frau auf einer Mission, die Freunde, Verbündete und Liebhaber verhaftet, und keinen Piep darauf gibt."

Madison grinste, drehte sich auf dem Absatz um und stürmte aus der Wohnung. Cory und ich warfen uns einen Blick zu. Wenn Madison motiviert war, war sie eine unaufhaltsame Naturgewalt. Das war notwendig, aber es machte sie blind für alles andere als ihr Ziel.

9

Als ich mitten im Wohnzimmer im Haus meiner Eltern stand, war die Dynamik unserer Familie nicht zu leugnen. Sie war seltsam. *Wir* waren seltsam. Meine und Madisons Elterneinheiten waren verdammt seltsam. Wir akzeptierten es, aber selbst, wenn es uns gelang, alles mit den Augen eines zufälligen Beobachters zu betrachten, ließ sich nicht leugnen, dass es objektiv seltsam war.

Ich wurde von Sophie und meiner Mutter gleichzeitig umarmt, wobei sie mich von vorn und meine Mutter von hinten umarmte, wie eine gut eingeübte synchrone Darbietung, die ihre Verbundenheit zum Ausdruck brachte, wobei die Enge ihrer Umarmungen ein Zeichen ihrer Angst war. Etwas stimmte nicht. Nachdem ich einen Blick in Madisons Richtung geworfen hatte, war klar, dass sie es auch bemerkt hatte.

Das Fehlen des berüchtigten lila Koffers, in dem die Spiele aufbewahrt wurden, die wir spielten, wenn sie einen Familientag wollten, war ein weiterer Hinweis darauf, dass etwas nicht stimmte. Ich musterte meine Familie misstrauisch, während ich zurückschlenderte und neben Madison auf dem Sofa Platz nahm, und mich darauf vorbereitete, alle Fragen zu beantworten, die sie vielleicht hatten. Cory erkannte die Spannung und Unsicherheit im Raum und bot an, zu gehen.

„Ich denke, das wäre das Beste. Wir müssen mit unseren Töchtern reden", sagte mein Vater mit angespannter Stimme. Madison gab ihm die Schlüssel zu ihrem Auto, und er nahm sie und bat sie, ihn anzurufen, wenn er uns abholen sollte. Er zwang sich zu einem starren halben Lächeln, da er wusste, dass es wahrscheinlich nicht so schnell passieren würde, und winkte kurz, bevor er schnell ging.

„Wo warst du, Erin?", fragte meine Mutter, und ihr scharfer Ton beharrte auf der Wahrheit.

Aus dem Augenwinkel sah ich, wie Madison sich von ihren Eltern, deren fragender Blick auf sie gerichtet war, abwandte. *Wie viel von der Wahrheit sagen wir ihnen?*

„Keine Lügen. Die Wahrheit, Madison", sagte Sophie, bevor sie mich ansah und mir einen tadelnden Blick zuwarf. „Du auch, Erin."

„Wir sind nicht dumm. So lange bist du noch nie beruflich unterwegs gewesen. Und während deiner Abwesenheit hat Madison zufällig zwölf Stunden am Tag gearbeitet?"

Mit einem kaum merklichen Nicken forderte Madison mich auf, die Wahrheit zu sagen. Ich erzählte so viel ich konnte und verschwieg die Details, die sie unnötig beunruhigen würden. Sie waren über alles informiert, außer über den Deal, den ich mit dem Dämon geschlossen hatte.

Die verstohlenen Blicke, die unsere Eltern austauschten, machten mich misstrauisch. Madison machte sich nicht die Mühe, ihre Miene zu kontrollieren, und kniff ihre prüfenden Augen zusammen, als sie sie betrachtete.

„Was?", bellte Madison.

Sophie seufzte und machte sich als Erste auf den Weg in die Küche und winkte uns, ihr zu folgen. Sie kochte eine Kanne Kaffee, während die anderen in Gedanken versunken am Tisch saßen. Als sie mit der Kanne zurückkam, füllte sie allen die Tasse. Meine Mutter spielte mit ihrer Tasse, dem Milchkännchen und dem Zucker. Unsere Väter beschäftigten sich mit der Entscheidung, ob sie Biscotti und Shortbread dazu wollten. Offensichtliche Hinhaltetaktik.

Niemand schien sich damit wohlzufühlen, das Thema anzusprechen, das die Spannung im Raum verursachte. Angst legte sich um mich. Selbst für unsere Verhältnisse waren sie zurückhaltend und seltsam.

Meine Mutter war die Erste, die sprach. „Wir wissen, dass ihr beide immer Geheimnisse vor uns hattet. Und wir haben es ignoriert. Die Verbundenheit zwischen euch beiden und die Entschlossenheit, euch gegenseitig und sogar uns zu schützen, sind bewundernswert. Aber die Augen vor den Gefahren dessen, was auch immer vor sich geht, zu verschließen, ist rücksichtslos und unverantwortlich. Wir wissen viel mehr, als ihr beide denkt. Wir wissen es vielleicht nicht genau, aber wir wissen, dass es nicht gut ist. Wir sind eine Familie, wir beschützen uns gegenseitig", sagte sie leise. Sie öffnete und schloss mehrmals den Mund, doch es kamen keine Worte mehr heraus. Stirnrunzelnd berührte Sophie ihre Hand.

„Wir denken, es wäre das Beste, wenn wir alle ein bisschen Abstand bekommen würden. Keegan hat immer noch das Haus der Familie in Irland, und wir können dort so lange bleiben, wie wir müssen, bis die Dinge geklärt sind und die Rückkehr für alle sicher ist", fügte Sophie hinzu. In Erwartung von Madisons Weigerung fügte sie hinzu: „Ein Umzug stellt kein Problem dar. Ich bin in der Position, in der ich problemlos woanders hin kann."

Sie warf einen Blick in meine Richtung. „Deine Mutter hat vor, eine Auszeit von ihrer Arbeit zu nehmen, und Gene hat in den letzten zwei Jahren darüber nachgedacht, vorzeitig in den Ruhestand zu gehen."

Madison und ich wandten uns beide Keegan zu. Anders

als Madisons Mutter, die Krankenschwester im Halbruhestand war und zwei bis drei Tage in einer Notfallklinik arbeitete, oder meiner Mutter, die einen Etsy-Shop hatte, oder meinem Vater, der seinen Job als Finanzberater für das Wachstum seiner Glatze verantwortlich machte, besaß Keegan eine Baufirma. Er würde derjenige sein müssen, der diesen Plan, alle Sachen zu packen und das Land zu verlassen, auf den Boden der Tatsachen zurückholen würde.

Er legte seine Hand auf Sophies Rücken, und mein Vater nahm die Hand meiner Mutter in seine, ein Zeichen von Solidarität. „Ich vertraue meinem Betriebsleiter und meinem Vorarbeiter. In letzter Zeit habe ich mich auf Verwaltungsaufgaben beschränkt, und das kann ich auch remote machen. Wenn nicht, kann ich mir eine Auszeit nehmen. Oder das Unternehmen verkaufen. Dank Gene sind wir finanziell in einer guten Position, das zu tun."

„Soll das ein Witz sein!", platzte Madison heraus und stand auf. Ihr Mund öffnete sich in einem offensichtlichen Zustand der Verwirrung. „Was ist mit meinem Job? Unserem Leben hier? Wir sind Erwachsene, und ihr habt uns zu Kindern degradiert, indem ihr beschlossen habt, dass wir alle gehen, ohne uns zu fragen."

Sie erwarteten von ihr, dass sie den Job, für den sie so hart gearbeitet hatte und in dem sie einen Großteil ihres Lebens herausragende Leistungen erbracht hatte, aufgab, um das zu tun, was sie von ihr erwarteten: mich zu beschützen. Es war ungerecht. Lächerlich. Und es würde nichts an der Situation ändern.

Meine Verpflichtung Asial gegenüber würde sich nicht in Luft auflösen, nur, weil ich in Irland war, wo ich keine Ressourcen, Mephisto, die Jäger, Cory und mein tägliches Leben hätte. Ich massierte meine Schläfen, wo der Kopfschmerz einsetzte, und atmete tief durch. Es war nicht nur mein Deal mit Asial, ich stand auch in Landons Schuld. Mich zu verstecken war keine Option, und Landon würde schon den bloßen Verdacht, dass ich mich verstecken wollte, als Affront empfinden. Was meine Rückkehr deutlich schlimmer machen würde.

Meine Reaktion löste sich in der unsicheren Stille im Raum auf. Die kollektive Sorge und Trauer, die sich auf die Gesichter unserer Eltern legte, zwangen Madison zu einem niedergeschlagenen Seufzen. Sie ließ sich wieder in ihren Sessel fallen. „Das ist furchteinflößend", sagte sie, „und ich verstehe, dass ihr das Bedürfnis habt, uns zu beschützen, aber wegzulaufen ist keine Option."

„Aber hierzubleiben, damit wir euch beide begraben können, schon?", fragte Sophie mit schriller Stimme.

„Madison hat recht. Irgendwo anders hinzugehen wird das Problem nicht lösen. Wenn überhaupt, macht es uns verletzlicher. Wir haben dort nicht die Ressourcen, die Verbindungen oder den Heimvorteil. Hier haben wir eine Chance", überlegte ich laut, begegnete ihren Blicken und versuchte einzuschätzen, ob ich zu ihnen durchkam. In ihren Mienen sah ich rohe Emotionen, und ich suchte verzweifelt nach den richtigen Worten. Ich hatte keine.

Ich hatte sie in eine Situation gebracht, in der sie das Gefühl hatten, ihr Leben auf den Kopf stellen und für unsere Sicherheit weglaufen zu müssen, und das tat weh.

„Das wird nur enden, wenn du deine Mutter und deine Tante tötest", erklärte meine Mutter.

„Malific und Elizabeth", korrigierte ich.

„Malific, deine leibliche Mutter, und deine Tante väterlicherseits. Die eine ist eine Göttin und die andere beherrscht die Magie, die keine von euch besitzt. Eure Ressourcen und Verbindungen haben sie nicht davon abgehalten, dich in das Dämonenreich zu schicken." Ihre wild gestikulierenden Hände verrieten ihre Verzweiflung und das Gefühl der Hilflosigkeit.

„Sie hat es mit Hilfe eines Dämons geschafft. Sie konnte das nicht allein", entgegnete ich.

„Das macht es nicht besser", platzte Sophie heraus und schien meiner Mutter die Worte aus dem Mund zu nehmen, denn sie nickte zustimmend.

„Ich bin eine Göttin wie Malific und eine Elfe wie Elizabeth", betonte ich.

„Das scheint nicht genug zu sein, Honey", sagte meine Mutter. „Du bist nur teils Gott, teils Elf und teils *Mensch*. Ich weiß nicht, ob das ausreicht. Und Mephisto und die anderen" – sie suchte nach dem richtigen Wort und gab auf – „Göttervolk oder was auch immer seine Freunde sind, scheinen sie nicht aufhalten zu können. Wenn dem so wäre, hätten sie es nicht schon längst getan?"

Es war offensichtlich, dass sie ausführlich darüber nachgedacht hatten.

„Wir wollen euch beide nicht verlieren. Alles, was ihr uns gesagt habt, ist schlimm. Was ihr uns vorenthaltet, ist wahrscheinlich noch schlimmer." Vier vorwurfsvolle Augenpaare blickten mich und Madison an.

„Mephisto und die anderen sind Götter", sagte ich und legte alle Überzeugungskraft hinter meine Worte, um ihre Befürchtungen zu mildern. „Der einzige Grund, warum sie nie die Gelegenheit hatten, sie aufzuhalten, war, dass Malific im Gefängnis war. Jetzt ist sie es nicht mehr. Aber sie ist der Grund, warum sie hier sind und unter uns leben." Ich erzählte ihnen weiter, dass das Laes nicht mehr in Malifics Besitz war und daher kein Verhandlungsargument mehr für sie.

Sie schwiegen eine Weile und ließen die Informationen auf sich wirken. „Wer hat es jetzt, Elizabeth?", vermutete Sophie.

Pokerface. Bei Kunden war es einfach, bei Leuten, die ich täuschen wollte und musste. Aber ich wollte weder meine Eltern noch Madison täuschen. Das Zugeständnis ließ Madisons Schultern hängen. Die gekürzte Fassung war nicht mehr anwendbar.

„Ja, Elizabeth hat es", sagte ich. „Wir suchen sie. Aber dass Malific das Laes nicht mehr hat, gibt uns die Kontrolle. Gibt *ihnen* die Kontrolle. Ich habe Magie, die gegen sie genutzt werden kann und der sie nichts entgegenzusetzen hat."

„Oh, dann dürfte das die Sache interessant machen." Malifics Stimme war gespenstisch kalt und gleichzeitig amüsiert, als sie vortrat, nachdem sie fast unentdeckt in unsere Küche gelangt war, nur wenige Zentimeter von Sophie und Keegan entfernt, ein Dolch an Keegans Kehle. Er würde seine Magie nie schnell genug beschwören können, um sich gegen die Schnelligkeit ihrer Bewegung zu schützen. Er senkte den Blick und starrte auf die Klinge, die er an seiner Halsschlagader spürte.

An Malifics Haaransatz sammelte sich Schweiß. Das leichte Zittern ihrer Hand machte mich nervös. Wie viel Magie und Energie hatte sie aufgewendet, um den Schutzwall zu durchbrechen, den die Jäger um das Haus gelegt hatten? Hatten wir uns in dahinter so sicher gefühlt oder waren wir so in die Debatte vertieft gewesen, dass wir den Strom von Magie nicht bemerkt hatten, der es ihr erlaubt hatte, die Zauber zu überwinden? Es musste Mühe gekostet haben; das machte sich an ihren weniger geschmeidigen Bewegungen und ihrer geschwächten Magie bemerkbar. War ihre Magie genug geschwächt und ihre Agilität genug eingeschränkt, um mir eine Chance gegen sie zu geben?

Ich stand auf und schätzte schnell die Situation ein. Um mich und Madison könnte ich ein Schutzfeld errichten, das meine Eltern erreichen könnte, aber Sophie und Keegan wären verwundbar. Malifics kalter, rücksichtsloser Blick erinnerte mich daran, wie sie einen Gestaltwandler kaltblütig getötet hatte, weil es ihm nicht gelungen war, mich zu ermorden. Mit flachem Atem begegnete ich ihrem Blick. „Lass ihn los!", verlangte ich.

Keegan schrie auf, als sie die Klinge in seine Haut drückte und Blut seinen Hals hinunterlief. Malific fletschte die Zähne. „Zwing mich. Zeig mir, was dir einen Vorteil mir gegenüber verschafft", höhnte sie, doch in ihrem Gesicht sah ich echte Neugier.

Ihr kühler, berechnender Blick wanderte von mir weg zu Sophies Gesicht, dann auf ihre Hände, die sie gehoben hatte, um einen Zauber zu wirken. Malific schüttelte warnend den Kopf. Ich wusste, dass es die einzige Warnung sein würde. Schweigend flehte ich Sophie an, nichts zu tun. Die Blicke meiner magielosen Eltern wanderten durch den Raum und suchten nach einer Lösung. Keine Lösung würde sie unversehrt lassen, wenn Malific es nicht wollte.

Madison rutschte auf ihrem Stuhl herum und blickte in Richtung Metzgerblock, aber nicht unauffällig genug, dass es Malifics Aufmerksamkeit entgangen wäre.

„Ich würde mich an Erin orientieren. Es könnte dein Leben retten. Du machst einen Versuch, deine erbärmliche Magie gegen mich anzuwenden, und ich werde ihn töten."

„Bedroh meine Familie nicht!", zischte ich mit zusammengebissenen Zähnen.

Sie steckte das Messer schnell in die Scheide an ihrem Oberschenkel und stieß Keegans zwei-Meter-Gestalt mit einer Leichtigkeit beiseite, als würde sie eine Stoffpuppe werfen. Ihr Blick war auf mich gerichtet, eine Bewegung ihres Fingers schickte explosive Magie in die Richtung meiner Eltern. Meine Mutter prallte so hart gegen die Wand auf der gegenüberliegenden Seite der Küche, dass Putz auf sie herabregnete. Mein Vater prallte gegen ein Regal in der Ecke. Eine Pflanze, eine Keramikvase und Tonfigur fielen auf ihn. Sophie landete ein paar Meter weiter. Keegan erholte sich so weit, dass er mit einem Hauch der begrenzten Verteidigungsmagie reagieren konnte, die Feen besaßen. Ohne die Erde, von der er sich Magie leihen konnte, war sie jedoch noch begrenzter. Wie alle Magie hatte sie keine Wirkung auf sie.

Mit zusammengekniffenen, amüsierten Augen sah sie ihn an.

Einen Wimpernschlag später war sie plötzlich nur noch Zentimeter von mir und Madison entfernt. Ich schlug sie in die Brust, doch der Schlag schien eher überraschend als schmerzhaft zu sein. Sie stolperte zurück. Ich schaffte es, das Feld beeindruckend schnell zu errichten. Ihre Lippe zuckte, als ihre Magie darüber schimmerte, ohne einzudringen.

„Familie?" Sie ließ ihren Blick kurz zu ihnen wandern. Ein unheilvoller Ausdruck huschte über ihr Gesicht. „*Ich* bin deine Familie."

„Nein, ich bin das Kind, das du zur Welt gebracht hast, damit es für deine Flucht geopfert werden kann. Ich war nie Familie. Ich war ein Instrument."

„Schon als Kleinkind warst du eine Enttäuschung." Verachtung lag in ihren Worten.

Ich ballte meine Fäuste. „Willst du das wirklich machen?" *Das.* Was war *das*? Wie würde *das* enden? Ich machte mir nicht die Illusion, dass ich und meine Familie aus einem bestimmten Grund am Leben waren. Aber in den Augen von jemandem wie Malific war der Wunsch, sie am Leben zu erhalten, schwach und konnte leicht verworfen werden.

Sie machte ein leises *Tss*, und mit einer schnellen Bewegung, die ich noch nicht nachahmen konnte, packte sie meine Mutter. Malific hielt sie vor sich, legte eine Hand unter ihr Kinn und die andere auf ihren Kopf. Ich konnte nicht atmen. Tränen trübten meine Sicht. Scheiße. Ich hasste das hilflose, besiegte Wimmern, das mir entfuhr. Ich hasste Malific von ganzem Herzen.

Ihre Aufmerksamkeit wanderte von mir weg und zu der Gestalt, die die Obitus-Klinge hielt und auf sie zukam. Mephisto.

Ihre Lippen verzogen sich. Unbändiger Zorn zeichnete dunkle Linien auf ihr Gesicht.

Sie schien zur Gewalt entschlossen zu sein und akzeptierte den Tod, der irgendwann kommen würde. Schnell ging ich jedes mögliche Szenario durch und berechnete die Wahrscheinlichkeit, dass alle lebend oder unverletzt aus dieser Situation herauskommen würden. Es sah nicht gut aus. Die Hoffnungslosigkeit im Gesicht meiner Mutter entzündete etwas in mir.

„Lass meine Mutter gehen! Sofort!", verlangte ich.

Malific warf mir einen messerscharfen Blick zu und beobachtete dann wieder Mephistos Annäherung. Sie begegnete seiner kalten Wildheit mit kranker Belustigung.

„Wird sie immer noch Gefühle für dich haben, auch wenn sie weiß, dass du der Grund für den Tod ihrer Familie bist?", fragte sie.

„Das Problem stellt sich nicht, weil du sie nicht töten wirst. Wenn du sie tot sehen wolltest, würde ich über ihre Leichen steigen", stellte er mit einem Maß an Selbstvertrauen fest, das ich nicht empfand.

„Ich bin gekommen, um zu reden. Sie hat mich gezwungen. Wirst du das auch tun?", erwiderte sie mit Humor in der Stimme, als sie den Kopf meiner Mutter ruckte, was dazu führte, dass sie vor Schmerz aufschrie. Ihr hellwacher Blick schweifte durch den Raum und registrierte die Position, in der sich alle befanden. Sie lachte Madison ins Gesicht, deren scharfer Blick Zorn versprach, der jeden anderen eingeschüchtert hätte.

Die gewalttätige Stille wurde gebrochen, als ein großer Körper durch die Schiebetür krachte, mit einem lauten Knall am Boden aufschlug und Glassplitter in alle Richtungen fliegen ließ. Teile davon trafen meine Mutter und bohrten sich in Malifics Gesicht, die weder mit der Wimper zuckte noch ihren Griff um den Kopf meiner Mutter lockerte. Sie schloss einfach für ein paar Augenblicke die Augen, um sie zu schützen. Abgesehen von dieser Bewegung regte sie sich nicht. Das war eine deutliche Erinnerung daran, dass sie sich nicht wie ein normaler Mensch von Schmerzen beeinträchtigen oder abschrecken ließ. Die perverse symbiotische Beziehung mit dem Schmerz war eine weitere Waffe in ihrem Arsenal.

Die Haltung des Kopfes meiner Mutter verhinderte Verletzungen an ihrem Gesicht, aber Glas hatte durch ihre Bluse geschnitten. Sie war verletzt.

Malifics Wut richtete sich auf Clayton, der über demjenigen stand, der in der Küche am Boden lag. Seine Gewalt war schnell und brutal. Mühelos drehte er sich, und das Knacken der Knochen hing in der Luft. Als der Körper zu Boden sackte, war Clayton schon wieder durch die kaputte Tür verschwunden, sein Schwert aus der Scheide gerissen. Ich konnte die Brutalität der Kämpfe draußen hören, sie aber nicht sehen. Wenn ich es nicht sehen konnte, dann konnten unsere Eltern es auch nicht. Aber wir konnten flüchtige Bewegungen und rote Spritzer im grünen Gras erkennen.

Malific presste ihre Lippen zu einer schmalen, wütenden Linie zusammen. Hass strahlte von ihr aus. Die unterdrückte Gewalt ließ sich nicht ignorieren. Ihre Augen verdunkelten sich, und ihr Blick wanderte zu Mephisto und dann wieder zu meiner Familie. Sie grinste Madison an, die immer wieder zum Metzgerblock spähte. Ihre Magie war wirkungslos gegen Malific, Objekte jedoch nicht.

„Willst du wirklich für einen Moment der Gewalt dein Leben opfern, und das, wo ich in Frieden komme?"

„Du kommst nicht in Frieden", blaffte ich und gestikulierte zu ihr, meine Mutter immer noch in ihrem Griff, dann zu dem Leichnam am Boden, das Blut, das das Gras färbte, und im Hintergrund den hässlichen Klang der Kämpfe.

Sie zuckte mit den Schultern, als wäre ihr plötzlich langweilig geworden. „Ich habe jemanden gebraucht, der die

Jäger beschäftigt." Anscheinend waren sie schneller gekommen, als sie erwartet hatte.

„Als du das letzte Mal behauptet hast, in Frieden zu kommen, hattest du einen Deal mit Dareus, mich gefangen zu nehmen."

Unbewegt ruckte sie wieder ihre Hand. Eine Warnung. Meine Mutter reagierte, indem sie nach ihren Händen krallte. Zum ersten Mal zeigte Malific etwas anderes als Selbstsicherheit und Brutalität. Es war keine Niederlage – vielleicht Vorsicht. Akzeptanz eines schiefgegangenen Plans.

Ihr Blick wanderte zu Mephisto, wo er blieb. Er wartete auf die Mikrosekunde, in der sie unvorsichtig wurde. Die Pläne und Berechnungen waren ihren Gesichtern anzusehen. Ich wurde zunehmend genervt von der Erinnerung daran, dass ich im Umgang mit ihnen überfordert war. Mephisto hatte die kultivierte Maske, die er täglich trug, durch eine intensive Wildheit ersetzt, die er wie eine zweite Haut trug. Ich erinnere mich, dass Madison gefragt hatte, ob die Jäger wirklich die Guten waren. Ich konnte ihr damals wie heute kein definitives Ja geben.

„Ein andermal, Tochter." Malific stieß meine Mutter von sich weg, dicht neben die Leiche, die Clayton zurückgelassen hatte. Dann war Malific verschwunden. Meine Mutter wich angewidert von der Leiche in ihrer Küche zurück und sah sich panisch um.

„Atme, Mom!", befahl ich. Etwas so Einfaches und Automatisches schien gerade nicht möglich zu sein. Ich näherte mich ihr auf die gleiche Art und Weise, wie ich es mit einem verletzten Tier tun würde, und redete beruhigend auf mich ein. *Es geht ihr gut, sie ist unverletzt. Atmen. Es ist okay.* Als ich zu ihr kam, liefen Tränen über ihre Wangen. Das war schlimmer als alles, was ich zuvor bei ihr gesehen hatte, und mein Herz war schwer wie ein Amboss.

Mein Vater kam zu mir. „Wir müssen hier weg", sagte Mom mit schwacher, leiser Stimme.

Aber mehr denn je konnte ich es nicht.

Mephisto war auf diese schnelle, beunruhigende Art an meiner Seite, die meine und Madisons Eltern scharf Luft holen ließ. Sie sahen die Vollversion, ungezügelt und ungefiltert. Von Göttern und ihren Fähigkeiten. Und weitere beunruhigende Einblicke in diese Welt.

„Ihr zwei müsst nach Hause gehen und eure Sachen packen. Wir sollten es schaffen, alles zu organisieren, um in zwei Tagen abzureisen", befahl Keegan. Sein irischer Brogue war dick und unnachgiebig und kam in einem Ton heraus, der uns an Kinder und begrenzte Entscheidungsfähigkeiten erinnerte. In seinem Ton lag mehr als nur Beharrlichkeit; da waren Scham und Niederlage.

Magier kannten ihre Grenzen, waren aber nie machtlos. Das war der Grund, weshalb sie, wenn ihre Magie durch die jeweiligen Metalle eingeschränkt wurde, eher darüber schimpften als über die Möglichkeit einer Inhaftierung. Magie war ihre Identität, eine Essenz ihres Wesens, eine Gliedmaße. Wenn sie Magie hatten, waren sie nie ganz machtlos. Keegan und Sophie waren nie vollkommen machtlos gewesen, bis sie einer Göttin gegenüberstanden, auf die ihre Magie keine Wirkung hatte, die sich schneller bewegte als Vampire und eine Gewaltlust ausstrahlte, die sie noch nie erlebt hatten.

Ich konnte es spüren, und Madison auch. Als wir einander kurz ansahen, brauchten wir nichts zu sagen. Wir waren die Anker und mussten die Situation entschärfen. Wir gaben uns große Mühe, unseren Blick nicht zu Simeon und Kai schweifen zu lassen, die mit Clayton dabei waren, die Spuren des Gemetzels draußen zu beseitigen, damit unsere Eltern sich nicht darauf konzentrierten.

Kopfschüttelnd sagte ich: „Madison und ich gehen nicht, aber ihr schon."

„Wir können hier nichts tun, wenn wir uns um eure Sicherheit sorgen müssen", fuhr Madison fort, bevor sie widersprechen konnten. Sie sah mich hilfesuchend an. Wie lange würden sie weg sein müssen? Ich stand unter Zeitdruck und musste herausfinden, wie ich meinen Eid gegenüber Asial brechen oder erfüllen konnte, was bedeuten könnte, dass ich Elizabeth oder zumindest Nolan brauchte. Und wegen Malific musste ich auch etwas tun. „Etwas" war eine ziemlich flapsige Umschreibung für Mord.

Ich wandte mich Mephisto zu. „Kannst du ihnen den Übergang erleichtern?"

10

Es war der Schock, der sie so zugänglich machte. Wir hatten die Kette zerrissen, das Unaussprechliche getan, indem wir uns Keegan widersetzten und die Kontrolle übernahmen. Unseren Eltern zu sagen, dass sie gehen würden, und sie dazu zu bewegen, war etwas ganz anderes. Sie sahen sich noch einmal in der Küche um, ihre Blicke waren frustriert, und sie waren nicht in der Lage, auszudrücken, was sie empfanden. Oder eher nicht bereit, es auszusprechen.

Ich war wie ein Fisch auf dem Trockenen. Obwohl ich mit aller Tapferkeit, die ich aufbringen konnte, versuchte, sie davon zu überzeugen, dass sich die Situation regeln würde, waren sie anderer Meinung. Sie wollten nicht der Überbringer schlechter Nachrichten sein. Schließlich zogen sie sich in einen anderen Raum zurück, weg von Mephisto, Clayton, Simeon und Kai, die unwillkommene Erinnerungen an Malific und ihre Fähigkeiten zu sein schienen. Die Leichen, sechs, um genau zu sein, waren verschwunden, und wenn die Nachbarn nicht das rot gefärbte Gras bemerkten oder eine Kamera die Aktivitäten aufgezeichnet hatte, sollte es keine Probleme geben. Wenn doch, war Madison zuversichtlich, dass sie damit umgehen könnte.

Immer noch in der Küche spähten wir hin und wieder zu unseren Eltern hinüber, die zusammengedrängt saßen und sich besprachen, ruhig genug, um jetzt leise zu reden. Eine Leistung, zu der sie vor zehn Minuten noch nicht in der Lage waren.

„Das ist das Gesamtpaket, das du bekommst", flüsterte ich Mephisto zu, der in ihre Richtung geblickt hatte. Ich fragte mich, ob er meine seltsame Familiendynamik übersehen hatte, als er darüber nachgedacht hatte, die Beziehung mit mir auf die nächste Ebene zu bringen. Er antwortete mit einem schwachen Lächeln.

„Bist du sicher, dass es das ist, was du willst? Sie wegschicken?", fragte Clayton, trat näher an Madison heran und versuchte, sie dazu zu bringen, ihn anzusehen, obwohl er die Frage an uns beide richtete.

Madison blickte von seinem blutverschmierten Shirt nach oben, um ihm in die Augen zu sehen. Seine erdigen braunen Augen wurden weicher. Falls er ihr die Androhung der Verhaftung übelnahm, war er gut darin, es zu verbergen. Die Spannung zwischen ihr und Mephisto war nicht sichtbar, aber es gab eine spürbare Distanz, von der ich mich nicht erinnern konnte, dass sie vorher zwischen ihnen existiert hatte. Eine beiläufige Niedergeschlagenheit.

Madisons Gesicht war voller Unsicherheit. Sie zeigte eine Verletzlichkeit, die sie nur ungern offenlegen wollte. Es ging um die Sicherheit und das Leben unserer Eltern, und die Last, vielleicht eine falsche Entscheidung zu treffen, war lähmend. „Ich weiß es nicht", gab sie zu. Sie konnte nicht stehenbleiben und ging die paar Schritte auf und ab, die die Jäger nicht einnahmen. „Es gibt zu viel Aktivität vom Schleier", gab Madison zu. „Wie können wir das stoppen? Wir haben es nicht nur mit anderen Übernatürlichen zu tun, sondern auch mit denen, die wir mit unserer Magie nicht in den Griff bekommen können." Sie atmete frustriert aus.

„Was sollen wir deiner Meinung nach deswegen unternehmen?", fragte Kai. Madisons Unbehagen schien ihn zu stören.

Ich wusste, was sie wollte: verhindern, dass der Schleier zugänglich war, aber das war nicht drin. Sie behielt ihre Wünsche für sich und seufzte. „Ich will nur unsere Eltern beschützen." Welches Bild auch immer vor ihrem geistigen Auge entstand, es ließ sie blass werden.

„Ich glaube nicht, dass es hilfreich sein wird, wenn sie weiter weg sind. Dadurch wird die Hilfe, die ihr leisten könnt, eingeschränkt und ihr macht euch noch mehr Sorgen um sie. „Das wäre kontraproduktiv für eure Ziele", stellte Clayton in ruhigem Ton fest. Eine Stimme der Vernunft und Strategie. Sie kam nicht von dem Ort, an dem wir und unsere Eltern waren – pure Emotionen.

„Aber es wird für Malific oder irgendjemanden schwieriger sein, an sie heranzukommen", protestierte Madison.

„Und für euch auch", wiederholte Simeon. „Wenn Malific den Tod eurer Familie gewollt hätte, dann wären sie schon tot. Es ist wichtig, dass ihr das versteht. Sie hat nie ihre Gewalt gezügelt, es sei denn, sie hat davon profitiert."

Ich wusste das. Ich hatte die vielen Geschichten über ihre Erbarmungslosigkeit gehört. Eine Frau, die bereit gewesen war, ihren eigenen Bruder zu töten, weil er es gewagt hatte, ihrer Tyrannei Einhalt zu gebieten.

„Ich will nur, dass sie in Sicherheit sind", gab ich zu.

„Sie hat den Schutzzauber durchbrochen, und wir konnten schnell reagieren. Sie konnte hier nicht durch den Schleier reinkommen. Keiner von ihnen. Je größer der Schutzzauber, desto schwächer ist er. Es ist am besten, ihn um die Häuser zu halten. Wir werden wissen, wenn er kompromittiert wird", sagte Clayton.

Mephisto schwieg, tief in Gedanken versunken, und seine Energie summte von einem erwarteten Kampf, der nie stattgefunden hatte. „Sie nutzt sie als Druckmittel. Sie sind alles, was sie hat. Malific lässt nicht zu, dass ihre Impulse sie von ihrem Ziel abbringen. Wenn sie euren Eltern wehtut, verliert sie diesen Vorteil." Er fügte hinzu: „Wenn ihr wollt, dass eure Eltern gehen, werde ich meinen Teil dazu beitragen, aber ich stimme Clay zu. Es wird euch nicht beruhigen."

„Ich frage mich, was sie will", bemerkte Kai, sein Blick war scharf auf mich gerichtet.

Ich zuckte mit den Schultern und war genauso neugierig. Was brauchte sie, was nur ich ihr geben konnte?

Madisons Miene war ausdruckslos, und ich hatte keine Ahnung, was ihr durch den Kopf ging. Clayton beobachtete sie und suchte nach einer Reaktion. Schließlich berührte er ihre Hand und strich mit seinem Finger sanft über ihre Haut. Bevor sie antworten konnte, näherten sich unsere Eltern in ihrer vertrauten Formation, Sophie und meine Mutter an der Spitze.

Sie würden es auf die emotionale Tour versuchen: Schuldgefühle wecken und dann mit trauriger Verzweiflung appellieren. Das würde dazu führen, dass Keegan sich einmischte und sein Akzent (beabsichtigt oder nicht) so dick wurde, dass es schwierig wurde, ihn zu verstehen. Als ob wir allem zustimmen würden, was er sagte, weil wir unser Unverständnis nicht zugeben wollten. Wenn er scheiterte, würde mein Vater mit der tiefen väterlichen Stimme, die in eine Kinderfernsehsendung gehörte, weitere Gegenargumente vorbringen. Wir hatten unsere Taktik, und sie hatten ihre.

„Wir gehen nicht. Wenn ihr bleibt, müssen wir auch hier sein."

Madison und ich sahen uns an und nickten zustimmend. Geschockt sahen sie einander schweigend an, bevor sie uns anstarrten. So viele Dinge blieben unausgesprochen, weil ich mich mit Malific auseinandersetzen musste, um dem ein Ende zu setzen, ein Thema, das niemand ansprechen wollte, eine dunkle, ätzende Wolke, die über allem hing, als die Schutzzauber wieder errichtet wurden.

„Ihr könnt einen Schutzzauber wirken, den Malific nicht brechen kann. Habt ihr versucht, einen zu errichten?", fragte Madison mich, während die Jäger weiterarbeiteten.

„Ich muss mein Schutzfeld aktiv aufrechterhalten, und meine Schutzzauber sind nicht stärker als ihre. Wenn ich wüsste, wie man die Elfenmagie isoliert, dann vielleicht?"

Das war das Hauptproblem, genau das, was viele meiner Probleme lösen konnte. Ich musste meine Elfenmagie effizienter nutzen. Als ich mein Handy aus der Tasche zog, war ich enttäuscht, als ich keine Nachrichten von Nolan sah. Madison war genauso entmutigt.

Nolan, ich brauche dich.

Mehrere Stunden verstrichen, bis meine Familie sich sicher genug fühlte, dass wir gehen konnten – oder zumindest in der Lage waren, so zu tun. Wir ließen einen Zeitplan für den Wachwechsel in ihren Häusern. Ich überlegte, Asher um Hilfe bei der Bewachung zu bitten. Die Immunität seines Rudels gegen Magie würde in diesem Fall helfen, aber ich könnte sie damit unnötig in Gefahr bringen. Clayton hatte recht. Malific wollte etwas, und die Verbindung zu meiner Familie war ein zweischneidiges Schwert. Sie würde sie als Druckmittel nutzen, doch ihr war klar, dass sie mich nicht zur Kooperation bewegen konnte, wenn sie sie tötete.

***

Kein Auto zu haben war ein Problem, das ich schnell aus der Welt schaffen musste. Es kam mir wie ein alberner Gedanke vor, als ich Mephistos Haus betrat, chauffiert von Benton, der uns abgeholt hatte, weil Mephisto zum Haus meiner Eltern gewyndet war. Clayton war mit seinem Motorrad angekommen und hatte Madison trotz meines Einspruchs nach Hause gebracht. Götter waren vor den meisten Verletzungen sicher, und falls sie zufällig eine erlitten, heilten sie schnell. Im Grunde fuhr Clayton sein Motorrad in genau diesem Bewusstsein. Bevor er mit ihr gegangen war, erinnerte ich ihn daran, dass Madison nicht so war. Vielleicht hatte ich es mehr als einmal erwähnt, denn Madison musste mich nur finster anstarren, und ich hörte auf.

Benton ging direkt in den Raum, den er zu seinem Büro gemacht hatte. Ich ging in Mephistos Garten und genoss die untergehende Sonne, die Schatten der Bäume, die so üppig und grün waren, dass sie wie eine Illusion wirkten. Die Waldtiere, die sich durch meine Anwesenheit nicht stören ließen und gelegentlich mit dem Okapi, das aussah, als hätte die Natur bei ihm Reste verwertet, fraßen und interagierten, sorgten für eine angenehme Ablenkung von den Blicken auf mein Handy und Schreiben mehrerer Nachrichten an Nolan.

Ich hatte noch zwei weitere Anrufe getätigt und eine SMS geschickt, um alternative Pläne zu schmieden. Es gab Elfen, andere als nur Nolan und Elizabeth. Ich musste sie einfach finden. Sie waren nicht im Schleier, sondern lebten hier unter uns. Sie galten als ausgestorben. Ich musste nur eine finden: Wir sahen nicht anders aus, und die Hypothese, dass wir auffällige, spitze Ohren hatten, war falsch. Oder vielleicht war sie richtig. Ich hatte noch nie reinblütige Elfen getroffen, immer nur magische Hybride.

Zwei Stunden und mir war nichts eingefallen, was mir helfen könnte, einen anderen Elfen zu finden. Ich überlegte, Asial zu rufen, um zu fragen, ob er etwas Ähnliches wie das Black Crest Zauberbuch hatte. Er würde es wahrscheinlich als Zeichen von Arroganz – oder Naivität – betrachten, ihn um einen Gefallen zu bitten, anstatt meine Schulden zu begleichen. Mein Geist war zu einem Strudel aus Gedanken, schlecht durchdachten Ideen und selbst nach den ehrgeizigsten Maßstäben schrecklichen Plänen geworden.

In der Annahme, dass Mephisto mich nicht nach draußen begleitet hatte, um mir Zeit zu geben, alles zu verarbeiten, suchte ich im Haus. Benton streckte lange genug den Kopf aus seinem Raum, um mich zu Mephistos

Büro zu führen und mich wissen zu lassen, dass er mit Clayton, Kai und Simeon dort war. Ich ging auf die leicht geöffnete Tür zu.

„Der Rabe ist hier", verkündete Kai, als ich nur noch wenige Meter davor war. Er sagte es nur für mich, denn wenn er von meiner Anwesenheit wusste, wussten die anderen es auch. Als ich eintrat, fand ich Mephisto, der mit vor der Brust verschränkten Armen am Schreibtisch lehnte. Die vergangenen Stunden hatten die Intensität, die er zuvor ausgestrahlt hatte, nicht gemindert. Ihm war ein Kampf verweigert worden. Ich beobachtete sie: der sorgfältig abschätzende Blick ihrer Augen, die ernste Konzentration und die offensichtliche Unterhaltung, von der ich ausgeschlossen war.

„Wie funktioniert das? Seid ihr alle immer in den Köpfen der anderen und müsst es aktiv erlauben, oder ist es umgekehrt?", fragte ich.

Claytons Lippen verzogen sich zu einem verschmitzten Grinsen.

Ich zuckte mit den Schultern. „Jetzt, wo ich weiß, dass es passiert, kann ich leicht erkennen, wann ihr eure exklusiven kleinen Gespräche führt. Dabei habt ihr immer einen deutlich erkennbaren Ausdruck im Gesicht, den ich nicht deuten kann. Besonders du", sagte ich und nickte Kai zu. Er neigte den Kopf und wartete auf eine Erklärung.

„Wenn jemals etwas passieren würde und ihr alle verdächtig wärt, würdest du herausstechen. Sie sehen aus, als hätten sie was vor oder denken zumindest darüber nach. Du nicht. Nie."

Er fand das amüsant, wahrscheinlich wegen des stillen Austauschs, der stattgefunden hatte. Aber ich wurde das Gefühl nicht los, dass er von allen wahrscheinlich der Gefährlichste war. Seine Sinne waren schärfer als ihre. Und nachdem ich gesehen hatte, wie er mit Mephisto gekämpft hatte, blühte er bei Gewalt auf. Sein engelhaftes Aussehen ließ nichts davon vermuten. Ihn zu unterschätzen, konnte leicht tödlich sein.

Sie sahen einander an, während ein weiterer privater Austausch stattfand. Wenn Mephistos fest zusammengepresste Lippen ein Hinweis waren, verlangte ich Einblick in etwas Persönliches, Informationen, die sie verwundbar machten.

„Es ist eine Art geschlossener Kreislauf. Wenn wir in der Nähe sind, öffnet es sich automatisch, aber wir können ihn schließen", erklärte Simeon.

„Wenn wir getrennt sind, ist es nicht die beste Form der Kommunikation. Ich schaffe es vielleicht, rüberzubringen, was ich sagen will, aber es ist fragmentiert, dabei sind Effizienz und Direktheit wichtig", fügte Kai hinzu.

„Es ist nur zwischen uns. Als wir unsere Rollen akzeptiert haben, wurde ein Zauber gewirkt", sagte Clayton, „also nein, du kannst nicht am Gruppenchat teilnehmen." Er schmunzelte und beantwortete präventiv meine Anschlussfrage. Clays Mundwinkel zuckten amüsiert. „Wir können den Zauber auch nicht teilen", ergänzte er. Es war mir unangenehm, mit welcher Leichtigkeit er meine Fragen vorwegnahm.

„Wir versuchen, einen Weg zu finden, Malific aufzuspüren", erklärte Mephisto. „Die meiste Zeit verbringt sie im Schleier. Da sie jetzt keine Armee mehr herstellen kann, rekrutiert sie Leute, hat aber nicht so viel Einfluss durch Gewalt, da ihre Magie begrenzt ist." Alle Augen richteten sich auf mich – ich war der Grund für diese Einschränkungen.

„Wenn ihr etwas passiert, erbe ich dann ihre Magie?" Endlich stellte ich die Frage, die mich seit der Entdeckung beschäftigt hatte, welche Auswirkungen meine Existenz auf ihre Magie hatte.

„Nein. Wenn dem so wäre, gäbe es eine Menge Elternmorde. Leben ist das Geschenk, das du von deinen Eltern bekommst.“

„Wenn ich ein oder mehrere Kinder hätte, dann wäre ich geschwächt, und ihre magischen Fähigkeiten wären kaum noch zu erkennen“, vermutete ich.

„Das wäre der Fall, kommt aber nicht oft vor. Der Machtverlust tritt nur bei der Mutter von Erzgottheiten auf. Normalerweise pflanzen sie sich nicht mit niedrigeren Wesen fort. Wenigstens mit einem Gott. Das sorgt für starke Nachkommen und eine mächtige Blutlinie.“

Die Frau bekam nicht nur das Kind, sie verlor dadurch auch einen Teil ihrer Magie. Ich konnte meine Abneigung gegenüber dieser Situation nicht verbergen.

„Was Magie angeht, sind Frauen stärker. Oedeus konnte kein Leben aus unbelebten Objekten erschaffen, seine Schwester schon. Malific hat ihre Magie mehr geschätzt als ein Kind zu haben.“

„Oh.“ Sie hatte erst einen Sinneswandel, als ihr die Geburt eines Kindes von Nutzen war. Ein Themenwechsel war nötig. „Glaubt ihr, dass es eine Möglichkeit gibt, den Vertrag mit Asial aufzulösen? Einen Gegenstand, einen Zauber oder irgendwas?“

„Genau darüber haben wir gesprochen. Wir werden die Cupio versuchen.“ Anscheinend waren auch ihnen die Ideen ausgegangen. Denn dieses Objekt war die Fabel der Fabeln. Die Wunschrute, die jeder wollte. Niemand hatte sie jemals gesehen, dennoch waren die Menschen aufgrund von Geschichten, die immer noch im Umlauf waren, davon überzeugt, dass sie existierte.

„Glaubt ihr, dass sie existiert?“, fragte ich und musterte jedes Gesicht. Sie führten ein weiteres lautloses Gespräch. „Bitte hört auf damit. Ich gehe davon aus, dass ihr genauso wenig glaubt, dass sie existiert, und nur versucht, mir einen Anschein von Hoffnung zu geben. Ich bin nicht zerbrechlich. Ich will die Wahrheit, kein Um-den-heißen-Brei-rumreden.

Bitte. Da ich weiß, wann ihr diese privaten Gespräche führt, kommt es mir ziemlich –" Ich zuckte mit den Schultern. Unhöflich vor. Sehr, sehr unhöflich.

„Tut mir leid, Rabe", sagte Kai. Der Name schien als Erinnerung zu dienen und war, angesichts der starren, strengen Linie von Mephistos Lippen, an ihn gerichtet. Kai mochte für sie geblieben sein, aber er scheute sich nicht, sie daran zu erinnern, warum sie sich entschieden hatten zu bleiben.

„Ich habe sieben verschiedene Aufträge gehabt, das Ding zu finden. Es ist nie was dabei herausgekommen. Zwischenzeitlich bin ich ziemlich überzeugt davon, dass es nicht existiert."

„Vielleicht." Mephisto seufzte. „Wir brainstormen nur." Es war ein Eingeständnis, das er offenbar nicht gern machte. „Wie die Magie der Elfen, funktioniert Dämonenmagie anders. Das ist der Grund, warum sich Hexen und Magier an sie wenden." Als er mich ansah, erinnerte mich das an das Gespräch, das wir über die Verbindung zwischen Elfen und Dämonen geführt hatten. Seine Grimasse wurde tiefer.

„Ich werde mit Victoria reden", sagte Simeon. „Sie praktiziert nicht, und ohne ihren Zirkel besitzt sie nicht mehr dieselbe Magie wie früher, aber sie könnte eine Informationsquelle sein."

Und ein Grund für ihn, mit dem Raubtier Pearl zu spielen, das sie als Hauskatze hielt. Victoria und Simeon waren die einzigen Leute, die ein entzückendes kleines Kätzchen sahen, wenn sie die hundert Pfund schwere Großkatze betrachteten.

„Und du kannst den Eistiger besuchen gehen", neckte ich.
„Eistiger?"
„Ich habe einen Typen auf TikTok gesehen, der erklärt hat, dass Schneeleoparden genetisch Tigern ähnlicher sind Leoparden", erklärte ich, verstummte jedoch, als sein Gesichtsausdruck darauf hindeutete, dass mein Name für

Pearl weder gerechtfertigt noch geschätzt war. Als hätte ich sie beschimpft.

„Sie ist ein Schneeleopard. Schneetiger vielleicht. Aber Eistiger –" Er runzelte die Stirn. Irgendetwas an diesem Namen störte ihn. „Sie sind viel passiver als Tiger und entscheiden sich dafür, Menschen keinen Schaden zuzufügen, wenn sie stattdessen einfach gehen können", sagte er mit angespannter Stimme. Es war offensichtlich, dass ihn der Eis-Teil störte, was er auf ihre Persönlichkeit zurückführte, die zugegebenermaßen recht freundlich und anschmiegsam war. Mephisto räusperte sich. Eine längere Diskussion über Pearl würde nicht zu meinen Gunsten verlaufen und mich nur noch tiefer in das Loch stürzen, in dem ich mich befand.

„Ich freue mich, dass du sie sehen wirst. Sie ist ein wunderschönes Tier." Mein unaufrichtiges Anbiedern entspannte seine Miene etwas, aber ich hatte eindeutig seine Gefühle verletzt. Ich konnte mir nicht vorstellen, dass er über etwas, das jemand über ein zweibeiniges Tier sagte, so beleidigt reagieren würde.

Nach weiteren Diskussionen, die zu keinem Ergebnis führten, kam ich letztendlich zu dem Schluss, dass ich Nolans Hilfe brauchte oder eine andere Elfe suchen musste. Elizabeth kam nicht in Frage, weil es recht zweifelhaft war, dass sie helfen würde. Benton hatte sich in seiner Bibliothek/Büro verschanzt und könnte sich vielleicht etwas einfallen lassen. Aber selbst, wenn er eine Verbindung zwischen mir und den Dämonen finden würde, wäre ich mir nicht sicher, wie das helfen würde. Könnte es die Vereinbarung irgendwie ungültig machen?

11

„Darf ich deinen Raum mit all den Gegenständen nochmal sehen?", fragte ich Mephisto, sobald alle gegangen waren.

Er nickte und ergriff meine Hand. „Nachdem wir" – sein Blick wanderte zur Uhr. Es war Stunden her, seit ich gegessen hatte, und er hatte deutlich gehört, dass mein Magen geknurrt hatte – „zu Abend gegessen haben."

Als ich ihm dabei zusah, wie er unser Essen zubereitete, fragte ich mich, warum er einen Koch hatte, wenn es ihm offenbar Spaß machte, selbst zu kochen. „Ich weiß, wie man kocht", erklärte ich, als er mich zum Sous-Chef degradierte, was bedeutete, dass ich ab und zu ein Gewürz holen und Knoblauch und Pilze für das Hühnchen-Marsala schneiden durfte. Als ich fertig war, setzte ich mich mit einem Glas Wein in der Hand neben ihn an die Arbeitsfläche, beobachtete ihn und warf gelegentlich einen Blick zur Tür, in der Hoffnung, dass Benton mit einer Idee oder einer Lösung hereinplatzen würde.

Doch niemand kam, und während wir aßen, beschränkte sich unsere Diskussion auf triviale Wortwechsel. Keiner von uns wollte auf die begrenzten Möglichkeiten hinweisen.

Der Anblick der vielen magischen Gegenstände, die er im

Laufe der Jahre gesammelt hatte, war nicht weniger beeindruckend als zuvor. Ein Hauch von Traurigkeit überschattete meine Bewunderung, denn selbst mit einer solchen Sammlung hatte er nichts, was half, einen Ausweg aus meiner Situation mit Asial zu finden.

„Würdest du mich fahren, damit ich mir einen Mietwagen besorgen kann?", fragte ich, als ich das Schlafzimmer betrat. Mephisto blieb stehen und runzelte verwirrt die Stirn.

„Mietwagen", sagte er langsam.

„Malific hat mein Auto zerstört", erinnerte ich ihn. „Ich muss Harrisons Haus durchsuchen und ein paar möglichen Hinweisen folgen, und dafür kann ich schlecht eine Mitfahr-App benutzen."

„Warum brauchst du ein Auto, wenn ich mehrere habe?"

„Hast du welche, die nicht das Jahresgehalt von jemandem im mittleren Management kosten oder mit denen man ein Haus in einer Kleinstadt kaufen könnte?"

Schmunzelnd sagte er: „Woher soll ich das wissen? Ich war nie im mittleren Management und habe nur mein Haus."

„Das ist kein Haus, es ist eine Villa, komplett mit Koch, einem Druiden/Butler – der an dieser Stelle den zweiten Titel streichen sollte, denn er ist eher ein gelegentlicher Richtungsweiser – und einem Grundstück, das groß genug ist, um einen bunt zusammengewürfelten Haufen exotischer Haustiere zu halten."

Schmunzelnd kam er auf mich zu, sein Finger strich über meine Wange, aus dem offensichtlichen Bedürfnis nach Kontakt, bevor er seine Hand sinken ließ. Die Energie des verweigerten Kampfes summte immer noch in ihm. „Ich genieße unsere kleinen Debatten, aber das muss nicht unbedingt eine sein. Du brauchst ein Auto, und ich habe eins übrig. Warum diskutieren wir überhaupt?"

„Ich will in dieser Beziehung nicht ungleich sein", platzte es aus mir heraus.

Er schreckte zurück, als hätte ich ihn geschlagen, und fragte: „Was?"

„Ungleich", gab ich mit leiser Stimme zu. Das Geständnis schmerzte. „Ich möchte nicht, dass du denkst, dass die Dinge, die du mir gibst, der Grund dafür sind, dass wir zusammen sind", sagte ich. „Du schenkst mir ständig teure Dinge und kaufst Wein für mich, den ich mir nicht leisten kann. Ich habe Ketchup auf ein Matsusaka-Steak gekippt, und du hast ausgesehen, als hätte ich der Königin einen Kuss und eine intime Umarmung gegeben."

„Hat dich das gestört?" Er schien wirklich verwirrt zu sein. Jeder hatte seine Unsicherheiten, aber Essensscham war nicht mein Problem.

„Gar nicht. Gib mir jetzt eins, und ich werde es wieder mit Ketchup tun. Aber ich würde mir definitiv mehr Mühe geben, Clay dazu zu bringen, es auszuprobieren."

„Das wird nicht passieren, er mag Ketchup nicht." Er zuckte mit den Schultern. „Er sagt, er versteht es nicht."

„Wer versteht Ketchup nicht? Wie kann man Ketchup nicht verstehen? Es ist die Grill- und Burgergewürzsauce. Wie seltsam ist das?" Ich musste mein Ketchup-Plädoyer beenden, obwohl Madison definitiv etwas davon erfahren musste. Er verdiente dafür die Warnung „mit Vorsichtig genießen".

„Als ich heute wollte, dass meine Eltern gehen, habe ich mich, ohne zu zögern, an dich gewandt. Ich wusste, dass du dich effizient darum kümmern würdest." Ihn und seine Ressourcen zu haben, machte das Leben erheblich einfacher. „Ich will nur, dass wir auf Augenhöhe sind. Gleich. Ich will nicht jemand sein, um den du dich kümmern musst."

Ich hatte Probleme, weil Madison sich um mich gekümmert hat, sich für mich geopfert hat und ihr Leben durch mich komplizierter geworden ist. Aber ich war jetzt anders als damals. Das wollte ich von niemandem mehr. Jemanden wegen eines fahrbaren Untersatzes zu belasten schien trivial.

„Aber wir sind nicht gleich", sagte er.

Ich bin überzeugt, dass jeder ein Triggerwort hat. Ein Wort, das nur ausgesprochen werden musste, und die Flammen loderten hoch. Den Streitmodus aktivierte. Ich hätte nie gedacht, dass „nicht gleich" für mich eines war.

Ich wich mit verschränkten Armen von ihm zurück und blaffte: „Wie bitte?"

Seine blitzartige Bewegung, die die Distanz zwischen uns überwand, war eine deutliche Erinnerung daran, dass ich eine Halbgöttin war. Er beugte sich zu mir herunter und berührte meine Nase mit seiner. Sein warmer Atem strich über meine Lippen. Die frischen Noten des Chardonnay, den er zum Abendessen serviert hatte, war noch immer in seinem Atem.

„Du wirkst Schutzzauber, die ich nicht brechen kann. Ich kann mein Aussehen verändern, du kannst dich verhüllen und dich unsichtbar machen. Du hast die Fähigkeit, mich mit einem Kreis magielos zu machen", sagte er.

„Einem Kreis, aus dem du heraustreten kannst", erinnerte ich ihn. Es war kein großer Schutz gegen jemanden, wenn er einfach herausspazieren konnte. Ich wusste, dass er bei Feen und Hexen funktionierte, und nahm an, dass er auch bei Magiern funktionierte. Der Zauber war noch ungetestet an Dämonen und anderen Elfen.

„Aber du kannst es." Er küsste meine Unterlippe. „Mich in Schach zu halten, ist die Aufgabe. Ich bin ziemlich schwer festzuhalten, aber wenn irgendjemand einen Weg finden könnte, das zu schaffen, dann meine Halbgöttin."

Als er sich von mir entfernte, glitt meine Hand von seiner Taille, auf die sie irgendwie ihren Weg gefunden hatte.

„Gleichheit scheint in ihrer Definition recht grob vereinfachend zu sein, aber nur, wenn man die Nuancen ignoriert. Würdest du dich einem Reh auf die gleiche Art und Weise nähern wie einem Löwen, auch wenn es sich bei beiden um Tiere handelt?", fragte er.

„Wer ist in diesem Beispiel der Löwe?", fragte ich, und das Aufflackern meiner Wut ließ nach.

Seine Zunge, die seine Lippen befeuchtete, war die einzige Antwort, die ich bekam, bevor er fortfuhr. „Wir sind nicht gleich, sondern ergänzen einander. Du brauchst ein Auto. Ich brauche eine Frau, die es schafft, mich auf die verlockendste Art und Weise zu frustrieren und zu besitzen."

Ich lächelte. „Unbestreitbar Erin."

Er nickte.

„Okay, aber nur geliehen. Sobald ich Zeit habe zu recherchieren und ein Auto zu finden, werde ich mir eines besorgen, okay?"

Als er mich anschwieg, forderte ich ihn erneut auf. Mehr Schweigen. Wie zum Teufel war ich die Frustrierende hier?

Verlangen loderte in seinem Blick, bevor er mit einem unersättlichen Kuss antwortete, der meine Bitte zu einem Stöhnen schmelzen ließ. Obwohl ich mich nicht mehr so sehr nach seiner Magie sehnte wie zuvor, war es unmöglich, in seiner Gegenwart zu sein, ohne sie zu bemerken. Sie war allesverzehrend. Er zog mich näher an sich heran, die Wärme seines Körpers legte sich um mich, seine Hände ergriffen meinen Po und hoben mich zu ihm, gegen die harte Ausbuchtung in seiner Hose. Ich stöhnte an seinen Lippen und schlang meine Beine um ihn, als er mich zum Bett trug.

Dominierende Hände streichelten meinen Körper, während er mir die Kleidung auszog, mit seinen Händen über meine entblößte Haut strich, sie massierte und mich mit Lippen, Zunge und Liebkosungen neckte. Er bewegte sich langsam an mir empor und senkte seine Lippen auf meine. Ich sehnte mich nach seiner Berührung, selbst als ich mich lange genug zurücklehnte, um ihm das Hemd vom Leib zu reißen und es beiseitezuwerfen. Ich ließ meine Hände über seine definierten Bauchmuskeln und die harten Linien seines Rückens gleiten und bewegte mich langsamer. Das träge Streicheln der Härte zwischen seinen Beinen löste bei ihm ein tiefes, kehliges Grollen aus. Schnell rollte er sich von mir, um seine Hose und Unterhose auszuziehen, und ließ sich dann wieder zwischen meinen Beinen nieder.

Seine Küsse waren gierig und wurden immer leidenschaftlicher, wärmer und mutwilliger, je mehr er sich an mich drückte. Seine warmen, sinnlichen Lippen wanderten über meinen Hals, meinen Puls, meine Schulter, bis er zu meinen Brüsten kam. Er streichelte über die harten Spitzen meiner Brustwarzen und neckte mich weiter, bis ich keuchte, stöhnte und meine Hände in die Bettdecke krallte. Er lächelte mich verschmitzt an und erkundete weiter meinen Körper, schmiegte sich zwischen meine Schenkel und erkundete den sensiblen Bereich mit seinen Küssen und seiner Zunge. Leckte, neckte und schmeckte mich langsam, bis ich explodierte und unter seiner Berührung gefügig und entspannt liegen blieb.

Er hielt seine beeindruckende Härte und neckte mich damit. Ein verschlagenes Grinsen breitete sich angesichts meines Stöhnens und Flehens um seine Lippen aus.

„Mephisto", jammerte ich über die anhaltenden Neckereien. Seine Finger glitten über meine Nässe, seine Augen funkelten amüsiert, und er verspottete mich mit einem Kuss. Ein zärtliches Necken an meinen Lippen. Als ich dachte, ich würde vor Vorfreude zerbrechen, stieß er in mich hinein. Ich schlang meine Beine um ihn, zog ihn in mich hinein, kam seinen Stößen entgegen und ergab mich seiner Berührung. Meine Finger gruben sich in die Muskeln seines Rückens. Das Feuer wütete erneut, und ich musste es löschen. Er senkte sein Gesicht auf meins, küsste mich, strich meinen Kiefer entlang und biss mir ins Ohrläppchen.

Er flüsterte mir ins Ohr, seine Stimme war leise und rau und passte sich seinen Bewegungen an. „Komm für mich, meine Halbgöttin", knurrte er. Und ich tat es. Ich gehorchte seinem Befehl und fand meine Erlösung, Mephisto bald danach.

Ich schmolz in das Bett. Mephisto schmiegte sich an meinen Hals, seine Hand lag auf meiner Brust, sein Daumen streichelte meine Brustwarze. Er ließ sich neben mir nieder, schob mich auf die Seite und zog mich an die Kurve seines Körpers. Er knabberte sanft an meinem Ohr, bevor er noch näherkam, bis unsere Körper eins zu sein schienen.

12

Cory stieg auf der Beifahrerseite des Wagens ein und ließ sich gegen das butterweiche Leder sinken. Er strich mit dem Finger über die Polsterung, die seinen Körper streichelte, und deutlich machte, dass es sich um ein Luxusauto handelte. Der Audi RS 5 war das dezenteste Auto in Mephistos Garage. Es war fraglich, ob die samtschwarze Farbe weniger auffällig war als der perlweiße Maybach, den er mir angeboten hatte. Sein Nicken auf meinen Vorschlag, seiner Sammlung einen Toyota hinzuzufügen, konnte ich nicht ernst nehmen, so wie er dabei schmunzelte.

„Gewöhn dich nicht daran. Ich werde ihn so schnell wie möglich zurückgeben. Nachdem ich mich mit Asial und Malific auseinandergesetzt habe, hat die Anschaffung eines neuen Autos meine nächste Priorität."

„Ich weiß, aber" – Cory sank tiefer in den Sitz – „es ist schön, in einem Fahrzeug zu sitzen, das ruhig fährt und einen nicht ständig daran erinnert, dass es eine Wartung braucht. Verurteile mich nicht dafür, dass ich es genieße, von geschmeidigem Leder und seinem angenehmen Duft umarmt zu werden, anstatt vom Geruch von alten Pommes, verschüttetem Kaffee und Zimtschnecken."

„Willst du damit andeuten, dass mein Auto so gerochen hat?"

„Andeuten? Ich dachte, ich hätte mich sehr direkt ausgedrückt."

„Tut mir leid, dass mein Auto nicht nach nerviger Typ-A-Persönlichkeit, Zitrone und Eisenkraut duftet", antwortete ich schnippisch und rümpfte die Nase.

„Sei nicht so empfindlich, Erin. Ich bin immer noch in deinem Team. Reichtum ist Geschmackssache", brummte er und krümmte seine Finger, als wären sie Krallen.

„Du weißt, dass ich nicht so denke. Die selbstgefällige, magisch mächtige Elite glaubt an das rücksichtslose Streben nach dem, was sie will. Von außen betrachtet kann das verlockend wirken. Aber diese Welt zieht dich in ihren Bann, verleitet dich dazu, unvorsichtig zu werden, und wenn du verwundbar bist, stellst du fest, dass du unterlegen bist, betrogen und zum Narren gehalten wurdest. Sie genießen es. Es gibt kaum Grenzen. Die Welten getrennt zu halten, erlaubt mir, mich zu konzentrieren. Es verhindert, dass ich der Verlockung verfalle."

„Schöne Dinge zu haben macht dich nicht selbstgefällig, Erin."

„Ich weiß. Ich habe schöne Dinge."

„Du hast schöne und clevere Waffen. Ein paar teure Klamotten, aber die meisten davon helfen dir, deine Arbeit besser zu erledigen. Lederhosen, modifizierte Schuhe mit eingebauten Dolchen … Du weißt, dass das nicht normal ist, oder? Und die Taschen, die du in deinen Jacken und Klamotten hast, sind nett, aber nicht persönlich. Stücke nur für dich. Schöne *persönliche* Dinge."

Wer hat ihn gebeten, mir das unter die Nase zu reiben?

Ich zuckte mit den Schultern. „Ich hatte mit der unangenehmen Schattenseite zu tun und kann nicht anders, als ein gewisses Maß an Verachtung dafür zu empfinden. Ich überlebe, indem ich es getrennt halte."

„Es scheint, dass mit Mephisto zusammen zu sein hilft.“

Ich warf ihm einen kurzen Blick zu, der Bände sprach. Es war naiv zu glauben, dass die Jäger ausschließlich weiße Ritter waren und nie in die Grauzone oder tief in die Schatten eindrangen. Sie hielten sich in dieser Welt zurück, aber wenn sie losließen, zeigten sie eine rohe, furchteinflößende Demonstration von Macht und Gewalt. Ich hatte ihren Raum mit magischen Objekten gesehen, Mephistos Engagement, sie in seinen Besitz zu bringen, und die Leichtigkeit, mit der er sich in dieser Welt zurechtgefunden hatte. Er tat nicht so als ob. Er gehörte in diese Welt.

Der Grund, warum er heute nicht mit uns gekommen war, war diese Leichtigkeit. Er versuchte, die Cupio zu erwerben und Elizabeth zu finden, und er stellte auch Ermittlungen über die Existenz weiterer Elfen an. Obwohl wir die Mängel in der grauen Welt sahen, lebten wir beide aus unterschiedlichen Gründen darin. Ich konnte nicht leugnen, dass es seine Vorteile hatte. Es war die Angst, wie Malific zu werden, die mich dazu brachte, Grenzen zu ziehen und zu verhindern, dass meine Moral noch verschwommener wurde, als sie es ohnehin schon war. Da ich jedoch fest entschlossen war, alles Nötige zu tun, um Malific und Elizabeth aufzuhalten, könnte es dafür zu spät sein. Mein einziger Trost war, dass ich nicht damit angefangen hatte – sie hatten es getan. Ich musste es beenden.

„Er ist nicht so schlimm wie die meisten. Aber ich möchte nicht, dass meine Beziehung zu ihm meine Abwehrkräfte gefährdet und ich vergesse, mit welchen Menschen ich in meinem Job zu tun habe und was aus mir werden könnte, wenn ich das tue. Es könnte katastrophale Folgen haben.“

Wie durch das Wort „katastrophal“ beschworen, teilte mir das Auto mit, dass ein Anruf von Landon einginge. Ich ignorierte es.

„Früher oder später wirst du dich mit ihm auseinandersetzen müssen“, sagte Cory.

„Ich weiß, aber es muss später sein. Zuerst müssen wir die Häuser von Harrison und Elizabeth durchsuchen."

Die Stille im Auto wurde schwerer. „Ich dachte, wenn du erst einmal frei bist und deine eigene Magie hast, würde es dir leichter fallen", flüsterte er und richtete seine Aufmerksamkeit auf die Landschaft vor dem Fenster. „Ich wollte, dass es für dich einfacher ist", fügte er hinzu. Seine Stimme war wehmütig und traurig.

Aus meiner Peripherie sah ich kurz seinen gequälten Gesichtsausdruck, als er sich mir zuwandte. „Dein Kampf war so schmerzhaft anzusehen, vor allem, weil es nichts gab, was ich für dich tun konnte. Jetzt hast du Magie, und alles scheint noch schlimmer zu sein. Ich hätte nicht gedacht, dass das möglich ist." Er seufzte.

„Es ist nicht schlimmer." *Darüber lässt sich streiten.* „Es ist nur komplizierter. Die Probleme können gelöst werden." Ich würde nur meine Mutter und meine Tante töten müssen, einen Deal mit einem Dämon annullieren oder einen Weg finden, ihn körperlich zu machen, herausfinden, was ich mit Dareus anstellen sollte – dessen Inaktivität sicherlich nur vorübergehend war, weil er vorsichtig war, und meine Schuld Landon gegenüber begleichen. Ein Kinderspiel.

Cory kannte mich gut genug, um die Unaufrichtigkeit meiner Worte und meine Bemühungen, seine Sorgen zu beruhigen, zu erkennen.

„Wie ist der Plan?", fragte Cory und beendete damit die unangenehme Stille, die verging, als ich das Auto auf der Kiesfläche ein paar Meter von Harrisons Trailer entfernt abstellte.

„Nachsehen, ob etwas übersehen wurde. Einen Hinweis finden, wie wir Elizabeth oder Dareus finden können." Es war mir zu peinlich, auch nur einen Funken Hoffnung einzugestehen, dass ein Teil des Black Crest-Zauberbuchs das Feuer überlebt hatte. Es war unwahrscheinlich, aber genau da war ich im großen Ganzen. Ich klammerte mich an das Unwahrscheinliche. Auf der Suche und in der Hoffnung, etwas zu finden, das die STF und River übersehen hatten.

Die Verzweiflung ließ nur sehr wenige Möglichkeiten offen. Nolan hatte sich immer noch nicht gemeldet. Ich brauchte einen Weg, zu ihm oder Elizabeth zu gelangen. Und dann würde ich weitersehen müssen.

„Wenn du den Vertrag nicht brechen oder einen Weg finden kannst, Asial körperlich zu machen, müssen wir als Nächstes herausfinden, wie wir ihn und Dareus in ihrer körperlichen Form einsperren können", sagte Cory beim Aussteigen.

Ich dachte eher daran, ihre Magie einzuschränken oder sie zurückzuschicken. „Sie einsperren? Wofür? Dass sie Dämonen sind?", fragte ich und ging schneller, um mit ihm Schritt zu halten.

„Sollen wir abwarten, bis sie jemandem schaden?", konterte er.

„Es würde einen schlechten Präzedenzfall schaffen, jemanden einzusperren, weil er Schaden anrichten könnte, egal, wie hoch die Wahrscheinlichkeit ist. Dareus hat bisher den Ball flachgehalten und nichts getan – oder nichts, was sich auf ihn zurückführen lässt." Es war keine Garantie, dass er es nicht tun würde. Es gab einen Grund dafür, dass er sich benahm, ich war mir nur nicht sicher, was es war. Sein Reich war der beste Ort für ihn.

„Sie haben das Sperrband abgenommen?", bemerkte Cory und näherte sich dem Trailer. Die Tür war abgeschlossen. Er blickte über seine Schulter, flüsterte einen Zauberspruch und trat zurück. „Ich suche nach Schutzzaubern oder Erkennungszaubern", erklärte er.

Rauch und türkisfarbene Schwaden wirbelten um die Tür herum. Ätzende Energie summte in der Luft. Ich hatte ihn noch nie zuvor diesen Zauber wirken sehen und fragte mich, ob es etwas Neues war oder etwas, das er aus Mystic Souls gelernt hatte.

Er beschwor einen weiteren Zauber, um die Tür zu öffnen, sobald er keine Spuren von Schutzzaubern oder Erkennungszaubern fand. Als ich über die Schwelle trat, war ich nicht auf die Angst vorbereitet, die mich beim Anblick des Raumes überwältigen wollte. Ich atmete tief ein und schob mich Zentimeter für Zentimeter in den Trailer hinein. Mein Blick fiel sofort in den Raum, in dem ich versucht hatte, mich an dieses Reich festzuklammern.

Von diesem gescheiterten Kampf waren keine Spuren oder Rillen im Boden zu sehen. Meine Brust zog sich zusammen, und das Atmen wurde schwieriger. Meine Nägel gruben sich in meine Handfläche, während meine Hände sich an meinen Seiten ballten. Zwei Monate war ich weg gewesen, und ich begab mich in die düstere Welt der Was-wäre-wenn-Szenarien. Ein glücklicher Zufall war der einzige Grund, warum ich jetzt hier war.

Sosehr ich auch versuchte, aus den dunklen Gedanken herauszukommen, ich geriet immer tiefer hinein.

Reiß dich zusammen, Erin, schalt ich mich. Ich zwang mich mit großer Anstrengung zu langsamen, kontrollierten Atemzügen und fand ein bisschen Ruhe. Als ich Corys Blick auf mir spürte, drehte ich mich um und warf ihm ein beruhigendes Lächeln zu.

„Ich werde hier drin suchen und du schau draußen, ob du irgendwelche Hinweise finden kannst", schlug er vor.

„Mir geht's gut", log ich. Es war vorbei. Ich war trotz des hohen Preises davongekommen.

Nach ein paar Minuten Suchen war meine Angst Entschlossenheit gewichen. Ich war mir sicher, dass das für Dareus und Elizabeth nicht gut enden würde.

Bevor wir den Trailer verließen, spähte ich noch einmal in den Mülleimer, in dem Elizabeth das Zauberbuch verbrannt hatte, als hätte ich bei den anderen drei Malen, als ich ihn überprüft hatte, etwas übersehen. Würde eine Durchsuchung von Elizabeths Haus genauso wenig bringen? Sie hatte zwei Monate Zeit gehabt, alles wegzuschrubben, was helfen könnte, sie zu finden. Cory und ich bemerkten das leere Auto neben meinem.

„Hände dorthin, wo ich sie sehen kann!", verlangte River, der an der Seite des Trailers stand, der seine Anwesenheit verborgen gehalten hatte. Er hielt seine Waffe auf mich gerichtet, während seine Aufmerksamkeit zwischen uns hin und her wanderte. „Was machen Sie hier am Tatort?"

„Sie meinen einen Trailer, der vor zwei Monaten ein Tatort war?", betonte Cory. „Es gibt kein Absperrband, und die Tür war unverschlossen."

Durch magisches Wirken, aber nett.

Rivers Lippen verzogen sich, und sein unheilvoller Blick fiel auf Cory, bevor er sich wieder mir zuwandte.

„Sie kehren immer zum Tatort zurück", bemerkte River in einem leise herablassenden Ton und steckte langsam seine Waffe weg. Im Gegenzug senkte ich meine Hände und verschränkte sie vor meiner Brust, damit er sie sehen konnte. Ich wollte ihm keinen Grund geben, sich bedroht zu fühlen und irgendwie zu reagieren.

Cory folgte meinem Beispiel, faltete die Hände vor sich und erwiderte Rivers kalten Blick. Es war immer ein wenig beunruhigend, die Seite von Cory zu sehen, die eine militärische Ausbildung verriet: tough und zu einem strategischen Schlag fähig, wenn er provoziert wurde. Es schien Cory auch zu stören, diesen Aspekt zu zeigen. Ein Zerstörungsmodus, den er einschaltete. Es schien nicht allmählich zu passieren. River bemerkte die Veränderung.

„Was wollen Sie, River?", fragte ich und lenkte seine Aufmerksamkeit zu mir, in der Hoffnung, Cory zu deeskalieren.

„Nur darauf hinweisen, dass Sie an einen Tatort eines Verbrechens zurückgekehrt sind, dessen Sie verdächtig sind."

„Wenn ich eine Verdächtige wäre, hätten Sie unwiderlegbare Beweise vorgelegt und Ihren Einfluss genutzt, um die STF unter Druck zu setzen, mich zu verhaften."

Seine Lippen verzogen sich, als er sich an seinen Versuch erinnerte, mich zu verhören, als Harrison vermisst gemeldet worden war, was sich als peinlich schlechte Idee für ihn herausgestellt hatte. Er sträubte sich.

„Sie scheinen die letzten paar Monaten verschwunden gewesen zu sein."

„Urlaub machen ist wohl nicht erlaubt?", schoss ich zurück.

„Ziemlich verdächtig, dass Sie sich während der Ermittlungen zum Verschwinden eines Mannes entschieden haben, Urlaub zu machen – eine Ermittlung, bei der Sie eine potentielle Verdächtige sind."

„Sie sind der Einzige, der mich für eine Verdächtige hält."

„So arrogant", spottete er.

Wenn es so rüberkam, war das keine Absicht, aber jeder Widerspruch wäre von ihm als arrogant empfunden worden.

„Teure Anwälte, mit diesem nervtötenden Alpha befreundet und eine Schwester, die ihre Position bei der Task Force und ihre Verbindungen nutzt, um Sie um jeden Preis zu beschützen, haben Ihnen das Gefühl gegeben, unbesiegbar zu sein."

„Nicht allzu unbesiegbar, da ich hier stehe und illegal festgehalten werde."

Seine Hand löste sich von der Waffe, auf der sie geruht hatte. „Sie werden nicht festgehalten."

„Dann kann ich gehen?"

„Natürlich." Er trat aus dem Weg zu unserem Auto.

„Jemand hat sich entschlossen, Harrisons Leiche an meiner Hintertür zu deponieren", sagte er mit bohrendem Blick.

„Wie wir bereits festgestellt haben, war ich nicht hier."

„Ja, aber wir haben *auch* festgestellt, dass Sie gut vernetzt sind."

„Was? Glauben Sie, Madison hatte was damit zu tun?"

Die Erwähnung ihres Namens ließ ihn finster dreinblicken. Madison nutzte das bürokratische System zu ihrem Vorteil und war in der Lage, seine politische Karriere zu beenden, bevor sie begonnen hatte.

„Oder steht Asher unter Verdacht? Glauben Sie ernsthaft, dass er sich bei all seinen Pflichten als Alpha des größten Rudels im County die Zeit nehmen würde, Ihnen einen Streich zu spielen? Weil Sie auf keinen Fall als Verdächtiger gelten würden. Warum sollte ich Ihnen das antun?" Ich hatte diese Fragen bewusst in einem sanfteren Ton gestellt. Wenn ich River loswerden könnte, wäre mein Leben viel einfacher. „Ich will nur, dass Sie mich in Ruhe lassen. Der Schaden, den Ihr Ruf erleidet, ist das Ergebnis Ihres eigenen Handelns. Ich wünsche Ihnen nichts Schlechtes."

Zu meiner Überraschung nahm River meine Kommentare mit Bedacht auf.

Seine Antwort wurde unterbrochen, als sich eine Hand um seine Kehle legte.

„Wow, der ist nervig, nicht wahr?", knurrte Dareus.

Der Schock des Angriffs spiegelte sich in Rivers Gesicht wider. Bevor River sich schützen konnte, beschwor Dareus einen Zauber, trat zur Seite und ließ River zu Boden fallen. Sein Kopf war zur Seite geneigt und erlaubte Dareus freien Zugang zu seinem Hals. Er betrachtete ihn, während seine Krallen aus seinen Händen wuchsen und er langsam seine Dämonengestalt annahm. Rostbraune, ledrige Haut kam zum Vorschein. Sein Gesicht verformte sich, um den Widderhörnern und dem spitzen Kinn Platz zu machen. Als seine Verwandlung abgeschlossen war, richtete er seine dunklen Gewitteraugen mit den geschlitzten Pupillen auf mich.

„Erin", sagte er mit leiser, spöttischer, kehliger Stimme. „Ich hätte wissen müssen, dass du mehr bist als nur von Elfen berührt. Was hast du getan, um dir jemanden so Mächtigen wie Elizabeth zum Feind zu machen?"

Das Einzige, was Elizabeth verraten hatte, bevor ich in das Dämonenreich verbannt worden war, war, dass sie ihr Versprechen gegenüber Nolan gehalten hatte, indem sie mich am Leben ließ. Damit ich meinen beabsichtigten Zweck erfüllte. Soweit ich wusste, wusste er weder von meiner verwandtschaftlichen Beziehung zu Elizabeth noch davon, dass ich ebenfalls eine Elfe war.

„Elizabeth wird ziemlich unglücklich sein, wenn sie erfährt, dass du zurückgekehrt bist. Was ist es, was sie an dir so sehr hasst? Und gib dich keiner Illusion hin, sie hasst dich."

„Du wurdest also zu ihrem Laufburschen degradiert. Wie tief die Mächtigen doch gefallen sind", sagte ich und ignorierte seine Frage.

Ein langsames Lächeln umspielte seine schwarzen Lippen.

Es schien Cory schwerzufallen, sich an die neue Gestalt zu gewöhnen.

Als Dareus einen Schritt nach vorn machte, stießen seine gespaltenen Füße gegen Rivers schlafende Gestalt und lenkten seine Aufmerksamkeit wieder auf ihn. Er stürzte sich mit seinen Krallen auf River.

Cory reagierte, bevor ich es tun konnte.

Der magische Blitz, der Dareus traf, bot die perfekte Gelegenheit zu fliehen. Und ich tat es. Ich stürmte auf die Schutzzauber zu, während die aggressiven Geräusche der geschleuderten Magie, das Aufprallen von Körpern auf dem Boden und Darius' wütendes Bellen und sein Versprechen, Cory für seine Einmischung in Stücke zu reißen, leiser wurden.

Diese Drohung ließ mich stehen bleiben. Sollte ich es Cory allein mit einem Dämon aufnehmen lassen? Corys Lachen und seine Aufforderung an Dareus, es zu versuchen, beruhigten mich so weit, dass ich mit meinem Plan weitermachen konnte.

Meine Entscheidung, Cory später abzuholen, um in meiner Wohnung vorbeizuschauen und meine Schreibkreide zu holen, erwies sich als gute Entscheidung. Ich schrieb schnell den Neutralisierungszauber, riss Gras aus und verbarg den Kreis. Ich horchte auf, als ich das Geräusch näherkommender Schritte hörte. Dareus sang meinen Namen, während er in seiner menschlichen Gestalt durch den Wald ging. Vielleicht dachte er, er könnte mich in menschlicher Gestalt effizienter durch den dichten Baumbestand jagen.

„Dein Freund ist ein Feigling. Er ist weggelaufen. Ich habe keine Zeit, mit ihm zu spielen, wenn du diejenige bist, die ich will."

Eine beruhigende Welle der Erleichterung durchströmte mich. Cory kannte mich. Er kannte mich gut. Er war nicht davongelaufen; er hatte mir Zeit verschafft. Es brachte ein Lächeln auf mein Gesicht, als ich unsichtbar darauf wartete, dass Dareus näherkam.

„Komm schon, Erin. Sag mir, was an deiner Existenz bereitet Elizabeth Unbehagen? Was wird es wert sein, dich in meinem Besitz zu haben?" *Gieriges Arschloch.*

Komm näher, lockte ich schweigend. Aber er bewegte sich nicht, sondern ging nur langsam im Kreis und lauschte höchst aufmerksam auf Geräusche. Er hob sein Gesicht in die Luft. „Ich weiß, dass du da bist. Deine Magie hat eine besondere Essenz. Ich würde kommen, wenn du mich rufen würdest, aus reiner Neugier." Er machte noch ein paar Schritte und lauschte auf das Geräusch einer Bewegung. Ich gab ihm nichts.

Verdammt, er war nicht nah genug. Ich hatte in meinem getarnten Zustand keinen Zugang zu meiner Magie, also warf ich ein elektrisches Pellet rechts von Dareus und erregte so seine Aufmerksamkeit.

Seine Augen huschten hektisch umher und suchten nach weiteren Anzeichen einer Bewegung. „Deine Mutter hat gesagt, du wärst schlau. Ich glaube nicht, dass es deine Klugheit war, die dafür verantwortlich ist, dass du rausgekommen bist. Aber ich bin sehr interessiert, es herauszufinden."

Seine Neugier wurde mit Schweigen beantwortet. Magie wob sich um seine Finger, während er darauf wartete, mich zu sehen. Ich warf ein weiteres Pellet. Er bewegte sich noch ein paar Meter auf den Kreis zu. Im vollen Lauf rammte ich ihn und schleuderte ihn so weit zurück, dass er mitten im *adligatura*-Kreis auf dem Allerwertesten landete. Ich ließ die Unsichtbarkeit fallen und aktivierte den Kreis schnell.

Ich zog meine Schultern zurück, um aufrechter zu stehen, und weigerte mich zu verraten, wie viel Anstrengung es mich gekostet hatte. Da seine Magie verschwunden war, schmolz er in seine Dämonengestalt. Als er aufstand, verzog er die Lippen zu einem grimmigen Grinsen. Nach einem dritten Versuch, seine Magie zu nutzen, ließ er sich zu Boden fallen, streckte die Beine aus und lehnte sich auf die Ellbogen zurück, um Gleichgültigkeit zu demonstrieren. Ich nahm es ihm nicht ab.

„Du bist ein schlüpfriges kleines Ding, nicht wahr? Wie bist du entkommen?"

Meine langen Ärmel verdeckten die Spur des Eides, also ließ ich ihn weiter spekulieren.

„Hat ein Dämon dir geholfen?" Mit einem Kopfschütteln verwarf er diese Idee. „Nein, jemand wie du wäre behalten oder auf dem Markt verkauft worden."

Ein Schauder der Angst lief mir bei dem Gedanken, was mein Schicksal hätte sein können, wenn Wendy nicht einen Dämon beschworen hätte, den Rücken hinunter. Welchen Gefallen sie auch immer verlangte – und ich weiß, dass es passieren würde –, ich würde ihn ihr, ohne zu zögern, gewähren.

„Woher wusstest du, wie du mich finden kannst?", fragte ich.

„Mein Mal ist zurück", knurrte er und presste dann die Lippen aufeinander.

„Dann kannst du jetzt in das Dämonenreich zurückgeschickt werden", betonte ich. Der Gedanke brachte ein zufriedenes Lächeln auf mein Gesicht. „Du bist sicher, es sei denn, jemand macht dich körperlos. Ohne einen Körper, den du benutzen kannst, nun ..." Ich verabschiedete mich mit wackelnden Fingern von ihm und beobachtete, wie die selbstgefällige Arroganz aus seinem Gesicht verschwand. Ein paar Augenblicke später kam sie zurück, aber es kostete ihn große Mühe.

„Du wirst es nicht tun. Wenn du es könntest, hättest du es getan, als du mich gesehen hast", schnaubte er. Da ich nicht antwortete, wurde sein Gesichtsausdruck fragend. Ich wandte mich von ihm ab und trat einen Schritt zurück, um mit Cory zu sprechen, der zwischenzeitlich neben mich getreten war.

Als ich über die verschiedenen Metalle und ihre Wirkung auf Magie nachdachte, fragte ich mich, ob die Kombination aller Metalle Dareus ausreichend einschränken könnte. Iridium wirkte bei Hexen und Magiern, Eisen bei Feen. Zirkonium schwächte Vampire. Eine Kombination würde wahrscheinlich einen gewissen Effekt haben. Die begrenzte Interaktion mit Dämonen führte dazu, dass wir im Umgang mit ihnen im Nachteil waren. Das Hauptaugenmerk lag darauf, ihnen Einhalt zu gebieten, und nicht darauf, was mit ihnen geschehen sollte, sobald sie unter uns waren. Wenn sie sich Körper liehen, war ihre Magie begrenzt genug, um keine große Bedrohung darzustellen, und sie taten alles Nötige, um nicht zu viel Aufmerksamkeit zu erregen.

„Wir brauchen meine Tasche aus dem Auto", sagte ich zu Cory. „Ich habe verschiedene Handschellen da drin."

„Welche?" Corys Abneigung gegen die Handschellen, die Magie einschränkten, ließ ihn die Stirn runzeln.

„Alle."

„Ah, der Lass-uns-alles-versuchen-Ansatz", feixte er, bevor er zum Auto ging.

„Du bist ein Käfer, den ich scheinbar nicht zerquetschen kann."

Ich drehte mich in Richtung Elizabeths frostiger Stimme um. Ihre wütenden Augen durchbohrten mich, bevor sie sie dem gefangenen Dämon zuwandte. Sie sah ihn mit der gleichen Verachtung und Enttäuschung an, die sie normalerweise für mich reserviert hatte.

„Sie im Dämonenreich einzusperren war doch nicht die Lösung, oder?", schalt sie. Dareus richtete sich auf und folgte ihr mit den Augen, während sie um den Kreis herum ging und ihre Lippen verzog, während sie sie betrachtete. „Das ist gut", sagte sie und breitete ihre Hände nur wenige Zentimeter davon aus. Eine Lichtexplosion legte sich um den Kreis und verblasste dann.

„Die Zaubersprüche, die du in deinem Repertoire hast, hast du gemeistert." Ihr Blick kehrte zu mir zurück und war wie Eis. „Es war ein Versagen meines Bruders, dir solche Waffen zu geben."

„Wo ist Nolan?"

Ihre Miene wurde ausdruckslos, als sie sich vom Kreis auf mich zubewegte. Meine Panik wurde schnell durch Wut ersetzt, als ich noch einmal durchlebte, was sie mir angetan hatte. Was sie mir genommen hatte. Ich stürmte auf sie zu und rief Magie, bereit, sie damit zu bombardieren und ihr den Garaus zu machen. Dann wäre sie nicht länger mein Problem.

Sie zeigte mit einem scheltenden Finger auf mich. „Arroganz ist deine Schwäche. Du kannst nicht den Kreis aufrechterhalten und mich angreifen. Jetzt musst du die Entscheidung treffen, Malifics Tochter. Wer ist die größere Bedrohung?" Sie starrte mich finster an. „Ich weiß, was dein Leben im Großen und Ganzen bedeutet. Ihn interessiert das nicht."

„Und genau aus diesem Grund wirst du nicht zulassen, dass er mich tötet."

Ihre Augen wurden nachdenklich, als wir uns gegenüberstanden. In ihnen war nicht der Hauch von Angst vor Konsequenzen zu erkennen. „Ich frage mich oft, ob wir eine verzerrte Sicht auf die Geschichte haben. Vielleicht war das, was uns angetan wurde, ein notwendiger Katalysator, um uns zum Handeln zu bringen. Wir sind nicht mehr die, die wir mal waren. Pazifismus ergibt nur im Umgang mit den Zivilisierten einen Sinn. Götter sind nicht zivilisiert." Ihr Gesichtsausdruck wurde weicher, bevor sie ihre kalte Fassade wieder errichtete. „Die meisten, die Magie besitzen, verlieren etwas von ihrer Zivilisiertheit."

„Besonders du."

Ihre Bestätigung, dass es noch mehr gab, entging mir nicht. Meine Beleidigung perlte an ihr ab und bekam nicht die Reaktion, die ich erwartet hatte. Beleidigungen funktionieren nur, wenn derjenige einem einen gewissen Wert beimisst. Für Elizabeth hatte ich keinen.

„Ich versichere dir, ich bin ziemlich zivilisiert. Mein Eingreifen dient dem nötigen Gleichgewicht und der Gerechtigkeit unter denen, die Magie besitzen."

„Es scheint, als ob jemand eine Gottheit sein möchte", sagte ich. „Du bist weder Gerechtigkeit noch Gleichgewicht. Du bist ein verbittertes Miststück und hältst dich für wichtiger, als du es bist."

Verärgerung huschte über ihr Gesicht. Als ich beobachtete, wie sie langsam drei ihrer Finger aneinander rieb, bereitete ich mich darauf vor, dass sie mit Magie zurückschlagen und mich dazu zwingen würde, gegen sie und Dareus zu kämpfen. Stattdessen ging sie langsam um mich herum und nötigte mich, ihr zu folgen, um zu verhindern, dass sie hinter mich kam.

„Ich liebe meinen Bruder." *Was will sie, einen Pokal?* „Ich habe versucht herauszufinden, was ihn dazu inspiriert, Malifics Tochter zu beschützen, und welchen Einfluss du auf ihn hast." Traurigkeit schlich sich in ihre Stimme. Sie musterte mich erneut und hatte dabei einen ähnlichen prüfenden Blick, wie ich ihn bei Madison gesehen hatte, als ich ihr sagte, dass Landon Dr. Sumner für mich gerettet hatte. Mutmaßungen in ihrem Gesicht, als wäre die angeborene Fähigkeit meines Vaters, mich zu lieben und seiner Tochter zu helfen, eine Art Zauber.

„Vielleicht wird er mir verzeihen, dass –"

Ich ließ ihr keine Zeit, den Satz zu beenden, und versetzte ihr einen rechten Haken, der direkt auf ihrem Kiefer landete. Ich würde ihr nicht mehr Zeit geben, Drohungen auszusprechen oder darüber nachzudenken, dass ich der Existenz unwürdig oder Nolan dumm war, weil er in mir mehr als nur Malifics Tochter sah.

Der Schock stand ihr ins Gesicht geschrieben. Es war offensichtlich, dass sie noch nie geschlagen worden war. Der linke Haken, den ich als nächstes landete, warf sie zu Boden. Ihre Lippen öffneten sich zu einem erstaunten O, bevor sie reagierte. Ein leichter magischer Stoß, der mich nicht abwehren konnte. Er schuf nur etwas mehr Abstand zwischen uns.

Dann brachen um mich herum Flammen aus dem Mirra heraus, den sie errichtet hatte. Hitze leckte an meiner Haut. Ich bereitete mich auf den Schmerz vor, der das Hindurchgehen mit sich brachte, anstatt den Mirra außer Gefecht zu setzen, um Dareus im Kreis festhalten zu können. Meine Bemühungen waren vergeblich. Als ich auf der anderen Seite herauskam, stellte ich fest, dass beide verschwunden waren. Die Stellen, an denen sich die Sigillen befunden hatten, waren von weiteren Sigillen versengt worden, und die Überreste der mächtigen Magie blieben darum zurück.

Ich holte mein Handy heraus und machte Fotos, in der Hoffnung, die Magie nachahmen zu können, mit der sie meine, außer Kraft gesetzt hatte. Elizabeth war entweder eine Meisterin der Elfenmagie oder hatte die Gabe, ihre Feen- und Elfenmagie zu verschmelzen, um ihre Magie zu ergänzen und zu verstärken. Was auch immer es war, meine magischen Fähigkeiten waren ihren unterlegen.

Nachdem Cory mich aus dem Wald kommen gesehen hatte, befreite er River aus dem Schlafzauber. River sah sich verwirrt um. Ihm wurde schnell bewusst, wo er war und dass er Zeit verloren hatte.

„Was habt ihr mit mir gemacht?", bellte er und griff mit der Hand nach seinem nun leeren Holster. Sein Blick fiel auf Cory, der seine Waffe gut sichtbar vor sich hielt.

Ich blieb vor River stehen. „Wenn ich etwas damit zu tun hätte", sagte ich, „und ich es, wie Sie glauben, getan hätte, um mich zu rächen, würden Sie jetzt nicht hier stehen. Sie führen einen einseitigen Krieg, River. Ich will nur in Ruhe gelassen werden. Wenn Sie Ihre Vendetta fortsetzen, ist das das letzte Mal, dass ich eingreife. Sie gehen mir auf die Nerven, aber Sie stehen den Leuten, die mir schaden wollen, im Weg. Sie werden Sie einfach umpflügen, um an mich ranzukommen."

Da ich genug Auseinandersetzungen für einen Tag erlebt hatte, blieb ich nicht stehen, um mich auf weitere Debatten einzulassen. Als ich im Auto saß, beobachtete ich, wie River die Zähne zusammenbiss und wütend die Waffe von Cory entgegennahm. Er warf Cory einen finsteren Blick zu, bevor er ins Auto stieg.

Ich suchte in seinem Gesicht nach Entschlossenheit oder zumindest Akzeptanz, konnte aber nichts finden. Seine Feindseligkeit war zu tief verwurzelt. Er hatte zu viel Hass auf mich und die übernatürliche Welt. Ich vermutete, dass er noch andere Gründe dafür hatte als mich. Ich war die Personifizierung eines vermeintlichen Symptoms, von dem er glaubte, dass es bei Übernatürlichen existierte. River war ein weiteres Problem, mit dem ich mich an einem anderen Tag befassen musste.

13

Ich verbrachte mehrere Stunden damit, Elizabeths Zauber zu analysieren, in der Hoffnung, dass er mir ein weiteres Werkzeug geben würde, um meine Elfenmagie zu erkunden und mir dabei zu helfen, die Magie zu weben. Ich griff nach jedem möglichen Strohhalm und konnte nicht aufhören, mich an ihrer Bestätigung zu erfreuen, dass es noch mehr Elfen gab. Es war kein Wunschdenken. Sie existierten, und das bedeutete, dass sie gefunden werden konnten. Ich musste nur herausfinden, wo ich anfangen sollte.

Die Gefühle der Verzweiflung, die sich immer wieder einschlichen, verschwanden und wurden schnell durch Hoffnung ersetzt. Genug, um meine Kontakte in der Dienstleistungsbranche zu bitten, mich zu informieren, wenn jemand etwas über die Cupio erwähnte. Sie waren immer die beste Informationsquelle, denn sie waren unsichtbar, es sei denn, sie brauchten etwas. Das funktionierte zu meinem Vorteil.

Als nächstes rief ich Maddox an, den Netteren aus dem Verbrechertrio, das ich kennengelernt hatte, nachdem sie während eines Pokerspiels einige mächtige Leute bestohlen hatten. Maddox war ein Drachenwandler, der seine Neigung zu Diebstählen darauf zurückführte, dass er ein Drache war, doch ihre Sammlung war kein typischer Drachenhort; es war die Beute ihrer vielen Einbrüche. Schlicht und einfach. Besitzgier. Sie mochten schöne und teure Dinge und nutzten einen Fünf-Finger-Rabatt. Beeindruckender als die teure Elektronik, der Schmuck, die Kunst und der Alkohol waren die magischen Gegenstände, die sie gestohlen hatten.

Als er mit schallendem Gelächter auf meine Frage nach der Cupio reagierte, begann ich wieder, an ihrer Existenz zu zweifeln.

„Wenn wir eine hätten, wäre sie nicht lange in unserem Besitz. Wir würden sie verkaufen. Aus keinem anderen Grund, als die Zielscheibe auf unserem Rücken loszuwerden, die sie darstellt. Es ist einfacher, einen siebenstelligen Betrag zu nehmen, als sich damit rumzuärgern."

„Einfach macht keinen Spaß", neckte ich.

„Die Leute, die sich für die Cupio interessieren, machen mehr Ärger als sie wert ist", sagte Maddox.

„Ich interessiere mich dafür."

„Du bist auch nicht gerade ein Lamm", schnaubte er. Seine Bemerkung stärkte mein Ego mehr, als ich zugeben wollte. Es kam mir so vor, als würde ich zu oft in den Arsch getreten werden und Verluste mehr einstecken als Siege. Die Leute, mit denen ich jetzt zu tun hatte, spielten in einer andern Liga, und es fühlte sich an, als würde ich permanent versagen.

„Lass mich wissen, falls du irgendwas hörst oder feststellst, dass ihr eine habt."

„Sicher. Und wenn ich ein Einhorn sehe, erzähle ich es dir auch", witzelte er zurück. „Du schuldest mir noch das Abendessen", erinnerte er mich.

„Wirklich? Der unverschämte Preis, den du mir für diese Phylaca-Urne berechnet hast, sollte dir mehr als genug Abendessen im Gourmetrestaurant deiner Wahl erlauben", schoss ich zurück und dachte dabei an sein Honorar, das eine Null zu groß gewesen war. In einer verzweifelten Situation hatte ich jedoch keine Wahl gehabt.

Er antwortete mit einem, wie ich vermutete, peinlich berührten Grunzen. Obwohl ich wusste, dass sich nichts ändern würde, wenn ich die Situation noch einmal erleben würde.

Während ich mich intensiv darauf konzentrierte, mein Handy nach möglichen verpassten Anrufen zu durchsuchen, war ich überrascht, als ich meine Tür öffnete und Elon auf meinem Sofa fand, der in einem Taschenbuch blätterte. Schnell hob ich mein heruntergefallenes Handy auf, um auf das Display zu spähen, und nutzte diese Zeit, um meine wütende Angst zu unterdrücken, dass Landons Problemlöser, sein persönlicher Auftragskiller, in meiner Wohnung auf mich wartete.

Er war über zwei Meter groß und sehnig, schnell und leise, mit kurzen, mattschwarzen Haaren und aschfarbener Haut, deren Leuchten eine kürzliche Mahlzeit verriet. Seine breiten Gesichtszüge waren attraktiv, wie es bei den meisten Vampiren der Fall war, doch als hübsch würde man ihn nie bezeichnen. Die Kühnheit seines Auftretens ließ mich nicht vermuten, dass die Begegnung mit ihm friedlich verlaufen würde.

Während er den Blick auf sein Buch gerichtet hielt, huschte ein zweifelhaftes Grinsen über seine Lippen, als er umblätterte und ich mich langsam an ihm vorbei auf den Weg zu meinem Schlafzimmer machte. Ich schloss die Tür hinter mir und war mir sehr wohl bewusst, dass sie nicht reichen würde, um ihn aufzuhalten, wenn er hineinwollte. Aber ich hatte immer noch ein Ass im Ärmel. Meine magischen Fähigkeiten waren den Vampiren noch unbekannt.

Landon antwortete beim ersten Klingeln. „Was zum Teufel, Landon? Warum ist Elon hier?", bellte ich.

„Ah, Erin. Du bist ein vielbeschäftigtes kleines Luder, nicht wahr? Meine Anrufe und SMS bleiben unbeantwortet. Es ist ziemlich unangenehm, von dir ignoriert zu werden. Es gab Momente, in denen ich dachte, du würdest mir aus dem Weg gehen, um die Begleichung deiner Schulden zu vermeiden. Das war ein dummer Gedanke, denn sowas würdest du niemals tun." Trotz seines süßlichen Tons war seine kleine Rede eine einzige Drohung.

„Das würde mir nicht im Traum einfallen."

„Natürlich würdest du das nicht tun. Ich bitte um eine Audienz mit dir."

„Ich gehe mit Elon nirgendwo hin."

Sein unheilvolles Lachen jagte mir einen Schauer über den Rücken. Es war eine Erinnerung daran, dass Landon mehr war als nur ein arroganter und dramatischer Vampir, der mir Beleidigungen durchgehen ließ, weil er es wollte und nicht, weil er es *musste*. Manchmal brauchte ich die Erinnerung, denn der Anschein von Höflichkeit ließ einen leicht vergessen, dass die in unseren Geschichtsbüchern beschriebene Gewalt nicht von ihren Vorfahren oder anderen Vampiren verübt wurde, sondern von genau denen, die heute unter uns lebten.

Wieder einmal befand ich mich auf dem allgegenwärtigen Drahtseilakt, den professionellen Respekt und die Entscheidungsfreiheit aufrechtzuerhalten, indem ich meine Grenzen ausreizte und gleichzeitig vermied, mir jemanden zum Feind zu machen, der mein Leben mit einem einfachen Befehl auslöschen konnte.

„Lass uns das klarstellen, Erin. Du gehst vielleicht nicht freiwillig mit Elon, aber wenn ich darum bitte, dass er dich zu mir bringt, wirst du mit ihm gehen."

Mit zusammengebissenen Zähnen unterdrückte ich die Antwort, die ihn herausgefordert hätte, und verdrängte jegliche Wut und Verachtung, die ich empfand, weil ich bei diesem Affenzirkus auftreten musste, aus meiner Stimme. „Ich bin dir nicht aus dem Weg gegangen. Es war ein bisschen chaotisch hier in letzter Zeit. Aber jetzt habe ich Zeit. Können wir uns in einer Stunde treffen?"

„Natürlich. Ich würde mich gern mit dir treffen. Wir sehen uns in einer Stunde."

Bevor ich das Gespräch beenden konnte, redete er weiter. „Und Erin, keine Waffen. Ich will dir, was das angeht, vertrauen. Kann ich dir vertrauen?"

„Ja. Wie du es wünschst", sagte ich im gleichen vorgetäuscht süßen Ton.

Ich hatte nicht die Absicht, Waffen mitzubringen, weil ich mich nicht in feindlichem Gebiet aufhalten würde. Landon war im Vorteil.

Elon war in den wenigen Sekunden verschwunden, die ich brauchte, um von meinem Schlafzimmer ins Wohnzimmer zu gehen.

Elon öffnete Landons Tür, bevor ich klingeln konnte. Als ich sah, wie er mich mit dem gleichen zweifelhaften Grinsen ansah, fragte ich mich, ob er von der Schuld oder Landons Plänen, wie ich sie zurückzahlen sollte, wusste. Vielleicht dachte er, ich würde ablehnen, und freute sich auf die Folgen. Er musterte mich, und sein Blick wanderte langsam über das enge Langarm-T-Shirt, die Leggings und die Ballerinas. Es gab keine Stelle, an der ich eine Waffe hätte verstecken können, darum die Kleiderwahl. Er musterte mich noch einmal kurz von unten nach oben, bis sein Blick an meinem Haar hängenblieb, das ich in der Eile mit Ziernadeln zu einem lockeren Dutt hochgesteckt hatte.

Elons Lippen verzogen sich kritisch. „Gib mir die."

„Sie dienen der Dekoration", sagte ich und schenkte ihm

ein Lächeln. Genau genommen waren es keine Waffen, sondern „benimm dich"-Nadeln.

„Du brauchst keinen zusätzlichen Schnickschnack, du bist schön, so wie du bist", sagte er. Sein Ton klang weder warm noch aufrichtig. Ich fragte mich, ob er sich daran erinnerte, wie ich Landon erstochen hatte, bevor ich ihn mit Amber Crocus bedroht hatte. Ich zog die Ziernadeln heraus und reichte sie ihm. Stirnrunzelnd untersuchte er sie. Sie waren lang genug und die Spitzen waren scharf genug für ihren beabsichtigten Zweck: dafür zu sorgen, dass ein Vampir sich benahm.

Ich zuckte mit den Schultern. „Hübsch, nicht wahr?"

Er antwortete mit einem höhnischen Grinsen und begann wegzugehen. In der Annahme, dass ich ihm folgen sollte, ließ ich mich von ihm in das Arbeitszimmer führen, wo Landon in seinem thronähnlichen Sessel saß und aus einem Weinglas etwas nippte, das so zähflüssig und rot war, dass ich trotz der offenen Flasche Wein auf dem Tisch neben ihm sicher war, dass es sich um Blut handelte. Zumindest ein großer Teil davon war Blut.

„Landon", begrüßte ich ihn und drehte mich dann zu dem Mann auf dem Sofa um. „Meuchelmörder." Roberts Arme waren über die Sofalehne ausgestreckt, seine Beine übereinandergeschlagen, und ein warmes, umgängliches Lächeln umspielte seine Lippen. Eine zum Angriff bereite Viper, die so unschuldig aussah wie ein Lamm.

„Schön, dich zu sehen, Erin", sagte Dallas. Seine ruhigen, dunklen Augen hießen mich in seinem Netz der Täuschung willkommen.

„Darf ich dich auf einen Drink einladen?", fragte Landon und hob sein Glas. „Es ist Wein", fügte er als Antwort auf meine Grimasse hinzu.

„Ich glaube dir gern, dass ein Teil davon Wein ist."

Er lachte. Seine heitere Stimmung war Grund zur Sorge. Es war nicht Landons theatralisches Auftreten, das mich verunsicherte und ärgerte, sondern sein Solipsismus. Er war die Welt. Sie drehte sich um ihn. Seine Probleme waren deine Probleme. Sein Ärger musste für alle um ihn herum von großer Bedeutung sein. Seine Freuden mussten geteilt werden. Für das richtige Publikum könnte das verlockend sein. Doch ich war nicht dieses Publikum.

„Ich nehme an, das ist eher ein Champagner-Moment", sagte er, stand auf und ging zur Bar, wo eine Flasche im Kühler stand. Er nahm zwei Flöten heraus, öffnete die Flasche und goss zwei Gläser ein.

Dallas nahm das als Zeichen zum Aufbruch. „Immer ein Vergnügen, Erin", sagte er, bevor er an mir vorbeiging, den Raum verließ und die Tür hinter sich schloss. Ich warf ihm einen bösen Blick hinterher.

Landon runzelte die Stirn. „Ich hatte den Eindruck, dass ihr beide gut miteinander auskommt, aber es scheint, dass es da eine gewisse Feindseligkeit gibt." Understatement des Jahres. Wir verstanden uns, bis ich herausgefunden hatte, dass er einer von Landons Killern war.

Dallas sah aus, als wäre er aus Marmor gemeißelt. Wunderschöne, makellose Haut, begleitet von einer täuschend sympathischen Persönlichkeit. Ich war nicht auf die Tödlichkeit eines Vampirs vorbereitet gewesen, der mit seinem herzlichen Lächeln so freigiebig war wie mit Süßigkeiten an Halloween. Er hatte zwei Hexen so schnell und präzise an der Gurgel gepackt, dass ich keine Zeit gehabt hatte zu reagieren. Mir war nicht bewusst gewesen, dass er die Person war, auf die ich achten musste. Er hatte mich vollkommen unvorbereitet erwischt

Die Kenntnis der Hauptakteure und der Leute, in deren Nähe ich vorsichtig und überaus wachsam sein musste, war ein Wissen, das ich im Laufe der Jahre verfeinert hatte. Er war meinem Radar entgangen, und ich war mir sicher, dass ich nicht die Einzige war, die von seiner süßen Art getäuscht wurde, die von seiner Tödlichkeit Lügen gestraft wurde.

Meine Wut war fehlgeleitet. Es war Landon, der ihn engagiert hatte, aber ich konnte nicht anders, als mich darüber zu ärgern, wie gut er diese harmlose Rolle spielte.

Landon schlenderte mit einer übertriebenen Langsamkeit auf mich zu, die genauso abstoßend war, wie wenn Vampire versuchten zu atmen, um menschlicher zu wirken. Sie machten diese seltsamen, unregelmäßigen, flachen Atemzüge, wenn sie daran dachten. Es war so lange her, dass sie das letzte Mal atmen mussten, dass die gesamte Bewegung aus dem Hals zu kommen schien, was es noch gruseliger machte.

Er reichte mir ein Glas und ließ sich mit einer anmutigen, schwungvollen Bewegung auf der anderen Seite des Raumes in seinem Sessel nieder.

„Was feiern wir?", fragte ich.

„Ich bin kein Verbindungsmann mehr."

„Was?", fragte ich und hielt die Flöte auf halbem Weg zu meinem Mund inne.

„Er ist tot. Ramos ist wirklich tot." Vielleicht war die kühle Gleichgültigkeit seiner Darbietung auf seinen Bewältigungsmechanismus zurückzuführen, oder seine Gleichgültigkeit war eine Folge von Ramos' Tod. Er nippte an seinem Glas. „Ich bin also nicht mehr stellvertretender Meister der Stadt. Das ist jetzt alles meins."

Ich musste es wissen. „Wie ist er gestorben?"

„Ich habe ihn getötet", sagte er knapp, bevor er einen weiteren Schluck trank. Ich schluckte meinen schnell herunter, damit ich mich nicht daran verschluckte. Ich war die Arroganz, das Anspruchsdenken und die Erwartung auf Straflosigkeit für Fehlverhalten gewohnt, aber dieses Eingeständnis war so offensichtlich, dass es mich verblüffte.

„Du hast dich selbst befördert."

„Nein, er hat mich darum gebeten. Er war bereit zu gehen." Traurigkeit schwang in seiner Stimme mit. Sein Blick wanderte von mir zum Boden. Sein langsamer Seufzer war das Menschlichste, was ich je von ihm gesehen hatte. Er trauerte tatsächlich.

„Das ist meins", flüsterte er. Wie die Alphas der Rudel hatten Vampire Territorien, und es gab Anstandsregeln. Mit einem Schaudern schüttelte er alle Spuren von Kummer und Traurigkeit ab und begegnete wieder meinem Blick.

„Was mich zu dir bringt."

Ich lehnte mich weiter auf dem Sofa zurück und ließ einen Arm auf der Rückenlehne ruhen, bevor ich einen Schluck aus dem Glas trank. Das würde interessant werden.

Es folgten mehrere Momente der Stille, während er sich Zeit nahm, zu überlegen, wie er es mir sagen würde. „Ich habe keine Kinder, aber nach Ramos' Weggang ist in mir der Wunsch erwacht, welche zu haben."

„Großartig. Danke, dass du mir das erzählst." Ich stand auf. Stellte meine Flöte auf den Tisch und schickte mich an zu gehen. Ich hatte eine Ahnung, worauf er hinauswollte, und ich wollte nichts damit zu tun haben.

„Erin, setz dich", verlangte er mit stählerner Stimme.

Mit einem Seufzer sagte ich: „Schau –"

„Erin, setz dich. Bitte", forderte er mit zusammengebissenen Zähnen und entblößte seine tödlichen Fangzähne.

Ich ließ mich auf das Sofa sinken und wartete mit angespannter Brust darauf, dass er fortfuhr.

„Ich brauche Nachwuchs. Sie können zu meinen Vertrauten gehören, mir beim Herrschen helfen – eine Repräsentation von mir und dem sein, wofür ich stehe. Ich möchte eine Familie, und ich möchte, dass du ihre Mutter bist."

Landon war seit mindestens einem Jahrhundert ein Vampir und zu alt, um Kinder zu zeugen. Neue Vampire verloren etwa einen Monat nach ihrem Übergang ihre Fortpflanzungsfähigkeit. Wenn ein Vampir gebissen wird, gelten sie auch als Kinder des Vampirs. Wenn man die Gepflogenheiten der Vampire betrachtete, hatte Landon gerade seinen

Vater getötet. Es schien eine gewisse Ironie darin zu liegen, dass er Kinder wollte. Oder vielleicht war es poetische Symbolik. Wenn er bereit war zu gehen, wollte er, dass seine Nachkommen ihm die Ehre erwiesen.

„Jeder kann dir helfen, einen Vampir zu erschaffen. Es gibt viele Leute, für die es eine Ehre wäre, bei der Gründung deiner Familie zu helfen."

Er verzog das Gesicht. „Irgendeine dahergelaufene Person benutzen, um meine Familie zu gründen? Wie plebejisch."

„Es ist nur ein Blutaustausch", betonte ich.

„Genau. Ich lege großen Wert darauf, von wem ich mich ernähre, und muss noch wählerischer darin sein, wer mir hilft, meine Kinder zu erschaffen. Ich möchte, dass du es bist. Natürlich wird es für deinen Körper stressig sein, also werde ich mich danach um dich kümmern."

Es war nicht nur stressig, es war gefährlich. Ich musste genug Blut spenden, damit sie überleben konnten, und gleichzeitig dafür sorgen, dass ich nicht starb. Die Tatsache, dass er es noch nie zuvor getan hatte, machte es noch gefährlicher. War es tatsächlich sein erster Versuch, oder war es ihm noch nie gelungen, einen Vampir zu erschaffen? Ich wollte nichts damit zu tun haben.

„Nein", platzte ich, ohne nachzudenken, heraus. „Ich will nicht deine Baby-Mama sein. Finde einen anderen Weg für mich, meine Schulden dir gegenüber zu begleichen."

Seine Lippen verzogen sich zu einer schmalen Linie. „Hmm. Ich glaube wirklich, dass es eine unbefristete Schuld war", erinnerte er mich kühl.

Ich seufzte. „Etwas anderes. Es muss etwas anderes sein." Die Erschaffung eines Vampirs störte mich nicht annähernd so sehr wie die Bedeutung, die er der Schaffung einer „Familie" und seiner Kinder beimaß. Er wollte mich als Mutter an seine Vampirfamilie binden. Ich würde nicht die Freiheit haben, ein bisschen Blut zu spenden und ihn und seine verwöhnten, privilegierten Kinder zu verlassen.

Er nickte, trank einen weiteren langsamen Schluck aus der Flöte und stellte sie dann neben den Rotwein auf den Tisch. „Dein Freund lebt dank mir, richtig?"

Da es eine rhetorische Frage war, antwortete ich nicht.

„Erin", drängte er.

„Ja", sagte ich.

Seine Augen wurden eiskalt, und das schwarze Onyx darin leuchtete dunkel. „Es war die Opferung meines Blutes, die ihm sein Leben gegeben hat. Soll ich meine Schenkung widerrufen? Sag es nur, und es kann getan und die Schuld beglichen werden." Er beugte sich auf seinem Stuhl vor und strahlte all die Macht, rohe Tödlichkeit und Grausamkeit aus, die ihn unter den Vampiren gefürchtet machen und es ihm erlauben würden, zu herrschen, ohne dass seine Autorität in Frage gestellt wurde.

Ich schüttelte den Kopf. Die Schulden mussten beglichen werden.

„Ich würde es gern von dir hören."

„Nein. Ich möchte nicht, dass du es rückgängig machst." Ich trank einen Schluck Champagner, ging zur Bar und füllte meine Flöte neu. Ich blieb dort und fragte: „Warum ich? Alles, was du tun musst, ist, einem zu sagen, dass du es tun willst, und du hättest eine Schlange williger Menschen die Straße runter." Er brauchte nur einen Blutspender.

Er dachte über die Frage nach. „Du musst wissen, dass wir nicht immer in der Lage waren zu wynden. Dann waren wir es plötzlich, und diese Gabe kam von einer Blutlinie. Einer, die mithilfe einer Hexe erschaffen worden war. Ich weiß nicht, was du bist, aber du bist ganz sicher keine Todesmagierin. Ich bin gespannt, was aus unserer Schöpfung werden wird." Er schenkte mir ein breites Lächeln. „Ich möchte nur das Beste für meine Kinder."

Wenn ich nicht hätte nüchtern sein müssen, um nach

Hause zu fahren, hätte ich die Flasche ausgetrunken und mit den harten Sachen angefangen. An diesen Aspekt hatte ich noch nicht gedacht. Was würde ich erschaffen? Neue Schöpfungen waren nicht immer gut.

„Sind wir fertig?", fragte ich. Er stand auf, nahm sich sein Glas, stand blitzschnell vor mir und stieß sein Glas gegen meins. „Auf die Familie." Er grinste und leerte sein Glas.

Ich schwieg. Ich leerte mein Glas, stellte es auf die Bar und ging zur Tür.

„Keine Sorge, es werden Kinder sein, auf die wir ausgesprochen stolz sein werden, das garantiere ich. Ein Junge und ein Mädchen, eine perfekte Familie. So wie ich nicht einfach jede Frau als ihre Mutter auswählen würde, werde ich genauso anspruchsvoll sein, wen ich als unsere Kinder auswähle", erklärte er. Fast an der Tür kämpfte ich gegen den Drang an, ihm beide Mittelfinger zu zeigen. Es war kindisch, aber meine Höflichkeit war bis zum Äußersten erschöpft. Als er sah, wie sehr ich darum kämpfte, ohne eine Antwort zu gehen, brach er in lautes Gelächter aus. „Sie werden meine Kultiviertheit und hoffentlich deine Hartnäckigkeit haben."

Auf dem Weg zur Haustür stürmte ich an Dallas und Elon vorbei. Elons Grinsen verspottete mich. Er wusste Bescheid.

„Willst du deine Haarnadeln?", rief er mir nach.

„Steck sie dir sonst wohin." So wütend, wie ich war, hatte ich kein Vertrauen in meine Fähigkeit, ihn nicht mit Mr. und Mrs. Spitz bekanntzumachen, wenn er das Falsche sagte.

Die SMS, die ich Cory vorhin geschickt hatte, war perfekt getimt gewesen. Er war gerade aus dem Fitnessstudio zurückgekommen, als ich zu seiner Wohnung fuhr. Unsere Suche konnte ihn nicht von seinem Trainingsplan abhalten. Es dauerte eine Weile, bis er mich hereinließ. Sein Haar war feucht und zerzaust, weil er es nach dem Duschen nur mit einem Handtuch getrocknet hatte. Das T-Shirt klebte an seiner feuchten Brust und seine Basketballshorts klebten immer wieder an seinen Oberschenkeln, als er zum Sofa ging.

„Er will, dass ich seine Baby-Mama bin!", platzte ich heraus, ließ mich auf das Sofa sinken und schlug mir die Hände vors Gesicht. „Er will, dass ich so meine Schulden bei ihm begleiche."

Nach Momenten der Stille spreizte ich meine Finger, um hindurchzuspähen. Er lag entspannt auf dem Sofa, den Mund nachdenklich verzogen.

„Zur Klarstellung: Er will nur, dass du ihm hilfst, ein paar Vampire zu zeugen, und nicht, dass dir jemand seinen Babyglibber injiziert, um ein echtes Baby zu machen, oder?"

„Babyglibber? Ewww! Einfach nur eww! Und ja, er will, dass ich dabei helfe, Vampire zu zeugen. Und er hat es sehr konkret beschrieben. Er möchte zwei Kinder: einen Jungen und ein Mädchen. Bitte sag mir, wer so denkt?"

„Er. Er ist über hundert Jahre alt. Er will den weißen Lattenzaun, zwei Komma fünf Kinder und all diesen anderen antiquierten Blödsinn." Er stand auf und kam zu mir, dann zog er mir die Hände vom Gesicht. „Es ist bei Weitem nicht so schlimm, wie ich befürchtet habe. Wenn man bedenkt, was er alles hätte verlangen können, kommst du ziemlich glimpflich davon."

„Er möchte, dass ich die Mutter seiner Kinder bin. Wie ist das glimpflich?"

„Oh, beruhige dich. Deine Auszeichnung für die beste Schauspielerin in einer TV-Dramaserie ist in der Post. Es ist nicht so, dass er dich bittet, einen Mini-Cooper aus deiner Damengarage zu quetschen. Er bittet dich um deine Hilfe bei der Erschaffung zweier höchstwahrscheinlich unerträglich attraktiver Vampire. Das Einzige, womit du dich herumschlagen musst, sind noch mehr Vampire, die unter Überfluss und Ichbezogenheit leiden und anmaßende

Nervensägen sein werden, die du nicht leiden kannst. Es hätte so viel schlimmer kommen können", sagte er achselzuckend, lehnte sich zurück und stützte sein Kinn auf sein angezogenes Knie.

Ich seufzte. „Damengarage? Wirklich. Kannst du Geburt noch widerlicher beschreiben."

„Ich kann es nicht widerlicher klingen lassen, als es ist. Meine Mutter scheint gedacht zu haben, dass ich gern meine Geburt sehen würde. Sowas muss niemand sehen. Warum würde irgendjemand das überhaupt filmen?" Er runzelte die Stirn, während er mich ansah. „Sieh's von der positiven Seite. Wenn er es seltsam haben will, zum Beispiel wenn er zwei erwachsene Menschen dazu auffordert, dich ,Mutter' zu nennen, und dich am Muttertag zum Brunch einladen und die Feiertage zusammen verbringen will, legst du einfach eins drauf. *Jedes Mal.* Ich spreche von einem Zermürbungskrieg. Darin bist du gut. Wenn er möchte, dass du Mutter wirst, gib alles. Spiel einfach ständig die Mama-Karte. Sei seltsam. Fordernd. Unverschämt. Die Babymama aus der Hölle."

„Es gibt eine Mama-Karte? Erzähl!"

„Die Mama-Karte ist mächtig. Ich fahre nach Vegas mit meiner Mutter, die tatsächlich gesagt hat: ,Was in Vegas passiert, bleibt in Vegas.' Was zum Teufel bedeutet das? Welche Erlebnisse werde ich mit meiner Mutter haben, die dort bleiben müssen?" Er verzog das Gesicht. „Nun, sie zwingt mich, zu Michael Bublé zu gehen. Er ist okay, nicht wirklich mein Stil, aber das ist nichts, was ,in Las Vegas bleiben' müsste."

Er zuckte die Achseln. „Die Mama-Karte ist der Grund, warum du und Madison Tage bei euren Eltern verbringt und Gesellschaftsspiele spielen, die ihr nicht mögt. Du wirst zwei mächtige Vampire haben, die wahrscheinlich verdammt seltsam sind – denn so ist Landon nun einmal – und dich Mom nennen werden. Also gut. Lass sie passende auffällige

Sportklamotten tragen und mach lange Spaziergänge durch den Park. Kauf ihnen klobigen, kitschigen Schmuck und besteh darauf, dass sie ihn ‚für ihre Mutter' tragen. Mach alles groß und seltsam vor, und irgendwann werden sie dich ignorieren. Du wirst diese Situation in kürzester Zeit aus dem Rückspiegel betrachten. Du wirst deine Schulden beglichen haben und kannst gleichzeitig Landon und seine dummen Kinder nerven. Du musst deine Siege erringen, wo du kannst."

Ich lachte. Ein Teil von mir wollte, dass es so einfach wäre, aber ich wusste, dass mehr dahintersteckte. Landon hoffte, eine neue Vampirrasse zu erschaffen.

„Es ist mehr, als dass er sich nur eine Familie wünscht. Er ist neugierig, was passieren wird, wenn ich einen Vampir erschaffe. Er weiß, dass ich kein Magier bin." Ich stand auf und begann, unter Corys wachsamen Augen im Raum auf- und abzugehen. „Das ist alles Spekulation. Er ist sich nicht sicher, was ich bin, aber er ist neugierig, welchen Einfluss es auf seine Blutlinie haben wird."

Cory lehnte sich mit dem Rücken an das Sofa und verschränkte die Finger hinter dem Kopf. Daran hatte er nicht gedacht.

„Wynden war ein besonderes Geschenk für Vampire. Landon sagte, es sei auf eine einzige Blutlinie von Vampiren zurückzuführen. So denke ich jetzt, dass es nicht die Norm, sondern die Ausnahme ist", vermutete ich. „Das könnten die ursprünglichen Vampire sein, und Darwin hat die Karten verteilt. Hexen brauchen einen Wynd-Zauber, und nicht alle sind mächtig genug, um ihn zu beschwören. Die Vampire, die es können, brauchen keinen Zauber, sie wynden einfach."

„Aber sie sind unsterblich, das an sich ist eine Menge Magie. Das Gleiche gilt für ihre Fähigkeit, jemanden zu zwingen. Das ist wahrscheinlich der Grund, warum sie keinen Zauber für das Wynden brauchen. Sie sind die Verkörperung davon. Nur ihr Blut hat die Fähigkeit zu heilen. Keine andere übernatürliche Rasse hat diese Fähigkeit." Corys Unbeschwertheit war verschwunden.

Niemand hatte je die Gründe hinter der Magie erforscht, sondern nur Möglichkeiten, ihr entgegenzuwirken, weil niemand sich auf dieses Terrain wagen wollte. Sie würden nie wieder rauskommen, weil Magie zu nebulös war.

„Was, wenn ich eine andere Fähigkeit erschaffe, die sie noch gefährlicher macht?"

Corys Miene wurde finster, als ich ihm das Dilemma erklärte.

Je mehr wir spekulierten, desto besser verstand ich, warum manche Menschen Puritaner waren, wenn es um Magie ging. Im Gegensatz zur Wissenschaft folgte die Magie nicht vielen konkreten Regeln. $E=mc^2$. Schwerkraft existierte. Die Formlosigkeit der Magie war allein schon problematisch, und Geburten aus zwei Arten konnten zu katastrophalen Folgen führen.

„Kannst du dir einen Vampir vorstellen, der sich wie Elfen tarnen kann? Oder einen, der Magie neutralisieren kann? Oder wie Götter zaubern? Oder die Schwäche verliert, durch einen Pflock getötet werden zu können? Und damit tatsächlich unsterblich wird?", zählte Cory auf.

Er war aufgestanden und ging vor mir auf und ab. „Zögere es hinaus. Du musst das machen, aber lass Landon wissen, dass du darauf bestehst, dass ihr die Kinder einvernehmlich auswählen müsst. Wir brauchen Zeit. Du bist schon dafür verantwortlich, dass Wandler immun gegen Magie sind. Sollten sie jemals ihre neue Immunität missbrauchen, werden die Menschen nach der Ursache dafür suchen. Ashers Schutz reicht dann möglicherweise nicht mehr aus. Vampire mit einer neuen Gabe könnten eine Situation verursachen, die dir eine Zielscheibe auf den Rücken malt. Es könnte für dich schwierig werden."

„Mein Leben ist jetzt schon schwierig", gab ich zu. „Also das erst einmal rauszögern, Dareus zurück ins Dämonenreich schicken, einen Weg finden, meinen Eid gegenüber Asial zu erfüllen und ..." Letzteres musste nicht ausgesprochen werden, und es schien so geschmacklos. Mich mit Elizabeth und Malific auseinanderzusetzen. Ich musste es nicht aussprechen. Mein Ziel war klar. Damit mein Leben auch nur einen Anflug von Normalität haben konnte, mussten Malific und Elizabeth aufhören zu existieren.

14

Die Zeit schien blitzschnell zu vergehen. Cory und ich gingen im Kreis um die Ausdrucke des Zauberspruchs herum, mit dem Elizabeth meinen zwei Tage zuvor gebrochen hatte.

Cory trat einige Schritte zurück, als würde ein Blick aus einem anderen Winkel etwas offenbaren, das wir in den letzten drei Stunden, in denen wir es angestarrt hatten, nicht entdeckt hatten.

Auf dem Sofa atmete Madison frustriert aus. Sie blätterte durch die Bücher, die sie sich von der Arbeit *ausgeliehen* hatte, und nutzte ein ausgedehntes Mittagessen, um uns zu helfen. Ich nahm das Crelic, einen flachen runden Stein, der zur Nutzung von Hexenmagie verwendet wird. Nachdem es der Supernatural Task Force gestohlen worden war, hatte Madison mich mit der Bergung beauftragt. Es wurde von einem Vampir gestohlen, der es zur Ausübung von Magie benutzt hatte. Es trug jedoch weder dazu bei, meine Magie zu verstärken, noch erlaubte es mir, neue Zaubersprüche zu wirken.

Ich betrachtete die Sammlung magischer Gegenstände

und Bücher, die sie mitgebracht hatte, und sagte: „Madison, ich will nicht, dass du meinetwegen deinen Job verlierst."

Sie seufzte. „Ich werde ihn nicht verlieren." Sie warf mir einen schiefen Blick zu. „Vielleicht werde ich degradiert, aber ich bin mir sicher, dass ich den Job behalten werde." Sie versuchte, die Intensität zu entschärfen, die immer noch in der Luft lag, seit sie sich mit der Situation vertraut gemacht hatte. Ihre Frustration reichte über River und Elizabeth hinaus, aber es gab keinen Rechtsbehelf, den sie benutzen konnte, um Landon davon abzuhalten, mit mir neue Vampire zu erschaffen. Ihr Eingreifen im Namen der STF würde Chaos verursachen und sie die Unterstützung anderer mächtiger Übernatürlicher kosten.

Es gab eine implizite Regel, dass die verschiedenen Rassen das Verhalten ihrer Angehörigen selbst maßregelten. Die Einbeziehung der STF in die meisten Angelegenheiten war allgemein akzeptiert, aber sie würde zu weit gehen, wenn sie versuchen würde, die Erschaffung von Vampiren zu regulieren. Wenn beide Parteien zustimmten, konnte die STF nichts tun. Sich auf die Schaffung des Potentials von Super-vampiren zu berufen, würde mich und die Jäger outen. Wir waren nicht bereit, diese neuen Probleme anzugehen.

Madison ging zu dem Kreis mit dem ausgedruckten Zauber und betrachtete ihn noch einmal. „Es ist keine Feen-magie. Ich habe keine Ahnung, was es ist. Elbisch?", fragte sie. Er hätte zumindest einem von uns bekannt vorkommen müssen, wenn er auch nur Ähnlichkeit mit anderen Zauber-sprüchen hätte.

„Du brauchst ein Elfenzauberbuch", sagte Cory, bevor er noch weiter zurücktrat, um die Reihe aus Schleifen, Glyphen und Symbolen zu betrachten.

„Und jemanden, der uns helfen kann, es zu verstehen." Ich war mir sicher, dass es okay war, die Worte auszusprechen, aber ich hätte gerne gewusst, welche Zauber ich heraufbe-schwören würde und welche Bedeutung die Symbole hatten.

„Sie hat das in Sekundenschnelle geschafft und meinen Neutralisierungszauber gebrochen", seufzte ich. Ich wurde das Gefühl nicht los, dass ich nur noch ein Buch oder einen Zauber davon entfernt war, so viel freizuschalten. So nah und doch so weit davon entfernt. Cory hatte mir erlaubt, einen neutralisierenden Zauber um ihn herum zu wirken, wobei ihm die ganze Zeit über spürbar unbehaglich zumute gewesen war, als ich versuchte, Elizabeths Zauber nachzubilden, um den Kreis zu brechen. Nichts.

Madison und Cory blickten auf mein Handy auf dem Tisch. Ich nahm es in die Hand, erwartete eine Antwort von Nolan und schüttelte den Kopf. Elizabeth hatte bei mir nicht den Eindruck erweckt, dass Nolan vermisst wurde oder Schlimmeres. Aber das ungute Gefühl in meinem Bauch ließ nicht nach, denn das war eine Erklärung dafür, dass er meine Anrufe nicht erwiderte.

Mephistos Anruf unterbrach unser erfolgloses Brainstorming. „Ich brauche die Details deines Vertrags mit Asial", platzte er heraus, ohne mich zu begrüßen, als ich antwortete. Kurz darauf fiel eine Autotür zu.

Ich musste ihm die Einzelheiten aus dem Gedächtnis sagen, da Asial den Vertrag hatte verschwinden lassen. Als würde die Erinnerung an den Vertrag einen Zauber wecken, spürte ich ein nadelartiges Prickeln entlang des Mals meines Eides. Als ich Cory mit vor Schmerz verzogenem Gesicht ansah, warf er mir einen besorgten Blick zu. Ich nannte Mephisto die Einzelheiten des Vertrags, an die ich mich erinnerte.

„Eine Übertragung des Vertrags ist nicht dasselbe, wie wenn du ihm einen anderen Körper zur Verfügung stellst, falls du ihn nicht körperlich machen kannst." In seiner Stimme lag eine scharfe Dringlichkeit. „Also kann eine andere Person genutzt werden." Es war keine Frage, sondern Spekulation.

„Ich bin mir sicher, dass das möglich ist, aber er müsste

zustimmen. Und er würde immer noch auf dieser Welt sein. Ein weiterer Dämon mit einem Körper. Aber es ist zweifelhaft, ob er zustimmen würde. Er zwingt mich, ihn mit uneingeschränkter Magie körperlich zu machen."

Er seufzte. „Das dachte ich mir." Es folgte langes Schweigen. „Wie geht es dir, Erin?", fragte er sanft. Im Problemlösungsmodus hatte er die grundlegende Telefonetikette vergessen. Er wusste von meiner Begegnung mit Elizabeth und River.

„Okay." Das war keine vollkommene Lüge. Dass ich frustriert, war bedeutete nicht, dass es mir nicht gut ging. Ich brachte ihn über Nolan auf den neusten Stand und darüber, dass ich versuchte, Elizabeths Magie nachzuahmen.

„Wenn diese Magie deine bricht, könnte sie vielleicht den Dämonenschwur brechen."

„Wie hast du diese Verbindung hergestellt?"

„Ich glaube immer noch, dass es einen Zusammenhang zwischen Dämonen- und Elfenmagie gibt", sagte er.

Vielleicht, doch wenn ich keinen Weg fand, den Eid zu brechen, würde mir das nicht helfen. Ich zuckte erneut zusammen angesichts des Schmerzes, der durch mein Mal schoss.

„Stimmt was nicht?"

„Nein, alles okay", log ich. „Warum hast du nach dem Vertrag gefragt?"

„Ich versuche, jemanden zu finden, der deinen Platz in diesem Deal einnimmt." Wie groß war seine Überzeugungskraft, um jemanden dazu zu bringen, einem Dämon zu erlauben, seinen Körper auf unbestimmte Zeit zu übernehmen?

„Was hätte derjenige von diesem Deal?"

„Ich suche immer noch jemanden, der für Asial attraktiv genug ist, dann werde ich herausfinden, was sein Preis ist."

„Du kaufst jemanden?" Abscheu färbte meine Frage. Corys und Madisons Köpfe schossen hoch.

„Nein, ich werde die Bedingungen aushandeln, damit derjenige in deinem Namen ein Wirt sein kann", erwiderte er.

Tomate – To-mah-te. Es war die gleiche verdammte Frucht, egal, wie man es aussprach.

Mephisto klang immer noch drängend, also begann ich das Gespräch zu beenden. „Okay, aber zwinge niemanden, okay?"

„Wie schon gesagt, Erin. Nur Verhandlungen. Ich muss Schluss machen."

Ich warf noch einen Blick auf das Display auf der Suche nach einer Antwort von Nolan, bevor ich es auf den Tisch legte. Egal, wie geschickt Mephisto in der Kunst des Verhandelns war, er würde nie jemanden davon überzeugen können, auf unbestimmte Zeit einen Dämon zu beherbergen – oder bis es mir gelang, ihn körperlich zu machen.

Madison war wortkarg, als sie alles zusammenpackte, um zu gehen. „Wir wollen hier keine weiteren Dämonen", erinnerte sie mich.

„Ich weiß. Mir musst du das nicht sagen. Ich bin auch nicht begeistert davon, jemand anderen als Wirt zu engagieren. Das sind Erwägungen für den schlimmsten Fall."

Niemand sprach es aus, aber wir alle wussten es. Der Plan war nicht gut. Erschöpft von der Recherche fingen meine Gedanken an, abzuschweifen.

„Was?", fragte ich als Antwort auf Corys Blick.

„Wann erzählst du M von Landon?", fragte er. Seine Augen weiteten sich, als er meine gerunzelte Stirn sah. „Du wirst es ihm doch sagen, oder?"

„Ich denke schon", sagte ich und versuchte, den Schock und den Vorwurf in seiner Miene zu verstehen.

„Wann wird Geppetto dich zu einem echten Mädchen machen?"

Ich verdrehte die Augen. „Mit allem, was in meinem und seinem Leben vor sich geht, glaubst du wirklich, dass der

Gedanke, dass ich Landons Baby-Mama werden soll, überhaupt zu den Top 5 der Dinge gehören wird, die ihm gerade wichtig sind?"

„Ja, das wird es." Er kam auf mich zu und senkte seinen Kopf, um mich zu betrachten. „Als wir uns das erste Mal begegnet sind, dachte ich, du bist eigenartig, weil du so viel um die Ohren hattest. Als Todesmagier mit deinen seltsamen und skurrilen Familienverhältnissen, wie konntest du da nicht … *einzigartig* sein? Aber du bist einfach komisch. Nicht im Sinne von ‚Oh, sie ist süß und schräg', sondern eher im Sinne von ‚jemand sollte sie studieren'. Und auch wenn sie es besser verbirgt, ist Madison auch ein bisschen seltsam."

Ich starrte ihn böse an. „Inwiefern bin ich seltsam?"

„Beziehungen. Du bist in all deinen Beziehungen distanziert." Nachdem er mich nachdenklich gemustert hatte, fügte er hinzu: „Wahrscheinlich, weil du noch nie wirklich eine hattest."

„Ich hatte Beziehungen." Das unbehagliche Prickeln machte mich unruhig.

Er schüttelte den Kopf. „Nein, was du hattest, waren Affären, oberflächliche Affären ohne jeden Tiefgang, nichts weiter als One-Night-Stands, die vielleicht Wochen oder Monate angedauert haben. Du hast einmal einen deiner Partner sich mir selbst vorstellen lassen, weil du dir bei seinem Namen nicht sicher warst. Da warst du schon drei Wochen mit ihm zusammen."

Ich wurde rot. Beziehungen wie diese hatten mich von meinen magischen Gelüsten abgelenkt. Sie halfen. Wenn sie vorbei waren, machten sie mit ihrem Leben weiter und ich mit meinem.

Er gab mir einen Kuss auf die Nasenspitze. Etwas, das er selten tat. Von jedem anderen hätte ich es abstoßend gefunden. Es kam mir immer so vor, als wäre es etwas, was jemand tun würde, bevor er versucht, dein Gesicht zu fressen oder sowas. Aber bei Cory wirkte es nicht so, als würde ein

Psycho-Kannibale mich kosten, bevor er mich mit einer Gemüsebeilage auffraß.

„Ich versuche nicht, dich runterzumachen, Erin. Ich sage leben und leben lassen. Ich bilde mir kein Urteil über diese Beziehungen, es ist nur eine Beobachtung. Ich weiß aufgrund dessen, was wir haben, dass du zu mehr fähig bist."

„Ich vertraue dir." Er hatte sich dieses Vertrauen verdient.

„Vertraust du Mephisto?"

Ich ließ mich auf das Sofa fallen und erkundete meine Gefühle.

Ich nickte.

„Ihr zwei scheint in einer Art Beziehung zu sein. Was mit dir passiert, wirkt sich indirekt auf ihn aus. M –"

„Hör auf, ihn so zu nennen."

Verärgerung flackerte in Corys Augen auf. Es war zweifelhaft, ob er ihn wirklich so nennen wollte; er wollte nur die implizite Regel missachten. Clay schien der Einzige zu sein, der Mephisto M nennen durfte, und das provozierte Corys Trotz. „Du musst Mephisto reinlassen. Vor allem, wenn daraus mehr wird."

Er legte seinen Arm um meine Schulter, zog mich an sich und drückte mir einen Kuss auf den Kopf. „Sag es ihm. Es wird wahrscheinlich keine große Sache sein, aber er sollte es wissen. Lass ihn rein. Wirklich rein." Er drückte mich. „Du bist immer noch verdammt seltsam." Er beugte sich vor. „Maddie darf nicht erfahren, dass ich gesagt habe, dass sie seltsam ist, okay? Ich habe die wildgewordene Maddie gesehen, und sie hat einen Ausdruck in ihren Augen, der mich denken lässt, dass ich gleich eine Szene aus John Wick sehen werde."

„Wirklich? Jetzt fange ich an, die Stärke unseres Militärs in Frage zu stellen", neckte ich.

Er warf mir einen dramatischen, entsetzten Blick zu. „Du hast die wildgewordene Madison noch nicht gesehen." Sein Blick wurde durch Sorge ersetzt, als ich die Zähne zusammenpresste und den stechenden Schmerz absorbierte, der von meinem Eidmal ausging.

„Bist du okay?"

Ich nickte. Eine Lüge. „Ich nehme an, du wirst sie nicht mehr Disney-Prinzessin nennen."

Er schüttelte den Kopf. „Nein, und falls ich jemals vermisst werde, bitte setz sie auf den Fall an."

„Natürlich. Aber du denkst, sie wäre bei der Suche nach dir unerbittlicher als ich?"

„Du bist allein du, während sie ein ganzes Department von Übernatürlichen hinter sich hat und die Regeln und Gesetze kennt und weiß, wie sie sie umgehen und zu ihrem Vorteil nutzen kann. Du bist hartnäckig, sie ist pragmatisch."

Ich grinste ihn an. „Dein Geheimnis ist bei mir sicher."

Wir blickten beide zur Tür, als jemand anklopfte – nein, hämmerte. Der Blick durch den Spion war eine weitere Erinnerung daran, eine Kamera installieren zu lassen. Der Hauseingang war der einzige Ausgang, aber ich würdemehr Zeit haben, mich vorzubereiten.

„Was?" fragte ich durch die Tür. Mit trotzig vorgeschobenem Kinn spähte Malific in die Linse.

„Tochter, lass Mommy rein." Ihre Stimme war sanfter als sonst, mit einem spöttischen, amüsierten Trillern, da sie die Verwendung des Begriffs genauso absurd fand, wie ich.

Ich öffnete die Tür. Als sie versuchte einzutreten, prallte sie gegen den Schutzzauber, den ich zwischen mir und der Schwelle errichtet hatte. Ihr selbstgefälliger Gesichtsausdruck wich leerer Wut, als ich sie daran erinnerte, welche Fähigkeiten ich hatte, gegen die sie nichts hatte und gegen die sie ihre Magie nicht einsetzen konnte. Sie starrte mich böse an.

„Wir müssen reden", sagte sie und unternahm einen weiteren Versuch, die Barriere zu durchbrechen.

„Also rede."

Sie funkelte mich böse an, ihre Wut hing in der Luft. Der

Verlust von Kontrolle war definitiv etwas, wofür sie emotional nicht gerüstet war. Malific musste gefürchtet sein und brauchte die Kontrolle.

„Nimm das Feld runter1", befahl sie. „Von mir geht keine Gefahr für dich aus."

„Das hast du schonmal gesagt, dann hast du einen Deal mit einem Dämon gemacht, um mich mit dem Laes zu verbinden. Ich vertraue dir nicht."

„Das wirst du müssen. Wir haben gemeinsame Feinde. Mein Wunsch, diejenigen zu bestrafen, die mich betrogen haben, ist für mich das Wichtigste."

„Du bist wirklich schamlos", spottete ich.

„Scham ist für die Schwachen", sagte sie. „Ich werde mich mit jedem verbünden, der nötig ist, um meine Rache zu üben. Ich will, dass der Elfenschwur, den ich geleistet habe, gebrochen wird, und ich will, dass Elizabeth für ihren Verrat büßt." Ihr Gesichtsausdruck wurde zornig. „Ich will Dareus' Kopf."

Sie meinte es nicht im übertragenen Sinne – sie würde ihn wahrscheinlich auf einen Teller legen und damit herumlaufen, um ihn zur Schau zu stellen. Eine Erinnerung an den Preis von Verrat. „Du hast eine Armee von Wandlern, die Jäger" – sie warf Cory einen finsteren Blick zu – „und sogar ein paar geringere Wesen, die von Nutzen sein könnten. Ich habe Wissen und –"

„Und was? Eine vollkommene Abwesenheit von Moral? Eine fragwürdige Ethik? Ein unstillbarer Durst nach Gewalt? Mangel an Skrupeln?" Ich schnaubte. Leider nahm Malific es nicht beleidigend auf und lächelte stattdessen so, als hätte man ihr ein Kompliment gemacht.

„Ja. Basierend darauf, mit wem wir es zu tun haben, glaube ich, dass es das ist, was nötig sein wird. Du hast die Jäger, aber du hast ihr Potential noch nicht voll ausgeschöpft." Sie schüttelte den Kopf. „So viel ungenutzte Macht steht dir zur Verfügung, und du entscheidest dich für Mittelmaß."

„Du musst an deinen Schmeicheleien arbeiten. Die Plattitüde von Fliegen, Honig und Essig gilt in einer zivilisierten Gesellschaft immer noch."

„Ich habe kein Interesse daran, Fliegen zu fangen. Sogar diese Kreaturen besitzen mehr Wildheit als du." Ihre Lippen verzogen sich angewidert, bevor sie den Kopf schüttelte. „Ich finde es besser als das, was du bist. Zumindest ist es effektiv, weil es nervt", blaffte sie.

In ihren Augen leuchtete echte Enttäuschung. Auch wenn der einzige Zweck meiner Geburt nicht gewesen wäre, mich zu töten, um sie aus ihrem Gefängnis zu befreien, wäre es vielleicht dem vorzuziehen gewesen, was sie aus mir gemacht hätte. Ich schluckte und wandte meinen Blick von ihrem ab. Es war eine schlechte Idee, aber es wurde immer schwieriger, dem kalten Hass und der Enttäuschung in die Augen zu sehen.

„Nimm das verdammte Feld runter und lass mich rein!", forderte sie nochmal.

„Nein."

Emotionslos. Sie war eine Meisterin der Gewalt und des Streits, und ich verweigerte ihr die Antwort, die sie sich so dringend wünschte. Die Art der Reaktion, von der sie begeistert war.

Ihr scharfer Blick ließ mich kalt erschauern. Sie sah über ihre Schulter und die Tür und die Wand von Miss Harps Wohnung wurden in die Luft gesprengt. Putz, Schutt, Holzsplitter flogen in alle Richtungen. Malific wusste nicht, dass Miss Harp seit ihrem letzten Angriff bei Asher wohnte. Wäre sie in ihrer Wohnung in einem Umkreis von drei Metern um die Explosion gewesen, wäre sie schwer verletzt oder vielleicht sogar getötet worden.

Da Malific nicht die Gewalt und das Blutvergießen bekam, die sie beabsichtigt hatte, blickte sie auf die andere

Seite und machte schnell eine Bestandsaufnahme dessen, was sich dort befand. Was könnte sie sonst noch zerstören? Würde sie das Gebäude dem Erdboden gleichmachen, um ihr Argument anzubringen?

Im Glauben, dass sie es tun würde, ließ ich das Feld fallen. Das kleinkarierte Miststück stieß mich beim Betreten der Wohnung mit der Schulter an. Sie bedachte Cory mit einem abfälligen Blick und wandte ihre Aufmerksamkeit schnell wieder mir zu. „Tochter, fordere mich nicht heraus, du wirst nie gewinnen.”

„Aber habe ich das nicht schon? Du hast mich um Hilfe gebeten, nicht umgekehrt, Mutter.” Letzteres zischte ich durch zusammengebissene Zähne. Die gleiche Verachtung und Geringschätzung in ihren Worten spiegelte sich in meinen wider. „Ob es mein Wissen oder meine Verbündeten sind, ich habe etwas, das du brauchst. Es könnte an der Zeit sein, ein bisschen Demut und Taktgefühl zu demonstrieren.”

Meine Hybris kam mich teuer zu stehen. Sie bewegte sich schneller, als ich reagieren konnte, packte mich und stieß mich an meinem Hals gegen die Wand. Ich rang nach Luft, die nicht kommen wollte, und spürte, wie die Farbe aus meinem Gesicht wich. „Erin, du hast diese Dinge, aber ich habe das Einzige, das das alles übertrifft. Macht. Ich habe sie und den Durst nach mehr davon um jeden Preis. Ich bin bereit, alles und jeden dafür opfern. Denn letztendlich kann ich dank der Macht, die ich besitze, alles bekommen, was du hast. Lass nicht zu, dass übersteigertes Selbstvertrauen der Grund für deinen Tod ist.”

Aus dem Augenwinkel sah ich, wie Cory immer näher kam und nach einer Gelegenheit suchte.

„Oder deine Freunde.” Ihr Blick glitt zu Cory. „Beweg dich – zuck auch nur mit der Wimper, und ich reiße dir das Herz heraus und lasse es meiner Tochter zu Füßen fallen”, sagte sie mit der Eindringlichkeit eines Versprechens. Die Drohung schreckte ihn nicht ab, Entschlossenheit stand auf seinem Gesicht. Ich schüttelte den Kopf so sehr, wie es Malifics Griff zuließ. Als er aufhörte, ließ sie mich los.

„Machen wir es nicht komplizierter, als es sein muss. Ich will Elizabeth und Dareus tot sehen. Mein Eid erlaubt mir nicht, sie zu verletzen. Du musst einen Weg finden, ihn zu brechen. Das ist deine Aufgabe", erklärte sie mit kühler Gleichgültigkeit.

Ich schüttelte den Kopf. Die Spannung im Raum wuchs. Die zusammengekniffenen, steinharten Augen warfen mir einen abschätzenden Blick zu.

„Du warst zwei Monate lang verschwunden. Wo warst du?"

Ich antwortete nicht. Mein Trotz störte sie nicht. Ich zweifelte daran, dass es sie wirklich interessierte. Es war reine Neugier, herauszufinden, wie sehr ich daran interessiert war, mich an Elizabeth und Dareus zu rächen.

„Brauchst du aus irgendeinem Grund den Körper des Dämons oder ihn lebendig?", fragte sie. Beunruhigt über die klinische Distanz, mit der sie über Mord sprach, starrte ich sie an.

Ich schnaubte. „Dafür brauche ich deine Hilfe nicht."

„Doch, das tust du. Wir brauchen einander. Du wirst das machen."

„Und wenn nicht?", forderte ich sie heraus.

„Der Eid gilt für die Elfen, nicht für dich, deine Freunde oder deine Familie. Glaubst du wirklich, dass ich nicht mehr an sie rankommen kann, Tochter? Sie leben, weil ich es so will. *Aber*, wenn du mir die Allianz verweigerst, werde ich sie töten. Es wird nicht schnell gehen. Es wird lang und qualvoll sein, und es ist deine Schuld. Und weil du für mich keinen Wert hast, werde ich dich auch töten. Ich werde dir die Gnade erweisen, dich bis zum Schluss aufzuheben. Dann werde ich meine Armee erschaffen und meine Rache üben. Irgendwann werde ich einen Weg finden, den Eid zu brechen. Ich habe alle Zeit der Welt, etwas, das dir dein menschliches Blut gestohlen hat."

Sie wandte ihren Blick von mir ab, warf Cory einen kurzen Blick zu und wedelte kunstvoll mit dem Finger. Ein blaues Licht schlängelte sich um seinen Hals. Er keuchte und versuchte, es festzuhalten. Eine weitere schnelle Bewegung ihrer Hand, und er wurde in die Luft gehoben. Die Farbe wich aus seinem Gesicht. Die Adern in seinem Gesicht traten hervor, während er nach Luft rang.

„Lass ihn runter!", verlangte ich und traf sie mit einem Zauberstoß, der sie gegen die Wand schleuderte. Hochkonzentriert, ihren Standpunkt rüberzubringen, ließ sie die Schlinge um Corys Hals nicht los. Er stieß ein ersticktes Keuchen aus, seine Augen verloren das Licht des Lebens, seine Hände bewegten sich schwach, um einen kleinen Zauberstoß in ihre Richtung zu schicken. Er traf sie, verpuffte jedoch wirkungslos.

Ich schleuderte weiter Magie auf sie, doch es schien immer weniger zu bewirken. Sie konzentrierte sich intensiv auf Cory und akzeptierte den Schmerz mit einem kleinen Schauder. Verzweiflung stand in Corys Gesicht geschrieben, als er den Kampf gegen den Sauerstoffmangel zu verlieren begann. Mein Eidmal schmerzte mit einem brennenden Gefühl, das meinen Magen zusammenziehen ließ.

„Lass ihn bitte los." Ich demonstrierte die Demut, die ich noch vor wenigen Augenblicken von ihr verlangt hatte. Mit einem langsamen, zufriedenen Lächeln wedelte sie mit der Hand, durchtrennte die magische Schlinge und ließ ihn zu Boden fallen.

Sie ging zum Sofa und setzte sich. „Du wirst das für mich tun."

Malific war pures Feuer und Rachedurst. Ich musste akzeptieren, dass sie sich rächen und jeden niedermähen würde, der ihr im Weg stand.

Ich stimmte mit einem kaum wahrnehmbaren Nicken zu.

Wie zum Teufel sollte ich jemanden besiegen, der keinen Funken Menschlichkeit besaß? Ich hatte vor, es herauszufinden, denn das würde enden. Es musste.

Cory starrte sie wütend an, als er sich neben mich stellte, aber das steigerte nur ihre Befriedigung angesichts meiner Kapitulation. Malific schüttelte den Kopf. „Deine Herausforderung war bewundernswert, Erin. Du hast das Zeug dazu, stark genug zu sein, um mir eine Herausforderung zu bieten. Mehr zu sein als das, was du bist."

Sie gestikulierte mit der Hand über mich, einen angespannten Cory und meine bescheidene Wohnung. „Du hast es verschwendet, um Mittelmaß zu sein. Du leugnest den Durst nach Macht, der in dir wohnen muss. Wie kann es nicht so sein? Welchen Nutzen hat es für dich, wenn andere denken, dass du nicht zu schrecklichen Dingen fähig bist? Dass du kein Exempel an ihnen statuieren und dir nichts dabei denken kannst. Erin, das ist eine bessere Waffe, die dir zur Verfügung steht. Diese Allianzen, Freundschaften und Ressourcen sind verschwendet. Warum solltest du so etwas Dummes tun?"

Ihr Ekel war beißend, als sie sich auf dem Sofa zurücklehnte. „Wo ist Nolan?"

Ich war also nicht die Einzige, die nach ihm suchte. „Ich weiß es nicht."

„Er hat die unheimliche Fähigkeit, unentdeckt zu bleiben", klagte sie. „Verdammte Elfen." Sie stand auf und warf mir einen weiteren abfälligen Blick zu. „Finde ihn! Ihr zwei habt eines gemein: eine Schwäche für die Leute um euch herum. Er vor allem für dich." Ihre Worte wurden bei diesem Eingeständnis schärfer. Es war das, was sie daran hinderte, meinen Tod zu nutzen, um sich aus der Gefangenschaft zu befreien. Diesen Verrat würde sie ihm nie verzeihen. „Wenn er den Eid nicht aufheben kann, bin ich sicher, dass er die Mittel hat, dich in die richtige Richtung zu führen. Lass ihn wissen, dass dein Leben davon abhängt, denn das tut es."

„Du willst sowieso meinen Tod, ist es also überhaupt wichtig?"

Sie kicherte. „Aber das ist ein Aufschub der Exekution. Es weckt Hoffnung, und du hast genug mit Menschen zusammengelebt, um tatsächlich an solche Frivolitäten zu glauben." Sie öffnete die Tür und blickte mit schwarzem Humor über ihre Schulter. „Unser Bündnis ist nicht ohne Vorteil für dich. Ich schenke dir Wissen."

„Wissen?", schnaubte ich. „Dass ich der Spross eines herzlosen, geisteskranken Miststücks bin? Das habe ich schon sehr früh gelernt."

Tiefenlose despotische kastanienbraune Augen warfen mir einen vernichtenden Blick zu. „Das Wissen, ob Nolan dein Leben dem seiner Schwester vorziehen wird. Denn das ist die Entscheidung, die er trifft."

Sie präsentierte mir das rautenförmige Stück Metall.

„Sag *venio*, und es ruft mich, wo auch immer ich bin", erklärte sie, bevor sie verschwand. Die Grausamkeit ihres sekundären Ziels, Nolan dazu zu bringen, sich zwischen seiner Tochter und seiner Schwester zu entscheiden, machte mich sprachlos.

15

Ein sengender Schmerz, der sich anfühlte, als würde jemand mit einem Rasiermesser über das Eidzeichen schneiden, veranlasste mich, es im gedämpften Schein des Mondes zu untersuchen, bevor ich die Nachttischlampe einschaltete. Irgendwann hörten die Schmerzen auf, und ich schleppte mich ins Bad, um mir die Zähne zu putzen. Die Flasche Tequila, die Cory und ich ausgetrunken hatten, nachdem Malific gegangen war … Nachdem ich weder Miss Harp noch Asher erreichen konnte, blieb mir nur, eine Nachricht über die Zerstörung von Miss Harps Wohnung zu hinterlassen. Je mehr wir versuchten, die Probleme zu lösen, desto mehr mussten wir uns mit der Tatsache auseinandersetzen, dass die Lösung der meisten meiner Probleme davon abhing, Nolan zu finden. Was mich noch mehr in Aufruhr versetzte, denn wenn ich ihn fand und er nicht helfen konnte, war ich vollkommen am Arsch. Wenn es jemals einen Tequila-Moment gegeben hatte, dann am vorigen Abend.

Ich putzte meine Zähne und starrte mich im Spiegel an. Die unbestreitbare Familienähnlichkeit. Sie war so frappierend, dass ich meine Augen schloss, um ihr zu entkommen.

Dann zischte ich angesichts des Schmerzes, der durch mein Handgelenk schoss.

„Was ist?", fragte Cory und stürmte zerzaust in mein Zimmer, offensichtlich von etwas geweckt, das mehr als ein Zischen gewesen war. Die Schmerzen wurden schlimmer.

Ich starrte auf das Eidmal, nahm meine Schreibkreide und marschierte ins Wohnzimmer. Ich zeichnete den Dämonenkreis mit so geschickter Präzision, dass ich Corys besorgten Blick verstand. Nachdem ich Kreise von beiden Seiten gesehen hatte, hatte sich das Bild davon in mein Gedächtnis eingebrannt. Motorisches Gedächtnis, das wahrscheinlich nicht wieder verschwinden würde.

„Dieses Mal verbindet mich mit Asial und dem Eid. Er macht etwas mit dem Eid. Das ist die einzige Erklärung, die mir einfällt. Vielleicht versucht er, ihn zu ändern. Ich habe keine Ahnung", erklärte ich.

Cory bemühte sich, die Anspannung in seinem Gesicht, die von Müdigkeit herrührte, zu lösen. Noch ein Problem. Die Probleme türmten sich, und es wurde immer schwieriger, nicht unter ihrem Gewicht zusammenzubrechen.

„Er kann eine Vereinbarung nicht mehr ändern, nachdem sie abgeschlossen und unterzeichnet wurde. Befolgt irgendjemand die verdammten Regeln oder schert sich einen Pfifferling um die Angemessenheit von Magie?", knurrte er. Er fuhr sich aggressiv mit den Fingern durch die Haare. Er trat zurück und atmete ein paarmal durch. Dann hielt er einen Finger hoch und forderte mich auf zu warten. Nach mehreren Schlucken Wasser und ein paar reinigenden Atemzügen ließ seine Wut nach.

„Erin, das kann er nicht", sagte er, seine Stimme genervt.

„Ich weiß", sagte ich, bevor ich Asial rief. Er antwortete in seiner wahren Gestalt, die Krallen wie Messer entblößt.

„Was zum Teufel machst du mit dem Vertrag?", zischte ich und erwiderte den wütenden Blick, den er mir zuwarf.

„Der Vertrag kann nicht geändert werden", bellte er. „Es

ist ein Blutsabkommen. Ich musste deine Aufmerksamkeit erregen. Es hat lange genug gedauert."

„Du hast sie. Was willst du?"

Er trat näher an die Barriere zwischen uns heran. „Dareus ist zurück", brachte er mit zusammengebissenen Zähnen hervor. Sein vorwurfsvoller Blick bohrte sich in mich hinein, bevor er ihn auf Cory richtete und ihn misstrauisch musterte, als wäre er der Grund dafür.

„Was?", platzte ich heraus.

„Er ist zurück. Hattest du was damit zu tun?"

Ich schüttelte den Kopf, aber das schien nicht zu reichen. „Nein." Meine Stimme verriet nicht die Erleichterung, die ich empfand. Er war weg. Ein Dämon im Vollbesitz seiner Macht war nicht mehr unter uns. Ein Problem weniger. „Ich hatte nichts mit seiner Rückkehr zu tun. Es war Elizabeth." Es war wahrscheinlich die Strafe für ihre Unzufriedenheit. Die Grenzen zwischen Elizabeth und Malific verschwammen täglich mehr. Elizabeth spiegelte genau die Person wider, die sie verachtete.

Asial kam näher, seine Haltung war immer noch aggressiv und herausfordernd. „Unsere Vereinbarung ist eisern. Wenn du mich verrätst oder versuchst, sie zu umgehen, wird das Konsequenzen haben."

„Ich kenne die Bedingungen." Meine Ruhe machte es ihm schwer, mich zu lesen. Er schien nach einer Möglichkeit zu suchen, mich auf das Niveau zu ziehen, auf dem er war. „Er hat Rache geschworen."

Das wird mich auch nicht verärgern. Nur zu. Dann kann ich das von meiner Liste streichen. Ich war nicht kleinlich genug, um mich dafür zu interessieren, ob jemand anderes vor mir an Elizabeth herankam. Es würde nicht so einfach sein, wie Dareus zu glauben schien. Er hatte ein Kopfgeld auf mich ausgesetzt, und Amateure waren hinter mir her gewesen – wenn sie dasselbe mit ihr versuchten, war es unwahrscheinlich, dass Elizabeth so nachsichtig sein würde wie ich.

„Da ich immer noch hier bin, gehe ich davon aus, dass sie dir nicht gesagt hat, wie du mich körperlich machen kannst?"

„Nein. Aber ich arbeite daran."

„Du arbeitest daran? Was hat deine Arbeit bisher gebracht?", fragte er, und die Schärfe seiner Stimme ließ nach.

„Ich habe eine andere Elfe kontaktiert, die dasselbe Wissen wie Elizabeth besitzt. Ich gehe davon aus, bald von ihm zu hören." Nicht ganz eine Lüge.

„Die Zeit läuft", erinnerte er mich. Als ob ich eine Erinnerung bräuchte.

„Es ist das Beste, wenn Elizabeth außen vor gelassen wird", schlug Asial vor. „Sie dürfte zu sehr damit beschäftigt sein, am Leben zu bleiben."

Hör auf, mir mit Spaß zu drohen.

„Sie hat mich in das Dämonenreich geschickt, also ist sie die Letzte, die ich bitten würde, mir zu helfen. Der Eid wird eingehalten. Sind wir hier fertig?"

Mit einem weiteren abschätzenden Blick nickte er. „Wenn ich dich wieder brauche, weiß ich, wie ich dich erreichen kann." Ich biss die Zähne zusammen. Er konnte mir von seiner Seite des Reichs Schmerzen zufügen, indem er versuchte, den Eid zu ändern. „Was passiert mit dem Eid, wenn er erfüllt ist?"

Sein Lächeln wurde breiter. Ich hatte zu viel gesagt. Er genoss meine Not wie der Masochist, für den ich ihn hielt. Ich würde ihn auf keinen Fall aus dem Dämonenreich herauslassen.

„Es ist erfüllt und nichtig. Damit kann man nichts anfangen. Bis dahin …"

„Bis nichts." Ich näherte mich der Barriere und hielt seinen Blick fest. „Die Sache mit dem Einsatz von Schmerz als Argument, ist, dass es nicht nachhaltig ist. Wenn man ihn lange genug erträgt, gewöhnt man sich daran. Man lernt, damit zu leben und weiterzumachen. Glaubst du, ich werde mich nicht daran gewöhnen? Also droh mir nicht! Wenn ich keinen Weg finde, dich körperlich zu machen, dann bekommst du meinen Körper als Wirt. Deine Magie wäre begrenzt, und es wäre nicht das Leben, das du dir so dringend wünschst. Wenn du mich nochmal kontaktieren musst, finde einen anderen Weg. Tu es nicht mit Schmerz."

Seine Lippen wurden zu einer schmalen Linie, als er mich musterte. Was auch immer auf meinem Gesicht zu sehen war, ließ ihn sich aufrichten und meinen Bedingungen schnell zustimmen. Ich war am Ende meiner Geduld angekommen. Zum Schatten ihrer Existenz gedehnt und im Begriff zu reißen.

„Guten Tag, Erin." Er verschwand, und Cory und ich atmeten erleichtert auf.

„Sie hat einem Dämon ans Bein gepisst. Das kann nicht gut sein."

Ich drückte die Daumen. „Hoffentlich."

16

Im Café hatte die Stimme der Barista die ungeduldige Schärfe von jemandem, der einen Namen mehrmals ausgerufen und keine Antwort bekommen hatte. Ich nahm den Kaffee und kehrte zu den Leuten zurück, die zusahen und sich fragten, ob sich unter ihnen Elfen befanden, die unter den Augen aller existierten. Ich schüttelte den absurden Gedanken ab und trank einen großen Schluck.

Weißer Pfefferminzmokka konnte den Nebel des Tequilas von gestern Abend und der neuen Informationen nicht vertreiben. Die möglichen Pläne, die ich mir durch den Kopf gehen ließ, hingen alle von Elfenmagie ab. Ich beschloss, Mephistos Exemplar von Mystic Souls durchzugehen; vielleicht war da etwas drin, das ich übersehen hatte.

Bei der zweiten Idee, die mir kam, seufzte ich in meine Kaffeetasse. Dareus. Er war die richtige Antwort in ihrer Absurdität und Einfachheit. Elizabeth hatte ihn körperlich gemacht, und vielleicht wusste er, wie das funktionierte. In meiner Eile, nach Hause zurückzukehren und ihn zu rufen, wäre ich fast mit jemandem vor mir zusammengestoßen.

„Wie unerwartet", keuchte die Frau. Robyn, Landons Nichte. Als Prima Ballerina ihrer Ballettkompanie trug sie diesen Titel mit aufrechter Haltung und geschmeidigen, anmutigen Bewegungen. Sie war groß, schlank und durchtrainiert, mit scharfen Gesichtszügen und einer aristokratischen Nase, die ganz leicht nach oben geschwungen war und ihr eine Präsenz verlieh, die schon bei der kleinsten Bewegung Aufmerksamkeit erregte, selbst wenn sie aus ihrer Kaffeetasse trank.

Obwohl sie eindeutig ein Mensch war, bemühte sie sich, dem Kanon der Kreaturen der Nacht in Millenial-Fernsehshows zu huldigen. Schwarz-weißes, ombrégefärbtes Haar und stark umrandete Augen, beschattet von einer dicken Schicht Mascara auf den Wimpern. Schwarzes, schulterfreies Top und schwarze Leggings, dazu gemusterte Ballerinas.

Unser Treffen war keineswegs zufällig. Sie beherrschte zwar die Kunst des Tanzens, doch ihre schauspielerischen Fähigkeiten ließen zu wünschen übrig.

„Hast du irgendeinen meiner Anrufe gesehen?", fragte sie. Als heute Morgen ein verpasster Anruf von einer unbekannten Nummer angezeigt wurde, hatte ich die Nachricht einer Frau mit einem Hauch von Selbstgefälligkeit in der Stimme gehört, die verkündet hatte, dass wir ein Treffen vereinbaren müssten. Das hätte mir sagen sollen, dass sie mit Landon verwandt war. Aber ich hatte alles, was mit ihm zu tun hatte, weit aus meinen Gedanken verdrängt. Ein Treffen mit seiner Nichte stand nicht auf meiner Liste der Dinge, die dringend geklärt werden mussten.

„Ja, ich habe die Nachricht bekommen. Ich hatte einen anstrengenden Vormittag und keine Gelegenheit, mich bei dir zu melden."

Ich ignorierte den vernichtenden Blick, den sie meinem Becher zuwarf, und trank noch einen Schluck. Sie zog mich beiseite zu einer leeren Nische in der Ecke, abseits der Menge. Nachdem sie sich noch einmal gründlich umgesehen hatte, um sicherzugehen, dass niemand unser Gespräch mithören würde, begann sie: „Onkel Landon gründet eine Familie."

Ja, ich bin mir dessen vollkommen bewusst. Ich bin diejenige, die er als Mutter dafür ausgesucht hat.

Ihre Zähne kratzten über ihre Unterlippe, bevor sie fortfuhr. „Ich habe gehört, dass du ihm dabei helfen wirst", flüsterte sie und ließ ihren Blick wieder durch den Raum schweifen.

Ich nickte und konnte keine Worte finden. Es war besser als ein abscheulicher Gedanke in meinem Kopf.

„Ich will die Position seiner Tochter." Die Worte kamen so schnell heraus, dass sie etwas von ihrer Leichtigkeit verloren. „Onkel Landon schätzt dich sehr, deshalb hat er dich als …" Sie suchte nach dem richtigen Wort, weil es mir so vorkam, als ob sie das Wort ‚Mutter' für geschmacklos hielt, „Mitschöpferin ausgewählt."

Das gefiel mir auch nicht, aber es war besser als Mutter.

„Okaaay?" Ich entspannte mich zwischen den Schlucken Kaffee.

Sie runzelte die Stirn und schob ihren Kaffee beiseite. „Habe ich dich in irgendeiner Weise beleidigt?"

„Nein."

„Onkel Landon hat angedeutet, dass du mir als Kandidatin nicht zustimmen würdest."

Ach, hat er?

Sie nahm ihre Tasse und trank einen Schluck. Ihre nachdenklichen Augen blickten mich darüber hinweg an.

„Du bist einverstanden mit mir als Potentielle?"

Ich war mit *niemandem* einverstanden. Und ich wollte nichts damit zu tun haben, aber ich würde definitiv nicht Landons Sündenbock sein. „Ja. Sag deinem Onkel, dass ich kein Problem habe mit dir als seiner …" *Tochter? Nichte/Tochter? Wenn sie kein Problem mit der seltsamen Situation hat, dann nur zu.* „Potentiellen."

Ihre Miene hellte sich auf. Sie holte schnell ihr Handy

heraus und rief Landon an, bevor ich reagieren konnte. Sie trat näher an mich heran und lächelte in die Kamera. „Rate mal, wem ich zufällig begegnet bin, Onkel Landon?"

Sein liebenswürdiges Lächeln verschwand, als sie das Handy senkte und ich sichtbar wurde. Seine Lippen waren zu einer schmalen Linie zusammengepresst. Seine dunklen Onyx-Augen hielten meine mit durchdringender Aufmerksamkeit fest. Eine nonverbale Warnung. Selbst am Handy waren die Veränderungen in seinem Verhalten bemerkbar. Ungebunden und ohne Verpflichtung, sich vor irgendjemandem zu rechtfertigen. Es war eine erschreckende Erinnerung daran, dass Landon einen Platz in den Geschichtsbüchern hatte. Er war häufig an Gewalt und den blutigen Taten der Vampire beteiligt. Ihre Höflichkeit und Zurückhaltung waren freiwillig. Ich schluckte und unterdrückte jegliche Angst, die ich vielleicht gezeigt hatte.

„Sie hat kein Problem damit", schwärmte sie. „Nicht wahr?" Sie sah mich an. Es wurde schwieriger, seinem Blick standzuhalten, mit der gleichen Schwierigkeit, die ich hatte, wenn ich den Blick eines Alphas oder Wandlers in ihrer Tiergestalt begegnete. Ich schüttelte den Kopf.

„Nein", antwortete ich nur und nutzte das Trinken aus meinem Becher als Vorwand, um meinen Blick abzuwenden.

„Dann ist alles geklärt. Ich weiß, dass du alles gleichzeitig erledigen willst, also muss ich warten." Sie sah sich um, um sicherzustellen, dass niemand in der Nähe war, während sie weiter kryptisch mit ihrem Onkel sprach.

„Sie ist damit einverstanden, ich nicht."

Robyn errötete und starrte mit offenem Mund auf das Display. „Was?"

„Nein, Robyn."

Sie blinzelte mehrmals, während sie versuchte, ihre Gefühle unter Kontrolle zu bringen. Da er sie offen bevorzugte, hätte ich nicht gedacht, dass er sie jemals ablehnen würde. Angesichts der Designertasche und dem teuer ausse-

henden Schmuck, darunter ein Benitoit-Solitär, überhäufte
er sie mit Geschenken. Der Verdienst einer Solotänzerin war
begrenzt, und ich wette, dass das, was sie heute trug, mehr
kostete als das, was sie in einem Monat verdiente.

Sie atmete kräftig durch die Nase ein. Ihre Lippen blieben
fest zusammengepresst.

„Gibt's sonst noch etwas, Robyn?", fragte er mit professio-
nell kühler Stimme.

„Nein", würgte sie heraus.

Mit einem Nicken richtete er seine Aufmerksamkeit von
ihr auf mich. „Erin", sagte er. Bosheit liebkoste jedes Wort.
„Bis zu unserem nächsten Gespräch." Wir würden früher
miteinander reden, als mir lieb war. Nachdem er das
Gespräch beendet hatte, war Robyn aufgestanden und
stürmte zur Tür hinaus. Ihr dabei zuzusehen, wie sie in einen
Z4 stieg, bestätigte nur, dass es ihr wahrscheinlich viel besser
ging als den meisten Solotänzern in einer kleinen Ballettkompanie, weil sie der Liebling ihres Onkels war. Und jetzt
war sie entsetzt über die Ablehnung.

Ich war nicht im Geringsten überrascht, dass ich eine
halbe Stunde später einen Anruf von Landon bekam. Ich
leitete ihn auf meine Voicemail weiter. Er rief nicht noch
einmal an, was ich als gutes Zeichen dafür wertete, dass er
die Nachricht verstanden hatte. Einen Vampir zu verhät-
scheln stand ganz unten auf meiner Prioritätenliste. Ich
musste einen beleidigten Dämon beschwören.

<hr>

Da ich immer noch nicht daran interessiert war, das gesamte
Dämonenreich von meiner Existenz oder der der Elfen
wissen zu lassen, bat ich Cory, die Beschwörung zu übernehmen. Nachdem acht Beschwörungen Dareus nicht zu uns
brachten, fragte ich mich, ob meine Beschwörung zu
besseren Ergebnissen führen würde. Dämonen konnten

magische Signaturen erkennen. Jeder hatte ein, und so wussten sie, ob jemand sie schon einmal gerufen hatte und ob sie es ignorieren sollten.

„Wir müssen ihn gezielt herbeirufen", schlug Cory vor. „Das heißt, wir brauchen seinen Namen."

„Soweit ich weiß, war Harrison der Einzige, der seinen Namen kannte", sagte ich und ließ mich neben ihm auf das Sofa fallen. „Es ist nicht so, dass andere Hexen oder Magier damit werben, eine so enge Beziehung mit einem Dämon zu haben, dass sie seinen Namen kennen."

„Nein, aber du weißt schon, dass es Hexen gibt, die ziemlich häufig mit Dämonen in Kontakt stehen."

Wir nickten, denn wir dachten beide an dieselbe Hexe: Wendy. Da sie sich am Telefon leicht weigern könnte, beschlossen wir, sie zu Hause zu besuchen. Ohne Anruf zu erscheinen war unhöflich, aber Wendy war schlau, und ich hoffte, dass sie nicht so gut lügen konnte, dass wir es von Angesicht zu Angesicht nicht hätten durchschauen können. Wenn sie zustimmte, würde ich noch mehr Schulden machen.

Als wir zur Tür gingen, klopfte es.

Ich spähte durch den Spion, dann öffnete ich die Tür einen Spalt und sah Dr. Sumners zurückhaltendes Gesicht. Seine Haare waren länger als ich sie in Erinnerung hatte, leicht zerzaust. Die eckige, mitternachtsblaue Brille betonte trotz aller Bemühungen, davon abzulenken, seine klaren, gefühlvollen Augen. Ich war mir nicht sicher, ob er den Hipster-Look – schmal geschnittenes, gestreiftes Hemd, Weste, Jeans und Botentasche – ironisch trug oder sich so sehr darauf einließ, dass er zu ihrem Idol geworden war. Er begrüßte mich mit einem schüchternen, halben Grinsen und spielte an der Tasche herum.

„Hi", sagte er unsicher. „Ich weiß, ich hätte nicht einfach so auftauchen sollen, aber ich habe mehrere Nachrichten hinterlassen, und Sie haben nicht geantwortet. Und als ich

Ihre Antwort „Mir geht's gut" bekommen habe, hatte ich den Eindruck, dass dem nicht so ist", sagte er eilig.

„Schon okay. Ich freue mich, Sie zu sehen." Es war keine Lüge. Ich trat zur Seite und ließ ihn ein. Cory stellte sich mit einem Händedruck vor. Dr. Sumners Unbehagen darüber, dass jemand sah, wie er durch sein Erscheinen bei mir zu Hause gegen die Regeln über Beziehungen zwischen Patienten und Therapeuten verstieß, färbte seinen Nasenrücken rot.

Sie tauschten Höflichkeiten aus. Cory erkannte Dr. Sumners Unbehagen, ging schnell hinaus und sagte, er werde mit Wendy sprechen. Er blieb kryptisch über das, was er genau vorhatte, ließ mich aber wissen, dass er auf mich warten würde, wenn sie zustimmte.

Dr. Sumner schien über Corys Namen nachzudenken und überlegte scheinbar, wer er im komplexen Labyrinth meines Lebens war.

Ich bot ihm einen Platz an und setzte mich ihm gegenüber.

Seine warmen Augen und sein Lächeln machten es mir schwer, ihn nicht mit all den neuen Ereignissen in meinem Leben zu überschwemmen. Er lächelte mich sanft an und legte die Hände auf seine übereinandergeschlagenen Beine.

„Wie geht's Ihnen?", fragte er. Ich hatte fest vorgehabt, dass mein letzter Besuch das letzte Mal sein würde, dass ich ihn sah. Dass er mir jetzt gegenüber saß und mir die Erlaubnis gab, ohne Erwartungen vollkommen offen und ehrlich zu sein, war auf eine ganz andere Art befreiend. Dr. Sumner bot einen Raum für Verletzlichkeit, den ich dringend brauchte.

Seine Frage war der *Anstoß*, den ich brauchte. Ich erzählte alles, ohne Filter oder vorzutäuschen, irgendetwas in meinem Leben im Griff zu haben. Er wankte nicht unter der Sintflut, atmete nur mehrmals tief durch und nickte mir zu, damit ich fortfahren konnte.

„Ich habe weniger als einen Monat Zeit, um herauszufinden, wie man einen Dämon körperlich macht. Malific will, dass ich den Eid zum Schutz der Elfen breche, sonst will sie meiner Familie wehtun. Ich brauche Nolan dringend, kann ihn aber nicht finden. Und Elizabeth –"

„Ihre Tante", stellte er klar.

„Nolans Schwester", korrigierte ich. „Sie hat, was nötig ist, um Mephisto zurückzuschicken, und niemand weiß, wo sie ist. Und um die Sicherheit meiner Familie zu gewährleisten und den Anschein eines normalen Lebens zu ermöglichen, werde ich zulassen, dass meine Mutter meine Tante tötet. Und danach werde ich meine Mutter töten."

Mit aufgrund des Eingeständnisses eines vorsätzlichen Mordes versteinertem Gesicht seufzte er und legte den Kopf nachdenklich zurück. Er sagte lange Zeit nichts, dann hob er den Kopf und sah mich an.

„Wie fühlen Sie sich bei alldem?"

Die Wärme in seinen Worten und die Bitte in seinem Gesichtsausdruck ließen die bissige Erwiderung, die ich normalerweise zu dieser Frage machen würde, verpuffen. Er meinte die Frage aufrichtig, und ich saß schweigend da und suchte nach der besten Antwort.

„Als ob ich ertrinke und das Überleben nicht garantiert ist, genauso wenig wie die Sicherheit meiner Familie und Freunde. Wenn ich nicht herausfinde, wie ich erfolgreich sein kann, wird das nicht nur mich betreffen, sondern viele Leute, die mir am Herzen liegen."

„Sie laden die ganze Last dieser Situation auf sich?"

„Weil niemand sonst etwas dagegen tun kann. Götter haben keinen Zugang zu Elfenmagie und können sie auch nicht beeinflussen, und das ist die Magie, die ich brauche, um den Eid, den Malific den Elfen geleistet hat, zu brechen und meine Schuld gegenüber Asial zu begleichen." Ich atmete zittrig aus. „Ich will Malific töten."

Das Eingeständnis fühlte sich seltsam befreiend an. Mit

der Entschlossenheit eines Versprechens gesagt. Dr. Sumners Herumrutschen war das Einzige, was mich davon abhielt, es noch einmal zu sagen und es zu einem täglichen Mantra zu machen.

„Alles wäre besser. Ich wäre nicht dem Fluch ausgesetzt, jemanden aus dem Schleier zu töten – und ich hasse sie."

Ich fühlte mich freier, unbelastet von dem allzu bekannten Gefühl, dass es mich verändern würde, wenn ich meine Mutter tötete. Natürlich würde es mich verändern, aber ich glaubte nicht, dass es sich negativ auswirken würde. Die Narbe würde verheilen und es würde beweisen, dass ich etwas überlebt hatte – sie überlebt hatte.

Nachdem ich damit fertig war, die Vorteile zu erläutern, die es mit sich brachte, meine Mutter zu eliminieren, spürte ich Spannung zwischen uns. Dr. Sumner beschäftigte sich damit, Notizen zu schreiben, was, wie ich wusste, eine Ablenkung war, um sich zu sammeln.

„Fühlen Sie sich besser?", fragte er.

„Ja." Ich erwartete, dass er mich dafür schelten würde. Vielleicht die Begeisterung dämpfen würde, mit der ich darüber nachdachte, meine liebste Mutter zu töten.

Als ich sah, wie schwer es ihm fiel, ein freudloses Lächeln zu erzwingen, bekam ich ein schlechtes Gewissen. Ich hatte ihn tief in diese Welt hineingezogen.

„Es tut mir leid", sagte ich.

„Erin, bei uns sind keine Entschuldigungen nötig. Okay? Bei mir haben Sie die Freiheit, kompromisslos Sie selbst zu sein."

Als er seinen Block in seine Umhängetasche steckte, wusste ich, dass dies das Ende der Sitzung war und der Beginn einer weiteren Diskussion.

„Was ist mit Ihnen, Sumner?" Ich hatte mich bei ihm verbal ausgekotzt und war neugierig, was er empfand. Sein beiläufig neutraler Gesichtsausdruck überzeugte mich nicht davon, dass er sich nicht bei etwas zurückhielt. „Der Vorfall mit Landon muss für Sie lebensverändernd gewesen sein."

„So nah war ich dem Tod noch nie", gab er leise zu. „Aber es war das, was nach dem Angriff passiert ist, das so tiefgreifend war. Die Situation mit dem Vampirblut." Seine Augen hielten meine fest und leuchteten geradezu. „Noch nie in meinem Leben habe ich mich so gestärkt gefühlt. Lebendig. Es war, als würde ich die Welt in Ultra-HD sehen. Sie haben gesagt, es würde nur ein paar Stunden anhalten, aber es war länger. Fast zwei Tage lang."

Die Überschwänglichkeit oder der offensichtliche Wunsch, sich wieder so zu fühlen, war offensichtlich. „Sumner, selbst wenn Sie wieder einen Vampir dazu bringen können, das für Sie zu tun, sollten Sie es nicht wollen. Es wäre zu leicht, dem Gefühl zu erliegen, so mächtig zu sein. Am Ende würden Sie immer mehr von sich geben und so tief in ihrer Schuld stehen, dass Sie ihr Eigentum wären."

Er war der ungeschminkten Gewalt, Macht und Grausamkeit der übernatürlichen Welt ausgesetzt gewesen; wie konnte ich nicht erwarten, dass er einen Weg suchte, sich davor zu schützen? Ich wollte ihn beschützen. Er wollte es nicht aus Neugier oder Verlangen, sondern aus Angst.

Ich holte tief Luft, es dauerte lange, meine Gedanken zu sortieren, und noch länger quälte ich mich mit den Worten, die ich sagen musste.

„Ich möchte, dass dies unser letzter Besuch ist."

Seine Augen weiteten sich, sein Gesichtsausdruck war ein Anflug frustrierter Verwirrung. „W-was?", stammelte er.

„Bevor Sie angefangen haben, mich als Patientin zu behandeln, hatten Sie nur eine oberflächliche Vorstellung von dieser Welt. Ihr Leben war nie in Gefahr. Sie sind fast gestorben. Indirekt bin ich dafür verantwortlich. Dass Sie von einem Vampir trinken wollen, um sich sicher zu fühlen oder die Fähigkeit zu haben, sich selbst zu schützen, liegt an mir. Das will ich nicht für Sie." Ich hob meine Hand und unterbrach seine Reaktion. „Wenn Sie versuchen, mich noch einmal zu sehen, werde ich Sie nicht reinlassen. Bitte versuchen Sie, nicht hartnäckig zu sein." Ich ließ alle Emotionen und Wärme aus meiner Stimme verschwinden. „Verstehen Sie?"

Er antwortete nicht, sondern starrte mich nur an. „Ich bin kompetent im Kickboxen und Taekwondo. Ich kann auf mich selbst aufpassen. Nach dem ‚Vorfall' mit Landon habe ich mich besser vorbereitet gefühlt. Ich wäre in der Lage gewesen, mit Ihrer Mutter klarzukommen ..." Als er meinen Gesichtsausdruck sah, korrigierte er sich. „Malific."

Ich schüttelte den Kopf. „Nein, das wären Sie nicht. Ich habe meinen Kampf mit ihr überlebt, weil sie gezögert hat, und diese Mikrosekunde des Zögerns hat mich etwas gekostet. Sie hat mein Auto zerstört. *Mein Auto*. Der *Vorfall*, wie Sie ihn schönreden, hat dazu geführt, dass Sie fast *gestorben* wären. Sie wollen sich wirklich schützen? Halten Sie sich fern von mir."

Bevor er antworten konnte, stand ich auf, wandte meinen Blick von ihm ab, ging zur Tür und öffnete sie einen Spalt weit. „Das ist sicherer für Sie."

Er zögerte kurz mit einem verwirrten Stirnrunzeln. „Erin –"

„Ich habe die Entscheidung getroffen. Das Recht habe ich doch, oder? Die gerichtlich angeordnete Therapie habe ich hinter mir. Keiner von uns ist hierzu verpflichtet. Dann machen wir es also nicht mehr."

Es war schwer, seinem warmen, fürsorglichen Blick standzuhalten, und ich vermisste schon die Möglichkeit, bei ihm ganz Erin sein zu können und nicht Tapferkeit und Selbstvertrauen vorschützen zu müssen, wenn ich keine hatte. Ich fühlte mich kalt und grausam, als ich ihn wieder mit erhobener Hand zum Schweigen brachte. „Ich muss mein Leben weniger kompliziert machen. Okay?"

„Erin", flehte er. „Das glauben Sie nicht."

„Doch. Ich meine es ernst, und ich möchte, dass Sie meine Wünsche respektieren." Ich verschluckte mich an den Worten und blinzelte die Tränen zurück. Ich kam mir vollkommen lächerlich vor, weil ich jetzt schon sein Fehlen in meinem Leben betrauerte. Sein Blick ruhte auf meinem Gesicht, während er weiter nach etwas suchte. Dass ich schwankte oder meine Entscheidung überdachte. Doch das würde ich nicht. Konnte ich nicht.

„Sie müssen gehen." Ich zog die Tür weiter auf.

Er zögerte, bevor er kaum seinen Kopf bewegte und nickte. Ich schloss die Tür hinter ihm und wischte die Träne weg, die entkommen war.

17

Ein Schlag folgte dem anderen. Cory hatte nicht mit Wendy reden können. Er war überzeugt, dass sie zu Hause gewesen war, sich jedoch weigerte, ihn zu sehen. Vielleicht war sie für Cory Persona non grata geworden. Ich war wahrscheinlich auch auf dieser Liste. Vielleicht war Wendy zu dem Schluss gekommen, dass es sich nicht lohnte, Schulden von mir anzusammeln, wenn sie sich dafür mit uns herumschlagen musste.

Ich nahm mir vor, sie zu kontaktieren, und sah mich im Restaurant um, bis ich Kath fand. Ihr Blick lenkte mich zu dem Paar, das am Tisch saß. Als ich um Informationen über die Cupio gebeten hatte, hatte ich nicht damit gerechnet, so schnell eine Antwort zu bekommen. Kath war meine nützlichste Informantin. Es gab immer eine Gebühr, und wenn es Ergebnisse brachte, zahlte ich. Oft gut. Eine zuverlässige Informationsquelle zu sein war für sie finanziell einbringlicher als die beiden Jobs als Kellnerin und Barkeeperin. Heute waren sie nur noch Handwerkszeug, eine Fassade, die es ihr erlaubte, mit ihrem Nebenerwerb Geld zu verdienen.

Auch wenn der Mittagsansturm schon vorbei war, gefiel

der moderne, ungezwungene Laden sowohl Übernatürlichen als auch Menschen, die das Fusion-Food in einem Social Media-tauglichen Restaurant genossen. Überraschenderweise hatte das Restaurant trotz seiner Beliebtheit eine intime Atmosphäre. Kleine runde Tische erlaubten einen gewissen Abstand und sorgten so dafür, dass Gespräche privat blieben. Die Einrichtung aus hellen Holzstühlen mit beigefarbenen Ledersesseln und cremefarbenen Wänden war unaufdringlich und entspannend. Die Beliebtheit des Restaurants führte dazu, dass die Sitzplätze begrenzt waren und man aß, seine Geschäfte erledigte und ging.

„Ich schicke dir in ein paar Minuten dein Honorar", sagte ich, als ich auf dem Weg zur Bar an Kath vorbeikam.

Sie presste die Lippen aufeinander. „Nicht nötig", sagte sie, ihr Ton voller Reue.

„Kath, du hast mich nicht verraten. Das Leben deines Hundes war in Gefahr, und du hast getan, was nötig war."

Ian, der Feenmann mit der Fähigkeit, Wandler zu kontrollieren, der aus seiner Gefangenschaft im Schleier geflohen war, hatte damit gedroht, Kaths Hund etwas anzutun, um an mich heranzukommen. Dass Ian mich getötet hatte, war der Grund, warum Malific aus dem Omni-Zauber freigekommen war.

Kath nickte mir dankbar zu und sagte: „Sie sind erst seit etwa fünfundvierzig Minuten hier." Sie warf einen Blick über ihre Schulter zum Tisch. „Die Frau ist nicht besonders diskret."

Ich nickte, denn ich wusste, dass sie es nicht war, und ließ mir meine Enttäuschung nicht anmerken. Ich kannte die beiden am Tisch. Obwohl die meisten nur ein Element kontrollieren konnten, besaß der Magier Kieran die Fähigkeit, sowohl Feuer als auch Eis zu kontrollieren. Die Frau, Brier, mochte die irreführende Berufsbezeichnung „Akquisitionsmanagerin". Sie klang besser als „Händler und Erwerber gefälschter und minderwertiger Waren". Sie blieb relevant, weil sie gelegentlich über authentische Waren stolperte. Ein goldener Haarvorhang rahmte ein rundes Gesicht, das an Kiefer und Wangen genug markante Linien aufwies, um ihm Charakter zu verleihen. Wolkige graue Augen, die immer misstrauisch aussahen, folgten Kierans Blick, als er mich auf dem Weg durch das Restaurant zur Bar beobachtete.

Ich gab mir keine Mühe, unauffällig zu sein, da ich mir vollkommen bewusst war, dass er zu mir kommen würde, sobald er wusste, dass ich dort war. Während ich wartete, bestellte ich einen Eiskaffee und eine Vorspeise.

Er hatte das Interesse an seinem Gespräch mit Brier verloren, und sein Blick wanderte immer wieder in meine Richtung. Ich überlegte, was der Zweck ihres Treffens war. War sie Käuferin oder Vermittlerin? Nichts aus meinen bisherigen Begegnungen mit ihr ließ mich glauben, dass Brier Zugriff auf die Cupio haben könnte, wenn es sie gab. Kieran dagegen mit seinem Geld und seinen Verbindungen … wenn es sie gab, könnte er Zugang haben.

Ich würde eine Ablenkung für Kieran sein. Briers verächtlich zusammengepresste Lippen warfen die Frage auf, ob sie sich von diesem Treffen mehr erhofft hatte. Kierans bezauberndes Lächeln und seine verführerischen grünen Augen hatten sich von ihr gelöst und ruhten auf mir.

Es dauerte nicht lange, bis er die Rechnung bezahlte und auf mich zu schlenderte, immer noch sein Getränk in der Hand, der personifizierte Ärger. Es gab einen Grund, warum ich Abstand zu ihm hielt. Genau der Grund, warum andere Leute meine Fähigkeit fürchteten, jemandem Magie zu entziehen und ihn in einen todesähnlichen Zustand zu versetzen, zog ihn an.

Kieran investierte viel Geld und Zeit in die Jagd nach der Euphorie, dem Tod ein Schnippchen zu schlagen. Er liebte den Nervenkitzel. Er nutzte meine Schwierigkeiten zu seinem Vorteil. Er betrachtete sein Glas und stellte es dann auf den Tresen. Seine Finger bewegten sich langsam über den Rand und ließen die Limonade darin gefrieren. Ein teuflisches Glitzern funkelte in seinen Augen, als Feuer um seine Finger tanzte. Der Barkeeper warf ihm einen missbilligenden Blick zu.

Sein Blick blieb auf mich gerichtet und schätzte meine Reaktion auf die Demonstration seiner Magie ein. Als er mir zu nah kam, stieß ich ihn weg.

„Erin, wie unerwartet", sagte er, und ein verschlagener Ausdruck huschte über sein Gesicht.

„Ist es das?", fragte ich.

Belustigung breitete sich aus, eine Erinnerung an unsere letzte Interaktion, als er einen Deal vorgeschlagen hatte. Spaß hatte er es genannt. Ich konnte der krankhaften und seltsamen Neugier, die er für mich hegte, nicht entkommen.

Er zuckte mit den Schultern. „Vielleicht habe ich Gerüchte gehört, dass Mephisto nach der Cupio suchte. Ich dachte mir, dass er dich mit der Beschaffung beauftragen könnte."

„Hast du sie?", fragte ich und versuchte, meine wachsende Aufregung zu unterdrücken, obwohl man sie am Quietschen in meiner Stimme hören konnte.

Seine Wangen röteten sich. „Erinnerst du dich daran, als du dir Magie von mir geliehen hast?", fragte er, und sein Blick wurde intensiver.

Ich erinnerte mich daran und an seine Reaktion darauf. Das Gefühl, dass mir seine Magie wieder genommen worden war, und das Verlangen, sie zurückzubekommen. Seine Nähe wurde für mich zu einer Erinnerung daran, wie es früher gewesen war. Jetzt – trotz der damit verbundenen Probleme, wusste ich es zu schätzen, meine eigene Magie zu haben.

Sein Lächeln verschwand, als er nicht die erwartete Antwort bekam. Als er näher an mich herankam, erfüllte die frenetische Energie seiner Magie den Raum um mich herum.

„Ich erinnere mich daran", flüsterte er. „Sehr gern. Ich konnte dieses Gefühl nicht reproduzieren", gab er zu.

„Hast du sie? Die Cupio?" Wiederholte ich und wechselte das Thema, bevor er sich fragen konnte, warum mich die Nähe zu ihm und das Versprechen seiner Magie nicht mehr reizten.

„Nein." Er fuhr sich mit der Hand über sein gerötetes Gesicht. „Du hast alle meine Versuche, mit dir zu kommunizieren, ignoriert."

Ich schob meine Hand zwischen meine Beine, als Erinnerung daran, keine Gewalt anzuwenden oder ihm einen Drink ins Gesicht zu schütten, denn ich wollte beides tun. „Du wolltest ein Fake. Wofür, um ein Treffen mit mir zu bekommen? Was stimmt nicht mit dir? Glaubst du wirklich, dass es nicht leicht zu authentifizieren ist? Dass ich nicht merken würde, dass es eine Fälschung ist? Was hast du gedacht, dass passieren würde?"

„Nein, es gab Gerüchte, dass Brier eine hatte." Eine dreiste Lüge. Selbst wenn es Gerüchte gab, war ich mir hundertprozentig sicher, dass sie sie in die Welt gesetzt hatte, und noch sicherer, dass niemand in gutem Glauben daran annehmen würde, dass sie sie hatte. Wenn ich gewusst hätte, dass Brier behauptet hatte, sie zu haben, hätte ich mich mit ihr getroffen, aber ohne irgendwelche Erwartungen.

„Ich bin nicht der Einzige, der geglaubt hat, sie könnte sie haben. Sie hat mir erzählt, dass sie ein Treffen mit einem anderen potentiellen Käufer habe."

„Das Treffen ist vorbei", sagte Mephisto hinter ihm und glitt wie eine unheilvolle Welle an Kieran vorbei. Scharfe dunkle Augen wanderten langsam über ihn, dann zu mir. Er schmiegte sich zärtlich an mich, seine Hand an meinem Gesicht, seine Lippen weich, als sie meine in einem langen, intensiven Kuss bedeckten, in den ich mich entspannte und ihn und seine Magie inhalierte. Er bewegte sich an mein Ohr und legte eine Hand auf meine Hände. „Du siehst aus, als

wärst du im Begriff gewesen, dich für Gewalt zu entscheiden",
neckte er mich, und sein warmer Atem streifte meine Haut.

„Oh, das kannst du laut sagen", flüsterte ich.

„Geh!", befahl er, ohne seine Aufmerksamkeit von mir
abzuwenden.

Sein Befehl versprach eine weniger als angenehme Fort-
setzung für Kieran, der zitternd Luft holte. Der Magier liebte
die Gefahr und war vielleicht ein Masochist, aber er
brauchte sie zu seinen Bedingungen und unter seiner
Kontrolle. Etwas, das Mephisto ihm nicht anbot. Er hatte
ihm beides entrissen: die Kontrolle und die Macht, es zu
seinen Bedingungen zu haben.

———

Mephisto wartete auf mich, als ich zu Hause ankam. Seine
Finger schlossen sich um meine, als wir zur Tür gingen. Der
Blick, den er mir zuwarf, war, als erwartete er, dass ich
mitgerissen würde.

„Keiner von ihnen hat die Cupio", teilte er mir mit, als die
Tür zufiel.

„Du weißt das, weil …"

Er zog seine Jacke aus, legte sie über die Sofalehne und
krempelte dann die Ärmel seines schwarzen Hemdes hoch.
„Ich ihre Häuser durchsucht habe."

„Ich dachte mir schon, dass dem nicht so war, wollte aber
eine Bestätigung. Und wenn sie sie gehabt hätten?", fragte
ich, obwohl ich die Antwort kannte.

„Hätte ich einen taktischen Kauf getätigt", sagte er.

„Einen *taktischen Kauf*. Du meinst, du hättest sie
genommen und ihren geschätzten Wert in Cash zurückgelassen." Ich hätte nichts anderes von ihm erwartet. Und er war
derjenige, der mich eine Beschaffungsspezialistin nannte.

„Eine Cupio zu bekommen, ist vielleicht keine Option."

176

Resignation klang schwer in seiner Stimme, als er auf das Sofa sank.

„Ein Wirt auch nicht." Ich erzählte ihm von meinem Gespräch mit Asial. Obwohl ich ihm die ungekürzte Fassung erzählte, schien Mephisto nicht davon überzeugt zu sein, dass eine Alternative keine Option sei.

„Es muss einfach jemand sein, der attraktiv genug ist. Er wird mit jedem" – seine Lippen formten „niedrigeren", aber er überlegte es sich anders – „Übernatürlichen eingeschränkt sein. Aber je stärker der Wirt, desto verlockender wäre er." Ein böses Glitzern blitzte in seinen Augen auf. „Vielleicht wäre ein Magier mit mächtigen Elementarfähigkeiten reizvoll genug."

„Es sah ganz so aus, als wärst du bereit, Kieran in zwei Hälften zu reißen, also glaube ich nicht, dass er sich mit dir treffen würde."

„So etwas würde ich nie mitten in einem gut besuchten Restaurant tun."

Zumindest gibt es Grenzen.

„Ich glaube nicht, dass er zustimmen wird."

Mephisto schien das nicht zu stören, als stünden die Leute Schlange, die bereit wären, einen Dämon zu beherbergen. „Es ist ein Gespräch wert. Er kann gerne Nein sagen, aber wir werden es nur dann erfahren, wenn wir danach fragen."

Ich senkte den Blick, um die Angst zu verbergen, von der ich sicher war, dass sie darin sichtbar war, und sagte: „Die Zeit wird knapp."

„Wir werden schon eine Lösung finden. Es ist vollkommen unmöglich, dass wir zwei keine finden." Woher nahm er diesen Optimismus? Was gab ihm an dieser Situation Hoffnung? Ich nickte nur. Er blickte auf seine Uhr.

„Ich habe in einer Stunde ein Meeting. Wirst du heute bei mir übernachten?", fragte er.

„Wie wäre es mit hier? Nolan hat nicht angerufen, aber es besteht immer noch die Möglichkeit, dass er auftaucht."

Er nickte, nahm seine Jacke vom Sofa und ging zur Tür.

„Mit wem triffst du dich?"

Es dauerte mehrere Sekunden, bis er antwortete. „Jemand, der behauptet, den Aufenthaltsort mehrerer Elfen zu kennen." Als Reaktion auf mein gewecktes Interesse fügte er hinzu: „Ich möchte nicht, dass du mitkommst, für den Fall, dass sie versuchen, an Informationen zu kommen."

Die Liste der Leute, die wussten, dass ich mehr war als nur ein Todesmagier, wurde immer länger, und das wurde zu einem Problem.

„Landon will, dass ich ihm helfe, mehr Vampire zu erschaffen." Die Worte sprudelten heraus wie Wasser aus einem gebrochenen Damm.

Mephisto zog sich von der Tür zurück. Anstelle der üblichen unheimlich schnellen Art, wie er sich bewegte, war diese Bewegung langsam, gemessen – ein Zögern. Er blinzelte, und ich wiederholte es, langsamer. Seine Hand ruhte auf meiner Taille, und sein Daumen streichelte mich. Als ich mich an ihn schmiegte, entspannte ich mich auf eine Art und Weise, die mich überraschte, und erzählte alles, was zwischen mir und Landon passiert war, und erwähnte sogar, dass ich es nicht für eine große Sache hielt, aber Cory war der Meinung, dass ich es ihm sagen sollte, und so tat ich es. Es war ein so langer Wortschwall, dass ich am Ende tief seufzte, weil ich seit Beginn nicht mehr richtig durchgeatmet hatte.

Er schwieg so lange, dass es unangenehm wurde.

„Warum hast du mich nicht angerufen?", fragte er schließlich.

„Ich hatte nicht den Luxus, mir Zeit zu nehmen oder etwas falsch zu machen. Dr. Sumners Leben war in Gefahr. Ich wusste, dass Vampirblut ihn retten konnte."

Er nickte und schwieg weiter, doch seine Miene hellte

sich auf, während er weiter nachdachte. „Ich bin froh, dass du mir das sagst. Cory hat recht, es ist etwas, das ich wissen möchte." Er musterte mich mit unleserlichem Gesichtsausdruck und sagte: „Möchtest du, dass ich mich für dich darum kümmere? Ich bin sicher, Landon und ich können uns einigen."

„Muss ich mir Sorgen machen, dass diese Einigung etwas in der Art sein wird, dass du ihm sagst, er solle tun, was du von ihm verlangst, sonst?"

Ein raubtierhaftes Grinsen tanzte um eine Seite seines Mundes. „Überhaupt nicht. Wie ich schon gesagt habe, bin ich sehr gut im Verhandeln." Ich brauchte keine Wandlersinne, um zu wissen, dass das eine fette Lüge war. Ich dachte einen Moment darüber nach und schüttelte den Kopf.

„Wenn ich anfange, die Überreste meines zerfledderten Lebens zusammenzuflicken, will ich mich nicht mit einem mächtigen Vampir herumschlagen müssen."

Er beugte sich vor, sein Atem war eine sanfte Brise an meinem Kinn. Seine Zunge bewegte sich zu meinem Hals und strich über meinen Puls. „Weißt du, wie intim die Erschaffung eines Vampirs ist?"

Ich hatte schon früher beim Sex Vampire trinken lassen, aber nie mit der Absicht, welche zu erschaffen.

„Nun, so wird er es nicht machen. Er kann meinen Arm benutzen."

Mephisto richtete sich auf und sah mich an. Er schüttelte den Kopf. „Es dauert zu lange und riskiert einen unvollständigen Übergang. Er wird sie leersaugen, bis sie an der Schwelle des Todes stehen, dann wird sein Blut den Prozess in Gang setzen. Der Übergang zum Vampirismus erfolgt, sobald sie von einer anderen Quelle trinken. Aber Landon wird es initiieren; das ist typisch für den Vorgang. Der Vampir wird hungrig sein, und es wird eine Herausforderung sein, dich am Leben zu erhalten. Es erfordert ein hohes

Maß an Vorsicht und Sorgfalt, um langfristige Verletzungen zu vermeiden."

„Glaubst du nicht, dass Landon dazu in der Lage ist?" Als er Dr. Sumner gerettet hatte, war er vorsichtig, sogar sanft gewesen. Aber würde er so von dem Moment mitgerissen werden, dass er unvorsichtig wurde?

Mephisto dachte über meine Frage nach, und seine Hände wanderten an mir hinunter, um meine zu ergreifen. Er entspannte sich in der vollen Intensität seiner Magie, eine Erinnerung daran, wie er – sie alle – sie dämpften, um in dieser Welt zu existieren und unbemerkt zu bleiben.

„Ich habe die Erfahrung gemacht, dass es am besten ist, Vampiren wenig Raum zu lassen, sich auf ihre Willenskraft oder ihre Integrität zu verlassen. Ich habe festgestellt, dass sie in beiden Bereichen schwach sind."

„Ich kann auf mich selbst aufpassen, M", sagte ich und probierte den Spitznamen aus. Seinem Stirnrunzeln nach zu urteilen gefiel ihm das nicht.

Sein Gesichtsausdruck entspannte sich und verriet nichts, aber seine Hände schlossen sich fester um meine. Seine Lippen wurden zu einer angespannten Linie.

„Es geht nicht darum, dass du auf selbst aufpassen kannst, sondern darum, dass du nicht bereit bist, meine Hilfe anzunehmen." Er löste sich von mir und hinterließ Kälte zwischen uns und eine spürbare Distanz. Unter seinem prüfenden Blick wurde ich mir meiner selbst sehr bewusst. „Die größte Herausforderung, die ich in meinen Gefühlen für dich finde, Erin", flüsterte er, „ist, darauf zu warten, dass du die Barrieren, die du errichtet hast, endlich abbaust. Hilfe anzunehmen macht dich nicht schwach oder unfähig. Es bestätigt, dass du klug genug bist, zu wissen, wann du Unterstützung brauchst."

„Das mache ich. Ich meine, die Barrieren abbauen."

„Nicht mir gegenüber."

Da war ein Hauch von *etwas*. Ich zögerte, es als das zu sehen, was es war. Er war verletzt.

Ich setzte mich. „Es ist nicht so, dass ich dir nicht vertraue oder merke, dass ich Hilfe brauche. Ich kann meine Mauern mit dir nicht ganz einreißen oder dich zu einem großen Teil meiner Welt machen, denn sobald du gehst, werde ich diesen Verlust spüren. Es wird schwer sein."

Er nickte und forderte mich auf, weiterzureden.

„Ich weiß, dass du in dein Leben zurückkehren willst." Ich seufzte. „Es ist dumm anzunehmen, dass du in beiden Welten existieren kannst. Das kannst du nicht ... wir können das nicht. Du wirst das Leben als Jäger genauso wenig wie einen Nine-to-Five-Job behandeln können, wie ich das, was ich tue, als einen behandeln kann." Ich sprach mit einem Selbstvertrauen, das ich eigentlich nicht hatte. Als ob mein Leben nächsten Monat wieder normal und kinderleicht sein würde.

Ein Tick in seinem Kiefer war lange Zeit die einzige Antwort, die ich bekam. Die Stille war voll von unausgesprochenen Worten und Zweifeln.

„Okay", seufzte er schließlich, fuhr sich mit den Fingern durchs Haar und lehnte sich an die Wand.

Ich hatte etwas in Worte gefasst, von dem ich sicher war, dass er es dachte. „Ich werde tun, was ich kann, um dir zu helfen, in den Schleier zurückzukehren. Denn das ist, was du willst. Selbst, wenn es nicht nur für dich ist, dann auf jeden Fall für Kai. Sein Kampf belastet euch alle, und es tut mir leid zu sehen, wie es eure Beziehung belastet."

„Er kommt zurecht", sagte er leise.

„Aber er sollte nicht nur zurechtkommen. Nur zurechtkommen ist kein Leben, oder?"

Das Schweigen dehnte sich aus. Obwohl sein Gesicht mir keine Antwort verriet, hatte ich das Gefühl, dass es ihm genauso ging.

„Es gibt mehr zwischen uns als nur Magie." Er wiederholte das, was er schon mehrmals gesagt hatte. „Und es ist nicht nur Sex, Erin. Als ich dir zum ersten Mal begegnet bin, war ich nicht nur fasziniert von deiner Magie, deiner Hartnäckigkeit und deiner" – er warf mir ein verwegenes Lächeln zu – „lass es uns ,Direktheit' nennen. Du lässt dich nicht oft durch soziale Zwänge zurückhalten. Ich musste herausfinden, wie du in meine Welt passt. Wärst du nur ein Instrument, ein Mittel zum Zweck? Es wäre einfacher gewesen, wenn du das wärst." Er seufzte. Es kostete ihn viel, diese Verletzlichkeit einzugestehen. „Das wäre es wirklich gewesen. Ich und easy haben noch nie zusammengepasst. Vielleicht ist das Teil der Anziehung. Ich kann dir versichern, dass meine Erfahrung mit Frauen keineswegs beschränkt ist."

„Niemand braucht deine falsche Bescheidenheit", schoss ich zurück. Sein Lachen verschlang die Luft und blieb in seiner Stimme.

„Ich war überrascht, wie sehr ich mich zu dir hingezogen gefühlt habe. Ich habe es gehasst und war fasziniert davon. Und dann bist du gestorben." Wir schauderten beide bei dieser Erinnerung. „In diesem Moment, während wir überlegt haben, wie wir dich retten können, habe ich mich leer gefühlt. Das war eine Überraschung für mich. Der Gedanke, nie wieder mit dir zu interagieren. Jemand anderen wie dich zu finden. Der Gedanke, dass ich meine Aussicht auf eine Rückkehr in den Schleier verlieren würde, ist mir nie gekommen. Ich war im Begriff, *dich* zu verlieren. Clayton war der Erste, der darauf hingewiesen hat, während ich es weiter geleugnet habe. Ich wollte, dass es oberflächlich ist, nur körperliche Anziehung. Das Leben wäre einfacher gewesen."

Seine Lippen verzogen sich. „Aber einfach machen wir beide nicht, oder, Erin?"

„Ich glaube, einfach war für mich nie eine Option", gab ich zu.

„Für uns. Ich werde dafür sorgen, dass es funktioniert,

weil es das ist, was ich will. Du bist, was ich will", sagte er mit der Innigkeit eines Schwurs.

Meine Barrieren hatte ich errichtet, weil ich mich darauf vorbereitet hatte, dass er die Entscheidung treffen würde, dass der Schleier war, wo er sein wollte, und mich und unsere Beziehung zurücklassen würde. Doch das war er nicht. Die Erleichterung, die ich empfand, war so stark, dass ich mich zurück auf das Sofa fallen ließ. Ich nickte nur, weil mir die Worte fehlten.

Schließlich ging er, aber seine Worte blieben.

18

Als ich die Tür öffnete, erwartete ich Mephisto. Er war vor mehr als drei Stunden zu seinem Treffen aufgebrochen. Einen erheblichen Teil dieser Zeit hatte ich damit verbracht, Wendy, die mich definitiv auf ihre Persona-non-grata-Liste gesetzt hatte, zu einem Treffen zu überreden, um einen Dämon zu beschwören, in der Hoffnung, dass Dareus ihr antworten würde. Es war schwer zu verkaufen, weil sie so viel Zeit darauf verwendete, sich ihrer schlecht gespielten Abneigung gegen die Beschwörung eines Dämons zu widmen und so zu tun, als ob sie das nicht oft machte. Doch egal wie oft, es machte sie zu einer besseren Beschwörerin. Ihre magische Signatur war schon bekannt.

Wendy praktizierte dunkle Magie. Es war nichts Graues daran. Sie beschwor zu oft Dämonen, als dass man das als etwas anderes bezeichnen konnte. Aber um ihren Ruf und ihr Ansehen in ihrem Zirkel zu schützen, leugnete sie es weiterhin. Schließlich stimmte sie zu, und ich hatte für den nächsten Tag ein Treffen mit ihr vereinbart.

Ich hatte das quälende Gefühl, dass sie vielleicht keinen Erfolg haben würde. Könnte Dareus zu sehr damit beschäftigt sein, seine Rache an Elizabeth zu planen, um auf

Beschwörungen zu antworten? Ich würde deswegen keine schlaflosen Nächte haben, wenn es ein Ziel war, das seine ganze Aufmerksamkeit in Anspruch nahm.

Zu meiner Überraschung stand Miss Harp vor meiner Tür. Sie schob mich mit einem Hüftstoß beiseite und betrat meine Wohnung mit einem kleinen Koffer und einem unter den Arm geklemmten Gehstock. „Ich bitte um Asyl", verkündete sie.

Bevor ich antworten konnte, öffnete sie die Tür zu dem Zimmer, das zuvor mein Meditationsraum gewesen war, sich aber jetzt in einer Übergangsphase befand. Ich meditierte immer noch, brauchte es aber viel weniger als früher, da ich jetzt meine eigene Magie besaß und nicht versuchte, meine magischen Triebe zu unterdrücken. Da sie dort kein Bett fand, ging sie in Richtung meines Schlafzimmers.

„Wo bewahren Sie Ihre sauberen Laken auf?", rief sie aus dem Zimmer und schreckte mich aus dem Schock ihres ungebetenen Eindringens auf. Ich war in meinem Leben schon mit einer großen Zahl an Leuten und ihrer dreisten Unverfrorenheit klargekommen, aber Evelyn war eine ganz andere Ebene. Ich hatte wirklich keine Ahnung, wie ich mit ihr umgehen sollte.

„Im Schrank links", sagte ich, als ich zum Schlafzimmer ging.

Als sie die Laken von meinem Bett zerrte, war ihre so selbstverständliche Übernahme meines Zimmers schockierend genug, um eine Reaktion abzuwürgen.

„Warum sind Sie hier?", fragte ich schließlich.

„Habe ich doch gesagt: Asyl." Sie sah mich an. „Ich kann nicht in meine Wohnung gehen. Sie ist zerstört." Ich war mir nicht sicher, ob sie wusste, dass die Person, die sie zerstört hatte, meine Mutter war. Sie machte sich wieder daran, das Bett zu machen. „Selbst wenn sie es nicht gewesen wäre, ist es nicht mehr meine Wohnung", schnaubte sie. „Die Eigentümer des Gebäudes haben meinen Mietvertrag nicht verlängert. Sie haben beschlossen, daraus eine Musterwohnung zu machen", schimpfte sie frustriert.

„Ohne vorherige Ankündigung?"

„Nun, Sie wissen, wie Asher ist. Dieser herrische Typ macht einfach, was er will", bellte sie und strich das unterste Laken glatt. Diese Frau war sich der Heuchelei nicht bewusst. Die beiden sollten entscheiden, wer der Topf sein sollte, damit der andere seine Position als Deckel kannte.

„Was?", keuchte ich, nahm mein Handy von der Kommode und blätterte durch meine Unterlagen für den Mietvertrag und die Benachrichtigung über die neue Geschäftsführung. Da war es, vor sechs Monaten, als ich meinen Mietvertrag verlängert hatte. Neues Management: Greystar Management, eine Tochtergesellschaft von Northwest Wolf Pack. Ich wollte gerade Mr. Alpha anrufen, um ihm von meinem ungebetenen Gast zu erzählen und mehr darüber zu erfragen, was ihn zum Kauf dieses Apartmentgebäudes veranlasst hatte, als es erneut an der Tür klopfte. Scarlett lächelte mich angespannt an. Ich öffnete die Tür, um sie hereinzulassen.

„Komm raus hier, alte Lady!", rief sie von der Tür. Gemütserregung und Belustigung mischten sich in ihren Worten und verliehen ihrem Gesicht einen widersprüchlichen Ausdruck. Amüsement spiegelte sich in ihrem starren Blick wider.

Evelyn berührte nur gelegentlich den Boden mit dem Stock in ihrer Hand, als sie das Wohnzimmer betrat. Ihre Faust hatte sie seitlich in ihre Hüfte gestemmt. „So redet man nicht mit einer älteren Dame", schalt sie.

Scarletts Mund klappte auf, was in etwa dieselbe Reaktion war, die Evelyn Harp bei allen hervorrief. Schockierte Fassungslosigkeit.

„Genau so rede ich mit jemandem, der versucht hat, unser verdammtes Labor niederzubrennen. Brandstifter!"

Miss Harp zuckte mit den Schultern und winkte ab. „Es

war nur ein kleines Feuerchen. Eine Ablenkung. Das kann man kaum Brandstiftung nennen. Ich musste da raus. Ich bin kein Versuchskaninchen."

„Tolle Flucht. Sie haben das Kundenkonto des Rudels benutzt, um ein Uber zu rufen!" Scarlett wedelte wild mit den Armen. Ihre Gefühle waren von Fassungslosigkeit bis zu blanker Entgeisterung übergegangen.

„Nun, ich hatte nicht vor, für die Fahrt zu bezahlen."

Scarlett ging auf und ab und murmelte über die vielen Arten, wie sie Miss Harp erwürgen wollte, während die Empfängerin der Drohungen empört schwieg.

„Holen Sie Ihre Sachen, und lassen Sie uns gehen", befahl Scarlett schließlich.

„Nein, ich habe um Asyl gebeten", sagte sie.

„So funktioniert das nicht."

Miss Harp hatte außerhalb der übernatürlichen Gemeinschaft gelebt, aber wie Asyl funktionierte, war recht einfach. Die einzelnen Spezies kümmerten sich von innen heraus um ihre Probleme. Wenn sich die STF einmischte, wurde das seitens der Spezies als Fehlschlag gewertet. Dass die Situation über ihre Möglichkeiten hinaus eskaliert war. Aber manchmal musste man akzeptieren, dass die STF gebraucht wurde. Sie hatten Ressourcen, die andere nicht besaßen. Es war eine große Sache, um Asyl zu bitten. Der Antrag gab einem das Recht, in die Privatsphäre und die Befugnis einer anderen Gruppe einzudringen, Entscheidungen über Angelegenheiten zu treffen, die intern behandelt werden sollten.

„Erin kann Ihnen kein Asyl gewähren, weil sie keinem Zirkel, keinem Hof, keinem Rudel, keiner Familie und keinem Konsortium angehört. Nächster Versuch, alte Frau."

Das Anbieten von Asyl basierte auf stillschweigenden Vereinbarungen und dem stillschweigenden Anbieten von Zugeständnissen. Das Wichtigste war, dass die betroffene Partei im Voraus wusste, dass um Asyl gebeten wurde. Miss Harps Kinn war trotzig vorgeschoben. Ich konnte nicht erkennen, ob sie die Nuancen einer solchen Bitte wirklich nicht verstanden hatte oder ob sie sich absichtlich dumm stellte. Ich tendierte zu Letzterem.

„Asher hat sie und ihre Freunde als ein Rudel bezeichnet", verteidigte sie sich.

„Das kann jetzt wirklich nicht der Zeitpunkt sein, an dem Sie beschlossen haben, Asher zuzuhören. Wenn er Ihnen sagt, dass Sie bleiben sollen, ignorieren Sie ihn. Die Anweisung, jemanden mitzunehmen, wenn Sie die Wohnung verlassen, haben Sie als Vorschlag betrachtet, den Sie nie angenommen haben. Er hat Ihnen gesagt, Sie sollen im Labor bleiben, und Sie haben das abgewinkt. Doch er erwähnt am Rande, dass ihre" – sie deutete mit dem Kopf in meine Richtung – „kleine Gruppe von Freunden eine Art Rudel ist, und das ist die Information, in die Sie sich verbeißen?"

Scarlett fuhr sich mit der Hand durchs Haar und knurrte weitere ohnmächtige Drohungen, was Miss Harp zu einem herausfordernden finsteren Blick provozierte. Anscheinend hatte Scarletts anfängliches gutes Verhältnis zu Miss Harp ihr das Amt ihrer Babysitterin eingebracht. Asher hatte sich darüber beschwert, dass sie ihm beide auf die Nerven gingen. Jetzt nervte Evelyn Scarlett.

Scarletts Kopf schnellte hoch. „Tür", sagte sie zu mir.

Der Wandler-Wahnsinn schlug erneut zu. Als ich die Tür öffnete, sah ich eine Latina, die gerade anklopfen wollte. Ihr gelocktes dunkles Haar war zu einem Knoten zusammengebunden, und ein paar lose Strähnen rahmten ihr Gesicht. Große, scharfe haselnussbraune Augen musterten mich und wurden eine Spur weicher. Ihr rundes und freundliches Gesicht täuschten jedoch nicht über die räuberische Wachsamkeit hinweg, die alle Wandler besaßen. Sie trug einen figurbetonten Laborkittel über einer rosa Bluse und einer dunkelblauen Hose.

„Sie suchen nach Evelyn Harp?", fragte ich, als ich die Tür

weiter öffnete. Sie nickte, trat ein, und als Miss Harp sie sah, sah sie sie finster an.

„Ich habe hier Asyl", verkündete Miss Harp dramatisch. Als sie in mein Schlafzimmer marschierte und die Tür zuschlug, schien sie vergessen zu haben, ihren Gehstock für ihre geriatrische Schlurf-Scharade zu benutzen, weil er fest in ihrer Armbeuge verankert war.

Der Neuankömmling machte sich auf den Weg zur Schlafzimmertür, blieb aber stehen, als Scarlett den Kopf schüttelte.

„Sie wird sich nur noch sturer stellen."

Wir warteten auf Asher. Ich war mir nicht sicher, was Evelyn in meinem Zimmer machte. Definitiv nicht Scarlett zuhören, als sie versuchte, durch die Tür mit ihr zu reden. Der Tee, den ich ihnen angeboten hatte, war kalt geworden und gelegentlich, wenn sie daran dachten, tranken sie einen Schluck.

Während sich die Stille in die Länge zog, schienen beide etwas Stärkeres als Tee zu wollen. Ich bot ihnen Wein an aus einer Auswahl, die mir Mephisto geschickt hatte. Scarlett warf einen anerkennenden Blick darauf und nahm ein Glas. Der Neuankömmling, der keinen Namen genannt hatte und auch keine Eile zu haben schien, es zu tun, nahm ebenfalls ein Glas. Aber wie beim Tee blieb auch der Wein größtenteils unangetastet.

Ashers Miene zeigte Spuren von Selbstzufriedenheit und Selbstgefälligkeit, als er in Jogginghosen und einem ausgeleierten T-Shirt meine Wohnung betrat. Er hatte zerzaustes Haar und einen Stoppelbart und hatte offensichtlich nicht damit gerechnet, das Haus zu verlassen. Ashers Aufmerksamkeit fiel sofort auf seine Cousine Scarlett.

„Also rebelliert sie gegen mich, weil … ich will sicher sein, dass ich dich richtig zitiere: ‚Ich ein arroganter, herrschsüchtiger *twat*' bin? Habe ich das richtig verstanden, Scarlett? Oder habe ich was vergessen?"

Scarletts säuerlichem Gesichtsausdruck nach zu urteilen, war diese Demütigung nicht sonderlich schmackhaft.

„Wenn das der Fall ist, warum rebelliert sie dann gegen dich?" Er hob die Augenbraue. Sie antwortete mit einem bösen Blick. Er überwand die Distanz zwischen ihnen und beugte sich vor. „Evelyn rebelliert um der Rebellion willen. Sie mag Kontrolle, hasst Regeln, und sie ist oft der Arsch in einer Situation." Er küsste sie auf die Stirn. „Deshalb kommt ihr beide so gut miteinander aus", fügte er hinzu, während er weiter hoch oben auf seinem Schadenfreude-Ross ritt. Seine Mundwinkel verzogen sich. „Und du musst wirklich aufhören, dir britische Sendungen mit ihr anzusehen. Es macht keinen Spaß, als *twat* bezeichnet zu werden."

Scarlett hatte definitiv noch weitere Begriffe parat. Und ihrem angespannten Kiefer nach zu urteilen, bemühte sie sich sehr, sie nicht zu benutzen.

Er richtete seine Aufmerksamkeit auf die andere Frau. „Was ist passiert, Marisol?"

„Dr. Reyes", korrigierte sie. In ihrem Ton lag ein Flattern, das ich nicht genau einordnen konnte. Sie kämpften mit etwas. Vielleicht versuchte sie, eine professionelle Distanz zu ihm und dem Rudel zu wahren. Ich hatte sie noch nie zuvor gesehen und fragte mich, ob sie neu im Rudel war, ein Gast aus einem anderen Rudel oder eine der seltensten aller Seltenheiten – eine Wandlerin ohne Rudel.

„Natürlich. Dr. Reyes. Könnten Sie mir bitte sagen, was zu dieser Situation geführt hat?"

Sie starrte sie böse an, und das zu Recht. Was er sagte, war nicht das Problem, sondern wie er es sagte. Seine Worte trieften vor Asher-tüde. Da ich selbst schon der Empfänger gewesen war, kannte ich das Gefühl sehr gut. Es ist der Moment, in dem man die Schlacht offiziell gewonnen hat, der Streit in der Tasche war, du der wahre Sieger warst und Asher irgendwie dafür sorgte, dass es sich wie alles andere als ein Sieg anfühlte. Die heimtückische Art und Weise, wie er etwas davon für sich beanspruchte. Ob das nun eine Fähigkeit aller Alphas war, Asher hatte sie definitiv perfektioniert.

Ich lächelte solidarisch. *Geben Sie den Versuch auf, es zu verstehen.*

Ihr Blick in meine Richtung schien ihn daran zu erinnern, dass ein Außenstehender anwesend war.

„Es ist in Ordnung", versicherte er ihr.

„Ich habe Evelyn erklärt, dass ich sie vor dem Vollmond morgen beobachten muss, am Tag des Vollmonds und am Tag danach. Drei Tage. Ich brauche einfach mehr Daten. Dann kann ich in mein Gebiet zurück und Ihnen meine Erkenntnisse zusenden, sobald ich sie zusammengefasst habe."

Den Gesprächen der Wandler zu folgen, war ein Ärgernis, da sie aufgrund ihres außergewöhnlichen Gehörs in einer Tonlage sprachen, die viel leiser war als das, was die meisten Menschen für ein Flüstern halten würden. Ich bemühte mich, sie zu hören. Es war offensichtlich, dass sie versuchten, zu verhindern, dass Miss Harp etwas verstand.

„Etwas hat diese Reaktion ausgelöst. Sie hat es zwei Monate lang gemacht, warum hatte sie also ausgerechnet jetzt das Bedürfnis, zu gehen?"

„Wer weiß." Scarlett runzelte die Stirn. „Worte. Sie musste sich ‚People's Court' anstatt ‚Judy' ansehen. Oder ihr ist der *Kaffee* ausgegangen." Sie zeichnete Anführungszeichen in die Luft. „Hast du gesehen, wie viel Kaffee sie mit ihrem Kahlua trinkt? Sie ist eine wandelnde Kahlua-Flasche."

Obwohl Miss Harp eine Wandlerin war, die nicht wandeln konnte, besaß sie viele Wandlerfähigkeiten. Ihr Vater war ein Katzenwandler – wahrscheinlich ein Einzelgänger, weshalb sie erst vor Kurzem entdeckt worden war. Da Asher eine unkomplizierte Beziehung zu Evelyn hatte, hatte er die Verantwortung für sie übernommen, anstatt sie Sherrie, dem Alpha des Nordwest-Löwenrudels, zu überlassen. Nachdem Asher Miss Harps Zustand während des Vollmonds gesehen hatte, wenn sie in ihre Tiergestalt gezwungen wurden, fragte er sich, ob ihre Unfähigkeit eher auf eine Degeneration als auf Evolution in ihrer Spezies zurückzuführen sei. Er wollte die Anomalie untersuchen, die sie daran hinderte zu wandeln.

„Sie beobachten sie seit mehr als einem Monat. Das ist eine lange Zeit", sagte er leise.

„Wir haben die Informationen gebraucht."

„Sie haben ihr gegenüber nichts vom Wandeln gesagt, oder?"

„Nichts dergleichen. Ich habe ihr erklärt, dass unser Ziel darin bestand, die Vollmonde für sie weniger unangenehm zu machen. Deshalb machen wir das, oder? Wenn nicht, warum sie dann überhaupt studieren? Sie ist die einzige Wandlerin in diesem Zustand."

„Das wissen wir. Wenn es genetisch oder ein Zauber ist, müssen wir die Ursache herausfinden. Dafür brauchen wir sie." Er atmete langsam aus und ging zu meiner Schlafzimmertür.

„Evelyn", sagte er und drehte den Türknauf, um festzustellen, dass die Tür abgeschlossen war. „Mach die Tür auf!"

„Ich habe Asyl."

Scarlett verdrehte die Augen.

Ein weiteres langes, langsames Ausatmen gab Asher die Geduld, die er brauchte. Wenn man es gewohnt ist, Befehle zu erteilen, denen jeder ohne Fragen oder Widerstand Folge leistete, mussten einem alle anderen Interaktionen unnötig mühsam vorkommen. „Evelyn", sagte er noch einmal mit angespannter Stimme.

Nachdem keine Antwort kam, befahl er: „Evelyn, mach jetzt die Tür auf!" Der Alpha-Befehl hallte in seiner Stimme wider. Der Befehl war knochentief zu spüren, erschreckend in der Art, wie er einen packte, den Willen brach und vollkommene Unterwerfung verlangte. Dr. Reyes und Scarlett zuckten zusammen und duckten sich. Wenn sie irgendwo in der Nähe einer Tür gewesen wären, hätten sie sie sicher geöffnet. Für mich war es ein Gefühl des Unbehagens. Etwas, das mich neugierig machte. Ich wusste, dass es mit der Alpha-Magie zu tun hatte. Sie waren die Einzigen, die das konnten, aber ich fragte mich, wie ähnlich es dem Zwang war, den ein Vampir ausüben konnte.

Die Tür wurde geöffnet.

„Lass uns reden", sagte er. Er warf Scarlett und Dr. Reyes einen Blick zu. „Keine Sorge, ich mach' das schon." Das war ihr Stichwort. Als sie sich auf den Weg zur Tür machten, ging er in mein Schlafzimmer.

Ich wusste, dass sie so leise sprechen würden, dass ich es nicht verstehen konnte, also beschäftigte ich mich damit, die Bücher durchzugehen, die ich gelesen hatte, aber ohne Ergebnis. Die Situation mit Miss Harp hatte mir ein bisschen Ruhe verschafft. Als ich auf dem Sofa saß und darauf wartete, dass Asher und Miss Harp herauskamen, wanderten meine Gedanken zu Landon und dem Baby-Mama-Drama. Egal, wie sehr ich es ignorieren wollte, ich konnte es nicht. Ich war es leid, Beziehungen zu gewissen Leuten zu haben oder an sie gebunden zu sein, und das war eine Bindung, die ich vollständig lösen wollte. Dass er mich als „Mutter" seiner neuen Vampire wollte, war das Gegenteil davon. Die Suche nach einer Alternative für ihn warf dasselbe Problem auf: die Möglichkeit der Schaffung eines Supervampirs.

Mit dem Stock in der Hand marschierte Miss Harp aus meinem Zimmer, Asher folgte ihr mit ihrem Gepäck. Ich verstand die Sache mit dem Stock nicht; sie konnte niemandem etwas vormachen. Es sah einfach aus, als wäre sie jemand, der ein Neunereisen oder einen Baseballschläger mit sich herumschleppt und bereit ist, sie an jedem zu benutzen, der ihm Unrecht getan hat. Asher reichte ihr die Autoschlüssel und sagte: „Ich brauche einen Moment mit Erin."

Zufriedenheit leuchtete in ihren Augen. Trotz des Ärgers,

den sie ihm bereitete, war sie Team Asher. Wenn sie dachte, ich würde ihn glücklich machen, dann war sie Team Asher/Erin. Aber ein Teil von mir vermutete, dass sie einfach Anti-Mephisto war.

„Wie geht's den Bränden?", fragte er, als sie weg war.

„Ein Inferno", gab ich zu.

„Wie kann ich dir helfen?"

Ich nahm mir Zeit, um die Frage zu beantworten, und ging alles durch, was ich in den letzten Tagen getan hatte. Alle Möglichkeiten. Ich überlegte, ob ich vorschlagen sollte, Elizabeth zu finden, aber wie würde das helfen, denn sie würde ganz sicher nichts tun, um mir zu helfen. Malific verfolgen? Mit dem Zauber, der sie davor schützte, von jemandem außerhalb des Schleiers verletzt zu werden, brachte ich ihn in Gefahr. Auch wenn sie zufällig gegen diesen Zauber immun waren, schien „Hey, warum tötest du nicht meine Mutter?" ein verdammt großer Gefallen zu sein. Selbst wenn ich so mutig genug wäre, das zu tun, könnte er es tun? Meine Gedanken wanderten immer dazu zurück, wie sie aus Wut mein Auto zerstört hatte.

„Nichts." Die Falte, die sich auf seiner Stirn bildete, wurde dadurch nicht weicher. „Ich versuche nicht, dich da rauszuhalten, ich weiß, dass du helfen willst, aber im Moment kannst du nicht viel tun. Außerdem scheinst du alle Hände voll zu tun zu haben." Ich winkte in Richtung der Tür, und fragte mich, ob Miss Harp noch draußen stand, um zu lauschen.

Stirnrunzelnd betrachtete er die Tür. Ich denke, es hatte viel damit zu tun, was mit Miss Harp los war. „Ich bin immer bereit, dir zu helfen, Erin. Zögere nicht, wenn du Hilfe brauchst."

„Ich weiß." Ich versuchte zu lächeln, aber es gelang mir nicht ganz. „Auch mit Kleinigkeiten wie Miete", neckte ich. „Das Gebäude gehört dir. Du hättest einfach ein Moratorium verhängen können."

„Das Rudel ist Eigentümer des Gebäudes. Es würde Probleme geben, wenn ich die Miete meiner Freundin aussetzen würde", sagte er. „Das war sowieso egal, da Mephisto das erledigt hat." Sein Ton angespannt. Zeit für einen Themenwechsel.

„Miss Harp?", fragte ich.

Der Anschein von Kontrolle blieb bestehen, aber seine Augen waren mürrisch.

„Ich muss nur herausfinden, warum sie nicht wandelt. Wenn wir das Problem isolieren können, können wir es vielleicht zu unserem Vorteil nutzen. Für den Moment ist das, was mit ihr passiert ist, eine Anomalie und ein Fluch. Basierend auf dem, was Dr. Reyes gesehen hat, wird es immer schlimmer." Die letzten Worte waren knapp, als seine Hände über den Schatten auf seinem Gesicht strichen. Sorge. Asher machte sich Sorgen um Miss Harp.

Mit einem tiefen Seufzer schien er es auf sich beruhen lassen zu wollen. „Wirst du mir jemals erzählen, wie du im Dämonenreich gelandet bist, Erin?"

„Das ist eine sehr lange Geschichte."

„Ich habe Zeit."

„Da ist eine Lady in deinem Auto, die das Gegenteil sagen wird." Ich warf einen Blick auf die Uhr. „Ich schätze, du hast eine Minute Zeit, bevor sie dich *ermutigt*, zu kommen."

Er seufzte. „Sie ist störrischer als sonst", stimmte er zu. „Sie haben ihr alles ausführlich erklärt. Dr. Reyes war sehr gründlich und sie schienen miteinander klarzukommen, und dann passiert das." Er war offensichtlich verwirrt. „Dr. Reyes tut uns einen großen Gefallen, indem sie hier ist. Sie hat einen Magier mitgebracht, um bei der Studie zu helfen. Es macht mir keinen Spaß, in jemandes Schuld zu stehen. Ich schulde sowohl ihrem Rudel als auch den Magiern was. Es muss was dabei rauskommen."

Ich nickte. „Evelyn ist ein Rätsel", sagte ich, obwohl sie es nicht war. Ich nickte zur Tür. „Komm. Du kümmerst dich um sie, und wir finden ein bisschen Zeit, damit ich dir alles erzählen kann."

Ich ging eilig an ihm vorbei zu seinem Auto und klopfte an das Fenster, damit Evelyn es herunterfuhr. „Schalt deine Ohren aus", sagte ich zu Asher. Er verzog verwirrt das Gesicht. „Hör dieses Gespräch nicht mit. Bitte."

Er ging auf die gegenüberliegende Seite des Gebäudes. „Kannst du mich hören?", sagte ich leise und blickte in seine Richtung. Er nickte und ging weiter weg. Ich hatte die Schärfe seines Gehörs völlig unterschätzt.

Er holte sein Handy heraus und ließ seine Aufmerksamkeit darauf richten. Es war zweifelhaft, ob er sein Gehör vollständig ausschalten konnte oder würde; es war so tief in seiner Existenz verwurzelt.

Ich bückte mich, bis wir auf Augenhöhe waren. „Hören Sie auf damit", sagte ich leise in Evelyns Ohr. Sie drehte sich zu mir um. Ihr dramatischer, unschuldiger Blick mit großen Augen war ihre bisher schlechteste Darbietung.

„Ich habe keine Ahnung, wovon Sie sprechen, Kind."

„Spielen Sie nicht den Heiratsvermittler. Wenn Sie Dr. Reyes mögen, sagen Sie ihr, was Sie denken, aber dieser aufwendige Plan ist unnötig", sagte ich. „Sie durch diese Sperenzchen gegen ihren Willen hier festzuhalten, ist grausam."

Sie presste ihre Lippen zu einer schmalen Linie aufeinander.

„Das ist es nicht. Ich mag sie und auf jeden Fall sie für ihn. Sie passen gut zusammen. Es wird jedoch nicht passieren. Dafür müssten sie erst einmal lange genug aufhören, einander zu provozieren und auf die Nerven zu gehen, um es zu erkennen." Sie schürzte die Lippen. „Ich möchte nicht, dass sich etwas ändert. Nicht für mich. Wenn ... wenn sie herausfinden, was mit mir los ist, und es beheben, kann es sein, dass ich ein Wandler werde. Gezwungen zu wandeln, bis ich alt bin."

„Sie sind alt", neckte ich.

„Älter", korrigierte sie. „Ich habe sie wandeln sehen. Die meisten von ihnen haben es perfektioniert, aber das ist auf jahrelange Übung zurückzuführen. Ich will das nicht durchmachen. Jeden Monat zu dieser anstrengenden Transformation gezwungen zu sein. Ich hätte lieber die Alternative." Ihr Blick wanderte hinter mich zu Asher, der immer noch mit seinem Handy beschäftigt war. „Er würde das nie die Alternative sein lassen."

Die Tränen, die mir in die Augen stiegen, waren das Ergebnis des Trommelfeuers von Problemen, mit denen ich zu kämpfen hatte. Das war die Ausrede, für die ich mich entschieden hatte. „Mit dieser Alternative wäre ich auch nicht einverstanden", sagte ich und wischte schnell die Träne weg.

„Lass das, Kind!", zischte sie und schlug mir auf die Nase.

„Was ist los mit Ihnen!", schimpfte ich, als ich auf meinen Hintern fiel.

Von jemandem in seinen Achtzigern geschlagen worden zu sein, steht für niemanden auf der Bingokarte seines Lebens. Sie blickte an mir vorbei.

„Er kommt, und Sie haben ohne Grund geweint. Ich habe Ihnen gerade einen Grund zum Weinen gegeben. Hören Sie auf, so weinerlich zu sein. Was ist in letzter Zeit mit Ihnen los?"

Ich erholte mich, rappelte mich auf und wischte mir das Gesicht ab. Ich starrte sie an.

„Er wird eine Lösung für Sie finden." Da war ich mir nicht sicher, aber ich wollte, dass sie den Gedanken ans Sterben aus ihrem Kopf verbannte.

Ich berührte meine schmerzende Nase. „Viel Glück", sagte ich zu Asher, der grinste, nachdem er Zeuge des Angriffs durch Miss Harp geworden war.

„Hast du was gesagt, das ihr nicht gefallen hat?", witzelte

er, öffnete den Kofferraum seines Autos und lud ihren Koffer ein.

Sagen Sie es ihm, formte ich lautlos mit den Lippen, während er damit beschäftigt war, ihr Gepäck einzuladen. Ihr Gesicht wurde weicher. Meine Nase hatte einen Schlag einstecken müssen, aber sie schien meinen Vorschlag in Erwägung zu ziehen. Die Leere blieb, wissend, dass Asher ihre Wünsche respektieren könnte.

Er winkte mir kurz zu und stieg ins Auto, während ich überlegte, ob ich die Informationen preisgeben und ihm das Versprechen abnehmen sollte, ihrem Wunsch nach der *Alternative* nicht nachzukommen. Ihn darauf drängen, dass eine andere Lösung als das Wandeln gefunden werden musste. Ashers Selbstsicherheit hatte Wunder gewirkt und meine Bedenken gelindert. Im Willenskampf zwischen den beiden setzte ich auf ihn. Er hatte sich als einfallsreich erwiesen und würde einen Weg finden, ihr zu helfen, ohne auf die Alternative zurückzugreifen, über die sie nachdachte.

Die unerbittliche schwere Decke der Sorge begann an mir zu zehren. Ich stand in der kühlen Abendluft und lauschte dem Rauschen des Windes in den umliegenden Bäumen. Genoss den Trost der Nacht und den Frieden, den sie mit sich brachte.

Eine erdige Aura und Immergrün wehten durch die Luft.

„Erin."

Nolans Stimme ließ mich herumwirbeln, mich auf ihn stürzen und ihn umarmen, wobei ich die Inkongruenz, die Fremdartigkeit und die Geschichte zwischen uns verdrängte. Er stieß ein überraschtes Brummen aus, als ich gegen ihn prallte und mein Gesicht an seiner Brust warf. Er streichelte sanft meinen Rücken.

„Ich freue mich so, dich zu sehen", gab ich zu.

„Ich bin auch froh, hier zu sein", flüsterte er in mein Haar.

19

Als wir in meiner Wohnung waren, rief ich Mephisto an, um ihm zu sagen, dass Nolan da war und ich Zeit für mich allein mit ihm brauchte. Sein Drang, mich zu beschützen, ließ nicht nach, bis ich ihn darauf hinwies, dass Nolan nicht so freigiebig mit seinen Informationen sein würde, wenn andere in der Nähe waren. Mephisto stimmte meiner Argumentation zu; es fiel ihm nur schwer, nachzugeben.

„Es ist Tage her, und er taucht erst jetzt auf?"

„Ich weiß." Ich hatte keine Antwort, und Mephisto drängte nicht. Nach einer kurzen, spannungsgeladenen Stille verabschiedete er sich. Die Frage schwirrte in meinem Hinterkopf herum und veranlasste mich, den Schutzschild zu errichten, um den zu ersetzen, der durch meine Erleichterung, Nolan endlich zu sehen, zerstört worden war.

In der Zeit zwischen unserem Weg zur Wohnung und dem Anruf bei Mephisto hatte sich das hohle Gefühl des Verrats breitgemacht. Das musste sich in meinem Gesicht abgezeichnet haben. Nolans warmes, überschwängliches Lächeln verschwand. Wir waren mit der Komplexität unserer Beziehung konfrontiert. Ich rang mit der Idee, dass aus solch einem fehlerhaften Fundament etwas Gutes entstehen könnte.

„Wo bist du gewesen? Ich habe versucht, dich zu erreichen", platzte ich von der anderen Seite des Raumes heraus. Ich hatte die Arme vor der Brust verschränkt und die Verlegenheit angesichts meiner ersten Reaktion wärmte meine Wangen.

„Ich habe das Handy nicht mehr." Er senkte den Kopf und als er ihn hob, hatte er den traurigen, leeren Ausdruck von jemandem, der zu viele Schläge hatte einstecken müssen und keine Zeit hatte, sich zu erholen. „Ich hatte nicht die Möglichkeit, mich in Elizabeths Gegenwart frei zu bewegen. Ihre Wut und ihr Hass hatten sie zu einem Schatten ihrer selbst gemacht. Sie glaubt, dass du meinen Schutz nicht verdienst und ich ihn dir zu großzügig gebe. Manchmal führt es dazu, dass sie mich wie einen Feind behandelt. Die Schutzzauber und Verteidigungszauber dienten nicht dazu, uns zu beschützen, sondern um mich festzuhalten. Ich war ein Gefangener, kein Gast." Ich fühlte mich wie ein Voyeur seines Schmerzes. „Es hat einige Zeit gedauert, die Schutzzauber zu brechen und zu gehen. Ich habe wochenlang nach dir gesucht. Ich dachte, du wärst tot." Seine Stimme brach, seine Augen glitzerten vor unvergessenen Tränen. „So, wie sie über dich gesprochen hat, dachte ich, sie hätte ihr Versprechen mir gegenüber gebrochen."

Sie hatte versprochen, mich nicht zu töten, aber sie hatte nicht versprochen, mir das Leben nicht zur Hölle zu machen. Nach diesen Maßstäben war ihr Versprechen an ihn intakt. Er holte tief und zitternd Luft und die emotionale Barriere, die ich errichtet hatte, geriet ins Wanken. Langsam näherte ich mich ihm und setzte mich neben ihn.

„Ich habe deine Wohnung, die von Madison und die deiner Eltern beobachtet und gehofft, dich zu sehen. Ich habe auf deine Rückkehr gewartet. Ich habe sogar darüber nachgedacht, sie zu fragen, ob sie was gehört haben." Sein

Blick fiel auf meine Hände, als ich sie auf seine legte. „Das hätte ich tun sollen, aber warum sollten sie mir genug vertrauen, um mir irgendetwas zu sagen? Ich bin Elizabeths Bruder."

Mit Elizabeth als Bezugsrahmen war es offensichtlich, dass er zögern musste, sich ihnen zu nähern, da er den gleichen Hass und die gleiche Feindseligkeit erfahren würde, die ich von seiner Schwester ertragen musste.

„So sind sie nicht", versicherte ich ihm, obwohl ich es mit mehr Selbstvertrauen sagte, als ich empfand, wenn ich an Mephistos Befragung zurückdachte. Die Verzweiflung, Frustration und Wut aller hätte leicht auf Nolan als Ventil gelenkt werden können.

„Wo warst du?", fragte er und brach unser Schweigen.

Die Worte sprudelten aus mir heraus. „Elizabeth hat mich in das Dämonenreich geschickt und ich habe mit einem Dämon einen Deal gemacht, um zu fliehen, und jetzt habe ich dreißig Tage Zeit, ihn zu erfüllen, oder er bekommt meinen Körper, und Malific will, dass ich einen Weg finde, den Eid aufzuheben, damit sie Elizabeth töten kann, und ich will es tun."

Die Farbe wich aus seinem Gesicht, und er presste seine Lippen aufeinander.

Ich bereute mein Eingeständnis, was Elizabeth anging, nur teilweise.

Er senkte den Kopf, sein langes Haar bildete einen Vorhang um sein Gesicht. „Ich wusste, dass sie in irgendeiner Weise in alles verwickelt war, aber ich hatte keine Ahnung, in welchem Ausmaß. Sie hat sich so verändert. Ich erkenne sie nicht mehr wieder." Er hob den Kopf und zeigte eine grimmige, von Trauer geprägte Miene. „Sie glaubt, dass sie das Richtige tut. Sie versteht nicht, dass ihre Handlungen genauso fehlgeleitet sind wie meine. Das ist ein schrecklicher Zustand." Seine Bemerkung war keine Bitte um Verständnis oder Vergebung. Es schien eine Kapitulation zu sein. Er hatte sie aufgegeben.

Nach Minuten des Schweigens drehte er sich zu mir um. „Was brauchst du?"

„Ich muss mehr über meine Magie erfahren. Ich muss in der Lage sein, einen Dämon körperlich zu machen und mich gegen andere Elfen zu verteidigen."

„Und was ist mit Elizabeth?"

Ich hatte zugegeben, dass ich vorhatte, Malific sie töten zu lassen. Erwartete er, dass ich das zurücknahm?

Die Meinungsverschiedenheit zwischen uns war neu, unbehaglich und würde die Schwäche zwischen uns sein. Er hatte zwar die Hoffnung aufgegeben, dass sie jemals auf seiner Seite stehen würde, aber seine Liebe war bedingungslos. Ich war mir nicht sicher, was seine Liebe für mich war. War es eine Liebe, die durch seinen Hass auf Malific verzerrt war?

„Sie hat mich in das Dämonenreich geschickt", erinnerte ich ihn.

„Rechtfertigt die Tatsache, dass sie fehlgeleitet war, den Tod einer weiteren Elfe durch Malific?", fragte er.

Wut loderte in mir auf. Nicht einmal der Moment, in dem ich tief Luft holte, um meine Gefühle unter Kontrolle zu bringen und zu versuchen, sie aus seiner Perspektive zu sehen, reichte aus.

„Was? Wie viele Chancen bekommt sie? Wenn sie mich tötet, ist sie dann zu weit gegangen?", blaffte ich.

Seine Ruhe angesichts meiner Wut trug nicht dazu bei, meine Frustrationen zu lindern.

„Elizabeth wird dich nicht töten", verteidigte er sie.

„Nein, aber es liegt nicht daran, dass sie es nicht will. Ich existiere, um Malific in Schach zu halten. Das ist der einzige Grund, warum sie mich nicht töten wird. Nicht, weil du mich am Leben haben willst. In der Zwischenzeit macht sie mir das Leben zur Hölle. Warum kannst du das nicht sehen?

Du willst helfen? Also unternimm was gegen deine verdammte Schwester!"

Er befeuchtete seine Lippen, schwieg aber lange. Ich war mir nicht sicher, ob es eine Kapitulation oder mangelnde Verteidigung war. „Welchen Deal hast du mit dem Dämon geschlossen?"

„Es ist mehr als ein Deal, es ist ein Blutschwur", stellte ich klar, bevor ich ihm Einzelheiten erklärte.

„Kann ich es sehen?"

„Nachdem ich das Dokument unterschrieben hatte, hat er es verschwinden lassen. Ich kann versuchen, mich an alles darin zu erinnern."

Er schüttelte den Kopf. „Nicht nötig. Kann ich ein Stück Papier haben?"

Ich holte einen Stapel Druckerpapier und legte ihn vor ihm auf den Tisch. Er nahm ein kleines Messer aus seiner Tasche und sagte: „Dieser Zauber wird Eide offenbaren, die mit deinem Blut verbunden sind. Gibt es andere Blutschwüre, von denen du nicht willst, dass ich davon weiß?"

Ich schüttelte den Kopf. Nachdem er in meinen Finger gestochen hatte, flüsterte er einen Zauberspruch und drückte dann die Fingerspitze auf das Papier. Kühle kreisförmige Fäden bewegten sich um mich herum, als würde Magie abgewickelt. Auf dem Papier erschienen Zeichen, während das Mal meines Eides trotzig leuchtete. Sobald er den Eid vor sich hatte, las er ihn durch.

„Es ist eine sehr gründliche Vereinbarung", stellte er stirnrunzelnd fest.

„Gibt es eine Verbindung zwischen Elfen und Dämonen?", fragte ich. „Dieser Zauber war in der Lage, einen Dämonenschwur aus dem Nichts zu holen. Und Elizabeth konnte Dareus dabei helfen, mich in das Dämonenreich zu schicken."

Er dachte über die Frage nach. „Nicht, dass ich davon wüsste. Einen Blutschwur zu schwören, ist ein einfacher

Zauber …“ Er brach mitten im Satz ab und dachte über seine Worte nach. „Für mich ist es ein einfacher Zauber. Du wusstest nicht, dass das möglich ist?“

„Nein, das habe ich noch nie erlebt.“

„Lass mich dir zeigen, wie.“ Er nahm ein weiteres Blatt Papier und schrieb den Zauberspruch nieder. „Es ist keine Vereinbarung erforderlich. Du brauchst nur das Blut, nicht die Erlaubnis. Ich finde, dass man, bevor man einen Eid leistet, am besten herausfinden sollte, ob es einen gibt, der den eigenen Eid ungültig macht. Was das angeht, ist Magie lustig. Vorrang gilt immer. Basierend auf diesem Vertrag kannst du keine Vereinbarung mit einem anderen Dämon treffen.“

„Ich habe es nicht eilig, mehr Geschäfte mit Dämonen abzuschließen“, sagte ich leise. „Ich hätte diesen Deal nicht gemacht, wenn es eine Alternative gegeben hätte.“

Er legte seine Hände auf meine und drückte sie. „Üb’ den Zauber“, drängte er.

„Wird Asial wissen, dass der Vertrag angesehen wurde?“

„Nein. Es empfiehlt sich, diesen Zauber anzuwenden, wenn du jemals vorhast, jemanden zu einem Eid zu verpflichten.“ Er runzelte die Stirn, dann wurden seine Augen dunkel. „Ich bringe dich nach Havenage“, sagte er, bevor er die Lippen zu einer Linie zusammenpresste, als hätte er etwas Falsches gesagt.

„Havenage?“

„Unter euch leben Elfen, aber normalerweise Hybriden, keine reinblütigen Elfen. Mir war nicht bewusst, dass es so viele gab, bis einer auf mich zugekommen ist und mich nach Havenage mitgenommen hat.“ Seine Augen leuchteten, und Stolz verzog seine Lippen zu einem angenehmen Lächeln. Ich fragte mich, ob die Tatsache, dass er halb Mensch war, dazu geführt hatte, dass er so sehr gemieden wurde, dass er nie damit gerechnet hätte, von Vollelfen akzeptiert zu werden. „Ihre Magie lässt das, wozu wir fähig sind, amateurhaft aussehen. Wenn dir der Zutritt nach Havenage erlaubt wird, kannst du von ihnen lernen. Du kannst deine Magie nur beherrschen, wenn du ihre gesamte Bandbreite kennst. Sie können dich auf eine Weise unterrichten, wie ich es nicht kann."

„Ich habe dreiundzwanzig Tage Zeit, um mich mit der Asal-Situation zu befassen", bemerkte ich schließlich, nachdem ich mit der Neuigkeit über Havenage gerungen hatte. „Ich möchte, dass du es mir beibringst, nicht sie."

Er nickte und spürte meine Sorge. Obwohl ich meine Fähigkeiten verbessern wollte, war ich nicht begeistert davon, mit reinen Elfen zusammen zu sein, die mich vielleicht nicht akzeptieren würden.

Zögernd berührte er meine Hand und drückte sie beruhigend. „Ich werde das tun, womit du dich am sichersten fühlst. Du wärst nicht allein. Das ist der Ort, an dem ich seit anderthalb Monaten bin. Wenn sie mich akzeptieren, sehe ich keinen Grund, warum sie meine Tochter nicht akzeptieren sollten."

Elizabeth akzeptiert dich und hasst mich.

„Ich kann dir nicht helfen, den Dämon körperlich zu machen, aber ich kann mein Bestes tun, herauszufinden, wie es funktioniert. Vielleicht reicht es nicht aus. Wenn du das volle Ausmaß deiner Magie kennst, kannst du Änderungen an Arbeitszaubern vornehmen, die die zwei Seiten deiner Magie nutzen. Meine funktioniert etwas anders. Verwässert durch meine menschliche Hälfte." Seine Berührung wurde fester. „Du besitzt jedoch zwei sehr starke Magien, die du zu meistern lernen musst."

„Ich bin auch ein Mensch. Meine Magie ist vielleicht nicht so stark", betonte ich. Tatsächlich könnte es eher frustrierend als hilfreich sein, nur eine Viertel-Elfe zu sein und die Grenzen meiner Magie im Vergleich zu denen von Voll-Elfen kennenzulernen.

„Göttin und Elfe. Es stimmt zwar, dass dein menschlicher Teil einige Einschränkungen mit sich bringen könnte, aber wenn du dein gesamtes Spektrum kennst, wird es dir leichter fallen, diese Einschränkungen zu kompensieren. Elizabeth beherrscht beides, und du hast das Ausmaß ihrer Macht gesehen."

Ja, ich wollte nicht über sie reden.

„Warum könnte es sein, dass sie mich nicht nach Havenage lassen?", fragte ich.

„Eine Reihe von Gründen. Wie ich schon erwähnt habe, neigen reinblütige Elfen dazu, stärkere Allianzen untereinander einzugehen. Als ich zum ersten Mal von Havenage erfahren habe, wurde mir der Zutritt verweigert." Schmerz breitete sich in seinen Augen aus. „Ich war einer reinblütigen Elfe begegnet, und durch unsere Freundschaft hatte ich davon erfahren. Ihre Bitte, mich einzulassen, wurde abgelehnt. Alles, was ich über meine Magie weiß, habe ich von meiner Mutter und durch Versuch und Irrtum gelernt. In Havenage haben sie mehr Zauberbücher und umfangreiches Wissen über Elfenmagie."

„Was hat ihre Meinung über dich geändert?"

„Ich weiß nicht." Nervös fuhr er sich mit den Fingern durchs Haar. „Ihr Zögern, Außenstehende hereinzulassen, ist nicht in Bosheit, sondern in Angst begründet. Sie sind sehr vorsichtig." Er wandte den Blick ab, aber nicht, bevor ich die Sorge und den Zweifel sah. Diese Vorsicht könnte dazu führen, dass auch ich abgelehnt werde, obwohl er will, dass ich Teil ihrer Gemeinschaft werde.

Trotz seines aufgesetzten Optimismus würden zwei Probleme meine Akzeptanz behindern: Ich war keine reinblütige Elfe, und meine andere Hälfte war für eine Reihe von Todesfällen in der Elfenpopulation verantwortlich. Wenn Elizabeth so viel Hass auf mich hegte, einfach, weil ich Malifics Tochter war, war ich nicht optimistisch, dass es mir bei den Elfen besser ergehen würde.

Ich blieb skeptisch. Vielleicht wollte ich mich einfach vor

einer Ablehnung schützen. Sie ablehnen, bevor sie die Chance bekamen, mich abzulehnen.

Nolan tätschelte mir noch einmal vorsichtig die Hand und bemühte sich, mir das gleiche Selbstvertrauen entgegenzubringen, das er in sich selbst zu bewahren versuchte.

„Lass uns den Eid noch einmal aufrufen", schlug er vor.

Ich brauchte mehrere Versuche, aber ich schaffte es. Innerhalb einer Stunde war es mir problemlos möglich.

Ich sprang vom Sofa auf und kam mit meinem Handy und den Seiten mit den Sigillen zurück. „Kannst du mir irgendwas über diesen Zauber erzählen?"

Er studierte ihn mit der gleichen verwirrten Miene wie ich. Als ich die Seiten auf den Boden legte, ging er um sie herum, untersuchte sie aufmerksam und ordnete sie neu. Fast zwei Stunden lang führten wir abwechselnd einen Neutralisierungszauber aus und versuchten, ihn auf die Art und Weise zu brechen, wie sie es getan hatte, aber ohne Erfolg.

„Elizabeth war schon immer sehr talentiert mit ihrer Magie", gab er zu.

„Wurde sie nach Havenage eingeladen?"

„Nein."

Seine Antwort war so gequält, dass ich nicht weiter nachhaken konnte. Es war schwer mitanzusehen, wie der Schmerz und die widersprüchlichen Gefühle, die er für seine Schwester empfand, zurückkehrten.

Nolan schickte sich gegen drei Uhr morgens zum Gehen an. Sein Widerwillen, mich zu verlassen, löste die restlichen negativen Gefühle, die ich über die Komplexität unserer Beziehung hegte, in Wohlgefallen auf. Ich fand Trost in dem Wissen, dass es ihm trotz seiner turbulenten Anfänge und der komplexen Verflechtungen gutging. Es war nicht schön, normal oder einfach. Aber das waren wir, und es hatte einen Platz in meinem Leben.

20

Nolans Anruf ein paar Stunden, nachdem er meine Wohnung verlassen hatte, nahm mir eine Last von den Schultern, von der ich nicht gewusst hatte, dass sie da gewesen war. Sie hatten eine Einladung nach Havenage für mich ausgesprochen und erwarteten meine Ankunft in drei Tagen. Es war schwierig, nicht über den Grund für die Verzögerung nachzudenken. Wofür brauchten sie die Zeit? Um mich weiter zu überprüfen, einen Lehrplan zu erstellen oder irgendwas Unheilvolleres? Ich verdrängte den letzten Gedanken und blieb sowohl aufgeregt als auch ein bisschen ängstlich.

Bevor ich ging, musste ich mich um eine dringende Angelegenheit kümmern: Cory und Madison informieren. Es würde nicht einfach sein. Cory blieb an meiner Seite und warf mir misstrauische Blicke zu, während wir zu Madisons Haustür gingen. Auf der Fahrt zu Madison war es mir gelungen, seinen Fragen auszuweichen, was dazu geführt hatte, dass er mir vorwurfsvolle Blicke zuwarf. Wenn etwas in Anwesenheit beider Personen gemacht werden musste, konnte es nicht gut sein. Das war eine Hypothese, die er ziemlich lautstark geäußert hatte, als er vorhin in meiner Wohnung angekommen war.

„Was ist los?", fragte Madison etwas atemlos durch den kleinen Spalt in der Tür, ihr Körper verdeckte alles hinter ihr. Ein rötlicher Schimmer erstreckte sich über ihren Nasenrücken und ihre Wangen.

„Ich habe dir eine Nachricht geschickt, dass ich mit dir reden muss", erinnerte ich sie.

„Ich weiß. Und ich habe geschrieben, ich werde zu dir kommen, um es einfacher zu machen." Ihr Blick wanderte zu Cory, der sie misstrauisch beäugte.

„Warst du zu abgelenkt, um die Nachricht abzuschicken?", fragte er und lenkte ihre Aufmerksamkeit auf ihre Bluse, die sie mit einer Hand geschlossen hielt. Sie schien besorgter gewesen zu sein, die Tür zu öffnen und mich davon abzuhalten, mich selbst reinzulassen, als ihre Bluse anzuziehen.

„Hast du Besuch?", fragte ich mit munterer Stimme, was sie noch nervöser machte.

„Einen Moment." Sie schloss die Tür. Sie führte ein eindringliches, geflüstertes Gespräch mit jemandem, und als sie die Tür öffnete, um uns reinzulassen, waren weder Cory noch ich überrascht, Clayton mit schweren Lidern, auf der Rückenlehne ausgestreckten Armen, zerzausten Haaren und einem nicht ganz heruntergezogenen T-Shirt auf ihrem Sofa zu sehen. Das Scrabblespiel auf dem Sofatisch war unerwartet. War Stripscrabble ein Ding?

Mit ihrem Handy in der Hand stöhnte sie. „Ich habe die SMS nicht abgeschickt. Es wäre für mich einfacher gewesen, zu dir zu kommen."

„*Ja*, das ist der Grund", fügte Cory mit einem Anflug von mürrischer Belustigung hinzu.

„Worüber wolltest du reden?"

Nachdem Clayton mich und Cory gemustert hatte, beschloss er zu gehen, was die Sache erheblich erleichterte. Mein Plan war, es Mephisto später zu sagen, und Clayton würde es ihm auf keinen Fall petzen, bevor ich selbst Gelegenheit dazu hatte.

„Ich komme später wieder", verkündete seine satte, tiefe Stimme. Er hob ihr Kinn und drückte seine Lippen auf ihre. Eine zärtliche Berührung, seine Arme legten sich um sie, seine Finger gruben sich in den Stoff ihrer Bluse. Der Kuss wurde intensiver und machte deutlich, dass wir sie unterbrochen hatten. Während der Kuss anhielt, räusperte ich mich und erinnerte sie daran, dass sie Publikum hatten. Etwas, das sie offensichtlich vergessen hatten.

„Wie war euer *Scrabble*-Spiel?", fragte ich, als Clayton die Tür hinter sich schloss.

Sie verdrehte die Augen. „Es war gut."

Mit aufgerissenem Mund und Augen, die so ungläubig wie die von Cory waren, sagte ich: „Soll das ein Witz sein? Scrabble? Wirklich? *Das* willst du mir weismachen? Er war hier, um *Scrabble* zu spielen? Wenn wir nicht gekommen wären, würdet ihr zwei jetzt nackt auf dem Boden liegen und es treiben. Ich bin mir nicht sicher, ob ihr nicht schon dabei wart. Und dieser Kuss? Was ist dein Problem damit, dass wir wissen, dass du und Clay was miteinander habt?"

„Warum willst du nicht, dass wir wissen, dass ihr beide euch gegenseitig vernascht und dem großen O nachjagt?", fragte Cory. Er wechselte seine Stimme zu einem Falsett. „Bring mich in den Himmel der Lust, du sexy Gott."

Ich schob mich neben Madison und ahmte ihre Miene nach.

„Wirklich?", tadelte Madison.

Er zuckte mit den Schultern. „Du bist diejenige, die es seltsam macht. Ich habe einfach bei dem Spaß mitgespielt. Niemand hat ein Problem damit, dass du einen so heißen Gott fickst. Warum versuchst du, es geheim zu halten? Und darf ich hinzufügen, dass du dabei verdammt schlechte Arbeit geleistet hast."

Madison ließ sich auf einen Stuhl fallen. „Es kommt mir

falsch vor und ist für mich untypisch. Er ist so arrogant und mächtiger als jeder andere, dem ich je begegnet bin."

„Und wirklich gutaussehend", fügte Cory hinzu.

„Ja, dessen ist er sich sehr bewusst", beschwerte sich Madison. „Ich stehe nie auf solche Männer."

„Er ist ein Gott, macht das die Sache besser?" Cory schmunzelte.

„Nicht im Geringsten."

„Und du hast damit gedroht, ihn verhaften zu lassen. Das ist eindeutig ein Warnsignal. Er ist wahrscheinlich ein Masochist", neckte ich.

„Nein, dieser Teil passt", sagte Cory. „Es ist nicht die Demütigung ihrer Androhung einer Verhaftung, die ihn anzieht. Es ist die Loyalität und die Hingabe dir gegenüber, die sie damit bewiesen hat. Wegen Mephisto sind sie alle geblieben. Sie legen Wert auf Loyalität und Solidarität. Es ist ziemlich offensichtlich, dass er nie eine Situation erlebt hat, aus der er sich nicht mit seinem Charme befreien konnte. Nach dem ersten Schock über die Drohung war seine Bewunderung spürbar." Cory zuckte mit den Schultern. „Dass Clayton auf dich steht, ergibt einen Sinn. Das gilt nicht für deine Komplexe."

„Ich weiß es nicht", gab sie zu. „Wir passen so überhaupt nicht zusammen, aber wir scheinen zu funktionieren." Sie tat es mit einer Handbewegung in Richtung des Spiels auf dem Tisch ab. „Und er ist wirklich gut im Scrabblespielen."

„Ja, ich wette, er ist wirklich gut im *Scrabblespielen*", neckte Cory, was Madison ein Zischen und ein weiteres Augenrollen entlockte. Sie wollte unbedingt etwas anderes als Clayton besprechen und richtete ihre Aufmerksamkeit auf mich.

„Warum wolltest du mich so dringend sehen?" Ihr Blick wanderte zu Cory, und sie suchte nach Hinweisen, aber er schüttelte den Kopf.

Ich erzählte ihnen alles: Nolans Besuch, seine Unfähigkeit, Dämonen körperlich zu machen oder den Zauber zu entschlüsseln, mit dem Elizabeth Dareus von meiner Magie befreit hatte, seine ursprüngliche Ablehnung, dann Einladung nach Havenage und dass sie mir Zutritt gewährt hatten, um mehr über meine Magie zu erfahren.

„Können wir mitkommen?", fragte Madison schließlich, nachdem sie mehrere Momente lang im Raum auf- und abgegangen war.

„Nein. Sie sind sehr vorsichtig, wen sie reinlassen."

„Ja, das hast du gesagt. Sie haben ihn zunächst abgelehnt, und jetzt kann er Gäste mitbringen?" Madison blieb gerade lange genug stehen, um mich anzusehen. „Das kommt dir nicht verdächtig vor?"

Ich schüttelte den Kopf. „Ich werde sicher sein. Nolan ist bei mir." Um sie davon abzuhalten, sich Sorgen zu machen, hauchte ich meiner Aussage mehr Selbstvertrauen ein, als ich tatsächlich empfand.

„Welche Chance hätte er gegen sie, wenn er schon zugegeben hat, dass er magisch unterlegen ist?"

Madison verhörte mich, weil sie mich beschützen wollte. Ihr Widerstand dämpfte meine Begeisterung und nährte die Befürchtung, die ich ohnehin schon nur schlecht unterdrücken konnte. Durch meinen Kopf schwirrte, was alles schiefgehen könnte.

„Wir sind mit nichts, was wir unternommen haben, weitergekommen", betonte Cory. Seine Bemerkung war lediglich das Eingeständnis einer verzweifelten Situation. Seinem schmerzlich starren Gesichtsausdruck entnahm ich, dass er sich wünschte, es gäbe eine Alternative.

„Mephisto ist nichts eingefallen?", fragte Madison.

„Er versucht, einen anderen Wirt zu finden."

Schuldgefühle stiegen in mir auf, als ihre Augen feucht wurden. „Was ist mit der Aufhebung des Eides? Es muss einen Weg geben." Sie ging zu ihren Bücherregalen. Verzweifelte Augen wanderten über die Titel. All die Bücher, die wir schon mehrfach durchgelesen hatten. Als sie zu uns zurückkehrte, ließ sie sich mir gegenüber in den Sessel fallen.

„Einer von uns muss mitkommen. Cory?"

„Nolan hat deutlich gemacht, dass ich die Einzige bin, die gehen kann."

Als Madisons Hände ihr Gesicht bedeckten, versteifte sich Cory neben mir. Die Zeit verging wie im Flug, während sie bis auf die winzige Bewegung ihres Atems regungslos blieb. Ihr Schluchzen durchbrach die Stille. Ich hatte Madison zum Weinen gebracht und fühlte mich dadurch niederer als Dreck.

„Ich will dich nicht nochmal verlieren, Erin", flüsterte sie und drückte den Dolch ungewollt tiefer in mein Herz.

„Es tut mir leid. Ich will nicht, dass es euch beiden schwerfällt. Aber ich bin mir nicht sicher, ob es jemals eine bessere Möglichkeit oder Gelegenheit geben könnte. Meine begrenzten magischen Fähigkeiten und mein begrenztes Wissen über die Elfen hindern mich daran, effektiv etwas gegen Malific und Elizabeth zu unternehmen. Wie kann ich mir diese Gelegenheit entgehen lassen? Bitte zwing mich nicht dazu, mich zwischen dem zu entscheiden, was für mich am besten ist, und dir wehzutun."

Als sie ihre Hände sinken ließ, versuchte sie ein kleines Lächeln, das jedoch nicht ihre besorgten Augen erreichte.

„Ich vertraue Nolan", sagte ich. „Es gibt Gründe, an der Wut festzuhalten und ihm zu misstrauen, aber er versucht, seine Fehler wiedergutzumachen. Er würde mich nicht in Gefahr bringen."

„Und sie lassen Elizabeth nicht rein", erinnerte Cory sie. „Das ist wenigstens ein Trost."

Madison entspannte sich spürbar. „Du vertraust Nolan vorbehaltlos?"

„Ja."

„Nervös?"

Ich nickte. „Elfen gelten als ausgestorben, und ich werde

einige treffen. Um endlich mein ganzes magisches Potential auszuschöpfen. Und vielleicht kann mir jemand erklären, warum ich mich immer wieder in eine verdammte Katze verwandle, wenn ich versuche, zu wynden."

Madisons Lachen nahm die Last von mir, die mir nie zu gehen erlaubt hätte, wenn sie damit nicht einverstanden gewesen wäre. Sie versuchte, ihr Bedürfnis, mich zu beschützen und das Beste zu tun, unter einen Hut zu bringen. Ich verstand das. Es war eine Last, die ich ihr gern nehmen wollte.

„Mephisto ist damit einverstanden?", fragte Madison.

Ich konnte spüren, wie Corys neugieriger Blick sich seitlich in mein Gesicht brannte. Ich war mir vollkommen darüber im Klaren, was für einen Vortrag ich bekommen würde, wenn er den Eindruck hätte, dass ich es Mephisto nicht erzählen würde, oder wenn ihn einzuweihen ein Nachgedanke gewesen wäre.

„Ich musste es zuerst euch sagen. Ich treffe ihn später, um es ihm zu erklären." Ich drehte mich um und schenkte Cory ein selbstzufriedenes Grinsen. Es war besser als meine kindische Neigung, anzugeben und ihm den selbstgefälligen „Ich hab' alles im Griff"-Blick zuzuwerfen. Nicht, weil ich besser war – das war ich nicht. Aber ich hatte Hintergedanken, Mephisto zum Abendessen einzuladen, um es ihm zu sagen. Es war weniger wahrscheinlich, dass es in einem öffentlichen Rahmen eine intensive Diskussion geben würde.

Cory drehte sich zu mir um. „Du wirst also die ganze Karate-Kid-Erfahrung machen."

„Ich weiß nicht, was das ist", sagte ich mit beiläufiger Gleichgültigkeit und beobachtete amüsiert, wie sich ein Kaleidoskop von Gefühlen – Schock, Bestürzung und schließlich Ekel – über sein Gesicht bewegte.

„Das wüsstest du, wenn du nicht gerade ein Buch gelesen hättest, wenn du dir den Film hättest ansehen sollen. Es ist ein Klassiker!"

Ich zuckte mit den Schultern. „Ich weiß, worum es im Grunde geht. Feigling will Karate lernen. Irgendwas mit einem Mädchen. Es gibt einen Bonsai-Baum, und er macht irgendwas damit. Ich weiß nicht, tanzt damit oder so. Dann muss er ein Auto waschen oder irgendwas polieren. Also nein, ich werde die Karate-Kid-Erfahrung nicht machen, weil ich nicht die Absicht habe, im Austausch für Zauberunterricht irgendwas zu putzen."

Cory bedachte mich mit dem gleichen Blick wie heute Morgen, als er sich in meiner Wohnung umgesehen hatte: Die ausgebreitete Decke auf dem Sofa, einen Schuh an der Tür und den anderen am Fenster, wo ich ihn hin gekickt hatte, Krümel aus der Tüte Chips, die ich vorhin gegessen hatte, und die leere Tüte zusammengeknüllt auf dem Tisch. Die Küche war sauber. Zumindest fand ich das, bis sein missbilligender Blick auf das Geschirr in der Spüle und einen halb aufgegessenen Bagel mit Erdnussbutter fiel, an dem ich während meines Telefonats mit Nolan geknabbert hatte. Da war ein kleiner Kreis Bagelkrümel und das Messer, das ich saubergeleckt hatte.

„Genau genommen hat er nichts geputzt. Er hat ein Auto gewaschen. Es hat ihm bei seinen Blocks geholfen", erklärte Madison hilfreich.

Bestätige diese Dummheit nicht noch. Ich warf einen Blick auf sie, und sie grinste und genoss diesen Austausch viel zu sehr. Zu sehen, dass sie es jetzt so leicht akzeptierte, machte für mich den entscheidenden Unterschied.

„Es ist David und Goliath, die ultimative Schulhoftyrannengeschichte, das Gute besiegt das Böse. Sie hatte alles und *… es ist ein Klassiker.*"

„Ganz toll. Ein Typ ohne jegliche Fähigkeiten wäscht ein Auto und gewinnt ein Turnier mit einem komischen Frontalkick. Ja, totaler Klassiker."

Der Humor verschwand aus seinem Gesicht. „Wir hatten einen guten Lauf. Danke für all die Höhen, Tiefen, Lacher und Sorgen. Ich kann das nicht mehr. Wir sind geschieden. Ich lasse mich von dir scheiden. Ich hätte gern Unterhalt." Er gab mir einen Kuss auf die Wange und tat so, als würde er zur Tür gehen.

Ich packte seinen Arm. "Gut, ich schaue mir alle Karate Kids, Goodmobsters und Hallo an meinen kleinen Freund an."

"Du weißt verdammt gut, dass der erste Karate Kid der Beste und Einzige ist, der existieren sollte. *Goodfellas*. Und *Scarface*", sagte er, und seine hellen Augen verdunkelten sich vor Ärger.

"Vergib ihr, sie weiß nicht, dass wir solch phänomenaler Kinoklassiker nicht würdig sind", sagte Madison zu Cory.

Das Gespräch wandte sich banalen Themen zu. Wir brauchten das.

Als ich ging, sagte Madison: "Ich hoffe, das ist alles, was du brauchst." Trauer blieb in ihrer Stimme; sie schien nicht in der Lage zu sein, sie ganz loszubekommen. Aber sie war hoffnungsvoll, genauso hoffnungsvoll wie ich. Es war ein Schritt in Richtung eines einigermaßen normalen Lebens – etwas, das keiner von uns erlebt hatte, seit ich in ihr Leben gekommen war.

21

Auf den ersten Blick warf das Chastain die Frage auf, wie ein Restaurant, das nie Gäste hatte, es schaffte, im Geschäft zu bleiben. Um fünf Uhr nachmittags waren nur noch wenige Leute im Restaurant. Die gedämpft blau-grauen Wände bildeten einen schönen Kontrast zu den cremefarbenen, lichtfilternden Vorhängen, die eine gemütliche Atmosphäre in dem mittelgroßen Gastraum schufen. Gut platzierte Wandlampen sorgten für ausreichend Licht, um zu sehen, wohin man ging, aber nicht für eine vollständige Sicht auf alle Anwesenden. Die intime Anordnung der Tische und die Nischen ermöglichten die Privatsphäre, die sich die Gäste wünschten.

Dunkle Holztische im Kontrast zu beigefarbenen Ledersesseln boten einen gehobenen Komfort, der die Zielkundschaft ansprach. Ich hatte schon mehrere Treffen im Restaurant gehabt. Das Essen war passabel, gut genug, um es zu genießen, aber nichts, worüber man schwärmen oder garantieren konnte, dass ein Gast aus einem anderen Grund als dem beabsichtigten Zweck wiederkommen würde: private Gespräche in einem öffentlichen Rahmen zu führen.

Für dieses Privileg zahlten die Kunden die Preise eines Sterne-Restaurants, ohne die Qualität zu bekommen.

Ich saß in einer kleinen Nische in der Ecke und hatte meine Jeans und mein Shirt gegen ein anthrazitfarbenes, schulterfreies Kleid eingetauscht, das in der Taille figurbetont war. Ein weicherer, unaufdringlicher Look. Es war nicht so, dass ich ihn mit diesem Setup überrumpelt hätte. Wem versuchte ich was vorzumachen? Genau das tat ich, was die Schwere auf meiner Brust erklärte. Ich war zwanzig Minuten zu früh da und nippte gerade an einem Glas Weißwein, als ich mein Handy herausholte, um Mephisto eine SMS zu schicken, dass ich mich bei ihm zu Hause mit ihm treffen würde. Ich spürte seine Anwesenheit, bevor ich ihn sah.

Er bewegte sich mit der mühelosen Anmut und Kraft, die seine Präsenz und Magie ausstrahlten, und durchquerte den Raum, gekleidet in einen schmal geschnittenen indigoblauen Anzug und ein weißes Hemd, dessen oberster Knopf geöffnet war. Seine Kleidung war eine dreiste Herausforderung. Als er sah, wie geschockt ich darüber war, dass er auf seine typische dunkle Kleidung verzichtet hatte, verzog er die Lippen zu einem Grinsen. Er hatte sein Statement gemacht. Ich würde nicht mit „Hey, ich gehe morgen nach Havenage" durchkommen. Es bestand absolut keine Gefahr. Was willst du haben, Hühnchen oder Steak?

Trotz meines allzu selbstbewussten Auftretens gegenüber Cory und Madison bestand immer eine Gefahr, egal, wie gering sie war. Ich war mir dessen bewusst, hielt sie aber angesichts des potentiellen Nutzens für akzeptabel. Nolan würde da sein. Das musste reichen. Es *war* genug.

Mephisto kam näher. Er beugte sich zu mir herunter, nahm mein Kinn mit einer festen, aber sanften Berührung in seine Hand und drückte mir einen passenden Kuss auf den Mund. „Erin", schnurrte er mir ins Ohr. Seine Zähne knabberten an meinem Ohrläppchen. Es fühlte sich wie eine Züchtigung an. Er setzte sich mir gegenüber.

Selbstvertrauen ist eine sehr wankelmütige Eigenschaft, die allzu gern in das Gebiet der Arroganz vorprescht. Mephisto lehnte sich in seinem Stuhl zurück, die Finger vor seinem Bauch verschränkt, sein Hemd schmiegte sich an seinen straffen Körper, und seine durchdringenden Kohleaugen waren auf mich gerichtet. Der Ausdruck kühler Gleichgültigkeit wich zurückhaltender Arroganz. Es war sein männliches Sichbreitmachen, das mir den Rest gab. Er konnte nicht einfach zugeben, dass er mein Motiv für unseren Treffpunkt kannte; es musste eine Show sein. Ein wenig subtiler Vorwurf.

Ich habe ein paar Minuten totzuschlagen. Ich werde dein Spiel spielen. Ich trank einen Schluck von meinem Wein und zeigte dann auf die Speisekarte. „Weißt du, was du willst, oder musst du dir die Speisekarte ansehen?" Ich kannte diesen Laden durch Mephisto. Wir hatten viele Treffen dort gehabt. „Ich lade dich ein", fügte ich hinzu.

Ein wölfisches Glitzern funkelte in seinen Augen. „Ich bin mir sicher, dass du mir gleich etwas servieren wirst, also verzichte ich auf das Essen."

Die gestelzte Stille verwandelte sich in eine trotzige Stille. Mephisto bestellte ein Glas Wein. Ich bestellte zwei Vorspeisen, obwohl ich keinen Hunger hatte. Nachdem der Kellner gegangen war, sprach ich den tanzenden Elefanten im Raum an.

„Du weißt es?", fragte ich.

Clayton konnte es nicht gewusst haben, und ich bezweifelte, dass Madison Clayton etwas erzählt hatte.

„Nicht die Einzelheiten. Aber dass du mich an einen öffentlichen Ort einlädst, um es mir zu sagen, ist unter deiner Würde, Erin. Du warst immer direkt. Das" – sein Blick schweifte durch den Raum – „bist nicht du."

„Ich habe nicht versucht, indirekt zu sein", gab ich zu. „Ich wollte eine Umgebung, die keinen offenen Konflikt zulässt."

Seine Augenbraue hob sich. Das war definitiv nicht ich.

„Ich will keinen Konflikt mit dir", stellte ich klar.

Mephistos Miene wurde weicher, als er mich musterte. „Lass uns hier verschwinden."

Er ließ mehrere Scheine auf den Tisch fallen und verschränkte seine Finger mit meinen, als wir das Restaurant verließen. Er dirigierte mich vom Parkplatz weg zu dem kleinen Park ein paar Blocks entfernt. Als wir einen Platz auf einer Bank gefunden hatten, erzählte ich ihm von Nolans Besuch, was zwischen ihm und Elizabeth passiert war und seinem Angebot, mich nach Havenage mitzunehmen. Sein Gesicht blieb die ganze Zeit über unleserlich.

Ich schloss mit: „Ich muss gehen, und ich vertraue Nolan."

„Fühlst du dich bei diesem Gespräch mit mir nicht wohl?" Sein Ton war lau, aber die Luft zwischen uns war erstickend und kühl.

„Das ist es nicht. Ich habe es satt, mich für das zu rechtfertigen, was ich tue. All diese Kämpfe belasten mich. Ich wollte nicht, dass es eine große Diskussion wird." Ich hatte nicht erwartet, dass er so reagieren würde wie Madison, und ich wollte seine Version davon nicht. Ein Anflug von Schuldgefühlen packte mich, als ich daran dachte, wie gebrochen sie ausgesehen hatte.

„Du kannst doch nicht wollen, dass es den Leuten egal ist, ob du in Sicherheit bist?"

„Natürlich nicht. Aber ich weiß nicht, wie ich sie davor schützen kann, verletzt zu werden." Es war ein dummes Ziel, aber dennoch eines. „Madison war nicht glücklich damit, dass ich gehe, und es war schwierig, damit umzugehen. Ich war nicht bereit für ein weiteres emotional belastendes Gespräch."

Mephistos tiefes Lachen überraschte mich. Er lehnte sich an mich und seine Finger strichen über die Konturen meines Kiefers. „Ich glaube nicht, dass ich mich jemals in meinem Leben so sehr in zwei Menschen geirrt habe. „Madison und du seid beide ziemlich unerwartete Wendungen", sagte er, und seine Lippen verzogen sich zu einem schiefen Lächeln. „Diese Seite von dir ist anders, und ich mag sie. Die Seite von Madison, die sie dazu veranlasst hat, mir Handschellen anzulegen und mich auf den Rücksitz eines Streifenwagens zu setzen, während sie Clayton damit gedroht hat, dasselbe zu tun, gefällt mir nicht, aber ich respektiere sie. Es hat Clays Interesse zementiert." Mephistos Antwort war eine Mischung aus Ärger, Belustigung und Unglauben.

„Zu ihrer Verteidigung: Ich habe gehört, dass du und Asher dringend eine Auszeit gebraucht habt", neckte ich ihn.

„Asher." Er knurrte den Namen. Die Erwähnung von Asher löste mehr Unbehagen aus als alles, was ich ihm gerade erzählt hatte. Asher und Mephisto hatten einst eine freundschaftliche Beziehung gehabt, die jedoch zu verschleierten Drohungen und verdeckter Zurschaustellung von Dominanz degeneriert war und dem Wunsch, sie mit Eiswürfeln zu bombardieren, um sie abzukühlen, wenn sie in der Gegenwart des anderen waren.

„Erin, ich möchte nicht, dass du gehst, weil ich nicht hundertprozentig sicher bin, dass du da in Sicherheit bist."

„Nichts ist hundertprozentig, aber die möglichen Vorteile sind das Risiko wert."

Er seufzte. „Wann gehst du?"

„Mittwoch."

Er nickte und rieb mit den Fingern über die Falte in seiner Stirn. „Eine Gemeinschaft von Elfen unter uns. Was für eine seltsame Wendung."

„Es ist eine faszinierende Wendung. Eine, die du nicht erkunden kannst. Versuch bitte nicht, mir dorthin zu folgen, Mephisto." Seine Absicht war in seinem Gesichtsausdruck deutlich zu erkennen.

„Ich habe nicht die Absicht, das zu tun. Sie wollen dich und dich allein, richtig?"

„Kai kann auch nicht mit", drängte ich. „Ich muss das allein machen. Wenn ihr mir folgt, versucht, uns aufzuspüren, oder euch bemüht, Havenage zu finden, könnte das alles kaputtmachen. Nolan hat das sehr klar zum Ausdruck gebracht."

Mephisto holte tief Luft. Er war es nicht gewohnt, innerhalb von Grenzen zu navigieren, die andere zogen. Er hatte immer einen Weg gefunden, nach seinen Vorstellungen zu arbeiten. Zu wissen, dass Havenage existierte, es aber nicht finden zu dürfen, kam wahrscheinlich Folter gleich. Mephistos Zähne waren so fest zusammengebissen, dass er Diamanten aus Kohle hätte erschaffen können. Es dauerte mehrere Momente, bis er schließlich nickte.

22

Am nächsten Morgen wurde Mephisto um fünf Uhr morgens von Benton weggerufen. Eine gottlose Stunde. Ich frühstückte mit Isley – oder besser gesagt, ich aß in Anwesenheit des Kochs, der mein Frühstück zubereitete, und unternahm dann alle möglichen Anstrengungen zu fliehen. Er mochte Smalltalk nicht und informierte mich höflich darüber. Alle Fragen, die ich über die Jäger stellte, beantwortete er mit der Frage, ob mir das Essen schmeckte.

Zwischen den Bissen meines Frühstücks gelang es mir, ein paar Informationen zu bekommen, aber nur, weil er sie dazu nutzte, Fragen über sich und sein Leben in eine andere Richtung zu lenken. Vielleicht war das eine Regel hier im Haus: Freunde dich nicht mit Mephistos Gästen an, was mich zu Spekulationen über die Anzahl von *Gästen* veranlasste, denen Isley begegnet war und bei denen er diese Taktik angewendet hatte.

Trotz seiner Bemühungen, mir so wenig Informationen wie möglich zu geben, erfuhr ich, dass Mephistos Lieblings-Okapi seit fünf Jahren bei Mephisto war. Dass er sich über das Geschenk nicht gefreut habe und dass es ein Streitpunkt zwischen ihm und Simeon gewesen sei. Clayton kam öfter vorbei als die anderen, verbrachte die meiste Zeit am Pool und genoss den Luxus des Hauses.

Isley bemerkte höflich, dass Clayton die Annehmlichkeiten des Zuhauses genieße, aber niemals auf die verschwenderische Idee kommen würde, sie auch in seinem eigenen Haus installieren zu lassen. Etwas, woran Clayton Mephisto erinnerte, wenn er das Essen aß, das von einem Koch zubereitet wurde, den er zu Hause nicht haben wollte. Über Kai sagte oder wusste er wenig, aber Isleys Begeisterung für ihn war offensichtlich, als er mir den Hackblock, die Schneidbretter und das handgezimmerte Weinregal zeigte, die Kai für ihn angefertigt hatte.

Ich erkannte, dass Isleys intensive Konzentration auf das Putzen der Küche seine Art war, mich dezent wissen zu lassen, dass es Zeit war, zu gehen, und kehrte in Mephistos Schlafzimmer zurück. Ich duschte und tauschte sein Hemd gegen das Kleid, das ich am Tag zuvor getragen hatte. Ich wollte seinem Vorschlag nachkommen, ein paar Kleidungsstücke bei ihm zu Hause zu lassen. Mein Zögern schwand. Mephisto und ich würden dafür sorgen, dass das funktionierte. Als ich angezogen war, überprüfte ich mein Handy und sah mehrere verpasste Anrufe und SMS von Cory, in denen er mir mitteilte, dass er später vorbeikommen würde, und von Wendy, die endlich antwortete, um einen Termin für ein Treffen zu bestätigen.

Als ich mich auf meiner Suche nach Mephisto Bentons Büro näherte, verstummten die leisen, angespannten Stimmen darin abrupt. Sie waren sich meiner Anwesenheit bewusst. Ich klopfte trotzdem an, bevor ich eintrat. In einer offensichtlichen Pattsituation stand Mephisto Simeon, Kai und Clayton gegenüber. Anspannung lag in der Luft. Als Reaktion auf die streitlustigen Blicke der Jäger presste Benton die Finger an seine Nasenwurzel, als wollte er drohende Kopfschmerzen abwehren.

„Mephistos Rabe", begrüßte Kai mich. Nein, keine Begrüßung. Eine Erinnerung an meinen Platz in dieser Welt. Die Sünde, Malifics Tochter zu sein, und der Grund, warum sie Elizabeths Angebot abgelehnt hatten. Ihre winterliche Gastfreundschaft schwirrte um mich herum, als alle Blicke auf mich fielen.

Mephisto kam mit langsamen, gemessenen Schritten auf mich zu, als näherte er sich einem verwundeten Tier, von dem er fürchtete, es könne davonhuschen. Als er mir einen zärtlichen Kuss auf die Wange drückte, war ich mir des Publikums schmerzlich bewusst. Er begegnete ihren nachdenklichen Blicken mit einem finsteren. Ich war nicht eingeladen, an dem lautlosen Gespräch teilzunehmen, das in diesem Moment stattfand.

„Wenn es um mich geht, würde ich es gern hören", forderte ich und begegnete jedem ihrer Blicke. Ihre Aufmerksamkeit wanderte von mir zu Mephisto, der neben mir stehen blieb.

„Wir wollen nach Hause", sagte Kai. Die qualvolle Sehnsucht in seiner Stimme zu hören, machte es schwer, die unterdrückte Feindseligkeit, die sich gegen mich richtete, zu erwidern.

„Das will ich auch für euch", flüsterte ich. „Ich tue, was ich kann, um das zu ermöglichen." Sie nickten, aber die Spannung blieb. Ein unausgesprochener Vorwurf. „Ihr hattet die Möglichkeit zu gehen und habt sie nicht genutzt. Das könnt ihr mir also nicht vorwerfen."

„Ohne ihn würden wir nicht gehen. Und er würde nicht ohne die Gewissheit gehen, dass du in Sicherheit bist", sagte Simeon.

„Es war also keine große Wahl, oder? Ob es dir gefällt oder nicht, du bist der Grund, warum wir hier sind", fügte Clayton hinzu.

„Das ist unfair", sagte Mephisto und warf Clay einen harten Blick zu.

Wut flackerte über Clays Gesicht, und nach einer

unheimlichen synchronen Bewegung standen sie einander mit bösen Blicken gegenüber. Mein Herz pochte angesichts der drohenden Gewalt. Es ließ sich nicht leugnen oder ignorieren, wie die Andersartigkeit ihrer Magie den Raum ausfüllte, wie giftig ihre Wut war und wie sich die Bindungen ihrer Freundschaft auflösten.

„Lass mich dir sagen, *was* nicht fair ist. Die Opfer, die wir gebracht haben. Vorher waren deine Handlungen vernünftig und deine Ziele klar. Das sehe ich jetzt nicht. Früher hast du dich von uns beraten lassen. Auf unseren Rat gehört. Jetzt ist das, was du tust, zu riskant. Gefährlich. Es scheint dir egal zu sein, was wir denken oder welche Konsequenzen dein Handeln hat. Wie konntest du –"

Kai brachte mich schnell aus dem Raum. Er bewegte sich mit unbeugsamer Anmut, packte mich an der Taille und klemmte mich an seine Seite. Ich war schon ein paar Meter von der Haustür entfernt, bevor ich merken konnte, was passierte. Simeon versperrte mir die Sicht und schloss die Tür, als er sah, wie Benton versuchte, Abstand zwischen Mephisto und Clayton zu schaffen.

Es funktionierte nicht. Donnerndes Krachen hallte aus dem Raum.

Simeons Blick fiel auf meine Handgelenktasche, in der sich mein Handy und meine Schlüssel befanden, und fragte: „Hast du deine Sachen?"

Ich hob trotzig das Kinn und straffte die Schultern, um aufrechter zu stehen. „Ich gehe nicht", sagte ich.

„Doch, das tust du."

Ich konnte nicht aufhören, auf den kleinen Abstand zwischen der muskulösen Körperwand zu starren, den er und Kai gebildet hatten. Simeon senkte den Kopf, um mir in die Augen zu sehen. „Sie haben dauernd Meinungsverschiedenheiten. Auch dieses Problem wird ausgefochten und gelöst werden."

Ich hörte einen weiteren Knall und das Geräusch von

Putz, der auf den Boden regnete. „Hört sich nicht so an, als würde es gut laufen."

Simeon tat es achselzuckend ab, was mir den Eindruck vermittelte, dass ihre Art, Probleme zu lösen, mit Schlägen ins Gesicht und der Zerstörung von Eigentum einherging.

„Wenn es um mich geht, muss ich das Recht haben, da zu sein und meinen Standpunkt zu vertreten."

Simeon schüttelte den Kopf. „Natürlich geht es um dich. Es geht immer um dich." Trotz der kaum unterdrückten Wut und Frustration in seiner Stimme schien es nicht so, als meinte er es böse. „Wenn du da reingehst, wäre das eine weitere Erinnerung daran, dass alles, was Mephisto in letzter Zeit gemacht hat, nur dir zugutekommt. Das ist das Problem, nicht wahr, Rabe?" Er runzelte die Stirn. „Wir sind schon zu lange hier." Es war, als würde er eine Schwäche eingestehen, ihr kollektives Versagen.

„Ich habe nicht darum gebeten", sagte ich und warf einen Blick auf Kai, der sehr beschäftigt zu sein schien mit dem, was ihm durch den Kopf ging. Sein scharfer, berechnender Blick weckte in mir den Wunsch, Abstand zwischen uns zu schaffen. Es schien, dass er eine Risiko-Nutzen-Analyse zur Beseitigung des Problems durchführte – und das Problem war ich. Und diese Analyse und das Ergebnis waren ihm mehr als einmal durch den Kopf gegangen. Sein Blick reichte mir, um ein paar Schritte zurückzuweichen, bis mein Rücken die Wand berührte.

Kai schloss die Augen, atmete langsam ein, und als er wieder ausatmete, war sein Gesicht ruhiger. „Wir wissen es", sagte Kai und wandte den Blick von mir ab. „Wir auch nicht."

Simeon seufzte erneut. „Wir hatten schon die eine oder andere Auseinandersetzung und Meinungsverschiedenheit. Auch dieses Problem wird gelöst werden", wiederholte er. Ich war zuversichtlich, dass die brüderliche Bindung Bestand haben würde, aber nicht ohne einige blaue Flecken.

„Bitte geh", flehte Kai. Dann wandte er sich von mir ab

und ging zurück in Bentons Büro. Das beruhigende Lächeln, das Simeon mir schenkte, als ich an der Haustür herumfummelte, erreichte seine Augen nicht ganz.

Ich schleppte mich zum Auto und erinnerte mich daran, dass ihre Frustration und Wut nicht gegen mich, sondern gegen die Situation gerichtet waren. Allerdings war es schwierig, es nicht persönlich zu nehmen, wenn ich Teil der Situation war. Ich klammerte mich an die Tatsache, dass sie Schlimmeres durchgemacht und überlebt hatten.

23

Stunden nach der wenig ruppigen Aufforderung, Mephistos Haus zu verlassen, traf ich mich mit Wendy. Trotz meiner Einladung nach Havenage wollte ich immer noch nichts unversucht lassen. Alle Informationen, die Dareus mir geben könnte, würden mir helfen, mein Wissen zu erweitern und mir ein besseres Verständnis meiner Magie zu vermitteln.

Von den vier Dämonen, die auf Wendys Ruf reagierten, bekamen wir nichts, und sie waren verärgert, dass sie für ihre Mühe keine Vergütung bekamen. Dareus tauchte nie auf. Zwischen den Rufen musste ich Wendys unerträglich dramatische Show über mich ergehen lassen, in der sie vorgab, emotional verletzt zu sein, als ich ihr unterstellte, dass sie dunkle Magie praktizierte. Ihr beharrliches Leugnen zu wissen, wie man Dareus herbeirief, machte mir klar, dass ich ihn nicht sehen würde, wenn er nicht mit einer allgemeinen Beschwörung auftauchte. Ich war immer noch nicht davon überzeugt, dass sie seinen Namen nicht kannte.

Sie nutzte unsere Pause zwischen den Dämonenbeschwörungen nicht nur, um erneut zu protestieren, dass ich ihr vorwarf, eine Anwenderin dunkler Magie zu sein, sondern auch, um mich mit Fragen zum Leben als Elfe zu bombardieren. Sie schien weniger beeindruckt zu sein, als sie erfuhr, dass ich nur zu einem Viertel Elfe war. Ihr zu sagen, dass meine Verbannung in das Dämonenreich eine Konsequenz davon sei, dass ich die Frau in Schwarz verärgert hatte, schien eine angemessene Erklärung zu sein.

Wendy beendete unser enttäuschendes Treffen mit einer wenig subtilen Erinnerung daran, dass sie eine Gegenleistung erwartete, auch wenn ihre Beschwörungen nichts gebracht hatten. Nur zu, noch mehr Schulden.

Jetzt saß ich Cory und Alex gegenüber, die unerwartet aufgetaucht waren. Ich war dankbar für die Gesellschaft und den Kaffee und die Kekse, die sie mitgebracht hatten, aber ich konnte auf die prüfenden Blicke verzichten, die Cory mir immer wieder zuwarf. Er wusste, dass etwas nicht stimmte, aber ich hatte keine Lust, darüber zu diskutieren, vor allem nicht, wenn Alex anwesend war. Sein Blick folgte meiner Bewegung, als ich in einen der Kekse aus dem Sortiment biss, das Alex mir anbot.

Die prüfenden Blicke gingen weiter, aber sie stammten auch von Alex, dessen Blick zwischen mir und Cory hin und her wanderte. Sein Kopf bewegte sich, und er lauschte aufmerksam auf etwas. Herzschlag? Atmung? Ameisen, die draußen herumkrabbelten? Ein Ast, der von einem Baum fiel? Wer konnte das bei einem Wandler schon wissen?

Sein Blick wurde mitfühlend. „Ich denke, dass dir Ausgehen guttun würde, weg von all dem hier", sagte Alex und deutete auf den Stapel Bücher auf dem Tisch, die Blöcke mit meinen Notizen und die Runen, an denen ich gearbeitet hatte.

„Und was soll ich machen?", fragte ich misstrauisch. Ihr gemeinsames Interesse, Filmklassiker, Kult-Fernsehserien und von Kritikern gefeierte Filme anzusehen, war das Letzte, wonach mir zumute war. Ich war begeistert von ihrer Beziehung und davon, wie glücklich Cory war, und ich war genauso froh darüber, nie wieder eine Fernsehsendung oder einen Klassiker mit ihm ansehen zu müssen. Alex hatte diese Rolle übernommen.

„Geh in die Jazz-Bar", sagte er, und Aufregung blitzte in seinen Augen auf.

Ich runzelte die Stirn. „Nur eines dieser Worte spricht mich an, und es ist nicht Jazz."

Er lachte. Cory schüttelte den Kopf. „Trotz des langweiligen und einfallslosen Namens ist die Musik phänomenal", erklärte Alex und demonstrierte damit die Begeisterung einer Person, die das Genre liebte.

„Ich habe schon öfter Jazz gehört, und dabei kam es mir nicht ein einziges Mal phänomenal vor. Anmaßend? Vielleicht. Verdammt langweilig? Jedes Mal. Musikalischer Lärm kam mir definitiv in den Sinn. Aber phänomenal? Nicht ein einziges Mal."

Ich erwartete, dass Cory mitmachen würde, da unsere Abneigung gegen Jazz auf Gegenseitigkeit beruhte. „Dieser Laden wird dir gefallen", versicherte er mir.

Verräter! Als ich ihm einen glühenden Blick zuwarf, wandte er den Blick ab, und seine Wangen wurden rot.

„Versuch's einfach", drängte Alex. „Sie haben Bands und Sänger mit einem breiten Spektrum an Stilen. Alles von John Coltrane bis Sade, mit einer Prise Ella Fitzgerald. Jeden dritten Mittwoch spielt ein Künstler, dessen Stil so an Thelonious Monk erinnert, dass man glauben könnte, ihn zu hören. Wenn du Frank Sinatra magst, haben sie am letzten Freitag des Monats einen Sänger mit einem ähnlichen Sound."

Mein Kopf schoss in Corys Richtung. Alex' Begeisterung schien selbst ihn zu schocken.

„Ich bin so froh, dass ihr zwei einander gefunden habt, denn die Chancen, diese besondere Person zu finden, standen für keinen von euch beiden gut", neckte ich sie.

Zwei grinsende Gesichter, beide mit hochgezogenen Brauen, kündigten an, dass beide aufstehen würden, um mir einen vollständigen Blick auf ihre Körper zu gewähren, zusammen mit einem herausfordernden „wirklich?"-Blick

Großartig, eine Supernova der Arroganz. Das brauchte ich wirklich, um meinen Tag perfekt zu machen.

„Wie nüchtern muss ich sein?", fragte ich.

Alex lachte. „Keine Erwartungen. Heute Abend dreht sich alles um dich."

„Gib ihr nicht diese Macht", warf Cory ein und duckte sich schnell, um nicht von dem Kissen getroffen zu werden, das ich nach ihm warf.

„Im Ernst, wenn es dir keinen Spaß macht, sag es, und wir gehen", versicherte mir Alex.

„Diese Option wurde mir schonmal gegeben." Ich zeigte vorwurfsvoll mit dem Finger auf Cory. „Wir können den Film abschalten, wenn er dir keinen Spaß macht', aber er hat versäumt zu erwähnen, dass er auf eine gute Stelle bestehen würde, um anzuhalten. Anscheinend gibt es die in schlechten Filmen nicht."

„Du bist der Boss heute", beharrte Alex. „Wenn du andeutest, dass du keinen Spaß hast, sind wir da raus. Ich denke aber immer noch, dass es dir gefallen wird."

Nachdem ich zugestimmt hatte, machten sie sich auf den Weg. Cory umarmte mich und flüsterte: „Wenn du das Bedürfnis hast, darüber zu reden, weißt du, dass ich für dich da bin."

Ich wusste, dass er es war, und Madison auch, aber ich wollte nicht darüber reden und die Wunde wieder aufreißen, als ich sah, was ich den Jägern antat.

Corys Augen wanderten über die Wellen meiner Haare, entlang der nackten Schulter meines gestuften Minikleides und glitten über mein Dekolleté bis zu den Fransen am Ende des Kleides. Ich wackelte damit. „Ich bin jazzig", zwitscherte ich.

„Fransen sind eher Zwanziger", korrigierte er. Er nahm meine Hand, drehte mich herum, und als wir uns gegenüberstanden, sagte er: „Ich möchte, dass du hinter mir bleibst. Ich werde alle hungrigen Babys abwehren, die von dir trinken wollen." Er grinste und zeigte auf mein Dekolleté.

„Du bist der Einzige, der dich für lustig hält."

Alex stieß ihn spielerisch mit dem Ellbogen in den Bauch und schob ihn beiseite. „Du siehst großartig aus", sagte er und bot mir seinen Arm an. Ich nahm ihn und ließ mich von ihm hinausbegleiten.

„Nur, damit du es weißt, er ist mein Liebling in diesem Paar", sagte ich über meine Schulter zu Cory.

Die Jazz-Bar hatte vielleicht einen profanen Namen gewählt, aber das war das einzig Langweilige daran. Einzigartige Pendelleuchten warfen warmes Licht über die moderne Bar, die mit geschwungenen weinroten Samtstühlen und schwarzen Tischen eingerichtet war, ergänzt durch Tischaufsätze mit Noten. Die Sitzplätze waren nah genug, um den Eindruck von Intimität zu erwecken, während die Gäste die Musik der Band genossen, doch die Kellner, die einheitlich in Weste und Hose gekleidet waren, konnten sich mühelos um sie herum bewegen. Im hinteren Teil der Bar boten ein halbmondförmiger Tisch und Sitzgelegenheiten eine optimale Sicht auf die Bühne und demonstrierten den Status eines jeden, der es schaffte, sich diesen Tisch zu sichern. Alex war enttäuscht gewesen, als er die Reservierung gemacht hatte und der Tisch nicht verfügbar gewesen war.

Wandler hatten ihre eigene Art von Selbstgefälligkeit, und die von Alex zeigte sich in vollem Ausmaß, nachdem er mich mehrere Male dabei erwischt hatte, wie ich mich nach vorn beugte und die Band mit gespannter Aufmerksamkeit beobachtete. Ich war überzeugt, dass es sich nicht um irgendeine

Band, sondern um Sirenen handelte, denn nur Magie konnte diese Musik erklären. Sie war anders als alles, was ich zuvor gehört hatte, was mich dazu brachte, das, was ich zuvor gehört hatte, in Frage zu stellen.

Alex' wissendes Lächeln blitzte immer wieder auf. Es war freundlich genug, um die Wolke meiner Sorge zu vertreiben, nachdem Mephisto zuvor sehr knapp geantwortet hatte, als ich mich erkundigte, ob sein Streit mit Clayton beigelegt sei und was die Ursache des Streits war. Seine einzige Antwort war: „Alles in Ordnung. Kann ich dich später sehen?"

Ich machte Pläne, ihn zu treffen, nachdem ich den Besuch mit Cory beendet hatte. Drinks, tolle Musik und die Zeit mit Alex und Cory entspannten mich so weit, dass es mich nicht störte, Landon hinten sitzen zu sehen, an dem von Alex so begehrten Tisch. Sein dunkler, verwirrter Blick fiel auf mich, bevor er seine Reißzähne entblößte. Ich ignorierte ihn und die Waffen, die er gezeigt hatte, und richtete meine Aufmerksamkeit wieder auf die Band, während ich versuchte, das durchdringende Gewicht seines Blicks zu ignorieren, das ich auf mir spürte.

Wenig überraschend bot mir der Kellner wenige Augenblicke später einen weiteren French Martini vom Gentleman am VIP-Tisch an.

„Wirst du dich bei ihm bedanken?", fragte Alex.

Ich schüttelte den Kopf. „Vielleicht später." Ich machte eine Show daraus, das Getränk in die Mitte des Tisches zu schieben, wo ich es unberührt lassen wollte. Als ich einen kurzen Blick in seine Richtung warf, krümmte er seinen Finger und lud mich ein, zu ihm zu kommen. Ich schüttelte den Kopf und nickte in Richtung Band.

Augenblicke später vibrierte mein Handy. Ohne hinsehen zu müssen, wusste ich, wer es war. Ich überlegte, ob ich ihn ignorieren sollte, und kam zu dem Schluss, dass es klüger wäre, mich um die Situation zu kümmern.

Die Nachricht lautete: „Bitte schließ dich uns an. Einer dieser Männer könnte dein Sohn werden."

Ich antwortete, indem ich ihn daran erinnerte, dass wir hier waren, um eine Band zu hören, und es unhöflich wäre, während ihres Auftritts eine Unterhaltung zu führen. Danach schaltete ich mein Handy aus.

Ich glaubte keinen Augenblick, dass es Zufall war, dass die Band wenige Minuten später eine halbstündige Pause ankündigte. In dem Moment, als sie die kleine Bühne verließen, kam Landon mit einer Leichtigkeit auf mich zu, als würde er in der Luft schweben. Mit einem selbstgefälligen Lächeln nahm er mein unberührtes Getränk und trank es in ein paar Schlucken aus.

Er behielt mich im Auge und wandte sich Cory und Alex zu. „Bitte entschuldigt Erin. Ich möchte, dass sie für ein paar Minuten zu mir und meinen Gästen kommt."

Vor Wut nahm mein Gesicht verschiedene Rottöne an. Landon war in der Stadt bekannt, und alle Augen in der Bar waren auf mich gerichtet. Ich wurde zur Ablenkung und zum Empfänger einer Menge unerwünschter Aufmerksamkeit. Ich zwang ein liebenswürdiges Lächeln auf mein Gesicht und sagte mit zusammengebissenen Zähnen: „Natürlich."

Ich nahm seine ausgestreckte Hand und drückte sie so fest ich konnte, wohlwissend, dass ich ihm nie den Schmerz zufügen würde, den ich wollte.

Er beugte sich zu mir, als wir durch die Bar zu seinem Tisch gingen. „Du siehst absolut bezaubernd aus, Erin. Ich wusste nicht, dass du zu so einer atemberaubenden Schönheit fähig bist. Es ist eine Schande, dass du dich so oft so achtlos kleidest, wo du doch so aussehen könntest."

„Mit ‚achtlos' meinst du hoffentlich zweckmäßig?", konterte ich.

Er lachte, aber es war kein Humor darin. „Du bist so eine

gute Menschenkennerin, ich glaube, dass deine Einschätzung dieser Potentiellen nötig ist."

„Natürlich. Ich würde es nicht anders wollen."

Von meiner Zustimmung verwirrt, warf er mir aus dem Augenwinkel einen Blick zu. „Ich bin es nicht gewohnt, dass du so zugänglich bist." Während er sprach, berührten seine Lippen mein Ohr. „Ich genieße diese Seite von dir wirklich."

Schlag dem Meister der Stadt nicht in die Kronjuwelen. Es wurde zu meinem Mantra, als wir uns auf den Weg zum Tisch machten. Landon goss ein Glas Wein aus der Flasche auf dem Tisch ein und reichte es mir. Als ich das angebotene Glas nahm, streckte er seine Hand aus und stellte die Männer vor, die an „Vampire Bachelor" teilnahmen. Wer würde am Ende der Nacht die Rose bekommen?

Ich studierte die Billigversion von Dallas, ohne die teuren Anzüge und Bescheidenheit – ob künstlich oder authentisch – und die unaufdringliche Tödlichkeit. Seine seidenweiche, bronzefarbene Haut wurde durch das hellgraue Hemd betont, das zu einem Körperbau passte, der verriet, dass er obszön viel Zeit im Fitnessstudio verbrachte. Sein Lächeln war gefährlich, aber das galt auch für alles andere an ihm, von den berechnenden Augen über das Grinsen, das Ärger versprach, bis hin zu seinen katzenhaften Bewegungen.

Kultivierter Charme diente als Deckmantel für etwas weitaus Böseres. Man musste sich nicht mit Körpersprache auskennen, um zu wissen, dass dieser Mann ein sehr gefährlicher Vampir sein würde. Würde sich Dallas durch die Ähnlichkeiten geschmeichelt oder beleidigt fühlen? Vielleicht konnte er über den Gruselfaktor hinwegsehen. Ich nicht. Das war verdammt gruselig. So. Verdammt. Gruselig.

Konnte Landon nicht sehen, dass er einen Mann bewirtete, der ihn entthronen würde, sobald er die geringste Chance dazu bekäme?

Dann war da noch Mr. Sieh-dir-mein-Profil-an. Er

nannte weder seinen Namen noch interessierte er sich dafür, als Landon ihm meinen nannte. Die auffälligen, diamantgeschliffenen Gesichtszüge waren leicht zur Seite gedreht, nur für den Fall, dass ich etwas von seiner Anziehungskraft übersehen hatte. Ob aus geerbtem Reichtum, einem unverdienten Anspruchsgefühl oder purer Arroganz, der Gestank seines Anspruchsdenkens umgab ihn wie ein Kokon. Er musterte mich mit gelangweilten hellbraunen Augen. Seine kühle braune Haut war das Ergebnis von Sonnenbankbesuchen oder vielleicht eines kürzlichen Inselurlaubs. Die hellen Strähnen in seinem blonden Haar deuteten darauf hin, dass er der Sonne ausgesetzt gewesen war.

Er hatte sich noch nicht entschieden, ob ich wichtig war, und das zeigte sich an seinem distanzierten Gesichtsausdruck. Nach der Vorstellung als besondere Bekannte hatte er mich als wichtig eingeordnet. Also gab er mit seinem Charme Vollgas. Breites Lächeln, umgängliches Glitzern in den Augen, geschmeidige Liebkosung meiner Hand; alles unterstrich seine aufrichtige Freude, mich kennenzulernen.

Der dritte Mann war die Wildcard. Dunkles, lockiges, kinnlanges Haar, das ungezähmt in sein Gesicht fiel und ihm reichlich Gelegenheit gab, die Welt um ihn herum zu ignorieren, während er damit herumfummelte. Dunkle Augen erinnerten mich an reichhaltige Schokolade, und grob behauene Gesichtszüge verliehen ihm ein herbes Aussehen. Er schien sich in dem teuren Anzug, den er trug, nicht unwohl zu fühlen. Sein Gesichtsausdruck schwankte zwischen Lässigkeit und Langeweile, als hätte er zugestimmt, aufzutauchen, weil er nichts Besseres vorhatte. Er schien mir nicht der Typ zu sein, der ein Vampir werden wollte, also war ich mir nicht sicher, warum er hier war. Hatte Landon sein Desinteresse so sehr gereizt, dass er ihn dazu überredet hatte? Ein Angebot für ein Leben, das alles andere als fade wäre? Landon hatte mir schon vor Tagen Namen per SMS geschickt, aber ich hatte mir nicht die Mühe gemacht, sie mir zu merken.

Meine Aufmerksamkeit blieb auf den dritten Mann mit dem widerspenstigen Haar gerichtet, von seiner Gleichgültigkeit gleichzeitig fasziniert und genervt. Mein Ziel war es, jeglichen Fortschritt aufzuhalten. Ich warf jedem einen langen, abschätzenden Blick zu, während Landon mich genauso prüfend beobachtete.

Ich zeigte auf Mr. Profil. „Der hier wird eine Nervensäge sein. Er lässt deine Arroganz und dein Anspruchsdenken so dezent erscheinen, dass es vielleicht sogar charmant wirken könnte. Mach ihn zu deinem Sohn, und er wird eine Bedrohung sein, die mehr Ärger bringt, als es wert wäre. Wenn du dich jemals um deinen Nachkommen ‚kümmern‘ musst, kannst du vergessen, dass ich nochmal zur Verfügung stehe.“ Falls Mr. Profil meine Bemerkung zufällig nicht mitbekommen hatte, beugte ich mich vor und fing seinen Blick ein. „Wenn Sie ein zu großes Problem werden, ermorden sie Sie. Basta.“

Landons Lippen wurden schmal. „Kümmern “ war ein zu harmloses Wort für solch eine gnadenlose Tat.

Ich fuhr fort. „Je nachdem, wie schlimm die Situation ist und welche Schadensbegrenzung nötig ist, müssten Sie für die Übertretung geradestehen. Es gibt einen Kerker. Muss ich konkreter werden?“

Als die Farbe aus Mr. Profils Gesicht wich, wusste ich, dass das nicht nötig war. Landons prüfender Blick wurde finster.

„Dieser hier.“ Ich deutete mit dem Kinn auf die Dallas-Imitation. „Wende ihm nicht zu oft den Rücken zu. Du könntest ein Messer dort und einen Pflock in deinem Herzen finden.“ Ich schnitt Landon eine Grimasse. „Im Ernst, Landon, wie konnte dir das entgehen? Er trägt seinen Durst nach Macht wie ein Parfum.“

Ein gerissenes Grinsen legte sich auf die Lippen von

Möchtegern-Dallas. Ein leichtes Anheben seiner Augenbraue verriet, dass ich ihn keineswegs beschämt hatte. In seinem Gesichtsausdruck war etwas Spöttisches zu erkennen, als wollte er zeigen, dass seine Absichten so offensichtlich waren, dass ich die Dumme war, darauf hinzuweisen.

Der dritte war einfacher; die Abkanzelung der beiden anderen berührte ihn nicht die Spur. „Ihn könnte es nicht weniger interessieren, ob er hier ist oder nicht. Und an dieser Gleichgültigkeit wird sich nichts ändern. Wenn du einen Vampir willst, der dich zu einem stolzen Papa macht, ist er nicht der Richtige." Ich trank einen großen Schluck aus dem Glas, das ich in der Hand gehalten hatte. „Gentlemen, ich wünsche Ihnen eine gute Nacht." Damit ging ich zurück zu meinem Tisch.

Es war nicht unerwartet, dass Landon mir folgte. Er packte meinen Arm und drehte mich zu sich um. „Das kleine Luder ist heute besonders bösartiger Stimmung, oder?"

„Überhaupt nicht. Ich besitze nur ein angemessenes Wahrnehmungsvermögen und versuche, mit einer schlechten Situation zurechtzukommen. Wenn ich dir helfe, diese Vampire zu erschaffen, bin ich, ob es mir gefällt oder nicht, für immer mit ihnen und dir verbunden. Ich möchte nicht, dass Kontroversen und Probleme mit ihnen zu Problemen führen, die sich wahrscheinlich auf mich auswirken und mir das Leben schwer machen werden. Das willst du auch nicht. Und" – ich trat näher an ihn heran und sprach noch leiser, während ich mich an ihn lehnte – „keine falsche Bescheidenheit hier. Du hoffst, dass der neue Vampir eine neue Blutlinie besserer Vampire hervorbringen wird. Du willst Exzellenz, also fang nicht mit einem fehlerhaften Rohmaterial an."

Ich zuckte innerlich zusammen, als ich diese Leute als Rohmaterial bezeichnete, aber Landon schien es zu mögen. Verwirrte Zufriedenheit zauberte ein breites Lächeln auf sein Gesicht. Ich zog mich gerade rechtzeitig zurück, um den Kussversuch zu vereiteln.

„Erin, du verzauberst mich."

Es hatte seine Wurzeln in den oberflächlichsten Gründen, aber es wirkte sich zu meinen Gunsten aus. Ich hoffte nur, dass alle Mängel bei den anderen Potentiellen genauso offensichtlich waren und er meiner Einschätzung zustimmte.

Eineinhalb Stunden später herrschte in der Bar geschäftiges Geschwätz, nachdem die Band gegangen war. Als wir vom Tisch aufstanden, um zu gehen, spürte ich Landons Anwesenheit, bevor ich ihn tatsächlich sah. Als ich in die Richtung blickte, in der er zuvor gesessen war, sah ich, dass die Potentiellen verschwunden waren. Er trank aus einem Glas, das mit einer dickflüssigen roten Flüssigkeit gefüllt war. Seine Zunge glitt über seine Lippen, um einen kleinen Tropfen zu entfernen.

„Darf ich einen Moment deiner Zeit haben?" Er formulierte es als Frage, aber es bestand offensichtlich die Erwartung, dass ich gehorchen würde.

Obwohl Alex zum Rudel gehörte, war er nicht der Alpha, was bedeutete, dass er in dieser impliziten Welt der Hierarchie, der Machtausübung und des Weitpissens keine Rolle spielte. Cory war nicht der Älteste seines Zirkels, also war auch er vernachlässigbar. Landon richtete seine Aufmerksamkeit auf sie, wartete jedoch nicht auf eine Antwort, da er erwartete, dass sie gehen würden.

Verärgerung flammte auf, als sie seinem Wunsch nicht sofort nachkamen, und seine Nackenmuskeln spannten sich an, weil er die Zähne aufeinanderbiss. Es war anstrengend, sich mit mächtigen Männern mit ausgeprägtem Anspruchsdenken herumzuschlagen, aber ich wollte nicht, dass ein einfaches Gespräch mit dem Meister der Stadt zu einem Zwischenfall zwischen dem Nordwestrudel und den Vampiren über eine Kränkung wurde, oder dass Landon den Hexen bewies, dass Magie nicht mit der übernatürlichen

Geschwindigkeit, Stärke und dem übernatürlichen Durst der Vampire nach Gewalt mithalten konnte. Ich nickte Cory und Alex zu. „Wir treffen uns am Auto", sagte ich zu ihnen.

Landons Blick folgten ihnen, als sie den Tisch verließen und zum Ausgang gingen. Er setzte die wahrgenommene Beleidigung auf seine Liste der Dinge, mit denen er sich zu einem späteren Zeitpunkt befassen würde. Kleinlichkeit wurde mit zunehmendem Alter oder zunehmender Verantwortung nicht weniger, im Gegenteil schien er sie zu einem Hobby erhoben zu haben.

Er richtete seine Aufmerksamkeit wieder auf mich, und seine Lippen verzogen sich zu einem wenig freundlichen Grinsen. „Ich kann dir gar nicht sagen, wie sehr ich dein Engagement schätze, den richtigen Nachwuchs für mich zu finden."

Als ich sein zynisches Lächeln erwiderte, war mir klar, dass die Tatsache, dass ich Landon von Angesicht zu Angesicht gegenüberstand, die Aufmerksamkeit vieler Leute auf uns gelenkt hatte, die die Vampire immer noch faszinierend zu finden schienen. *Zeig dich von deiner besten Seite, Erin,* redete ich mir selbst gut zu, obwohl Landons Hochmut den Wunsch in mir weckte, gegen meinen eigenen Rat zu rebellieren.

Ich sagte: „Natürlich. Ich will dich nicht in die missliche Lage bringen, jemand anderen finden zu müssen, der denjenigen ersetzt, den du loswerden musstest, weil er dich auf irgendeine Weise enttäuscht hat." Ich war mir sicher, dass es seine Arroganz oder die unerbittliche Last meiner Schuld ihm gegenüber oder die zahlreichen anderen Dinge, die Landon getan hatte, waren, die mich davon abhielten, mir die Mühe zu machen, meiner Antwort Aufrichtigkeit einzuhauchen. Er presste seine Lippen aufeinander und atmete einen unnötigen Atemzug aus, um seine Verzweiflung mir gegenüber zum Ausdruck zu bringen.

Er trank einen großen Schluck aus seinem Glas, genoss

ihn und beugte sich dann vor, bis sich unsere Blicke trafen, seiner steinhart und zornig. „Ich bin so froh, dass wir uns in dieser Sache einig sind." Seine Stimme war rau und stählern. „Ich hoffe wirklich, dass du dieses Engagement um meinetwillen zeigst, nicht um deinetwillen." Er wich zurück. „Es wäre bedauerlich, wenn ich mich gezwungen sehen würde, die Schuld aus der Welt zu schaffen", warnte er mit leiser, tödlicher Stimme, bevor er sich von mir abwandte und zu seinem Platz zurückkehrte.

Damit meinte er das Auslöschen der Schuld, einschließlich dessen, was sie verursacht hatte: die Rettung von Dr. Sumners Leben.

„Ich mag keine Drohungen", blaffte ich ihm hinterher, von all den Einschüchterungen ans Ende meiner Geduld getrieben.

Er blieb stehen und hatte mir immer noch den Rücken zugekehrt, während er den restlichen Inhalt seines Weinglases austrank. „Und es war keine. Nur eine Erinnerung an die Situation, denn du scheinst vergessen zu haben, wie ernst die Situation war. Ich hoffe, dass du keine weitere Erinnerung brauchen wirst. Und wenn wir schon dabei sind: Lass nicht zu, dass das, was mit Robyn passiert ist, jemals wieder passiert." Eine gefährliche Energie umgab ihn, aber ich hatte nicht vor, den Sündenbock zu spielen.

„Nein. Du hattest offensichtlich ein Problem damit, sie zu einem Vampir zu machen. Du hättest dazu stehen sollen, anstatt die Schuld an deiner Weigerung mir zuzuschieben. Ich werde nicht für dich lügen."

Er drehte sich um und musterte mich, die Härte seines Blicks unverändert. Die Sekunden verstrichen, was meine Neugier nur anfachte.

„Warum willst du nicht, dass sie ein Vampir wird?"

„Sie ist talentiert, und ich sehe ihr gern bei ihren Auftritten zu. Wenn sie ein Vampir werden würde, würden alle anderen das Detail übersehen, dass sie dieses Talent schon vorher gehabt hat, und ihre Tanzkarriere wäre vorbei."

„Vielleicht ist ihr das nicht wichtig."

„Das ist es tatsächlich nicht." Seine Antwort war genauso mild wie sein Gesichtsausdruck. „*Mir* schon. Wie gesagt, ich genieße ihre Arbeit und bin stolz darauf, zu wissen, dass wir verwandt sind."

„Zu deiner Unterhaltung nimmst du *ihr* diese Möglichkeit."

„Ja."

„Nun, ich muss respektieren, dass du keine Hemmungen hast, deinen Egoismus auszuleben."

„Ich habe keine Hemmungen, das zu tun, was nötig, um glücklich und unterhalten zu bleiben."

Ich schnaubte.

Das amüsierte ihn. Er kam zu mir zurück. „Ich habe kein Problem damit, mich zu unterhalten. Hör mir gut zu. Hier müssen unsere Interessen übereinstimmen. Ich muss glücklich sein. Ich wünsche mir eine Familie, Erin. Sorge du dafür, dass du dich genauso dafür einsetzt, dass das geschieht. Ich fürchte, dass meine Geduld mit dir auf die Probe gestellt werden wird. Ich will deine Spielchen und deinen Trotz nicht. Ich verlange deine Kooperation. Denk daran."

Ohne ein weiteres Wort ging er zu seinem Tisch zurück. Das war Landon ohne Hemmungen? Diese Version von ihm gefiel mir überhaupt nicht.

Augenblicke später ballte ich meine Hände zu Fäusten. Die Landon-Situation konnte nicht weiter im Hintergrund bleiben; sie musste auch eine Priorität sein. Als ich zurück zum Auto kam, hatte ich meine Gefühle unter Kontrolle. Als Cory mir anbot, mich zur Tür meiner Wohnung zu begleiten – ein Vorwand, um etwas über das Gespräch zwischen mir und Landon zu erfahren –, gab ich ihm eine editierte Fassung. Es war keine Last, die ich ihm aufbürden wollte,

und ich wollte ihm keinen Grund geben, Landon herauszufordern.

Als ich in der Wohnung war, holte ich mein Handy
heraus und starrte auf den Kontakt, den ich aufgerufen hatte.
Dr. Sumner. Aber er war nicht der richtige Ansprechpartner.
Mein Dilemma mit Landon war darauf zurückzuführen, dass
ich ihm das Leben gerettet hatte, und ich konnte ihm diese
Schuld nicht aufbürden.

24

Ich trug immer noch das Kleid von vorhin, ließ die Reisetasche, die ich nach Havenage mitnehmen wollte, im Auto und hängte mir eine andere über die Schulter, gefüllt mit zusätzlicher Kleidung, die ich bei Mephisto lassen wollte.

Er öffnete die Tür und warf die Reisetasche, die ich ihm reichte, beiseite. Nachdem er mich in eine Umarmung gezogen hatte, ließ er mich los. Sein durchdringender Blick und sein stoischer Gesichtsausdruck erlaubten mir nicht, irgendetwas zu lesen oder einzuschätzen. Sogar sein Gang, als er mich ins Wohnzimmer führte, gab mir keine Hinweise. Leicht und gemessen, seine Finger sanft um meine Hand gelegt. Sein Griff wurde fester, als wir an der beschädigten Wand vor Bentons Büro vorbeikamen. Die Kante der Tür war dort zersplittert, wo die Scharniere herausgerissen worden waren. Die Tür stand in einem schiefen Winkel neben dem Eingang und erlaubte einen teilweisen Blick auf den zerstörten Raum.

Sobald wir im Wohnzimmer waren, keuchte ich überrascht, als Mephisto mich auf seinen Schoß zog und mich so positionierte, dass ich rittlings auf ihm saß.

„Morgen?" Das erste Wort seit der Begrüßung an der Tür.

„Morgen", wiederholte ich. Seine starken Finger kneteten die Haut meiner entblößten Schenkel. Er seufzte an meinen Lippen, bevor er mich küsste. Als ich den Kuss erwiderte, konnte ich meine Gedanken nicht von Bentons Büro und der Wand losreißen, obwohl er versuchte, mich abzulenken. Und ich sah es als das, was es war – eine Ablenkung.

„Wie läuft es zwischen dir und Clayton?", fragte ich. Eine bessere Frage wäre gewesen, wie die Situation zwischen ihm und den anderen war, aber ich ging davon aus, dass es, wenn er die Sache mit Clayton klären konnte, den Weg dafür ebnen würde, jegliche Wogen der Feindseligkeit, die Kai und Simeon hegten, zu glätten.

„Alles gut", antwortete er mit kühlem Ton und einem neutralen Timbre in der Stimme.

„Wenn von mir erwartet wird, dass ich mit dir über gewisse Dinge rede, dann ist es nur fair, dass du dasselbe tust", betonte ich.

Als er sich zurücklehnte, die Hände hinter dem Kopf verschränkt, fiel das gedämpfte, warme Lichte auf sein Gesicht und betonte die scharfen Kanten, die gerunzelte Stirn und die mürrisch verzogenen Lippen. Ich strich mit meinem Daumen über seine Stirn und glättete die unversöhnliche Linie.

„Es ist okay." Er seufzte. „So okay, wie es im Moment nur sein und ich angesichts der Umstände erwarten kann."

Er griff nach dem silbernen, ringförmigen Gegenstand, der seitlich neben dem Sofakissen herausragte. „Das ist ein Bailer", erklärte er, während ich die Gravuren auf dem Objekt studierte. „Er funktioniert wie eine magische Fackel. Zur einmaligen Benutzung. Meine Magie ist darin gespeichert. Keine aktive Magie. Doch wenn er aktiviert wird, schwächt er jeden Schutz- oder Verschleierungszauber so weit, dass ich ihn finden kann."

„Dein ganz persönliches Bat-Signal."

„Nur, dass das Bat-Signal Batman nicht kompromittiert", fügte Benton mit angespannter, missbilligender Stimme hinzu, als er den Raum betrat.

Ich saß mit hochgeschobenem Kleid rittlings auf Mephisto und erlaubte Bento so wahrscheinlich einen Blick auf meinen Po. Als ich versuchte, aufzustehen, schlossen sich Mephistos Arme fester um mich und zogen mich besitzergreifend an ihn. Als Reaktion auf Bentons Kommentar kniff Mephisto die Augen zusammen. Eine Reaktion, die Benton des Raumes verwies.

„Ich habe getan, was du verlangt hast, und einen Weg gefunden, sie bei Bedarf zu finden. Es ist nicht fair, ihr nicht zu sagen, was diese Hilfe kosten wird. Was das für dich und die anderen bedeutet." Anders als unter den Jägern führten diese beiden kein heimliches Gespräch, sondern brachten ihre Gefühle mit Worten und scharfen Blicken zum Ausdruck.

Ich untersuchte das Objekt. Es sah zerbrechlich aus. Ein donutförmiges Objekt von der Größe eines Quarters, das große Macht besaß. „Wie funktioniert es?", fragte ich. Benton kam auf uns zu und legte dabei dieselbe Gleichgültigkeit gegenüber meiner kompromittierenden Position an den Tag wie Mephisto.

„Es ist nicht so stabil, wie ich es gern gemacht hätte, aber er wollte, dass Sie es problemlos verwenden können. An ihn gebunden, nährt seine Magie es."

Als Reaktion auf meine Verwirrung zog Mephisto seinen Ärmel zurück und enthüllte die Brandmale auf seiner Haut, die genauso aussahen wie die Zeichen auf dem Bailer.

Mit einer vorsichtigen Berührung zeichnete ich die schmerzhaft aussehenden Sigillen nach. „Warum ist das nicht verheilt?"

„Das wird solange nicht passieren, bis der Zauber gewirkt wird, um meine Verbindung zum Bailer zu lösen", erklärte

Mephisto. Als er mir die Worte dazu nannte, wurde Bentons Miene finster, als die Sigillen aufleuchteten. „Dann musst du es zerschlagen."

Benton musterte mich lange und ließ seinen Blick zu Mephistos Arm wandern, der wieder an seinen Platz um mich herum zurückgekehrt war. Mit großer Anstrengung hielt Benton zurück, was er sagen wollte.

„Kümmern Sie sich darum, und ich hoffe, dass Sie es nicht brauchen werden. Dann ist seine Erschaffung eine bloße Überreaktion von Mephisto." In seinen Worten, die sich an Mephisto richteten, war viel Urteil und Kritik enthalten. Als Benton an der Tür ankam, wollte er noch etwas sagen, aber Mephisto brachte ihn mit einem scharfen Blick zum Schweigen. Er schloss den Mund, aber er ging nicht.

„Sie begeben sich selbst in Gefahr, weil Sie glauben, dass sie in Gefahr sein wird." Benton schüttelte den Kopf. Er erlaubte sich einige Momente, um nachzudenken, und sagte: „Ich werde ins Loft gehen. Ich bin in ein paar Tagen zurück."

Ich war mir immer noch nicht über die Hierarchie der Jäger im Klaren oder auch nur über die Tatsache, ob es eine gab. Offenbar war Benton als ihr Berater nicht daran gebunden.

„Also", begann ich langsam, „dann habt ihr das Problem nicht wirklich aus der Welt geschafft."

„Er kriegt sich schon wieder ein. Er versteht, dass dies getan werden musste, damit ich dich gehen lassen konnte."

Mich gehen lassen? Ich lehnte mich so weit zurück, wie es sein Griff zuließ. Der Countdown von zehn reichte nicht, um meine Empörung zu unterdrücken. Ich blinzelte und dachte, ich hätte mich verhört. Auch wenn ich versuchte, meine Gefühle zu beherrschen und es als missverständliche Wortwahl abzutun, bestätigte sein starrsinniger und kühl selbstsicherer Blick, dass er es so gesagt hatte, wie es gemeint gewesen war.

„Willst du das umformulieren?", fragte ich und entschied

mich dafür, es diplomatisch anzugehen. Er hatte Opfer gebracht und Zwietracht zwischen ihm, den Jägern und Benton gesät. Ich wollte die Situation vorsichtig navigieren. Es musste kein Streit werden, aber ich konnte die Stimme in mir nicht zum Schweigen bringen, die die Autonomie brauchte, die er mir nehmen zu wollen schien. Er erkannte mein Dilemma und verspottete mich mit einem übermütigen Grinsen. Die offensichtliche Arroganz brachte ihm auch keine Punkte ein.

„Was wäre dir lieber, Erin, über Semantik zu diskutieren, um dein Bedürfnis zu stillen, eine Ein-Mann-Armee zu sein, oder dass ich ehrlich zu dir bin? Wenn der Bailer keine Option wäre, wäre ich derjenige, der dich davon abhalten würde, zu gehen. Ich werde mich nicht dafür entschuldigen." Er küsste meine Hände. „Du glaubst, dass es hier um Kontrolle geht, aber so ist es nicht." Er hatte denselben Gesichtsausdruck, den Clayton bei gehabt hatte, als er mir geraten hatte, mich niemals mit einer Schlange in einen Käfig zu sperren, ohne zu wissen, ob es eine Gartenschlange oder eine Schwarze Mamba war. Die Jäger kämpften nicht um die Kontrolle, weil sie nie das Gefühl hatten, dass sie unerreichbar war.

„Erin, wir alle haben unsere Schwächen. Jemand, der glaubt, keine zu haben, ist ein Narr, der auf seine Vernichtung wartet. Du glaubst wirklich, dass du das Dunkelste, was die Welt zu bieten hat, gesehen hast und damit umgehen kannst. Du warst nur einem Bruchteil davon ausgesetzt. Das Schlimmste davon hast du weder erlebt noch wurde es dir gezeigt. Daher kannst du nicht auf die vielen Formen des Verrats vorbereitet sein, die es gibt. Ich möchte, dass du Trost darin findest, Nolan und den Elfen zu vertrauen, aber es muss auf sichere Weise passieren. Diese Ziele müssen miteinander einhergehen."

„Diese Situation ähnelt der, die zwischen dir und Clayton passiert."

Er warf mir ein schwaches Lächeln zu. „Ähnlich. Du glaubst nicht, dass ich dein Argument verstehe, aber ich verstehe es. Aber ich sehe auch das Potential dieser Regelung. Wenn du etwas über deine Elfenmagie lernst und weitere Elfen triffst, kannst du uns auch helfen. Elizabeth hat das Laes. Hoffentlich besitzt du die nötigen Werkzeuge, um sie zu finden. Um die Geheimnisse hinter der Magie zu erfahren, die die Elfen verbirgt. Sie haben nicht unrecht, du bist eine Schwäche für mich. Eine Schwäche, die mich nicht stört." Er zog mich an sich, küsste mich lange und leidenschaftlich; seine Zunge streichelte meine.

„Wir müssen keinen Raum zertrümmern, um uns zu vertragen."

„Überhaupt nicht. Wir haben andere Methoden", sagte er, ließ die Träger meines Kleides von meinen Schultern rutschen und strich mit seinen Daumen über die erigierten Brustwarzen meiner entblößten Brüste, bevor er sie in den Mund saugte und sie liebkoste, während ich mich gegen ihn bog. Seine Finger drückten und streichelten meinen Rücken.

Ich lehnte mich weit genug zurück, um das Kleid auszuziehen und saß nur noch in meinem Höschen da. Ich zog ihm das Hemd aus, verteilte hungrige Küsse auf seine warme Haut und schmeckte ihn, während meine Finger über ihn glitten, um seinen Gürtel zu öffnen und seine Härte zu streicheln. Seine Hände vergruben sich in meinen Haaren, zogen meinen Kopf hoch, meine Lippen zurück zu ihm und verschlangen mich mit einem hitzigen Kuss. Streichelnd und liebkosend, mit einer Hitze und Verlangen, das jede Distanz zu groß erscheinen ließ.

Ich glitt an seinem Körper hinunter, zog seine Hose mit und ließ mich zwischen seinen Beinen nieder. Ich ergriff ihn und kostete ihn. Sein tiefes, kehliges Knurren hallte im Raum wider, unverhohlene Lust in seinen stählernen Augen, als sie meinen Blick festhielten. Stöhnend grub er erneut seine

Finger in meine Haare und zog mich zu sich. Küsste mich, unstillbarer Hunger in der Intensität seiner Leidenschaft.

Er verlagerte unsere Körper, bis ich auf dem Sofa lag und sein muskulöser Arm mich hielt, während wir einander weiter küssten. Eine Bewegung, und er riss mir das Höschen vom Leib. Seine breiten Hüften schob er zwischen meine Beine, und seine geschickten Finger neckten mich mit langsamen, erotischen Berührungen. Mein Körper pulsierte vor Verlangen, meine Brustwarzen hart, ich war hungrig, ihn zu spüren, ganz. Lustverhangene Augen wanderten über meinen Körper, bevor er meine Brust in seinen Mund saugte. Träge und langsame Kreise entlockten mir ein Stöhnen.

Dann drang er mit einem kraftvollen Stoß in mich ein, und seine leidenschaftlichen Küsse schluckten mein Stöhnen. Meine Hüften bebten und wiegten unter ihm und kamen seinen fordernden, dominanten Stößen entgegen. Verzweifelt gruben sich meine Finger in die Muskeln auf seinem Rücken, die sich anspannten und entspannten. Sein heißer Atem streichelte mein Ohr, und er flüsterte voller Ehrfurcht meinen Namen. Das Verlangen wuchs und ich sehnte mich nach der Erlösung. Mit jedem unbeirrbaren Stoß spürte ich, wie er mich näher dorthin brachte. Ich brach vor Vergnügen zusammen und verschmolz mit dem Sofa, während Mephisto über mir erschauerte. Er küsste mich, bevor er sein Gesicht an meins lehnte.

„Ich denke, wir gehen mit Streitigkeiten besser um", flüsterte er.

„Ich auch. Aber ich würde das nicht als Streit betrachten. Nur ein Missverständnis."

Er gab ein tiefes, kehliges Brummen von sich. „Wir sind gut in Missverständnissen."

25

Nolan saß mit einem amüsierten Lächeln im Auto, während ich mich verabschiedete. Mephisto war fest entschlossen, mich zu verabschieden, auch wenn ich an diesem Morgen mit ihm aufgewacht war. Er gab mir einen Kuss und eine Umarmung, bevor er wegfuhr. Selbst dieser kurze Abschied erregte immer noch Nolans Aufmerksamkeit.

Madison und Cory machten es unangenehm. Es waren nicht nur die vielen Umarmungen, sie brachten es auf ein peinliches Niveau, als Madison mir eine Tüte Jelly Belly in die Hand drückte und dann mitten auf dem Parkplatz winkte, wie eine Mutter, die ihr einziges Kind ins Ferienlager schickte. „Hast du genug Klamotten eingepackt?" Hatten sie schon von einer Waschmaschine gehört? „Schau, dass du eine Notfalltasche mit Essen und Wasser bei dir hast." Ich hatte immer eine Notfalltasche dabei. „Mach Notizen." Nein, ich werde sie nur mit großen Augen anstarren.

Die Belustigung blieb auf Nolans Gesicht, als es mir gelang, mich von ihnen zu lösen und mich auf dem Fahrersitz niederzulassen. Die Fahrt selbst war ernst. Ich hatte so viele Fragen, die Nolan ungewöhnlich knapp beantwortete, während er mir den Weg wies.

„Du und Mephisto", begann er langsam und behielt die vorbeiziehende malerische Landschaft im Auge. „Am besten wäre es, wenn du in Havenage nicht darüber reden würdest."

„Warum soll ich meine Beziehung zu Mephisto geheim halten?"

„Nicht geheim halten. Ich glaube, sie sind sich dessen bewusst. Aber es ist am besten, wenn sie nicht an deine Beziehung zu den Wesen erinnert werden, die eine beträchtliche Anzahl unserer Vorfahren getötet haben." Er wandte sich mir zu und bat mich um Verständnis.

„Du bist gern in Havenage, nicht wahr?"

Er nickte, und eine offensichtliche Wertschätzung für den Ort spiegelte sich auf seinem Gesicht wider, gepaart mit Anflügen von Verzweiflung darüber, dass es nicht für immer sein könnte. Meine Anwesenheit könnte alles beenden.

Ich nickte, meine Hand fand seine und drückte sie. „Danke, dass du das möglich gemacht hast."

Er erwiderte den Druck und beobachtete weiter die Gegend. Nach zwanzig Minuten forderte er mich auf, in ein dicht bewaldetes Gebiet einzubiegen, wo ich weder eine Straße noch eine Unterbrechung in der Leitplanke sah.

Besorgt bog ich ab und fuhr durch den außergewöhnlichen Schutzzauber auf eine einspurige unbefestigte Straße, die von Bäumen gesäumt war, die so lebendig grün waren, dass sie aussahen, als wären sie mit Photoshop bearbeitet worden. Der erdige Duft, begleitet von Noten von Immergrün, die von Nolans Anwesenheit herrührte, wurde stärker.

„Stell den Wagen hier ab", wies Nolan mich an. Er stieg aus, schnappte sich meine Tasche und ging in Richtung Pfad. Wenn ich nicht genau hingesehen hätte, wäre mir der Lichtschimmer entgangen, der in regelmäßigen Abständen pulsierte. Eine magische Barriere.

Der verführerische Duft von Immergrün und Wiesen lag in der Luft, doch ich hatte keine Lust, noch näherzurücken. Der bloße Gedanke brachte meinen Körper dazu, sich vor

Ekel verkrampfen zu wollen. Ich wollte gehen. Mit jedem Schritt wurden die Übelkeit und die Schmerzen schlimmer. Ein unheilvolles Gefühl stieg in mir auf.

Ich ballte die Faust und versuchte, das plötzliche Bombardement unerträglicher Angst, beunruhigender Übelkeit und Benommenheit abzuwehren. Ich wich zurück, weg von der Barriere und hatte das Gefühl, dass, wenn ich es nicht täte, alles, was ich in der letzten Woche gegessen hatte, gewaltsam aus meinem Körper gezwungen werden würde. Nolan legte tröstend eine Hand an meinen Rücken.

„Ich bin hier", flüsterte Nolan in die Luft. Silber flirrte vor mir, ein Lichtschimmer blitzte auf, die Barriere fiel, und das Gefühl des Ekels verschwand und gab den Blick frei auf eine Vorstadtsiedlung. Hohe, ausgewachsene Pappeln säumten das weite Gebiet. Sorgfältig gepflegte Rasenflächen umgaben schlichte Häuser. Bunte Blumen zierten die Gärten.

Wir wurden von sechs Leuten empfangen. Das Paar an der Seite hatte einen kleinen Jungen im Alter von vier oder fünf Jahren bei sich. Seine Augen waren strahlend und seine Wimpern so lang, dass sie seine Wangen berührten, wenn er blinzelte. Durch sein dunkles, kurz geschorenes Haar fielen seine spitzen Ohren deutlicher auf. Unter den prüfenden Blicken aller kam er langsam auf mich zu. Es gab mir nicht das Gefühl, unwillkommen zu sein, sondern als wäre meine Anwesenheit von etwas abhängig wäre. Ich hatte keine Ahnung, wovon.

Der Junge hob seine Hand und winkte, was ich etwas enthusiastischer erwiderte. Es brachte jedoch die kalte, spannungsgeladene Luft um mich herum nicht zum Schmelzen. Ich ging in die Hocke, als er näherkam.

„Ich bin Erin."

Seine Aufmerksamkeit blieb auf meine Ohren gerichtet.

„Pasha", sagte er abgelenkt. Er hatte sich vorgebeugt, und ich wusste, dass er auf Erlaubnis wartete. „Darf ich?", fragte ich und zeigte auf sein Ohr. Er nickte, und als ich seine Ohren berührte, schlug ich vor, dass er dasselbe tat. Unbeeindruckt rümpfte er die Nase und befühlte sie nur einmal kurz. Sein Blick fiel auf Nolan, von dem ich vermutete, dass er dieselbe Behandlung erlebt hatte. Anscheinend waren unsere runden Ohren enttäuschend.

Meine Interaktion mit Pasha war eine kleine Ablenkung von dem großen, schlanken Mann, der langsam näherkam. Sein terrakottafarbenes Haar, das eher zu Braun tendierte, war zu lockeren, flachen Zöpfen geflochten. Ein paar Strähnen waren entkommen. Er musterte mich mit vorsichtiger Aufmerksamkeit. Seine scharfen, kantigen Gesichtszüge und hohen, hohlen Wangen ließen seine Beurteilung streng wirken.

Die wölfische Anmut des Fremden ließ mich vorsichtig wachsam sein, während er langsam auf mich zu glitt. In seinen weisen, haselnussbraunen Augen war etwas, das ihn aussehen ließ, als ob er Wissen besaß, das über das des knapp über Dreißigjährigen, den ich vor mir sah, hinausging. Die Ärmel seines kupferfarbenen Tunika-Hemdes waren ein Stück hochgekrempelt und gaben den Blick auf seine muskulösen Arme frei, die meiner Meinung nach trotz seiner blassen Treibholzfarbe hauptsächlich durch sportliche Aktivitäten im Freien entstanden waren. Er war definitiv ein Läufer.

„Ich würde mich gern mit Ihnen unterhalten", sagte er mit Autorität in seiner Unbeschwertheit. Er verließ die Gruppe in der unverhohlenen Erwartung, dass ich ihm folgen würde. Nolan beeilte sich, den Abstand einzuholen, als ich dem Fremden folgte, und hielt mit mir Schritt. Ohne sich umzusehen, sagte der gebieterische Elf: „Nur deine Tochter, Nolan."

Ich hatte Elizabeths Abscheu so sehr ertragen müssen, dass es mir seltsam vorkam, dass der Fremde mich ohne eine Spur von Antipathie „Nolans Tochter" nannte. Sogar meine

Mutter sagte es mit einem verurteilenden Ton in der Stimme.

„Deine Tochter ist bei Fabian sicher. Lass uns eine Tasse Tee trinken." Die Frau, die sprach, hatte einen Kleidergeschmack, der mich an den von Elizabeth erinnerte. Eine weiße Bluse mit hohem Kragen bedeckte ihren Hals mit Perlenknöpfen und Spitze an den Ärmeln. Anstelle eines voluminösen Rocks trug sie einen Plisseerock, ein moderner Kontrast zu ihrer Bluse. Trotz ihrer Kleidung war sie von unaufdringlicher Schönheit. Helle, ruhige, aschfarbene Augen, sanft geschwungene Lippen und kurze, cappuccino-braune Locken tanzten um ihre blassen, spitzen Ohren. Sie machte sich auf den Weg zu einem der Häuser, und das Paar mit Pasha ergriff seine Hände und folgte ihr.

Nolan zögerte. Es sah nicht aus wie Angst. Ein Drang, mich zu beschützen. Beschützerdrang. Die komplexen Fäden unserer Beziehung schienen sich ständig aufzulösen und neu zu verflechten, unsere Geschichte zu verbergen und das, was wir hatten, zu viel mehr zu machen.

„Sanaa wartet", drängte Fabian und kehrte Nolan den Rücken zu.

Ich lächelte Nolan an und nickte der Frau zu, die am Eingang des Hauses auf ihn wartete. Nach einigen weiteren Momenten des Zögerns hängte er meine Tasche über seine Schulter und ging zum Haus.

Ich konnte den Abstand, den Fabian zwischen uns gebracht hatte, nicht aufholen. Er blieb stehen, drehte sich zu mir um und biss in einen Apfel, den er vorher nicht bei sich gehabt hatte oder den ich zumindest nicht bemerkt hatte. Die Passform seiner Kleidung hätte ihn nicht verbergen können. Ich konzentrierte mich darauf, um seinen abschätzenden Blick zu ignorieren, während er langsam kaute. Sein prüfender Blick wanderte über meinen ganzen Körper.

„Was führt Malifics Tochter hierher?" Trotz der Implikationen in seiner Frage schien es kein Urteil zu geben.

„Ich muss meine Elfenmagie verstehen und beherrschen lernen."

Er biss ein weiteres Stück von dem magisch materialisierten Apfel ab, während er mich sorgfältiger begutachtete und kaute. „Meinem Verständnis nach beherrschst du Magie. Was willst du noch?"

„Ich brauche mehr als das Wissen, das ich jetzt habe", gestand ich. „Ich muss sie geschickter nutzen und die Möglichkeiten und Grenzen besser verstehen. In der Vergangenheit hatte ich Glück, indem ich einfach nur improvisiert habe, was vielleicht den Eindruck vermittelt hat, dass ich sie beherrsche. Es reicht jedoch nicht mehr aus, mich auf meine begrenzten Kenntnisse und Fähigkeiten zu verlassen."

Ein kleines Lächeln umspielte seine Lippen. „Wofür reicht es nicht aus?"

„Ich bin sicher, dass Sie viel über mich wissen. Ich bin mir sicher, dass der Grund meiner Geburt für Sie kein Geheimnis ist. Ich existiere aus einem Grund. Aufgrund einer Reihe von Ereignissen bin ich am Leben, obwohl ich es nicht sein sollte, und Malific ist frei. Sie wissen um ihren Machthunger und wissen, was sie zu tun bereit ist, um diese Macht zu erlangen. Ich bin das Einzige, was zwischen ihr und unkontrollierter Macht steht. Sie will dafür sorgen, dass das nicht so bleibt. Sie will ihre Armee, und ich bin der Grund, warum sie keine hat."

„Ja, und du hast dich mit den Jägern *angefreundet*." Zuvor hatte er das Urteil vielleicht aus seiner Stimme verbannt, aber jetzt trieften seine Worte davon. Jetzt kaute er auf einem Pfirsich herum und ignorierte den Saft, der über seine Hand lief.

Woher zum Teufel holte er all diese Früchte? Und warum bot er mir nichts an? Gab es irgendwo eine Art verzauberten Obststand? Einen Moment lang war ich abgelenkt von der Möglichkeit, Obst herbeizuzaubern.

„Wenn wir dir helfen können, welche Pläne hast du für deine Magie? Wofür werden wir verantwortlich sein?”

„Ich will nicht sterben.”

Er runzelte die Stirn und setzte sich ins Gras. Er saß im Schneidersitz und blickte geradeaus. Eine Einladung, mich zu setzen.

„Sprich weiter”, drängte er, als ich Platz genommen hatte.

„Ich will nicht sterben. Die derzeitige Situation ist etwas, das ich korrigieren muss, ich fühle mich dazu verpflichtet. Nichts wird gerecht sein, solange Malific nicht Einhalt geboten wird.”

Er bekam die ungekürzte Fassung zu hören. Es passierte nicht nur, um es mir von der Seele zu reden, sondern weil ich vermutete, dass es von meiner Ehrlichkeit abhing, ob ich bleiben durfte. Ich erzählte ihm von den Jägern, die den Rest von Malifics Armee vernichtet hatten, von dem Eid, den Malific geleistet hatte, der sie davon abhielt, den Elfen zu schaden, als Gegenleistung dafür, dass ich gefangen genommen und zu ihr gebracht wurde, damit sie mich töten konnte; und von Elizabeth, die uns geschickt gebunden hatte, um das zu verhindern, und damit ihr Versprechen gegenüber Nolan eingehalten hatte. Es war schwierig, alles richtig rüberzubringen, da ich dabei versuchte, mich nicht von Fabian ablenken zu lassen, der weiter Früchte aus dem Nichts herbeizauberte.

Er blieb während meiner Erzählung darüber, dass Elizabeth sich mit einem Dämon verbündet hatte, um mich ins Dämonenreich zu sperren, teilnahmslos. Nicht einmal ein Zucken oder ein Anflug von Ekel zeigte sich, als ich von den Ereignissen und dem Deal erzählte, den ich mit dem Dämon hatte schließen müssen, um zu entkommen. Sein Gesicht blieb frei von allen deutbaren Gefühlen.

„Letztendlich willst du das magische Werkzeug, um Malific aufzuhalten?”

Ich nickte. Es bestand kein Grund, mich zurückzuhalten

oder meine Absichten zu verschleiern. Unsere Interessen waren dieselben. Er nickte langsam und ließ meine Worte kommentarlos auf sich wirken. In seinen Augen lag eine dunkle Faszination. „Wärst du in der Lage dazu?", fragte er.

„Wozu?"

„Zu tun, was auch immer du tun musst, um Malific aufzuhalten, auch wenn das bedeutet, sie zu töten." Er beugte sich näher zu mir und musterte mich. Ich war immer noch von Wut und Rachegelüsten erfüllt. Aber seine Frage hatte ihre Berechtigung. Malific besaß keinen angeborenen mütterlichen Instinkt mir gegenüber. Sie war bereit, Kindsmord zu begehen, und Filizid stand definitiv auf ihrer Agenda. War ich dazu in der Lage? Könnte ich meine Mutter kaltblütig töten, wenn ich die Gelegenheit dazu hätte?

„Ja, und Elizabeth auch. Ich will beide aufhalten, egal wie." Dieses Eingeständnis verursachte einen Stich in meiner Brust. Das Wissen, dass Elizabeth trotz Nolans Wut, Frustration und manchmal wahrscheinlich auch Abscheu, seine Schwester war. Meine Tante. Er liebte sie, und ich war bereit, sie ihm zu nehmen. Es musste getan werden. Ich hatte mir die Rache an ihr verdient. Elizabeths Bosheit war kalkuliert, um maximale Demütigung und Trauma hervorzurufen. Sie richtete den Hass, den sie gegenüber Malific hegte, auf mich. Fehlgeleitet und grausam.

Er blinzelte, bevor er seine Lippen zu einer straffen Linie zusammenpresste. Meine Absichten mussten bekannt sein. Ich wollte nicht, dass sie sich durch eine Unterlassung oder Unehrlichkeit meinerseits betrogen fühlten. Sie wussten, was Elizabeth war, was sie tat und dass sie nicht ungestraft davonkommen durfte.

Es war ein Wagnis und ein mutiger Schachzug, aber wenn sie sie nicht nach Havenage gelassen hatten, vermutete ein Teil von mir, dass sie wussten, dass sich jemand um Elizabeth kümmern musste.

Er stand mühelos auf und hatte einen Funken Lebendigkeit, den er vorher nicht gehabt zu haben schien. Vermutlich von der Fruktose, die er zu sich genommen hatte. Ich richtete mich auf und eilte an seine Seite, um mit ihm Schritt zu halten.

„Du würdest gern Elfenmagie nutzen, um einen Dämon körperlich zu machen", stellte er klar.

„Lieber nicht", gab ich zu.

„Dein Plan ist es, den Eid zu brechen, den du gegenüber dem Dämon abgelegt hast?" Ich wünschte wirklich, er würde etwas Modulation in seiner Stimme zulassen, oder mir einen Gesichtsausdruck geben, etwas, womit ich arbeiten könnte.

Ich wischte mir mit der Hand über das Gesicht. „Mein Ziel ist es nicht, die Welt durch meine Entscheidungen und Handlungen schlechter zu machen. Ich möchte nur die Dinge richten, die ich reparieren kann. Dämonen sollten auf dieser Welt nicht existieren."

„Auf dieser Seite des Schleiers sollten Wandler nicht immun gegen Magie sein, aber dank dir sind sie es. Lässt du deinen Worten Taten folgen oder nur dann, wenn es um Dämonen geht?"

„Ich weiß nicht", gab ich mit einem müden Seufzen zu. „Aber ich versuche es. Die Wandler haben ihre neuen Gaben nicht missbraucht. Ich bin zuversichtlich, dass sie es auch in Zukunft nicht tun werden."

Er nickte langsam. *Gutes Schicksal, wo ist denn jetzt die Banane hergekommen?*

„Glaubst du, dass die Dämonen es tun werden?" Er biss ein großes Stück von der Banane ab und wartete geduldig auf eine Antwort, die mir nicht leichtfiel.

„Ich weiß es nicht", gab ich zu.

„Du musst deine Elfenmagie beherrschen in …" Er wartete, dass ich ihm einen Zeitrahmen nannte.

„Fünf Tagen."

Seine Augen weiteten sich mit seinem Grinsen. „Ah, Hybris."

„Nein, Verzweiflung. Malific hat keine Geduld, und ich habe weniger als einen Monat Zeit, um meinen Eid gegenüber Asial zu erfüllen."

„Welche Zaubersprüche kennst du?"

Stolz darauf, wie effizient ich darin geworden war, zeigte ich ihm zuerst den Tarnzauber. Unsichtbar entfernte ich mich von meiner ursprünglichen Position und sah zu, wie er gemütlich weiter durch die Gegend schlenderte. Seine Hand griff in die Luft und ein starker, immergrüner Duft breitete sich in der Umgebung aus. Fabian drehte sich um, kam bis auf wenige Zentimeter an mich heran und sah mich an. „Hallo, Erin."

„Niemand hat mich jemals entdeckt", sagte ich. Asher schon, aber das war wegen des Geruchs gewesen.

„Ich schon."

Also, willst du einen Keks oder einen Apfel als Belohnung?

„Zeig mir mehr", sagte Fabian.

Ich verlor meine frühere Begeisterung und mein Selbstvertrauen und errichtete das Schutzfeld. Er zerschmetterte es mit der gleichen Leichtigkeit wie Elizabeth. Abgrundtiefe, haselnussbraune Augen fixierten mich, und Finger berührten kaum die durchsichtige Wand, bevor sie zerbrach.

„Was hast du noch?" Seine Langeweile war offensichtlich.

Es war lächerlich, aber ich wollte ihn beeindrucken oder zumindest einen Funken Interesse inspirieren.

Während er darauf wartet, dass ich einen weiteren Zauber ausführe, könnte ich ihm einen Schlag in die Magengrube versetzen. Das wird ihn aufmuntern. Oh, wartest du auf einen lahmen Zauber? Bam, linker Haken.

Anstatt auf kindische Gewalt zurückzugreifen, beschwor ich einen Mirra. Die Flammenwand trennte uns. Die Hitze strömte davon aus und wärmte meine Haut. Die Wärme der Feuerwand schien keine abschreckende Wirkung auf ihn zu haben. Als er sich so nah heranbewegte, dass die Flammen an seiner Haut leckten, verriet seine Reaktion nicht, ob es ihn störte oder nicht. Er behielt mich aufmerksam im Auge und streckte seine Hand danach aus, berührte die Flammen jedoch nicht. Er nickte.

„Komm morgen um acht Uhr hier raus, um mich zu treffen", befahl er, bevor er sich umdrehte und sich auf den Weg zu den Häusern machte.

Ich durfte bleiben.

26

Nachdem Fabian gegangen war, ging ich zu dem Haus, in dem Nolan mit Sanaa Tee trank. Er begleitete mich zu dem kleinen Gebäude auf dem hinteren Teil des Grundstücks, das für Gäste reserviert war. Die gemütlichen Zimmer waren einfach aber komfortabel eingerichtet. Die Schlafzimmer hatten beruhigende, hellblaue Wände und kleine Fenster, die einen schönen Ausblick auf den Wald boten, und der Hauch Lavendel von der Kerze auf der Kommode erfüllte den Raum mit zartem Duft. Die Wasserfalldusche im kleinen Badezimmer war ein unerwarteter Luxus, von dem ich mir vornahm, ihn später auszukosten.

Über dem Doppelbett lag eine flauschige, weiße Bettdecke. Ein Schreibtisch wurde auf beiden Seiten von schmalen Bücherregalen flankiert. Auf dem einzelnen Nachttisch standen eine Lampe und ein Zauberbuch für Anfänger. Als ich das Buch durchblätterte, entdeckte ich Zaubersprüche, die ich schon kannte. Am Ende des Buches waren weitere Zaubersprüche in einer anderen Sprache geschrieben – Elbisch, vermutete ich.

„Was hältst du von Fabian?", fragte Nolan vom Schreibtisch aus, nachdem ich mit der Bestandsaufnahme des Zimmers und der Durchsicht der Bücher fertig war.

„Er scheint nett zu sein." Es war nicht das richtige Wort. Er wirkte intensiv, fähig und eigenartig, der Entscheider von Havenage. Die Beschreibungen sind weitaus eher treffend als nett. Aber es war harmlos genug.

„Du hast Eindruck auf ihn gemacht", gab er mit einem Lächeln im Gesicht zu.

„Wirklich? Das hätte ich nicht gedacht. Er hat bei mir überhaupt nicht diesen Eindruck gemacht."

„Unmittelbar nach dem Treffen mit dir hat er Sanaa mitgeteilt, dass er mit dir arbeiten werde. Sogar sie war überrascht. Normalerweise ist sie diejenige, die Elfen, denen es an Fähigkeiten mangelt, ausbildet." Väterlicher Stolz huschte über sein Gesicht. Er putzte sich und schaffte es kaum, mir von den Sitten und Gebräuchen von Havenage zu erzählen, ohne zu wiederholen, dass Fabian mich unterrichten würde.

Die Mahlzeiten wurden gemeinschaftlich eingenommen, es war üblich, aber die Teilnahme war nicht verpflichtend. Doch er bat mich eindringlich, mich an ihre Bräuche zu halten. In Havenage lebten zwölf Familien. Drei Teil-Caste – der bevorzugte Name für diejenigen, die keine reinen Elfen waren – waren in Havenage willkommen, waren aber keine Bewohner. Nolan galt als Durchreisender, also als jemand, der derzeit in Havenage lebte, dem aber kein ständiger Wohnsitz gewährt wurde und der auch nicht unbeschränkt einreisen durfte.

„Die drei Teil-Caste, warum leben sie nicht hier?", fragte ich.

„Ich weiß nicht. Soweit ich weiß, stehen sie unter Beobachtung, aber haben nicht bewiesen, dass sie eine Einladung hier zu leben verdienen."

„Vielleicht wurden sie eingeladen und haben abgelehnt", schlug ich vor.

Nolans Gesichtsausdruck zeigte, dass er das offensichtlich nicht glaubte und davon ausging, dass jeder einen Platz unter den reinblütigen Elfen begehrte. Wenn eine Einladung, in Havenage zu leben, das war, was er wollte, dann wollte ich sie unbedingt für ihn.

„Was machen sie, um ihren Lebensunterhalt zu verdienen?"

„Sie haben Jobs außerhalb von Havenage. Normalerweise bei Firmen, die Teleheimarbeit erlauben." Seine Stimme wurde leiser. „Ich vermute, dass ein großer Teil ihres Einkommens aus der Nutzung ihrer Magie stammt."

Der Einsatz von Magie zur Manipulation von Aktien, Insiderhandel oder Manipulationen beim Verkauf von Immobilien war verboten und schwer nachzuweisen. Ich vermutete, dass die Menschen glaubten, dass es Verstöße gegen diese Regeln gab, weil es im Vergleich zu den Menschen nicht viele arme oder einkommensschwache Übernatürliche gab. Aber es geschah in einem so geringen Rahmen, dass darüber hinweggesehen wurde.

„Wenn sie mit anderen arbeiten und interagieren, warum glauben die Menschen dann, dass Elfen ausgestorben sind?" Ich berührte meine Ohren, den bemerkenswerten Unterschied zwischen ihnen und uns.

„Glamourzauber. Wir können sie erkennen, weil wir Elfenblut haben, aber niemand sonst kann das. Glamourzauber funktionieren sogar bei Wandlern."

Sie funktionierten auch bei Wandlern. Meine Aufregung wuchs bei der Aussicht auf den Schatz an Magie, der mir bald offenbart werden würde.

Während des Abendessens im Ranchhaus im Zentrum des Anwesens, das in eine Mensa umgewandelt worden war, wuchs meine Aufregung noch. Ein offener Grundriss mit Wänden, die die Küche vom Essbereich trennten. Der Raum war mit langen Tischen für Familienessen und kleineren Tischen für intimere Zusammenkünfte möbliert. Steinkamine an beiden Enden des Raumes gaben genug Wärme ab, um den Raum gemütlich zu machen. Daneben standen große, bequem aussehende Stühle. Nur wenige Meter von den Kaminen entfernt war eine Station für warme Getränke. Sandsteinwände, warme, orangefarbene Akzente und Landschaftskunst machten den Raum einladend.

Der einzige Zweck dieses Hauses bestand darin, dort zu Abend zu essen und die Leute kennenzulernen, mit denen man seine Mahlzeit teilte. Nolan war sichtlich davon fasziniert, er saugte jeden Moment in sich auf; sein Gesicht strahlte so, wie ich es noch nie gesehen hatte. Bei seiner Reaktion fragte ich mich, wie isoliert er draußen war. Oder gab es ein angeborenes Bedürfnis, mit anderen Elfen zusammen zu sein? Wenn seine einzige Interaktion die mit Elizabeth gewesen war, könnte ich mir vorstellen, dass sie eine Sehnsucht nach etwas anderem geweckt hatte.

Das Gespräch war entspannt, aber sie gaben sich Mühe, Nolan und mich einzubeziehen. Während des Geplappers entging mir nicht, dass ich mich jedes Mal, wenn ich in Fabians Richtung sah, im Blickfeld seiner Aufmerksamkeit befand. Jedes Mal hob er sein Glas und lächelte sanft.

Je mehr ich mit den Elfen interagierte, desto besser verstand ich, warum Nolan so erpicht darauf war, dauerhaft hier bleiben zu dürfen. Der herzliche Empfang wurde noch größer, als Pasha seine Mutter verließ und sich auf meinen Schoß setzte. Erst als er vorschlug, dass wir meinen Mangokuchen teilen sollten, wurde mir klar, dass das nur ein cleverer Versuch war, sich mein Dessert unter den Nagel zu reißen. Dann aß er den Löwenanteil des Nachtischs und rutschte von meinem Schoß, sobald der Teller leer war. Als der Koch den Betrug bemerkte, gab er mir eine weitere Portion und versicherte mir, dass alle mit dem gleichen Dessertdiebstahl leben mussten. Der Kuchendieb mit den Rehaugen kam zurück, um auch diesmal seinen Anteil einzufordern.

27

Fabian war nicht beim Frühstück. Ich kam zu der Stelle, an der er mich am Tag zuvor zurückgelassen hatte. Ich war fünfzehn Minuten früher als bestellt und war überrascht, ihn ausgestreckt am Boden liegend zu finden, die Hände hinter dem Kopf verschränkt, und ein sanftes Leuchten auf seinem Gesicht von der Morgensonne.

„Erin", begrüßte er mich, setzte sich auf und lud mich ein, mich neben ihn zu setzen. Er gab mir ein Buch. „Lies das, wann immer du Zeit hast. Wenn du Elbisch lernst, wird deine Magie stärker. Unsere Zauber auf Englisch und Lateinisch auszuführen funktioniert, aber zur besseren Kontrolle und für bessere Ergebnisse, müssen sie in unserer Sprache durchgeführt werden. Manche Dinge gehen bei der Übersetzung verloren."

„Werden mein Schutzfeld, Mirra und meine Tarnzauber stärker sein, wenn ich sie auf Elbisch sage?" Ich dachte an den Zauber zurück, mit dem ich meinen Eid mit Asial heraufbeschworen hatte, und an den Zauber, mit dem Elizabeth mich an Malific gebunden hatte, was ihr nur gelungen war, weil sie mich dazu überredet hatte, ihn auszusprechen

Er nickte. „Da das dein Fundament ist, fangen wir damit

an." Er nahm den Block neben sich und schrieb sie auf. Es dauerte fast eine Stunde, aber ich lernte den Schutzzauber auf Elbisch. Da es eine weitaus effizientere Sprache als Englisch und Latein war, musste ich weniger Worte lernen. Ich musste mich einfach an sie erinnern. Innerhalb von zwei Stunden musste Fabian mehr Anstrengungen unternehmen, um mein Schutzfeld zu durchbrechen. Und jedes Mal, wenn er es zerstörte, sah er enttäuscht aus.

Er kehrte auf seinen Platz zurück, legte sich zurück, stützte sich auf die Ellbogen und knabberte tief in Gedanken an einer Birne. Egal, wie sehr ich versuchte, mich zu konzentrieren, ich wurde von der magisch auftauchenden Frucht abgelenkt.

„Kannst du wynden?", fragte er. „Es ist eine Magie aus beiden Quellen deiner Fähigkeiten."

Ich schüttelte den Kopf. „Ich verwandle mich in eine Katze, wenn ich es versuche."

„Eine Katze!", schnaubte er und lachte, als er sich aufsetzte. Er neigte den Kopf, seine Augen leuchteten. „Eine Hauskatze?"

Ich nickte. Seine Belustigung tanzte an der Grenze zum Spott, und mit Mühe unterdrückte ich den Wunsch, ihn mit Katzenkrallen zu umarmen.

„Kann ich es sehen?"

Ich stimmte zu und stand auf. „Ich muss mich ausziehen."

„Okay." Als er keine Anstalten machte, sich umzudrehen, wurde mir klar, dass er es als Warnung aufgefasst hatte, bevor ich mich vor ihm nackt machte.

Nachdem ich wiederum keine Anstalten gemacht hatte, mich auszuziehen, sagte er: „Oh, natürlich. Privatsphäre. Die hättest du gern." Er drehte sich um. Ich zog mich schnell aus, versuchte zu wynden, was mich in eine Katze verwandelte, und trottete auf ihn zu.

Er ging in die Hocke, bis er auf Augenhöhe mit mir war. „Eine echte Hauskatze."

Ja, eine Katze. Was hatte er geglaubt, was passieren würde? Ich sage ihm, ich bin eine Katze und verwandle mich in einen Leoparden? Sämtliche Belustigung verschwand aus seinem Gesicht und wurde durch immense Neugier ersetzt. Ich kehrte zu meinen Kleidern zurück, wandelte zurück und zog mich an.

„Danke, dass du das mit mir geteilt hast." Seine Worte deuteten auf eine Intimität zwischen uns hin, von der ich nicht wusste, dass sie existierte. War meine Verwandlung in eine Katze, als ich versucht hatte zu wynden, etwas, das ich verbergen sollte?

Er lud mich ein, mich noch einmal zu ihm zu setzen.

„Du musst deine Elfenmagie nutzen. Sie muss die Quelle deiner Magie sein. Betrachte sie als den Unterschied zwischen der Verwendung deines Zwerchfells zum Atmen und deiner Interkostalmuskeln für flache Atmung. Du bist nur zu einem Viertel Elfe, also ist Elfenmagie die kleinere Magiequelle der beiden, die du besitzt. Keineswegs schwach. Muss nur anders ausgeführt werden. Es wird nicht einfach sein, Erin, und es wird Konzentration erfordern."

Ich schloss die Augen und nutzte alle Meditationstechniken, die ich mir im Laufe der Jahre angeeignet hatte. Ich nutzte Achtsamkeitsstrategien, die ich seit der Aufhebung meiner magischen Einschränkungen nicht mehr so häufig angewendet hatte.

„Errichte dein Schutzfeld."

Mit geschlossenen Augen baute ich es auf. Seinem enttäuschten Seufzen nach zu urteilen, war es genauso leicht, es zu zerstören wie gestern.

„Konzentriere dich einfach weiter. Langsame, entspannte Atemzüge", befahl er.

Die Atemzüge wurden langsamer, die Kontrolle stärker, und ich wurde von den sich duellierenden Magien verzaubert. Magien, von denen ich akzeptiert hatte, dass sie frenetisch sein würden, für immer in mir kämpften, scheinbar in einem ständigen Wettbewerb um die Vorherrschaft, fühlten sich nicht mehr miteinander verworren an. Zwei parallele Linien der Magie: Elfen und Götter.

„Erin, öffne deine Augen.“

Ich folgte den Anweisungen und stellte fest, dass ich in einen doppelten Kreis eingeschlossen war und zwischen den beiden Einfassungen Sigillen waren.

„Es ist wie Stützräder. Jetzt errichte dein Schutzfeld.“

Sie kam mit der Leichtigkeit des Atmens, die Magie, die mich durchströmte, zusammen mit der Zuversicht, hinter einer unzerstörbaren Barriere zu stehen.

Er drückte seine Hand dagegen. Das Feld schwankte, brach aber nicht. Vier weitere Versuche, und es passierte nichts. Meine Magie hielt. Dasselbe geschah mit dem Mirra-Zauber; anstatt sich darauf zuzubewegen, als wäre er harmlos, hielt er Abstand. Als er mich unter meinem Tarnzauber nicht finden konnte, beschloss er, dass es an der Zeit war, die Stützräder abzunehmen.

„Du musst diese Kreise nicht physisch haben, ruf sie einfach in deinem Kopf auf.“

Ich studierte die Sigillen und prägte sie mir ein, während er an einem Pfirsich kaute.

Komm schon, Erin, konzentrier dich nicht auf den magischen Obststand irgendwo in der Nähe und die Tatsache, dass er das Obst nicht mit dir teilt. Konzentrier dich.

„Meditierst du?“, fragte er.

„Das habe ich gemacht, als du mich gefragt hast, bevor du die Stützräder angebracht hast.“

„Caeni.“ Er nannte den Namen des Doppelkreises. „Versuch es nochmal.“ Er war nähergekommen und hatte den Hauch von Raum zwischen uns eliminiert.

Sollte ich meditieren, während er mir seinen Pfirsichatem ins Gesicht atmete?

„Du lenkst mich ab“, gab ich zu.

Er betrachtete mein Eingeständnis als Kompliment für

die Wirkung, die er auf mich hatte, und schenkte mir ein verschmitztes Lächeln. Ich beließ es dabei, anstatt darauf hinzuweisen, dass es sein Eindringen in meinen persönlichen Raum war, das mich ablenkte, und nicht er.

Es dauerte fast vier Stunden, doch ich schaffte es, alle drei Zauber ohne den Caeni auszuführen.

Am Ende der ersten Lektion hatte ich es geschafft, sein Schutzfeld zu zerstören.

„Du lernst schnell", sagte er und beendete die Lektion abrupt.

„Ich glaube, es liegt am Lehrer."

Mein Versuch, ihm zu schmeicheln, taute die Eisigkeit seiner Einschätzung nicht auf. Es war das erste Mal, seit ich ihn kannte, dass es sich anfühlte, als hätte sich die Linse, durch die er mich sah, verändert.

Er sah mich nicht als Nolans Tochter, sondern als die von Malific. Mit einer hastigen Anweisung, wann wir uns am nächsten Tag treffen würden, ging er.

28

Ich hatte mich an derselben Stelle auf dem Boden ausgestreckt. Es war Viertel nach acht, und ich hatte mich damit abgefunden, dass Fabian nicht kommen würde. Er war am Tag zuvor weder beim Abendessen noch heute Morgen beim Frühstück gewesen. Angesichts der Art und Weise, wie er mich nach der letzten Unterrichtsstunde angesehen hatte, hielt ich das für kein gutes Zeichen. Meine Neugier verwandelte sich in Spekulation. Würde ich gebeten werden, Havenage zu verlassen, oder würde er Sanaa bitten, mich weiter zu unterrichten?

Meine Sorge schwand, als ich ihn mit drei Topfpflanzen auf mich zukommen sah.

„Ich entschuldige mich für meine Verspätung." Er runzelte die Stirn. „Du hast gedacht, ich würde nicht kommen", vermutete er.

Fabian war scharfsinnig. Aus Angst, dass er hinter allem, was ich sagte, die Wahrheit erkennen würde, nickte ich nur.

Er warf mir einen langen, nachdenklichen Blick zu, bevor er mich mit vorsichtiger Zurückhaltung anlächelte. „Du lernst schnell. Das ist kein Grund zur Angst, sondern ein Grund zum Feiern." Er stellte die Pflanzen ab und ging auf mich zu. Da er so nah bei mir stand, musste er nicht allzu weit greifen, um die verirrten Haarsträhnen aus meinem Gesicht zu streichen. „Du hast hier nur eine begrenzte Zeit, daher ist es wichtig, dass wir das Ausmaß deiner Magie testen und an deinen Fähigkeiten feilen."

Persönlicher Raum schien ihm fremd zu sein, also schuf ich etwas mehr Abstand zwischen uns. Dann strich ich meine Haare zurück. Ob beabsichtigt oder nicht, in seiner Berührung lag eine Vertrautheit, in unserer Nähe ein Trost, den er jedes Mal beanspruchte, wenn er in meiner Nähe war.

Mit einem Lächeln wich er zurück. „Entschuldige." Fabian verschränkte die Finger vor sich. Es vergingen mehrere Sekunden in vollkommener Stille.

„Folge mir", forderte er und durchbrach die angespannte Stille. Ich konnte nicht erkennen, ob er sich durch meine Auslegung seiner Handlungen zurückgewiesen oder beschämt fühlte. Fabian war ein Rätsel.

„Diese Pflanzen sind alle Sansevieria oder Bogenhanf, aber verschiedene Arten. Ich möchte, dass du von allen ein Blatt abbrichst, aber benutze dafür nur diese Pflanze." Er zeigte auf die Pflanze, die ihm am nächsten war und neben der ein Zauberbuch lag. Es war auf Elbisch, aber die Übersetzung lag auf einem Papier bei. Für das Ausmaß dessen, was er bewirken konnte, war es ein kurzer Zauber. Sechs Worte, die so viel bewirken konnten. Er holte ein kleines Messer heraus, stach sich in den Finger und riss dann ein Stück der Pflanze in der Nähe der Wurzel ab. Er beschwor den Zauber und drückte seinen Finger auf das Stück Pflanze in seiner Hand. Magie verdichtete sich in der Luft, und die Pflanze erstrahlte in einem hellen Neongrün, bevor sie verblasste und den Riss schloss. Während Fabian sich auf die Pflanze konzentrierte, beschleunigte sich sein Atem durch die Anstrengung des Zaubers. Mit einer Handbewegung riss der Stiel von der Wurzel ab, was die Stiele der anderen dazu zwang, dasselbe zu tun.

Er atmete tief aus. „Das ist der Zauber, den Elizabeth ausgeführt hat, um den Wandlern Immunität gegenüber Magie zu verleihen. Viele von uns sind dazu nicht in der Lage. Eine Fähigkeit, die bei Teil-Caste noch nie beobachtet wurde, aber du hast dich als ziemlich außergewöhnlich erwiesen. Ich würde gerne sehen, wie ungewöhnlich."

Ich war es nicht in dem Maße, das er angenommen hatte, und wir waren beide gleichermaßen enttäuscht, dass ich den Zauber nach drei Stunden Übung nicht gemeistert hatte. Wobei meistern bedeutete, ihn auf einem rudimentären Niveau durchzuführen. Ich konnte bei den anderen Pflanzen nicht einmal das Flackern einer Bewegung hervorrufen. Erschöpft ließ ich mich auf den Boden fallen und zog die Knie an, damit ich mein Kinn darauf abstützen konnte. Fabian reichte mir eine der drei Birnen, die er bei sich hatte.

„Woher nimmst du diese Früchte? Raubst du einen Obst- und Gemüsestand aus oder so?"

Sein Lachen war ansteckend. Er schüttelte den Kopf und streckte die Hand aus. Sie verschwand in einem Prisma aus Farbe, und als er sie herauszog, hatte er eine Weintraube in der Hand. „Das ist ein Durchgang zu meiner Küche. Sie sind schwer zu erstellen. Es hat mich sieben Jahre gekostet, diesen zu perfektionieren." Er zuckte mit den Schultern und wandte seinen Blick von meinem ab. Röte strich über seinen Nasenrücken bis zu seinen scharfen Wangenknochen. Es war ihm peinlich, dass er sieben Jahre lang an einem Zauber gearbeitet hatte, und dieser Zauber hatte den Zweck, Früchte aus seiner Küche zu holen.

Ich strahlte. „Wenn ich das könnte, würde ich es auch tun. Aber ich würde damit kein Obst holen", gab ich zu und biss in die Birne.

„Was dann?"

Tequila und Donuts. Doch als ich ihm antwortete, ließ ich den Tequila weg. „Ich gehe die Straße entlang oder fahre mit dem Auto und, *bam*, ich verspüre das Verlangen nach einem

Donut, stecke meine Hand in den magischen Tresor und hole einen Krispy Kreme heraus."

„Das funktioniert nur hier, außerdem geht es nur bis zu einer gewissen Distanz." Er bot mir die Weintrauben an, und ich nahm sie dankbar. Das Zaubern hatte mich hungriger gemacht, als ich erwartet hatte, und ich hatte die Birne schon verschlungen.

„Ist der Grund dafür, dass wir Dämonen körperlich machen können, irgendeine Verbindung?", fragte ich.

„Nein, es gibt keine Verbindung zwischen uns und den Dämonen. Es liegt einfach innerhalb unserer magischen Fähigkeiten, das zu tun. Ich wünschte, sie wüssten nichts davon."

Etwas an seinem nachdenklichen Gesichtsausdruck ließ mich glauben, er wünschte, dass die Welt wenig über Elfen wüsste. Basta. In Anonymität und Unterschätztwerden lag Macht.

Nach der Mittagspause machten wir mit meinem Unterricht weiter, und er zeigte mir, wie man eine schwache Barriere durchbrach und kleinere Elementarzauber ausführte.

„Erin."

Ich drehte mich zu einem Apfel um, der in meine Richtung flog und auf meine Brust zielte.

„Was zum –"

Er wollte, dass ich einen kleinen Schild vor mir errichtete, um mich davor zu schützen, von den Früchten getroffen zu werden. Und dass ich demonstrierte, den Wind ausreichend kontrollieren zu können, um den Apfel in der Luft zu halten.

Belustigung huschte über sein Gesicht, als er meine Absicht las, bevor ich sie in die Tat umsetzte. Anstatt den Apfel nur aufzuhalten, ließ ich ihn zu ihm zurückfliegen. Er nahm ihn aus der Luft und biss hinein.

Der Unterricht ging weiter, während er meine Magie

herausforderte, sich zu isolieren, und meine Fähigkeit, sie schnell und präzise auszuführen. Je mehr wir übten, desto besser wurde seine Stimmung. Es war eine spürbare Veränderung in seiner Interaktion mit mir. Erst als sie verschwunden war, konnte ich den Kontrast zwischen der Trockenheit und gedämpften Intensität, die den Unterricht gestern begleitet hatten, und der heutigen Situation erkennen.

Da ich mich durch die Veränderung ermutigt fühlte, entschuldigte ich mich kurz, ging in mein Schlafzimmer und kehrte mit den Fotos von Elizabeths Zauber zurück. Fabian studierte sie interessiert. „Ich habe keine Ahnung, was das ist", gab er zu. Entschlossenheit beherrschte seine Stimmung, als er unseren Unterricht beendete. Ich erwartete nicht, ihn beim Abendessen zu sehen; es war offensichtlich, dass er den Rest des Tages hier verbringen würde.

„Erin!", rief er mir nach.

Als ich mich umdrehte, sah er mich an und widmete sich dann sofort wieder dem Studium der Unterlagen. „Fühlst du dich sicher genug, den Bailer morgen im Zimmer zu lassen?"

Mein scharfer Atemzug ließ ihn mich ansehen. Sein Ton war ruhig, ohne einen Anflug von Zorn oder Wut, doch der Sturm in seinen Augen war eine treffende Erinnerung daran, wie mächtig er war. Das waren sie alle. In der angespannten Stille suchte ich nach einer akzeptablen Erklärung, scheiterte aber.

„Götter sind nicht für ihre Ehre und ihre guten Taten bekannt. Es ist bewundernswert, dass sie so zu dir sind. Es ist eine beeindruckende Leistung, solche Aufmerksamkeit und Schutz von ihnen zu erhalten. Ich sehe dich dann morgen."

Er hatte die Kunst der liebenswürdigen Antwort perfektioniert. Sie enthielt eine dunkle Leere, die von seinem Versuch herrührte, seine wahren Gefühle gegenüber den Jägern zu verbergen. Ich versuchte zu erkennen, ob es an der

Kenntnis um ihre früheren Taten lag, oder seinem Hass auf Malific, den er gegen sie richtete.

Ich zögerte und hatte das Gefühl, dass eine Erklärung nötig war.

„Genieß den Rest deines Tages, Erin."

Nachricht erhalten. Ich ging zum Haus zurück.

29

Am nächsten Tag saß ich in der leeren Mensa, nachdem Fabian dringend empfohlen hatte, dass ich eine Pause machte. Bei der Ausführung meiner Magie begann sich Müdigkeit zu zeigen. Sanaa schenkte mir ein sanftes Lächeln, bevor sie sich mir gegenüber auf den Stuhl setzte. Sie schlug das große, verwitterte Buch auf, das sie bei sich trug, und trank einen Schluck aus ihrer Teetasse. Mein Pfefferminztee erhielt ein zustimmendes Nicken. Ich hätte Kaffee vorgezogen, aber es gab keinen hier. Das war auf jeden Fall eine Tee-Gemeinde.

Nach fast einer halben Stunde geselliger Stille sagte sie schließlich: „Du bist Nolan."

In den drei Tagen, die ich mit den Elfen verbracht hatte, war mir aufgefallen, dass sie zwar freundlich waren, aber sparsam mit ihren Worten. Kein Geschwätz, nur um die Stille zu füllen. Sanaa war sehr geizig mit ihren Worten und äußerte ihre Gedanken oft nicht vollständig. Und das sotto voce ihrer Stimme ließ mich jedem Wort, das sie sagte, gebannt lauschen.

Es war eine Taktik, die Menschen oft anwendeten, um einen dazu zu zwingen, sich auf sie zu konzentrieren und nichts zu verpassen. Ein Power-Move. Aber es schien kein Trick zu sein. Ihre unaufdringlichen Gesichtszüge passten zu der Ruhe, die sie ausstrahlte. Obwohl ihre Kleidung im eklektischen viktorianischen Stil der von Elizabeth ähnelte, gab es ansonsten keine Ähnlichkeit.

Ich bin Nolan. Ihrer Miene nach zu urteilen hatte das, was sie sagte, eine große Bedeutung, aber ich war mir nicht sicher, welche. Meinte sie, dass ich wie er aussehe? Unwahrscheinlich; die Ähnlichkeit mit Malifics Gesichtszügen war unübersehbar. War ich von Rache geblendet und fehlgeleitet? Sie hatten es nie gesagt, aber manchmal konnte ich es spüren.

„Würdest du das näher erklären?", bat ich schließlich, um jeglichen Spekulationen vorzubeugen.

Sie atmete tief ein, als bereitete sie sich auf Geburtswehen vor. „Seine Absichten sind gut, aber ich glaube nicht, dass er jemals die nötige Wildheit und Grausamkeit besessen hat, um gegen Leute wie Malific zu kämpfen."

„Sie ist geschwächt, und das liegt an ihm. Ein mächtiger Schlag, den er gelandet hat", verteidigte ich ihn. „Obwohl er weder wild noch grausam war, hat er diesen Kampf gewonnen."

Sie nickte. „Dem kann ich nur zustimmen. Allerdings hat Elizabeth bessere Ergebnisse erzielt. Der Eid, zu dem sie Malific verpflichtet hat, wird unser Leben retten."

„Sie hat mich dafür geopfert. Nolan hätte das nicht getan. Dank ihm bin ich nicht länger an Malific gebunden. Und das war Elizabeths Werk. Malific hat dem Eid zugestimmt, weil sie mich töten wollte."

„Das sehe ich auch. Deine Bindung an Malific hat dich beschützt. Dein Schmerz wurde zu ihrem Schmerz."

„Wenn wir es mit einem normalen Menschen zu tun hätten, wäre das bewundernswert. Aber der Schmerz schreckt Malific nicht ab. Sie ist eine Kennerin davon. Wenn das Endergebnis darin besteht, dass sie mehr Macht hat, würde sie über Glasscherben gehen und sich für das Privileg bedanken. Also nein, Elizabeth hat es nicht getan, um mich zu beschützen. Sie ist sich Malifics Neigungen voll bewusst."

Sanaa schürzte ihre Lippen. Sie nickte, bevor sie einen großen Schluck aus ihrer Tasse trank. „Es war eine unglückliche, aber notwendige Abfolge von Ereignissen, um zum Endergebnis zu kommen. Wie schon gesagt, erfordert der Umgang mit Malific gewisse Eigenschaften, die viele nicht besitzen. Wo soll dein Unmut liegen? Bei Elizabeth oder bei der Frau, die so grausam und hasserfüllt war, dass sie uns gezwungen hat, unsere Gewohnheiten aufzugeben und die Wesen zu werden, die gegen ihre Grausamkeit ankommen?"

Nachdem sie einen weiteren Schluck getrunken hatte, legte sie ihre Hand um die Tasse, als brauchte sie die Wärme. „Der Umgang mit Malific … irgendeinem der Götter härtet einen ab. Freundlichkeit ist eine Schwäche, die ausgenutzt wird. Pazifismus macht dich zur Zielscheibe." Sie stellte die Tasse auf den Tisch und untersuchte ihre Hände. Ein Finger verweilte über dem Rest des Tees und machte kleine kreisende Bewegungen. Der Tee schwappte herum, während sich darüber eine Wasserhose bildete. Ihr Gesicht verzog sich vor Konzentration, dann atmete sie langsam aus. Die Wassersäule verschwand, und der Tee beruhigte sich wieder. Als sie ihren Blick hob, um meinem zu begegnen, konnte ich weder böswillige Absichten noch Überheblichkeit in der Demonstration ihrer Magie erkennen. Nur grimmige Frustration und Traurigkeit.

„Erin, ich muss deiner Einschätzung zustimmen. Nolan hat diesen Kampf gewonnen, aber ich glaube, dass du den Krieg für ihn gewinnen kannst. Wie angemessen wäre es, wenn seine Tochter ihr den letzten Schlag versetzen würde, den letzten Nagel in Malifics Sarg?" Ihr Gesichtsausdruck brannte vor Informationen, die sie mit mir teilen wollte.

„Wie würde ich das anfangen?"

„Ich schätze, unsere Diskussion darüber war vergebens? Haben wir uns nur unterhalten, um deine Fähigkeiten im

Debattieren zu verbessern?", fragte Fabian vom Eingang der Mensa, seine Stimme von sorgfältig verhaltener Wut erfüllt.

„Überhaupt nicht. Nur, weil ich nicht deiner Meinung bin, heißt das nicht, dass ich sie nicht berücksichtige. Fabian, in dieser Sache habe ich recht. Nolans Handlungen waren fehlgeleitet, und obwohl einiges Gutes dabei herausgekommen ist, ist Malific deswegen frei. Er hat uns nicht gerettet. Er hat nur das Unvermeidliche aufgeschoben. Und du weißt, dass ich recht habe, Fabian."

Fabian entspannte sich und nickte, doch ich hatte nicht den Eindruck, dass er mit dem, was sie besprachen, ganz einverstanden war. Aber es war keine Zustimmung. Es war eine widerwillige Akzeptanz.

„Erin, kommst du zu mir?"

Ich packte meine Sachen zusammen und folgte ihm hinaus.

„Sag es ihr. Lass sie die endgültige Entscheidung treffen", drängte Sanaa, als wir gingen.

Fabian und ich gingen schweigend weiter. Er pflückte Weintrauben von der Dolde und steckte sie sich in den Mund, nachdenklich während es ganzen Vorgangs. Erst als sie aufgegessen waren, sprach er.

„Nolans Handlungen waren nicht so fehlgeleitet, wie die anderen glauben. Ihm wird nicht genug Anerkennung dafür zuteil, wie sehr uns das, was er getan hat, geholfen hat. Und das ist bedauerlich. Der Eid, der uns vor Malific schützt, wäre nicht passiert, wenn Malific nicht in ihrem geschwächten Zustand gewesen wäre. Ich glaube, sie hat dem nur zugestimmt, weil sie dachte, der Eid würde nicht wirksam werden oder sie könnte ihn brechen."

„Du unterschätzt, was sie zu opfern bereit ist, um ihre volle Kraft zu erlangen", antwortete ich. „Es wäre ihr das

Opfer wert, euch alle am Leben zu lassen, wenn sie dafür eine Armee erschaffen kann. Um wieder so zu werden, wie sie war."

„Vielleicht. Erin, Malific ist gefährlich für uns – für dich." Er blieb stehen. „Aber das ist dir bewusst, nicht wahr?"

Ich hatte es als rhetorische Frage aufgefasst, bis er näher kam und seine sanften, ausdrucksstarken Augen nach einer Antwort suchten.

„Ja."

„Hast du übertrieben, als du gesagt hast, du willst ihren Tod?"

Ich dachte an ihre Drohungen gegenüber meiner Familie, an ihre Verachtung und Todeslust, wann immer sie mich sah. „Nein, überhaupt nicht. Malific hat sich mir gegenüber in Zurückhaltung geübt, weil sie mich immer noch braucht. Sie wird blind von ihren Rachegelüsten gegen Dareus und Elisabeth getrieben. Wenn dieser Durst gestillt ist oder sie das Interesse verliert, wird sie sich wieder auf mich konzentrieren. Sie wird mich und jeden töten, der ihr in die Quere kommt."

Ich schenkte ihm ein schwaches Lächeln. „Wir haben einmal gekämpft, und sie hat gezögert. Für einen naiven Moment dachte ich, dass so etwas wie mütterlicher Instinkt im Spiel war. Dass sie vielleicht einen existenziellen Moment erlebt hat, in dem ihr klar geworden ist, dass ihr despotischer Trieb dumm und giftig war. Aber dann hat sie mich verraten und war bereit, mich töten zu lassen. Ich werde sie nicht überleben. Egal, ob sie es tut oder jemand anderen damit beauftragt, sie wird mich nicht am Leben lassen, solange ich der Grund für ihre Schwäche bin."

Er betrachtete mich mit nachdenklichem Stirnrunzeln. „Wie weit bist du zu gehen bereit, um sie aufzuhalten?"

„So weit ich gehen muss", gab ich zu. „Aber ich weiß nicht, wo ich anfangen soll."

„Wozu Sanaa dich auf ihre fehlgeleitete Art drängen

wollte, ist Blose Chasm. Es ist wie der Schleier." Er dachte über seine Worte nach. „Nicht ganz wie der Schleier. Es gleicht eher einem magischen Fegefeuer. Ich kann dir zeigen, wie man es öffnet."

„Also sind die Bewohner tot?"

„Nein, nur magielos. Wenn du Malific dazu bringen kannst, mit dir hineinzugehen, wird sie ohne Magie sein. Aber du auch."

„Okay?" Das klang zu einfach; es musste mehr dahinterstecken. Ich wartete.

Er seufzte. „Es gibt einen Preis, um hineinzukommen", sagte er. „Magie. Wenn du gehst, wird deine Magie nicht mehr dieselbe sein. Du wirst schwächer sein – ich habe keine Ahnung, in welchem Ausmaß. Wenn du dich entscheidest, dass das eine Option ist, möchte ich, dass du das wissend und umfassender informiert tust. Es wurde bisher nur einmal gemacht, mit einer Elfe, die sich von ihrer Magie korrumpieren ließ. Du könntest all deine Magie verlieren. Solange Malific im Chasm ist, ist Magie die Schuld, die für ihren Aufenthalt bezahlt wird. Sobald sie tot ist, wird deine Magie zurückkehren."

„Würde ich wieder so werden, wie ich vorher war, mich nach Magie sehnen und sie anderen nehmen wollen?"

„Nein. Vorher war deine Magie eingeschränkt. Wenn du das tust, wird sie geopfert." Als er näher kam, zeichneten seine Finger die Kurve meines Ohrs nach. Seiner zufriedenen Miene nach zu urteilen, war es etwas, was er schon seit einiger Zeit hatte tun wollen.

„Ich werde es tun", platzte ich heraus.

Er blinzelte und schüttelte dann den Kopf. „Sanaa und die anderen haben das ausführlich besprochen, und ich glaube, dass es die beste Option ist. Ich wollte warten, dir davon zu erzählen, aber Sanaa hat mir diese Wahl genommen. Ich möchte, dass du darüber nachdenkst, Erin. Nimm dir ein oder zwei Tage."

„Ich brauche keinen Tag. Nicht einmal zehn Minuten mehr."

Er nickte und versuchte ein mitfühlendes Lächeln, gab es aber schnell auf. Da er damit zufrieden zu sein schien, dass wir selbst gegen die simpelsten Regeln sozialer Distanz verstießen, und weil sein Blick zu oft zu meinen Lippen gewandert war, um unbemerkt zu bleiben, trat ich einen Schritt zurück.

„Ich habe ohne Magie gelebt und ohne Magie gekämpft. Malific nicht. Wenn sie ihr genommen wird, glaube ich nicht, dass sie sich anpassen kann."

„Sobald du den Chasm betrittst, bist du auch magielos", erinnerte er mich. „Du musst dich darauf verlassen, dass ich ihn öffne. Vertraust du mir, dass ich es tue?"

„Du hast mir keinen Grund gegeben, es nicht zu tun."

Ein langsames Lächeln huschte über seine Lippen. „Ich bin froh, dass Nolan dich zu uns gebracht hat." Seine Augen leuchteten fasziniert und wollten meine nicht loslassen. „Erin, ich werde dir das zeigen, aber ich habe eine Bitte an dich." Seine Hand glitt durch seine Haare und verfing sich in seinem Zopf. „Wir sind so wenige, Erin. Elizabeth ist mächtig und ziemlich geschickt. Wir werden ihren Verlust spüren."

„Verhandelst du um ihre Sicherheit?"

Er nahm sich einige Momente nachdenklichen Schweigens, bevor er seine Lippen zum Sprechen befeuchtete. „Es geht nicht nur um ihre Sicherheit, sondern auch um etwaige Vergeltung. Wir wollen einen Waffenstillstand. Du hast jedes Recht, Rache zu wollen. Aber du bist in gewisser Weise eine von uns, meine Elfenschwester." Sofern ich es mir nicht eingebildet hatte, war nichts von dem, was er vor wenigen Augenblicken getan hatte, auch nur im Entferntesten der Beziehung eines Geschwisterpaars ähnlich. Weder die Art, wie er mein Ohr berührt, noch die Art, wie er auf meine Lippen gestarrt hatte.

„Ich verhandele über die Aufrechterhaltung einer geschwächten Blutlinie. Sie ist stark, nicht nur in der Elfenmagie, sondern auch in ihrer Weisheit. Erin, meine Hilfe muss unter der Voraussetzung erfolgen, dass Elizabeth von deiner Rache verschont bleibt."

Malific loszuwerden, löste nur eines meiner Probleme. Elizabeth würde nicht aufhören zu versuchen, mich aus Nolans Leben zu drängen und mich für das Gemetzel bezahlen zu lassen, das die Elfen durch Malifics Hand erlitten hatten. Solange Elizabeth am Leben war oder für ihre Taten gegen mich ungestraft blieb, war ich nicht sicher. Vielleicht musste sie nicht sterben, aber sie musste wissen, dass es verheerende Folgen hatte, wenn sie sich mit mir anlegte.

Ich hatte so viele Deals gemacht, würde das der Schlimmste von allen sein?

Ich zeigte ihm das Mal an meinem Handgelenk. „Wegen Elizabeth habe ich einem Dämon einen Eid geschworen. Kannst du mir damit helfen?"

Ohne eine Reaktion auf das Mal nickte er.

Es schien kein ausreichend guter Deal zu sein. Mein Zögern, zuzustimmen, zeigte, wie sehr meine Wut mein Einfühlungsvermögen und meine Fähigkeit zur Vergebung beeinträchtigt hatte.

„Was beweist du dir damit, Elizabeth nachzugehen, Erin? Dass du zu genauso großer Brutalität fähig bist wie Malific? Oder unfähig zu der Vergebung, die du dir für dich selbst wünschst?"

Bevor ich gegen seine Vereinfachung protestieren konnte, hob er die Hand und bat mich, ihn ausreden zu lassen. „Ich sage nicht, dass du wie Malific bist oder dass du für ihre Verfehlungen zur Rechenschaft gezogen werden solltest. Du bist jedoch zum Teil eine Göttin, und Götter sind nicht für ihre Höflichkeit oder ihren Altruismus bekannt. Viren werden nicht schwächer, wenn man sie mutieren lässt."

„Ich bin ein Virus?", schoss ich knurrend zurück.

Sein Gesichtsausdruck bat um ein Verständnis, das nicht ohne weiteres verfügbar war. Es erforderte all meine Selbstbeherrschung, den Ärger und die Frustration zu unterdrücken, die sich in meiner Brust breitmachten und schließlich in einem Wutausbruch gipfeln wollten, nach dem sie mich mit Sicherheit rausschmeißen würden, ohne Aussicht auf weitere Hilfe von ihnen. Das wollte ich nicht.

Aber war ihm klar, was er verlangte? Elizabeth all die abscheulichen Dinge, die sie mir angetan hatte, durchgehen zu lassen, fühlte sich wie eine Kapitulation an, obwohl mich die Aussicht, mich an ihr zu rächen, schon seit Monaten getrieben hatte. Es wäre nicht einmal eine Pattsituation, sondern ein weiterer Sieg für sie. Ein stärkender Atemzug schien einige der Emotionen zu beruhigen, die Fabians Bitte aufgewühlt hatte.

Indem er die Distanz, die ich zwischen uns geschaffen hatte, überwand, zog Fabian meinen Blick auf sich, der an ihm vorbeigewandert war.

„Nein, Erin. Du bist das Opfer schrecklicher Umstände. Ist es unangemessen, dass ich dich bitte, eine entscheidende Rolle dabei zu spielen, eine Verbindung zwischen unserer gemeinsamen Blutlinie zu knüpfen und unsere Magie zu stärken?"

Es war vollkommen unangemessen, aber ich behielt meinen Kommentar für mich und hoffte, dass er mir nicht ins Gesicht geschrieben stand. Darüber musste ich nachdenken.

„Ich brauche Zeit", gab ich zu.

„Ich verstehe. Aber wird dir mehr Zeit wirklich mehr Klarheit verschaffen? Glaubst du, dass trotz der Verbesserung deine Magie ausreicht, Malific aufzuhalten? Um sie machtlos zu machen, unfähig, dich und die, die du liebst, zu verletzen? Malific in den Blose Chasm zu bringen, ist der beste Weg, sie loszuwerden. Ich kann dir zeigen, wie es geht. Meine einzige Bitte ist, dass du Elizabeth am Leben lässt."

Obwohl ich seinen dargelegten Punkten zustimmte, blieb es eine immense Anstrengung, Elizabeth ohne irgendwelche Konsequenzen davonkommen zu lassen. Die Zeit, die ich brauchte, um diese Gefühle miteinander in Einklang zu bringen, faszinierte Fabian und bereitete ihm spürbar Unbehagen. Er sah eine Seite von mir, deren Existenz er sich nicht bewusst gewesen war. Er musste verstehen, warum sie existierte.

Ich berichtete ihm ausführlich von allem, was Elizabeth mir angetan hatte. Während er aufmerksam zuhörte, zeichneten sich Entsetzen und Mitgefühl auf seinem Gesicht ab. Es war offensichtlich, dass er die Einzelheiten zum ersten Mal hörte. Oder vielleicht die Version des Opfers und nicht die des Angreifers.

„Du warst mutig, hierher zu kommen", sagte er. „Ich glaube nicht, dass ich das Maß an Vertrauen hätte, das du dafür aufbringen musstest." Er nahm meine Hände und senkte den Kopf. „Du hast mein Wort, dass ich dich nicht verraten werde. Alles, was ich tun werde, wird in deinem Interesse und in dem der Elfen passieren. Du wirst mit der ganzen Aegis beschützt und behandelt werden, die denen reinen Elfenbluts zusteht." Er gab das Versprechen mit der andächtigen Aufrichtigkeit eines bindenden Zaubers.

Trotz aller Emotionen, die der Verzicht auf Rache an Elizabeth evozierte, musste ich pragmatisch sein. Die Weigerung, meinen Durst nach Vergeltung herunterzuschlucken, würde mich nur zu einem Pyrrhussieg führen, wenn das bedeutete, dass sie wegen meiner Weigerung ihr Hilfsangebot zurückzogen.

„Ich werde mich nicht an Elizabeth rächen, aber ich brauche noch etwas anderes", sagte ich mit flacher Stimme, unfähig, den Worten Energie einzuhauchen. Die Vereinbarung hatte mich emotional viel gekostet.

Seine Finger, die sich mit meinen verbanden, gaben keinen Hinweis auf die geschwisterliche Beziehung, von der er zuvor gesprochen hatte. Die simple Geste strahlte eine unausgesprochene Intimität aus, die er offenbar gern fortsetzte.

„Was?"

„Elizabeth hat das Laes. Es ist, was die Jäger hier festhält. Sie müssen es bekommen."

Er ließ meine Finger los. „Gilt das für alle oder nur für den, der sich Mephisto nennt?"

„Alle. Sie wollen nach Hause, und ich möchte das für sie."

Er stimmte schneller zu, als ich erwartet hatte. „Das tue ich gern für dich."

„Dann haben wir einen Deal." Ich streckte meine Hand aus, und er nahm sie und schüttelte sie.

„Ich hoffe, dass das funktioniert", gab ich zu. Zweifel hatten Einzug in meine Gedanken gehalten.

„Ich bin zuversichtlich, dass es funktionieren wird. Du hast einen Vorteil, den keiner von uns hat. Malific wird dir vertrauen, weil ihr einen gemeinsamen Feind habt." Er entspannte seine gerunzelte Stirn. „Ihr habt einiges gemeinsam. Malific ist nicht nur für ihre großartige Magie bekannt, sondern auch für ihre List und taktischen Fähigkeiten. Ähnliches habe ich von dir gehört."

Es war offensichtlich, dass er Dinge gehört hatte, die er nicht preisgeben wollte. Ich war mir sicher, dass es aus Elizabeths Perspektive war. Ich bezweifelte, dass irgendetwas davon schmeichelhaft war.

„Selbst wenn ich sie davon überzeugen könnte, mir zu folgen, werde ich dann gehen können, während ich sie zurücklasse?"

„Erin, ich vertraue darauf, dass du die Fähigkeit hast, das erfolgreich zu tun."

Mein Leben hing davon ab, dass er recht hatte.

30

Das aufgeschlagene Buch lag vor dem im Schneidersitz sitzenden Fabian, dessen Gesicht leicht gerötet war und dessen Stirn glänzte. Dass er den Zauber so sorgfältig studierte, machte deutlich, wie schwierig und selten verwendet er war. Wegen der Konzentration, die in der Anspannung seines Kiefers steckte, fragte ich mich, ob ich in der Lage sein würde, den Blose Chasm zu öffnen, wenn selbst er so große Schwierigkeiten damit hatte.

„Nur zu", drängte Fabian mit zusammengebissenen Zähnen, als die längliche Öffnung des Chasm vor mir erschien.

Aber ich konnte mich nicht bewegen. Meine Füße waren im Boden verankert, ich klammerte mich an das Vertraute, unfähig und unwillig, das Unbekannte zu erkunden. Panik breitete sich in mir aus, und ich hasste jeden Moment davon.

Obwohl Fabians klare, haselnussbraune Augen keinerlei Spuren böswilliger Absicht erkennen ließen, konnte ich mich nicht dazu durchringen, durch die Öffnung zu gehen, was mich seinem guten Willen auslieferte. Ich stand am Rand und dachte an jede Täuschung und Grausamkeit, die ich durch Malific und Elizabeth erlitten hatte. Ich war vor Angst gelähmt und unfähig, über die Schwelle an einen Ort zu gehen, an dem ich magisch verwundbar wäre. Wenn ich hineinging, musste ich mich darauf verlassen, dass er die Tür offen hielt, damit ich zurückkehren konnte.

„Geh", drängte er mit angespannter Stimme.

Als ich mich nach vorn beugte, spürte ich einen leichten, harmlosen Luftzug durch die Öffnung. Aus meinem begrenzten Blickwinkel konnte ich nur die warmen Töne eines klaren Himmels und einen steinernen Gehweg sehen.

„Du wirst es selbst erleben wollen, bevor du mit Malific da reingehst, Erin. Planung ist wichtig, und man kann nicht angemessen planen, ohne zu wissen, was auf einen zukommt", drängte Fabian, wobei seine Stimme vor Anstrengung zitterte.

Er musste sich so anstrengen, und wie lange hielt er den Durchgang schon offen? Würde er es schaffen, ihn offenzuhalten, damit ich Malific hineinbringen und fliehen konnte? Die Fragen wurden zu einer Ablenkung und einem Versuch, den Besuch des Chasm hinauszuzögern. Die Öffnung schnappte zu. Fabian zog die Beine an die Brust, legte die Stirn auf seine Knie und entspannte sich in die tiefen Atemzüge.

Es dauerte ein paar Augenblicke, bis er den Kopf hob. Sein Gesicht war emotionslos, die Augen ausdruckslos, seine Lippen entspannt. Schweigend stand er auf und wandte den Blick ab. Als er seine Aufmerksamkeit wieder auf mich richtete, war das eine Grimasse tiefer Schande.

„Im Buch sind noch mehr Zaubersprüche. Vielleicht kannst du sie dir nochmal ansehen", befahl er, bevor er ging. Seine langen, schnellen Schritte hatten ihn außer Sichtweite gebracht, bevor ich mich erkundigen konnte, ob er zurückkommen würde, und bis wann er wollte, dass ich die Bücher studierte, oder ob ich meine Chancen, länger zu bleiben und Hilfe von ihm oder den anderen Elfen zu bekommen, ruiniert hatte. Es bestand kein Zweifel. Ich hatte ihn beleidigt.

Dass ich Nolans Chancen zu bleiben, zunichtemachen könnte, wurde zu einer solchen Ablenkung, dass ich mich nicht auf die Zaubersprüche im Buch konzentrieren konnte. Ein Teil der Elfensprache wurde mir langsam vertraut. Jemand hatte eine beträchtliche Anzahl von Zaubersprüchen ins Englische übersetzt. Einige davon schienen in Nolans Handschrift zu sein, und andere kleine, schnelle Striche ähnelten der von Fabian. Gegen Ende waren kunstvolle Schwünge und eine Reihe von Schleifen zu sehen, die wie Kalligrafie aussahen. Ich war bereit, eine Wette einzugehen, dass das Sanaas Schrift war.

Sie hätten diese Übersetzungen nicht für mich machen müssen; sie kannten die Sprache. Ich war die Einzige, die es nicht tat. Sie taten ihr Bestes, um mir zu helfen, und ich hatte Fabian und seine Bemühungen mit meinem Misstrauen beleidigt.

Bevor ich nach ihm suchen konnte, um mich zu entschuldigen, kam er mit Nolan zurück. Sein Gang war unbeschwerter und entspannter, als er neben Nolan herging. Fabians warmes Lächeln veranlasste mich, mit meiner Entschuldigung zu warten.

„Nolan, ich denke, deiner Tochter wird es besser gehen, wenn du während dieses Teils unserer Übungen hier bist." Aus Nolans verwirrtem Blick schloss ich, dass er ohne Erklärung hierher gebeten worden war. Es schien eine Gewohnheit von Fabian zu sein.

Fabian erklärte, was wir taten, verriet aber nicht den Grund. Es musste nicht ausgesprochen werden; Verständnis zeigte sich auf Nolans Gesicht, zusammen mit der Missbilligung und Traurigkeit darüber, dass ich in Verzweiflung, Unbehagen und der Sehnsucht nach Rache versank. Er glaubte nicht, dass der Tod eine angemessene Strafe für Malific war. Ich schon.

Fabian ignorierte den nonverbalen Austausch zwischen mir und Nolan, setzte sich mit gekreuzten Beinen auf den Boden und strich mit den Fingern über das Gras.

„Erin, bist du bereit?" Fabian richtete seine Frage an mich, behielt aber Nolan aufmerksam im Auge. Nolan warf mir einen fragenden Blick zu, und ich nickte.

Fabian öffnete den Chasm und erinnerte mich daran, nichts zurückzulassen, da dies mit Kosten verbunden sei. Es war kein Problem, da ich nichts dabei hatte, aber ich nahm mir seine ernste Warnung zu Herzen. Ich musste die minimale Anzahl an Dingen mitnehmen und dafür sorgen, dass ich mit allen wieder zurückkam.

Der Eingang war einladend. Warme Lichttöne und ein Steinweg.

„Darf ich weiter hineingehen?"

„Ja. Du musst am zweiten Eingang vorbeigehen. Du wirst es wissen, wenn du dort bist."

Das tat ich ohne Zweifel. Es gab keine Anzeichen dafür, was mich erwartete. Als ich einen Schritt über eine verschwommene Grenze machte, wurde ich von Dunkelheit umhüllt. Ein dunkler, trostloser Raum, der mich an die eigentümliche, feuchte, dystopische Erscheinung des Dämonenreichs erinnerte. Das Licht erlosch, obwohl der Schein vom Eingang und vom ersten Raum ausreichend Licht spendete, um den rauen Kies, das getrocknete Laub und die Steine zu erkennen, aus denen das unebene Gelände bestand. Ein paar Meter Raum, der als Warnung zu dienen schien, nicht weiterzugehen. Eine nebulöse Schwelle, die in eine neue Welt mündete.

Die Essenz des Blose Chasm. Melonenfarbenes Licht, klarer Himmel, Vegetation, die einen Rand bildete, und ausgewachsene, blühende Bäume. Das Gras sah dicht und gesund aus. Ein trügerisches Paradies, in dem es keine Magie gab. Malifics letzte Ruhestätte. Ich drehte meinen Kopf und lauschte auf Geräusche. Existenz von mehr Leben. Ich hörte nichts. Die Elfe, von der Fabian sagte, sie sei hier zurückgelassen worden, war nicht hier. Zumindest war ihre Anwesenheit nicht erkennbar.

Es wehte eine kühle Brise, in der ein Zitrusduft lag. Mein Körper beruhigte sich. Nichts. Mir war sehr bewusst, dass ich keinen Zugang zu Magie hatte. Als meine Magie eingeschränkt war, hatte ich ein Verlangen danach gespürt. Ein allgegenwärtiges Bedürfnis. Ich schauderte angesichts der Leere, die ich hier empfand. Sie war schlimmer. Da war kein Verlangen oder Bedürfnis, sondern nur Leere. Eine tobende Leere.

Es war schlimm für mich. Für jemanden mit Malifics Macht wäre es eine Folter, und das war mir recht. Ich würde sogar so weit gehen, zuzugeben, dass ich begeistert war. Und ich war zu weit gegangen, um mich für dieses Eingeständnis zu schämen. Ich erinnerte mich an ihre Drohung gegenüber meiner Mutter, gegenüber Madison, ihre Gewaltandrohung gegen jeden, der mir am Herzen lag und der ihr im Weg stand, und entzog ihr das Recht auf jegliche Freundlichkeit oder Menschlichkeit. Ihr irgendetwas davon zu zeigen, war eine Schwäche, die sie problemlos ausnutzen konnte.

Ich zog mich schnell zurück und ging hinaus.

Als ich zurückkam, war ein grimmiges Bewusstsein in Nolans Gesicht und eine Sorge, die er scheinbar nur ungern in Worte fassen wollte. Ich konnte die Debatte in seinen Augen sehen, den Kampf in seiner Körperhaltung und das Unbehagen, als er nach Worten suchte, um mich von einer Entscheidung abzubringen, die für Komplikationen sorgen würde. Aber die Verzweiflung hatte mich zu weit gebracht. Ich war mir nicht sicher, ob irgendetwas, das er sagte, meine Meinung ändern würde.

„Die Übung ist vorbei", sagte Fabian zu Nolan. „Ich weiß deine Hilfe sehr zu schätzen."

Nolan fasste den offensichtlichen Abschied als Vorschlag auf. Während er aufrechter stand, haderte er immer noch mit dem, was er gesehen hatte, und den neuen Informationen, die er hatte, und seine Miene wurde mit jedem Augenblick finsterer.

„Nolan, danke."

Blicke wurden ausgetauscht. So feindselig hatte ich Nolan noch nie gesehen. Er schien mit dem Gedanken zu spielen, mich am Arm zu packen und zu gehen, nachdem er Fabian ein paar wohl gewählte Worte gesagt hatte. Doch ich wollte, dass er jeden Gedanken daran aufgab, und versuchte, das durch mein entspanntes Lächeln zum Ausdruck zu bringen.

Es ist okay. Alles ist in Ordnung, Nolan.

„Sie wird nicht zum Wohle der Elfen geopfert", erklärte Nolan.

Fabian nickte. „Das ist eine Überzeugung, die wir beide teilen", antwortete er mit der Ernsthaftigkeit eines Versprechens. Seine Reaktion reichte nicht aus, um Nolans finstere Miene weicher zu machen oder seine Haltung zu entspannen.

„Ich werde es tun. Lass mich Malific in den Chasm bringen", schlug Nolan vor.

Fabian schüttelte den Kopf. „Ich glaube nicht, dass deine Tochter so gefährdet ist, wie du denkst. Aber ich respektiere deinen Wunsch, sie vor Schaden zu bewahren. Das hat deine Tochter verdient. Ich bin stolz darauf, sehr gut darin zu sein, den Ausgang einer bestimmten Situation einzuschätzen. Wenn du und Malific den Chasm betretet, stehen die Chancen nicht zu deinen Gunsten. Wenn deine Tochter und Malific hineingehen, stehen die Chancen gut, dass deine Tochter überlebt."

Was Fabian sah, als er in meine Richtung blickte, war in seinem Gesicht nicht zu lesen. Aber er schien mehr Vertrauen in meine Fähigkeiten zu haben als selbst ich. Unerschütterliche Sicherheit lag in seiner Stimme. Ich hatte keine Ahnung, aus welchen Gründen er mich Nolan vorzog. Ich wusste, warum ich mich wählen würde. Die aufgestaute

Wut, der Durst nach Rache und der Wunsch, meine Familie und Freunde zu beschützen, trieben mich an. Ob es nun giftig oder bewundernswert war, all das würde mein Handeln bestimmen.

Fabians Blick wanderte zwischen mir und Nolan hin und her, sein Gesichtsausdruck war nicht zu entziffern. „Ich überlasse es euch beiden, darüber zu reden. Ich bin hier, um euch zu helfen. Ich werde eure Entscheidung respektieren, aber ich habe meine Meinung kundgetan. Ich hoffe, dass sie berücksichtigt wird." Damit kam er auf mich zu und drückte beruhigend meinen Arm, bevor er ging. Ich hatte den Eindruck, dass er die Wichtigkeit dessen, was gerade geschehen war, unterstreichen wollte.

„Du schuldest ihnen nichts", sagte Nolan. Fabian war noch in Hörweite. Seine Schultern spannten sich bei diesen Worten an, aber er ging weiter.

„Ich weiß. Ich mache es nicht für die Elfen. Es dient meiner Sicherheit, der Sicherheit meiner Familie und der Hoffnung auf ein normales Leben."

„Du wirst deine Elfenmagie nicht haben, solange Zahlung für die Schuld nötig ist."

„Solange Malific lebt. Ich habe nicht die Absicht, sie so zurückzulassen, dass sie lange überleben kann."

Die Falten in seinem Gesicht wurden tiefer. Seine Emotionen waren greifbar in der Luft. Sie bestanden zum größten Teil aus Mitleid, als wäre mein Einfühlungsvermögen beeinträchtigt und ich nur noch ein Schatten meiner Selbst.

„Es geschieht nicht aus Grausamkeit, sondern aus Realismus. Sie musste geschwächt und dazu gebracht werden, für ihre Grausamkeit zu büßen. Ich mache dir keine Vorwürfe wegen meiner Existenz oder dem Grund dafür, aber das war nicht genug. Ich möchte nicht, dass meine Sicherheit und mein Überleben davon abhängen, dass Malific sich nicht wie das Monster verhält, als das sie sich erwiesen hat. Ich möchte auch nicht die Person werden, die ich sein müsste, um das länger durchzuhalten. Ich will, dass es vorbei ist."

„Dann lass mich es machen", schlug er vor. „Ich werde sie in den Blose Chasm locken, und du kannst ihn öffnen, damit ich wieder rauskommen kann." Verzweiflung lag schwer in seiner Stimme.

„Nolan. Kannst du ihn öffnen? Fabian hatte Mühe, ihn offenzuhalten. Bist du sicher, dass ich ihn lange genug offenhalten kann, damit du rauskommen kannst? Malific ist vieles, aber naiv ist sie nicht. Warum sollte sie dir dorthin folgen?" Ich erwähnte nicht die Frage, ob er in der Lage sein würde, zum Ausgang zu gelangen, sobald ich ihn öffnete.

Er nickte, sein grimmiges Lächeln zeigte Verständnis. „Es tut mir leid", flüsterte er.

„Es gibt keinen Grund dafür. Trotz des Chaos, das zur Zeit herrscht, gefällt mir mein Leben, und dank dir bin ich hier." Ich senkte meinen Blick. „Ich ... ich möchte nur nicht, dass du mich so verurteilst, wie du es getan hast."

Es war ein hartes Eingeständnis. Unsere Beziehung war komplex, und es war schwierig, sich in den Feinheiten zurechtzufinden, aber ich mochte Nolan.

Ich blickte auf und fand ihn direkt vor mir. Er umarmte mich so fest, dass der Atem aus meinen Lungen rauschte. „Es war niemals ein Urteil ... nicht gegen dich. Ich bin so glücklich, dass du geboren wurdest. Ich bin derjenige, der mit dem Urteil leben wird. Gegen mich, für das, was ich getan habe." Er zog sich zurück. „Ich verstehe, warum du das tust. Ich habe dich ohne Magie wehrlos zurückgelassen – ich möchte nicht, dass du noch einmal wehrlos bist."

„Ich werde immer noch meine Göttermagie haben", erinnerte ich ihn.

Nolan warf mir denselben Blick zu, den Fabian mir zugeworfen hatte, als er über meine andere Magie sprach, ein Blick, der klare Verachtung und Andeutungen von Überlegenheit enthielt. Aber Malific konnte Leben geben und Armeen erschaffen, die ihren Befehlen gehorchten.

Göttermagie war nichts, was man unterschätzen sollte.

Es war der zweite Tag, an dem ich daran arbeitete, und wir mussten alle anderen Lektionen auf Eis legen. Fabian saß neben mir und beobachtete mich bei der mühsamen Aufgabe, den Blose Chasm zu öffnen. Angesichts der Anstrengung, die ich bei Fabian beim ersten Öffnen gesehen hatte, wusste ich, dass es schwierig werden würde. Ich war nicht darauf vorbereitet, wie schwierig. Die Erschöpfung beim Öffnen war ein Problem, da ich da auch wieder rauskommen musste. Was dazu führte, dass ich mich darauf verlassen musste, dass Fabian ihn öffnete und offen hielt, bis ich herauskam.

Fünfzehn Minuten schienen die längste Zeit zu sein, die er ihn offenhalten konnte. Basierend auf der Menge an Erholung und Essen, die er danach brauchte, war es derselbe Kraftaufwand, wie für Arbeiten an der Alaska-Pipeline erforderlich war.

Wir hatten meinen Aufenthalt in Havenage verlängert, um sicherzugehen, dass ich das Öffnen des Blose Chasm meistere. Es war gut, dass wir die anderen Lektionen auf Eis legten. Ich hatte keine Energie, etwas anderes zu üben.

Am Ende hatte ich es perfektioniert. Es war an der Zeit, Malific dorthin zu bringen.

31

„Morgen", wiederholte Nolan und blinzelte angesichts meiner Antwort, wann ich in den Chasm gehen wollte. „So früh."

„Es ist besser so", erklärte ich. „Die Informationen sind frisch in meinem Gedächtnis, und ich fühle mich zuversichtlich, dass ich es kann."

Er benetzte seine Lippen und blickte zu Fabian, dessen Gesichtsausdruck unbewegt war, als er versuchte, eine vereinte Front zu präsentieren. Nolan wollte, dass ich warte, aber ich befürchtete, dass ich den Mut verlieren würde, wenn ich zu lange wartete. Ich glaubte nicht, dass das Nolans größte Sorge war. Es war, dass ich beschlossen hatte, es niemand anderem als den beiden zu erzählen. Mein Besuch in Havenage hatte genug Probleme verursacht. Ich konnte mir den Widerstand und die Sorge vorstellen, die der Chasm provozieren würde.

„Erin, besprich es mit ihnen. Sie werden eine objektive Stimme sein", drängte er, als er fragte, ob es genug Zeit gab, es den anderen mitzuteilen. Die Schuldgefühle nagten an mir, hatten mich ausgewrungen, aber sie würden ein Hindernis sein, das ich mir nicht leisten konnte und wollte.

„Dann werde ich mit dir kommen", schlug er vor.

„Nolan." In Fabians Stimme lag der eiskalte Ton der Vernunft, den Nolan brauchte. „Deine Anwesenheit wird Malific misstrauisch machen. Ich weiß, dass du Erin beschützen willst, aber was du vorschlägst, ist das Gegenteil davon." Fabian ging zu Nolan und legte ihm die Hand auf die Schulter. „Bleib hier. Ich werde mein Wort halten und deiner Tochter den gleichen Schutz gewähren wie den anderen und dir."

„Aber du wirst ihr nichts nützen, wenn sie im Chasm ist. Sie wird allein dort sein, mit Malific."

„Nein, Malific wird *allein* dort sein, *ohne Magie*, mit deiner Tochter." Fabians Selbstvertrauen vertrieb die Zweifel, als ich mich daran erinnerte, dass Malific nicht ohne ihre Magie existiert hatte. Nie. Ihre bloße Existenz, Stärke und Macht waren von ihrer Magie durchdrungen.

Am nächsten Tag verließ ich Havenage mit weniger Aufsehen als bei meiner Ankunft. Am Abend zuvor war allen beim Essen mitgeteilt worden, dass ich gehen würde. Nachdem ich vor Sonnenaufgang von Fabian geweckt worden war, ging ich, meine kleine Reisetasche über meiner Schulter. Ich verstand, warum sich alle beim Abendessen verabschiedet hatten. Ich war nur ein paar Tage dort gewesen, niemand hatte eine Bindung aufgebaut, mit Ausnahme von Pasha, der wenig Verständnis dafür hatte, dass der Extra-Dessert-Zug abfuhr. Die Verabschiedungen waren kurz und hölzern. Sanaa, die den Grund für meinen schnellen Abgang zu kennen schien, nickte mir zu.

„Du kannst es dir immer noch anders überlegen", sagte Nolan, als ich in seinem Schlafzimmer Halt machte, um ihn wissen zu lassen, dass ich ging. Dass Fabian an meiner Seite war, hielt ihn nicht davon ab, zu versuchen, mich von meiner

Entscheidung abzubringen. „Niemand wird dir einen Vorwurf daraus machen, wenn du das noch einmal überdenkst." Er sah Fabian an, der einen zustimmenden Laut von sich gab.

„Dessen bin ich mir bewusst. Wenn ich nicht glauben würde, dass es nötig wäre, würde ich es nicht tun. Ich würde es auch nicht tun, wenn ich nicht von meinen Fähigkeiten überzeugt wäre." Letzteres war Optimismus und Prahlerei. Ich hatte keine Angst, aber es wäre naiv, nicht besorgt zu sein und mit der gebotenen Vorsicht an die Sache heranzugehen. Malific war ein Krieger. Magie oder nicht, mir stand immer noch ein Kampf bevor, und das war der Grund, warum ich es schnell hinter mich bringen musste. Das lag nicht nur daran, dass der Zauber frisch in meiner Erinnerung war und ich mich sicher damit fühlte, sondern auch daran, dass ich nicht die Nerven verlieren wollte.

Nolan nahm meine Hand. „Sei vorsichtig." Ich zog ein wenig an meiner Hand und überredete ihn, sie loszulassen, nachdem er sie so lange gehalten hatte, dass ich den Verdacht hatte, er wollte mir Zeit geben, alles noch einmal zu überdenken.

„Ich denke immer noch, dass ich mit dir gehen sollte", schlug er vor, als ich mich zum Gehen wandte.

„Nolan", sagte Fabian angespannt. „Du und ich haben gestern Abend bis zum Überdruss darüber gesprochen. Sollte ich mir über dein mangelndes Vertrauen in mich Sorgen machen?"

„Nein. Das hat nichts mit Vertrauen zu tun, sondern mit meinem Wunsch, Erin zu beschützen."

Ein Lächeln breitete sich auf Fabians Lippen aus. „Ich muss dich noch einmal warnen, deine Tochter nicht zu unterschätzen – ihre Geschichte spricht für sich. Finde Trost in der Gewissheit, dass ich es ernst nehme, dass ich sie begleite. Ich werde alle meine Fähigkeiten einsetzen – die deine weit übertreffen –, um für ihre Sicherheit zu sorgen.

Es ist am besten, wenn du hier bleibst. Dadurch hat sie eine Person weniger, um die sie sich Sorgen machen muss, und wenn das vorbei ist, besuchst du sie. Dann genießt eure Zeit miteinander, ohne dass die Gefahr einer Störung durch Malific droht."

Es dauerte ein paar Augenblicke, aber Nolan nickte schließlich. Er nahm noch einmal meine Hand und drückte sie ermutigend.

Fabian mochte in Havenage leben, aber er schien mit dem Leben draußen sehr vertraut zu sein. Nachdem ich ihn zum Parkhaus begleitet hatte, in dem er sein Auto abgestellt hatte, gab er mir seine Kontaktinformationen und wo ich ihn finden könnte. Ich plante, ihn zu kontaktieren, sobald ich ein Treffen mit Malific vereinbart hatte. Er fand es amüsant, dass ich von ihm erwartete, dass er Magie einsetzen würde, um Kontakt aufzunehmen.

„Ich will meine Energie sparen. Je weniger Magie ich ausübe, desto länger kann ich den Chasm für dich offen halten. Denn du wirst da wieder rauskommen." Seine Worte sagte er mit so viel Selbstvertrauen, dass ich mich fragte, ob er hellsehen konnte.

***

Zuhause angekommen überlegte ich, ob ich Madison und Cory über meine Rückkehr und meine Pläne informieren sollte. Da ich nicht wollte, dass sie versuchten, es mir auszureden, tat ich es nicht. Wenn das vorbei war, wäre es befriedigend, ihnen mitzuteilen, dass die Malific-Situation kein Problem mehr darstellte. Der Gedanke daran ließ mich vor Vorfreude vibrieren, die die Angst übertraf. Ich benutzte das diamantförmige Metallding, das Malific mir gegeben hatte, um Kontakt zu ihr aufzunehmen. „Los geht's", hauchte ich, bevor ich den Zauber sprach, um sie zu rufen.

Das Treffen war kurz. Ich sagte ihr, was ich herausgefunden hatte und was getan werden musste, um den Eid aufzuheben. In Malifics Augen lag ein unheilvolles Leuchten, da sie sich darauf freute, davon befreit zu werden, und vor dem Zorn, den sie alle danach spüren lassen würde. Da ich nicht sicher war, wie viel sie über Elfenmagie wusste, sagte ich nichts über das Blose Chasm. Ich sagte ihr, dass wir ins Procreso gehen würden, und erklärte, dass das Medium meine Elfenmagie verstärken und mir die Fähigkeit geben würde, den bindenden Eid zu brechen.

„Du bist in der Tat einfallsreich. Kein Wunder, dass Elizabeth dich fürchtet." Sie tat so, als wären die Eigenschaften, die sie bewunderte, das Ergebnis ihres genetischen Beitrags. Eines hatte Elizabeth vollkommen richtig erkannt: Malific war arrogant und ein Narziss.

Sie ging, nachdem sie zugestimmt hatte, sich um vier Uhr morgens in einem kleinen Park in der Nähe meines Zuhauses zu treffen, um das Risiko zu minimieren, dass Zeugen mich beim Öffnen des Procreso sehen würden. Als sie weg war, teilte ich Fabian die Zeit und den Ort unseres geplanten Treffens mit.

32

Ein stromführender Draht aus Magie und Drohung ging von ihr aus. Aufgedreht vor Vorfreude hörte sie zu, als ich sie daran erinnerte, dass sie bei mir bleiben musste, bis wir die Schwelle übertreten hatten.

„Ich bin dein Ticket hinein", sagte ich ihr. Das stimmte nicht, aber sie musste in meiner Nähe sein. Ich musste sie ausschalten und verschwinden.

„Natürlich", sagte sie, als wäre es absurd, dass ich glaubte, sie daran erinnern zu müssen, sich an Regeln zu halten. „Willst du mich auf Waffen untersuchen?"

Ich schüttelte den Kopf. „Waffenstillstand, erinnerst du dich? Du wirst mir da drin nichts tun." Wenn ich sie nicht auf Waffen untersuchte, würde sie mich nicht untersuchen. Aus Angst, versehentlich etwas zurückzulassen, beschränkte ich mich auf das Wesentliche: Taser, Messer, Schlagring. Es war mir schwergefallen, mich für unser Treffen zu kleiden. Ich musste alles verstecken, durfte mich aber nicht so sehr anders kleiden, dass ich Verdacht erregte. Das kühle Wetter rechtfertigte die Jacke mit den Armbündchen mit Daumenschlitz, und die überlangen Ärmel verdeckten die Schlagringe. Der offene Saum meiner Leggings verbarg das Messer, das an meinem Bein befestigt war.

Malific war immer gekleidet, als wäre sie kampfbereit. Ein eng anliegendes Longsleeve, dicker als das, was sie normalerweise trug, und eine körperbetonte Lederhose. Verstohlen betrachtete ich sie und machte eine Bestandsaufnahme der möglichen Waffenverstecke. Ihr Schwert hatte sie nicht mitgebracht. Die Stiefel sahen gefährlich aus, aber an ihr war nirgendwo eine Waffe zu erkennen. Das war gut. Malific verließ sich sehr auf ihre Magie und nutzte ihre Schnelligkeit, Stärke und die Fähigkeit, weiterzukämpfen und sich gleichzeitig mit ihrer Magie zu heilen. Diese Vorteile würden wegfallen.

Eine Gänsehaut breitete sich aus, als ich ihre Hände ergriff. Sie grinste über meinen scharfen Atemzug. Ich flüsterte den Zauberspruch, ergriff ihre Hand fester, und wir gingen durch den wenig einladenden dunklen Raum. Ich hoffte, dass er sie nicht vorwarnte.

Dem war nicht so, und als wir das Herz des Blose Chasm betreten hatten, ging Malific an mir vorbei und betrachtete die Landschaft, während ich sie aus dem Augenwinkel beobachtete und auf Anzeichen dafür achtete, dass sie einen Verrat vermutete.

Unsicher, was ihr Lächeln verursachte – die Schönheit des Ortes oder die Erwartung der Rache an Elizabeth –, erwiderte ich es. Sie schien die Umgebung erkunden zu wollen. Ich ergriff ihre Hand und zog sie zurück.

„Das sollte weit genug sein."

„Du bist nicht neugierig auf diesen Ort?", fragte sie. „Er ist wunderschön. Du solltest dich mit dem Ort vertraut machen wollen, an dem du deine Tage bis zu deinem Tod verbringen wirst."

Der Schlag gegen die Seite meines Kopfes kam plötzlich und mit Wucht. Benommen ließ ich sie los und stolperte zurück. Bevor ich mich erholen konnte, schleuderte ein weiterer Haken gegen meinen Kiefer meinen Kopf nach hinten und jagte einen weiteren Schmerzimpuls durch mich hindurch. Den folgenden linken Haken wehrte ich ab. Ein gut platzierter Frontkick traf sie direkt unter ihrem Kinn, gefolgt von einem Roundhouse-Kick, der sie seitlich am Kopf traf. Sie wich zurück und schüttelte es ab, eine amüsierte Dunkelheit breitete sich über ihrem Grinsen aus.

„Hast du wirklich geglaubt, ich hätte noch nie vom Blose Chasm gehört?"

Das Herz sackte mir in die Kniekehlen.

„Elfen haben eine Fülle ungenutzter Zaubersprüche und Fähigkeiten. Da ich sie nicht als Verbündete haben konnte, waren sie nutzlos für mich. Ich wollte auch sichergehen, dass sie nicht gegen mich verwendet wurden." Trotz der Wut in ihrer Stimme waren Spuren widerwilliger Bewunderung zu hören. Ich hatte erreicht, was ihr nicht gelungen war: ein Bündnis mit den Elfen. Der Einsatz ihrer Magie gegen einen Feind, selbst wenn sie dieser Feind war, und die Ausbeutung der Magie für einen zornigen Zweck. Seltsamerweise war dies vielleicht das einzige Mal, dass sie mich als etwas Wertvolles sah – als eine echte Ebenbürtige.

Sie stürmte auf mich zu, wehrte den Schlag meiner unbewaffneten Hand ab und traf mich an der Nase. Sie brach nicht – zumindest glaubte ich das. Aber der Treffer trübte meine Sicht. Ich hatte sie unterschätzt, weil ich angenommen hatte, der Ursprung ihrer Fähigkeiten liege in ihrer Magie, wo ich im Vorteil wäre. Doch sie legte großes Kampfgeschick an den Tag. Das war eine Fehleinschätzung, die mich teuer zu stehen kommen könnte.

Sie würde das nicht gewinnen. Sie konnte es einfach nicht. Ich ließ mich auf die Knie fallen und schlug zu. Ich setzte so viel Kraft ein, wie ich konnte, und schlug ihr mit dem Schlagring gegen die linke Kniescheibe. Sie grunzte vor Schmerz, mein Bein streifte ihren linken Knöchel, und sie landete mit einem dumpfen Schlag am Boden. Ich holte den

Taser aus meiner Tasche und richtete ihn auf sie. Nichts. Wieder nichts. Scheiße. Magie funktionierte nicht und elektrische Geräte offenbar auch nicht. Ich steckte ihn zurück in meine Tasche – entschlossen, nichts zurückzulassen.

Malific rollte sich auf die Füße und bewegte sich langsamer als zuvor. Ihr Schmerz war deutlich zu sehen, als sie sich auf mich stürzte und mich zu Boden riss. Ihr volles Gewicht auf mir und ihre unmittelbare Nähe hinderten mich daran, genug Abstand zu schaffen, um stärkere Schläge landen zu können. Sie hatte es auf meine Augen abgesehen. Ich war gezwungen, mich zu verteidigen. Von dort, wo ich lag, konnte ich die Öffnung des Chasm sehen, eine Straßenlaterne in dem Park, durch den wir hergekommen waren.

Während des Kampfes hatten wir uns davon entfernt. Ich zog meine Hand mit den Schlagringen zurück, riskierte dabei eine Verletzung im Gesicht und schlug ihr heftig in die Seite. Ein Schlag, der stark genug war, dass sie vor Schmerz benommen war. Schock, Ungläubigkeit und Ekel huschten über ihr Gesicht, als ihr klar wurde, dass ihr Umhang aus göttlicher Magie, die sie heilte und den Schmerz vertrieb, nicht da war. Sie war sterblich. So fühlte es sich an, ein Mensch zu sein.

Ich griff nach dem Messer, holte aus und rammte es ihr in den Bauch. Ich zog es heraus und bereitete mich darauf vor, noch einmal zuzustoßen und eine Arterie zu treffen, aber sie rollte von mir und kam schneller auf die Beine als erwartet. Ihre Augen strahlten vor feuriger Wut. Tod. Sie wollte ihn für mich genauso sehr, wie ich ihn für sie wollte. Sie presste eine Hand auf ihren Bauch und starrte auf das dunkle Blut. Sie stieß einen verzweifelten Laut aus, während Entsetzen ihr Gesicht verdunkelte.

Ich riskierte einen Blick auf die Öffnung. Sie sah anders aus, das Licht war nicht mehr so hell. Der Ausgang schloss sich. Ich stürzte darauf zu und hörte hinter mir Malifics eilige Schritte. *Schneller, Erin, schneller.* Ich spürte, wie sie mit

der Hand nach meiner Jacke griff. Sie verfehlte sie, und ich
rannte schneller. Das Gewicht eines Körpers traf mich, und
ich fiel nach vorn. Wir rangen miteinander und versuchten,
uns voneinander zu lösen. Schläge hieben in alle Richtungen,
Nägel rissen an Haut.

Wir standen fast gleichzeitig auf. Wut ließ Malific wahnsinnig aussehen, als sie mir ein Messer in den Bauch stieß.
Schmerz durchzuckte mich, so heftig und bösartig, dass ich
keine Luft mehr bekam. Meine Jacke war nass von meinem
Blut. Sie riss es heraus. Ich heulte auf. Sie warf einen Blick
auf die Öffnung. Ich reagierte auf das pure Adrenalin in
meinen Adern, meinen Überlebenswillen und schlug ihr mit
aller Kraft auf die Nase.

Das Knirschen gebrochener Knochen schockierte sie. Sie
stach blindlings mit tränenden Augen um sich. Ich schlug sie
noch einmal, doch der Schlag ließ meine Wunde so sehr
schmerzen, dass ich dachte, ich würde ohnmächtig werden.
Sie stolperte zurück und ließ das Messer fallen. Ich packte es
und stach auf sie ein, aber nicht annähernd so tief, wie ich
wollte. Die Kraft strömte aus mir heraus. Meine Beine
begannen, unter mir nachzugeben. Ich rannte auf den
Ausgang zu, nicht sicher, was es bedeutete, dass meine Beine
nachgaben. War der Blutverlust zu groß? Meine Gedanken
wurde langsamer. Alles wurde langsamer. Es war schwierig,
meinen Körper dazu zu bringen, meinen Befehlen zu gehorchen. Er wollte sich ausruhen. Musste sich ausruhen.

„Ich komme!", schrie ich, aber es kam nur als heiseres
Flüstern heraus. Übertönt von Malifics Versprechen, mich
auf die schmerzhafteste und qualvollste Art und Weise zu
töten.

„Das ist noch nicht vorbei", presste sie hervor, und in
jedem ihrer Worte steckte Schmerz. „Ich werde dich töten."
Ich hatte keinen Zweifel daran, dass sie, wenn sie die Gelegenheit dazu bekäme, all ihre Folter- und Rachegelübde
einlösen würde. Doch diese Chance würde sie nicht bekom-

men. Ich drückte meine Beine durch. Mein Atem war unregelmäßig und schnaufend, während der Schmerz immer glühender wurde. Ich wusste, dass ich mich ihm ergeben und ohnmächtig werden würde, wenn ich mich darauf konzentrierte.

„Ich komme", zwang ich mit zusammengebissenen Zähnen hervor. Es war keine Einbildung; die Öffnung wurde kleiner. Die Ränder zitterten und zogen sich zusammen. Ich konnte eine Bewegung hinter mir hören, konnte aber nicht sagen, wie nah sie war, und wollte keine Zeit verschwenden, indem ich mich umsah. Ich warf mich durch die sich schließende Öffnung und landete auf dem Bauch.

Fabian half mir, mich auf den Rücken zu drehen. „Ich werde versuchen, die Blutung zu stoppen und den Schmerz zu lindern."

Ich blinzelte, weil Nicken zu anstrengend war. Ich konnte hören, wie Zaubersprüche über seine Lippen kamen, wie er über ihr Scheitern fluchte, und als er sagte, dass seine Magie erschöpft war.

„Es ist okay, ich kann es schaffen", sagte ich mit schwacher, rauer Stimme. Ich gab mir Mühe, aber ich schaffte es kaum, meine Hände auf meinen Bauch zu heben.

„Es ist mehr als nur ein Weichteilschaden, Erin. Es ist …" Er verstummte.

Ich war mir nicht sicher, wie schwer meine Verletzungen waren, aber Fabians Flüchen und seinen Rufen nach Gottheiten nach zu urteilen, waren sie schlimm. Ich konnte die Verzweiflung in seiner Stimme hören, als er nach einem Krankenwagen rief.

33

Ich öffnete die Augen und stöhnte, als ich mich aufsetzte, um mich umzusehen. Krankenhauszimmer. Madison. Sie sah müde aus, ihre Lippen waren zu einer festen Linie aufeinandergepresst. Cory saß in einer Ecke des Zimmers und rieb sich mit den Händen den struppigen Schatten seines Bartes. Er wich meinem Blick aus. Mephisto lehnte an der Wand, sein Aussehen zerzaust.

„Wie lange bin ich schon hier?", fragte ich Madison.

„Zwei Tage. Soweit ich weiß, warst du bewusstlos, als der Krankenwagen eingetroffen ist. Das Messer, mit dem du verletzt wurdest, war ein Jagdkommando-Messer, das beim Herausziehen großen Schaden angerichtet hat. Den meisten Schaden hat es an deiner Milz hinterlassen, sie haben es geschafft, sie zu reparieren. Du hast eine OP gebraucht, keine Magie." Ihr Blick wanderte in die Ecke, wo Fabian an die Wand gedrückt saß und versuchte, unauffällig zu bleiben und den bösen Blicken zu entgehen. Nolans besorgte und düstere Miene fesselte meine Aufmerksamkeit länger als alle anderen, während ich versuchte, die Dynamik im Raum zu verstehen.

„Wie fühlst du dich?", fragte Mephisto, kam zum Bett und legte sanft eine Hand auf meinen Bauch.

„Nur ein bisschen Schmerzen", log ich. „Aber ein bisschen überwältigt." Ich war noch nie in einem Krankenhaus gewesen, und jetzt befand ich mich in einem Raum, an Monitore angeschlossen, mit Infusionen in meinem Arm und einem Schlauch, der zu intim mit meiner Damengarage war.

„Gegen die Schmerzen kann ich was tun", sagte er, und ich stimmte sofort zu. Er war sanft, als er seine Hand auf meinen Bauch legte. Das erfrischende Prickeln seiner Magie, die über mich glitt und mir den Schmerz nahm, war sehr willkommen.

Ich versuchte immer noch, Cory und Madison zu lesen. Wie wütend waren sie? Ich bereute es, ihnen meine Pläne nicht mitgeteilt zu haben. Ich würde definitiv zu Kreuze kriechen müssen. Die Krankenschwester, die mit hektischen Bewegungen den Raum betrat, war eine willkommene Ablenkung, besonders als sie alle aufforderte, das Zimmer zu verlassen. Als sie zurückkamen, war Fabian nicht bei ihnen.

„Wer ist dieser Fabian?", fragte Madison mit zusammengebissenen Zähnen. „Denn das Einzige, was ich aus irgendjemandem herausbekommen konnte, war, dass er derjenige war, der dich gefunden hat, nachdem du angegriffen wurdest."

„Mein Ausbilder in Havenage."

„Warum hat er dich dann verletzt?" Cory warf Nolan einen Blick zu. Das erklärte Nolans müde Miene. Er hatte seine Zeit hier damit verbracht, Fabian zu verteidigen. Schon die bloße Annahme, dass Fabian für die Verletzungen verantwortlich sein könnte, musste Chaos ausgelöst haben. Ich warf ihm ein dankbares, freudloses Lächeln zu und richtete meine Aufmerksamkeit wieder auf Cory, der die Welt vor dem Fenster betrachtete, als wäre sie zu fesselnd, als dass er den Blick abwenden könnte. Obwohl er sich alle Mühe gab,

seinen Gesichtsausdruck zu verbergen, sah ich, dass er beleidigt war.

„Er hat mich nicht verletzt. Malific hat es getan."

Alle Augen schossen zu mir. Eine weitere Welle der
Trauer um Nolan ging durch mich, weil er Fabian hatte
verteidigen müssen und keine klare Antwort auf das hatte,
was im Chasm passiert war. Keiner von ihnen hatte sie.

Nach diversen Unterbrechungen, einem Besuch durch
den Arzt und Mittagessen hatte ich es geschafft, ihnen alles
zu erzählen. Fast alles. Ich sagte ihnen, dass ich sie nicht in
meine Pläne eingeweiht hatte, weil ich schnell handeln
musste.

„Du musstest so schnell handeln, dass du keine SMS schicken, keine Nachricht hinterlassen oder am Haus vorbei-
schauen konntest, um mir zu sagen, dass du im Begriff warst,
etwas so Waghalsiges und Gefährliches zu tun?", blaffte
Madison. Dann biss sie sich auf die Lippen, um zu unterdrücken, was sie sonst noch sagen wollte.

Ich bevorzugte die Stille, die folgte, als sie alles verarbei-
teten. Madisons Fäuste waren an ihren Seiten so fest geballt,
dass es schmerzhaft aussah. „Nolan hat mir erzählt, dass du
im Krankenhaus bist", sagte sie. „Er wusste es also, aber wir
wussten es nicht."

„Weil er in Havenage war, als der Plan diskutiert wurde."

„War das von Anfang an beabsichtigt?", fragte Cory.

Ich schüttelte den Kopf. „Nein, es hat sich einfach alles so
entwickelt."

Mephisto hatte geschwiegen, aber meine Antwort brachte
mir einen missbilligenden Blick ein. Vielleicht war ich zu
müde, um überzeugend zu klingen. „Bist du müde?",
fragte er.

Ich nickte und hoffte, dass alle den Hinweis verstanden.
Mich am Tag nach der Operation zu streiten, war zu viel
verlangt. Der Schmerz hatte deutlich nachgelassen, aber da
war mehr als nur die Schmerzen. Die Leere, die ich im

Chasm gespürt hatte, hielt an und ließ mich vermuten, dass meine Magie nicht zurückgekehrt war. Ich konnte sie nicht nutzen, um mich weiter zu heilen.

„Dann ruh dich aus, ich komme später wieder." Er kam ans Bett, beugte sich zu mir herunter und küsste mich auf die Wange. „Erin, wir werden darüber reden", flüsterte er nur für meine Ohren. Einen Gedanken, den ich auch in den Gesichtern der anderen sehen konnte.

***

Drei Tage im Krankenhaus. Mephisto, Cory und Madison besuchten mich regelmäßig. Mein Fall war von der Polizei auf die Supernatural Task Force übertragen worden. Was meiner Meinung nach bedeutete, dass der Fall nicht intensiv untersucht werden würde und schließlich zu einem ungelösten Fall werden würde. Nolan kam jeden Tag vorbei und sah mich an, als könnte er nicht fassen, dass ich es geschafft hatte.

Wegen des Krankenhausaufenthalts, der Operation und der Besuche hatte ich nicht wirklich Zeit gehabt, das Geschehene vollständig zu verarbeiten. Ich hatte Malific verletzt zurückgelassen. Ich hatte ihr ähnliche Verletzungen zugefügt wie sie mir, was einen chirurgischen Eingriff nötig gemacht hatte. War sie gestorben? Als ich vorschlug, nochmal in den Blose Chasm zu gehen, um nachzusehen, ließ ich das Thema fallen, als Nolan mich entsetzt ansah.

„Warte, bis du was von deiner Magie zurückhast, okay?"

Meine Zustimmung war das Einzige, was ihm Erleichterung verschaffte. Aber ich war mehr als erleichtert. Malific war weg. Eines meiner Probleme erledigt. Jetzt musste ich nur noch die Situation mit Asial in Ordnung bringen und das Laes für die Jäger besorgen. Ich war optimistischer, als ich es jemals für möglich gehalten hätte.

Nach der erfolgreichen OP war die Operationsstelle fast verheilt und die Schmerzen minimal. Ich war mir der Spannung, die zwischen uns herrschte, deutlich bewusst. Sie waren deutlicher zwischen mir und Madison, die extrem einsilbig war, als sie mich nach meinem viertägigen Aufenthalt im Krankenhaus nach Hause fuhr. Die Anspannung war so groß, dass Cory sich vom Beifahrersitz umdrehte, um mir ein beruhigendes Lächeln zu schenken. Es war eine tapfere Anstrengung. Sie hatten jedes Recht, verärgert zu sein. Ich konnte mir vorstellen, wie ich mich fühlen würde, wenn ich von Dritten erfuhr, dass einer von ihnen im Krankenhaus war, nachdem er etwas so Gefährliches getan hatte, wie mit Malific ins Blose Chasm zu gehen.

Zu Hause verzog ich das Gesicht, als ich mich auf das Sofa setzte.

„Es gibt Essen. Ich habe gestern alles aufgefüllt. Du hast ein paar Tiefkühlmahlzeiten, die sich leicht zubereiten lassen. Die Narbe heilt gut, also wirst du den Verband wahrscheinlich nur einmal wechseln müssen, wenn sie nässt." Madison beugte sich herunter und zog mein Shirt hoch, um die Bandage zu untersuchen. Als sie sah, dass die Gaze blendend weiß war, zog sie sie schweigend weg. „Es ist fast geheilt. Du solltest also keine Probleme damit haben. Mephisto hat gesagt, dass er später vorbeikommen wird."

Ich hasste es, wie klinisch sie mit mir umging. Etwas war in ihr verloren gegangen. Wir hatten uns schon des Öfteren gestritten, aber es hatte immer einen Hauch von Philia in unseren wütenden Worten und Spitzfindigkeiten gegeben. Nichts davon war jetzt vorhanden, und ich spürte die Abwesenheit.

„Es tut mir leid –"

„Nein, das tut es nicht", blaffte sie. Sie richtete sich auf und schaffte eine Distanz zwischen uns, die unserer emotionalen Distanz gleichkam. „Es tut dir nie leid, und das ist das verdammte Problem. Es tut dir leid, dass ich wütend bin. Vielleicht tut es dir sogar leid, dass du so schwer verletzt worden bist, aber ich bin mir verdammt sicher, dass du nicht bereust, was du getan hast."

Der Versuch, ihre Stimme ruhig zu halten, misslang. „Ich musste von Nolan erfahren, dass du im Krankenhaus bist! Ich habe nichts aus dem Lord der Elfen herausbekommen – oder wer auch immer zum Teufel er ist. Er hat kaum etwas gesagt. Wir wussten nichts. Ich wusste nur, dass du nach einem Angriff im Krankenhaus warst. Und wir" – sie bewegte ihren Finger zwischen sich und dem ungewöhnlich ruhigen Cory, dem es schwerfiel, mich anzusehen – „haben keine Antworten bekommen. Wir wussten nicht, ob du überhaupt überleben würdest. Wir hatten keine Ahnung, dass du aus Havenage zurück warst. Kannst du dir vorstellen, wie wir uns gefühlt haben? Hat es dich überhaupt *interessiert*?"

Wie Cory schien es ihr schwerzufallen, mich anzusehen. Sie fuhr mit den Fingern durch ihre Haare und hing ihren Gedanken nach.

„Du hast recht", gab ich leise zu. „Was ich getan habe, tut mir nicht leid, aber es tut mir leid, dass ich euch verletzt habe. Ich musste es tun."

„Nein, so einfach kommst du mir nicht davon. Du musstest es nicht. Du musstest es tun, ohne dass dich jemand darauf hinweist, wie dämlich, rücksichtslos und gefährlich es war. So bist du, Erin. Dir sind alle anderen scheißegal. Ich habe es so verdammt satt." Ihre Stimme zitterte vor Emotionen.

„Es war mir nicht egal. Ja, ich wusste, dass es gefährlich war, und ich wollte die Situation nicht noch schlimmer machen, indem ich den beiden, die mir am meisten am Herzen liegen, Sorgen bereite. Es war kein Egoismus. Ich habe versucht, mein Bestes zu geben."

Die Tränen, die ich zurückgekämpft hatte, liefen mir jetzt

über die Wangen. Das war ein anderer Streit. Ich konnte die Veränderung spüren. Als ob die Ranken von Madisons Mitgefühl gebrochen waren und ich mich um mein Leben daran festklammerte. Das Gefüge unserer Beziehung fühlte sich irreparabel beschädigt an.

„Madison, Malific ist aus dem Spiel. Sie kann das Blose Chasm nicht verlassen und war in einem Zustand, in dem sie meiner Meinung nach nicht überleben kann. Fabian – der Mann, den du den Lord der Elfen genannt hast – ich glaube nicht, dass er einen Titel hat, aber er wird mir bei meinem Dareus-Problem helfen."

„Weil du keine Magie mehr hast", betonte sie. Vielleicht in dem Bemühen, sich bei Madison einzuschmeicheln, war Nolan freigiebiger mit Informationen gewesen, die Fabian nicht hatte preisgeben wollen.

„Ich habe meine *Elfenmagie* nicht."

Sie brummte leise etwas auf Französisch. „Alles lässt sich wegargumentieren. Das ist so typisch für dich. Ich kann einfach nicht mehr mit dir, Erin."

Hin- und hergerissen zwischen Wut, Frustration und Trauer sprudelten meine Worte in einem ungefilterten Krächzen heraus. „Was meinst du mit ,ich kann einfach nicht mehr mit dir'? Familie funktioniert so nicht. Es tut mir leid. Wie oft muss ich das noch sagen?"

„Aber wir sind keine Familie, oder?" Das war ein Schlag, von dem ich mich nicht erholen konnte. „Wir sind zwei Frauen, deren Mütter eine ungewöhnlich enge Beziehung haben. Dass Nolan dich bei meiner Mutter gelassen hat, ist Formsache. Es hätte die Tür von irgendjemandem sein können, und das würde dich nicht mehr zu meiner Schwester machen, als du es jetzt bist. Du hast uns nie wie Schwestern behandelt. Ich war einfach die Person, die alles Mögliche für dich geregelt hat. Ich habe dich wie eine Erweiterung von mir behandelt – wie echte Familie. Denn so sind wir erzogen worden, und das war es, was ich wollte. Aber jetzt ist klarer denn je, dass die Beziehung einseitig war. Sie ist kaputt. Ich will das nicht. Ich will nicht deine –"

„Madison."

Corys scharfe Unterbrechung schien nur dazu zu dienen, sie davon abzuhalten, etwas zu sagen, das sie später bereuen würde. Nichts konnte zu ihr durchdringen. Das Verletzendste war schon ausgesprochen worden. Tränen glitzerten in ihren Augen.

„Alles ist zu kaputt, Erin. Ich bin fertig damit. Ich bin fertig mit dir." Sie verließ die Wohnung, ohne sich umzusehen. Nur ein tiefer Atemzug, bevor sie die Tür hinter sich zuzog.

Die Tränen kamen zu schnell, als dass ich sie hätte wegwischen können. Ich wusste es. Spürte es. Nichts, was ich sagen könnte, würde das ändern. Die Endgültigkeit ließ meine Brust schmerzen. Das Ende eines schrecklichen Films, in dem jeder so viel Besseres verdient hatte.

„Sie ist einfach nur aufgewühlt und lässt es an dir aus. Das glaubt sie auf keinen Fall", sagte Cory und setzte sich neben mich. Ich legte meinen Kopf an seine Schulter. Mit dem Daumen strich er über meine Wange und wischte mir die Tränen weg. Sie flossen so schnell, dass er schließlich aufgab.

„Ich hätte es dir sagen sollen."

Er seufzte. „Ich weiß nicht", überlegte er. „Ich hätte es gern gewusst, aber ich weiß, dass du es tun musstest. Wenn du mir gesagt hättest, dass du mit einer Frau, die für die Ausrottung einer ganzen Rasse, die Ermordung ihres eigenen Bruders und Hunderter anderer verantwortlich ist, in die magielose Donnerkuppel gehen wolltest – ich wäre damit nicht einverstanden gewesen. Überhaupt nicht. Madison auch nicht. Ich verstehe, warum du es niemandem erzählt hast. Ich bin nur wütend, weil ich, als Madison angerufen und mir gesagt hat, dass du im Krankenhaus in einer Notoperation bist, dachte, ich würde dich verlieren, und das hat mich zu Tode erschreckt. Ich habe jemanden gebraucht, auf den ich wütend sein konnte. Ich habe mich für Malific und Fabian entschieden."

Ich hob meinen Kopf und wischte mir mit meinem T-Shirt die Wangen trocken. „Warum Fabian?"

Nach einigen Augenblicken zuckte er mit den Schultern. „Ich weiß nicht. Er und M können sich nicht leiden. M hat eine ungezähmte Abneigung gegen ihn. Es lag wahrscheinlich an der Art, wie Fabian dich nach der Operation beobachtet hat, während du geschlafen hast, und an der Art, wie er dir die Haare aus dem Gesicht gestrichen hat. Mephisto hat ihn angeschnauzt, das nie wieder zu tun. Es war ziemlich offensichtlich, dass Mephisto es nur einmal sagen würde. Er hat es mit der coolen Stimme eines Mannes gesagt, der vor nichts Angst hat. Es hat *mir* einen Schauer über den Rücken gejagt. Sogar Kai hatte das Bedürfnis, sich zwischen die beiden zu stellen. Und Fabian war das alles vollkommen egal. Seine Anwesenheit wirkte besitzergreifend. Es war, als wäre er eher eine Herausforderung für Mephisto, als dass er wirklich sehen wollte, wie es dir geht."

Ich runzelte die Stirn. „Ich glaube nicht, dass es besitzergreifend ist. Elfen mögen Götter nicht wegen dem, was Malific getan hat. Er beschützt mich, weil ich eine Elfe bin."

„Bist du dir da sicher?"

Ich war es nicht, aber ich wollte nicht länger darüber nachdenken oder über die Situation, die zu dem geführt hatte, was verdammt nochmal zwischen Madison und mir vor sich ging.

„Ich hasse es, mit Madison zu streiten", flüsterte ich, schloss die Augen und legte meinen Kopf wieder auf Corys Schulter.

„Alles wird gut. Sie ist wütend, weil sie emotional so mit dir verbunden ist. Die letzten Monate waren auch für sie hart. Es fällt mir leichter, einen Schritt zurückzutreten und mich nicht auf all die Emotionen einzulassen. Aber für sie ist der Umgang mit Situationen, die dich betreffen, nicht so einfach. Sie liebt ihren Job bei der STF, aber du weißt genauso gut wie ich, dass sie oft die Regeln beugt, um dir zu helfen. Wenn dir irgendwas passiert – zum Beispiel, wenn du ins Dämonenreich verbannt wirst – muss sie sich mit der Familie auseinandersetzen. Einer Familie, die sie aus irgendeinem Grund zu deinem Beschützer ernannt hat. Es ist unfair, jemanden in diese Situation zu bringen. Dennoch hat sie sich klaglos darauf eingelassen und tut immer, was nötig ist. Ich mache keine Ausflüchte für sie, aber ich verstehe ihre Reaktion. Sie ist nicht fertig mit dir. Sie wird nie mit dir fertig sein. Geschwister sind eine Erweiterung von uns. Du bist ein Teil von ihr."

„Aber wir sind nicht wirklich Schwestern", schniefte ich. „Realistisch gesehen waren wir nur Freundinnen, die wie Schwestern großgezogen wurden. Keine Blutsverwandten."

„Du hast recht. Es ist sogar noch stärker, weil ihr nicht blutsverwandt seid, euch aber dafür entschieden habt, euch so zu verhalten, als wärt ihr welche. Sie ist verletzt und hat verbal um sich geschlagen. Du weißt, dass sie es nicht so gemeint hat. Gib ihr ein oder zwei Tage."

Ich nickte.

„Also, wann hast du vor, dich mit Asial zu befassen?", fragte Cory und wechselte geschickt das Thema.

„Ich habe keine Magie. Ich kann ihn nicht herbeirufen. Hoffentlich kommt ein Teil davon zurück." Oder alles, wenn Malific starb. „Ich will ganz gesund sein, bevor ich mich mit ihm befasse. Ich muss herausfinden, was ich mit einem Dämon machen soll, der unter uns lebt. Im schlimmsten Fall könnte ich ihn neutralisieren. Fabian hat vielleicht andere Möglichkeiten."

Zumindest hoffte ich, dass er sie hatte.

34

Ich stand unter dem prüfenden Blick von Mephisto, der vorbeigekommen war, nachdem Cory gestern gegangen war. Banale Gespräche hielten uns davon ab, den twerkenden Elefanten im Raum anzusprechen.

„Ich hätte es dir sagen sollen", gab ich zu einer Kugel auf der Couch zusammengerollt zu und entfaltete mich weit genug, um nach der Kaffeetasse zu greifen, die er mir hingehalten hatte. Ich hatte den Neuzugang auf meiner Theke bemerkt. Eine neue Kaffeemühle und eine gute Kaffeemaschine, ähnlich der, die ich in seinem Haus bewundert hatte.

Ich trank einen Schluck Kaffee und seufzte anerkennend angesichts des reichen, kräftigen Geschmacks. Definitiv nicht meine Marke. Der erdige Geschmack mit einem Hauch dunkler Schokolade war wie der des Kaffees, den er zu Hause hatte und für den ich nicht bereit war, Geld auszugeben. Bohnen aus dem Supermarkt gaben mir den gleichen Koffeinschub.

Kommentarlos trank er einen Schluck.

„Es lag nicht daran, dass ich dir nicht mit der Information vertraut habe. Ich wollte, dass die Situation vorbei ist, und ich wusste, dass du mich würdest begleiten wollen."

„Ich hätte es gewollt, aber ich hätte es nicht getan. Sie wäre niemals in meiner Gegenwart da reingegangen. Aber ich hätte mir Sorgen gemacht. Du musst mich nicht vor Sorgen beschützen, Erin. Bitte versteh das."

Ich nickte und erzählte ihm von meinen Erlebnissen in Havenage, meiner Vereinbarung mit Fabian, keine Vergeltungsmaßnahmen gegen Elizabeth zu ergreifen, und was ich als Gegenleistung erhalten würde.

„Ich mag Fabian nicht."

„Sag mir, was du wirklich fühlst", neckte ich.

Es war keine Eifersucht, sondern Verachtung. Pur und bösartig, und ich konnte nicht ergründen, warum. „Er ist motiviert, die Elfenlinie zu schützen, weil es so wenige davon gibt. Seine Beharrlichkeit kann nervig sein", erklärte ich, obwohl ich nicht ganz sicher war, ob das der Grund war.

Mephisto presste die Lippen aufeinander und schüttelte dann den Kopf. „Das ist es nicht. Ich mag ihn einfach nicht." Die Frustration darüber, dass er seine Abneigung nicht erklären konnte, war deutlich zu sehen. „Er ist sehr mächtig, gibt sich aber zu viel Mühe, harmlos zu wirken."

„Um sich selbst zu schützen. Er versucht, die Blutlinie zu retten. Eine, die von jemandem mit Magie wie deiner zerstört wurde. Nimmst du es ihm übel, dass er nicht bedrohlich wirken wollte? Oder dass er nicht wollte, dass du seine Magie begehrst? Das hat dazu geführt, dass sein Volk getötet wurde", erklärte ich und trank einen weiteren großen Schluck. Vielleicht lohnte sich der Mehraufwand für den Moment der Dekadenz, bevor ein Tag beginnt, der alles andere als spektakulär ist.

Bodenlose, dunkle Augen sahen mich nachdenklich an, als er sich meine Erklärung durch den Kopf gehen ließ. Seine Miene wurde finster. „Ich glaube nicht, dass es darum geht, sich selbst zu schützen. Er hat keine Angst vor mir."

„Willst du, dass er es tut?"

Er zuckte mit den Schultern. „Ich habe das nicht nötig."

Eine treffende Erinnerung daran, dass ein Löwe niemandem sagen musste, dass er ein Löwe war. Dass ein Leopard nicht verkünden musste, dass er eine Bedrohung darstellte, aber es nicht zu wissen, konnte verheerende Folgen haben.

„Er ist besitzergreifend, was dich angeht, und das gefällt mir nicht", gab er zu.

Ich stellte meinen Kaffee auf den Tisch und drehte mich zu ihm um. „Eifersüchtig?"

„Sollte ich es sein?"

„Eifersucht ist seltsam, nicht wahr? Schwer zu kontrollieren, aber oft grundlos."

„Mit anderen Worten: Ich muss mir keine Sorgen machen." Er kam näher, drückte mich auf dem Sofa zurück und ließ sich zwischen meinen Beinen nieder. Ich zischte vor Schmerzen, und er war weg und in der Nähe der Wand, von wo sein Blick über mich wanderte und auf der Einstichstelle hängenblieb. „Habe ich dir wehgetan?", flüsterte er.

„Nein", ich zog einen Stift hervor, der tief zwischen den Kissen steckte. „Der Kuli hat mich aufgespießt."

Er lachte. „Der Kuli hat mich aufgespießt", sagte er mit einer schlechten Nachahmung meiner Stimme. „Unbestreitbar Erin", flüsterte er, bevor er mich küsste.

Als ich den Bailer, das magische Leuchtfeuer, das Mephisto mir gegeben hatte, vom Tisch nahm, sah ich, dass die Zeichen darauf verschwunden waren. Die Brandmale waren am Abend zuvor noch auf seinem Arm gewesen. Ich strich meine Finger über das Objekt, doch Mephisto legte seine Hand auf meine und spendete unerwarteten Trost.

„Wann hast du deine Bindung daran gelöst?"

„Heute Morgen." Erleichterung. Sie war spürbar. Er empfand offenbar dieselben Gefühle wie jedes andere magische Wesen, wenn ihre Magie unterdrückt wurde.

„Danke, dass du das für mich getan hast."

„Ich bin froh, dass du ihn nicht benutzen musstest." Seine Finger strichen in kleinen Kreisen über meinen Oberschenkel, während sich seine Lippen zu einem freudlosen Lächeln verzogen. „Hast du es ins Blose Chasm mitgenommen?"

„Das Ziel war, so wenig wie möglich mitzunehmen. Es hätte sowieso nichts gebracht. Magie funktioniert da nicht. Nicht einmal mein Taser hat funktioniert."

„Du bist allein mit Malific da reingegangen und hast darauf gezählt, dass Fabian das Tor offenhält, und auf deine Fähigkeiten im Kampf gegen eine Erzgottheit." Sein Ton war angespannt und zugleich tadelnd und stolz.

„Ich hatte nicht viele Möglichkeiten. Ich hatte die Wahl, in der ständigen Angst zu leben, dass sie versuchen wird, mich zu töten, bis sie aufgibt oder Erfolg hat – und ich hätte auf Letzteres gewettet – oder was dagegen zu unternehmen."

Er beugte sich vor, ein Grinsen umspielte seine Lippen, die er zuvor benetzt hatte. „Meine Halbgöttin", hauchte er gegen meine Lippen, bevor er einen Kuss darauf drückte.

Was er als Tapferkeit empfand, war nichts anderes als die Verzweiflung, das alles zu Ende zu bringen. Und ich machte langsam Fortschritte.

Mephisto wollte nicht gehen, was mir einen guten Vorwand lieferte, das Unvermeidliche zu vermeiden. Ich musste mit Madison reden. Mich entschuldigen. Und alles zwischen uns in Ordnung bringen. Das alles störte mich nicht, und ich hatte auch keine Abneigung dagegen. Ich fürchtete ihre Ablehnung und ihre Weigerung, meine Entschuldigung anzunehmen. Ich ging alles durch, was Cory am Tag zuvor gesagt hatte, und nutzte es als Trost und Unterstützung. Wir waren eine Erweiterung voneinander. Sie war mein ganzes Leben lang da gewesen; wie würde ich anfangen, ein Leben ohne Madison zu führen? Ich wollte es nicht.

Als ich die Tür öffnete, seufzte ich, als ich den riesigen

Wolfswandler vor meiner Tür sah. Ich hatte dafür keine Zeit. „Daniel, beweg dich!"

Mit träger Wachsamkeit hob er den Kopf, schnaubte und ließ den Kopf wieder auf seine Pfoten sinken. Ich stöhnte einen Fluch und versuchte, über ihn zu steigen, doch das ungewöhnlich große Tier stand auf und stieß mich mit seinem Gesicht zurück in die Wohnung.

Ich nahm mein Handy und tippte auf den Bildschirm, um Asher anzurufen. „Sag deinem verdammten Wandler, dass er von meiner Tür verschwinden soll", verlangte ich, sobald er den Videoanruf angenommen hatte.

Unbeeindruckt von meiner Feindseligkeit zeigte er blitzschnell seine Zähne. „Wäre es kindisch von mir, zu sagen, versuch doch, mich dazu zu zwingen?"

Ich kniff die Augen zusammen, und mein Atem wurde unregelmäßig, als ich versuchte, meine Wut zu kontrollieren. Einen Alpha herauszufordern würde meine Probleme nur verschlimmern, und das war das Ärgerlichste am Umgang mit Asher: dieser heikle Tanz, meine Autonomie durchzusetzen, ohne das Tier zu provozieren, das so nah an der Oberfläche existierte und Herausforderungen nicht einfach dulden würde.

„Asher, sag deinem Wandler, dass er gehen soll. Ich brauche weder einen Bodyguard noch einen Wachposten."

„Eine Notoperation wegen einer Stichwunde und ein viertägiger Krankenhausaufenthalt sagen was anderes."

„Wie bist du an meine Krankenakten gekommen? Gibt es irgendwelche Gesetze, von denen du glaubst, dass du sie einhalten musst?"

Die Neigung seines Kopfes und sein Grinsen lieferten die Antwort. „Du bist allein zu Hause. Als du Gesellschaft hattest, haben sie sich unbemerkt im Hintergrund gehalten. Jetzt, wo du allein bist, werden sie da sein, um dich zu beschützen. Ihre Gegenwart muss bekannt sein", beteuerte er mit kompromisslosem Ton.

„Hör zu, wir sind Freunde, oder?", fragte ich.

„Ah, jetzt greifen wir auf emotionale Erpressung zurück."

Ich ignorierte ihn und fuhr fort. „Wir sind Freunde, und ich möchte nicht zu dir nach Hause kommen und dir in deine Mint Juleps treten, also ruf deine Wachhunde zurück."

Sein kühler, gleichgültiger Blick irritierte mich mehr als jede Antwort. Er schüttelte den Kopf. „Ich mache mir keine Sorgen, von einer Frau angegriffen zu werden, die erst gestern aus dem Krankenhaus entlassen wurde. Ich weiß nicht genau, was dich dorthin gebracht hat. Du hast mir nur eine kurze Nachricht geschickt, in der du mir geschrieben hast, dass alles in Ordnung sei und du mir später alles erzählen würdest. Es ist später, und ich habe immer noch keine Erklärung. Gib mir eine, Erin."

Meine Sturheit ist keine Eigenschaft, auf die ich stolz bin, und auch nicht der Drang, zu rebellieren, sobald ich mit Asher konfrontiert werde. Trotz seiner guten Absichten würden Ashers Wünsche für ihn immer Vorrang vor meiner Autonomie haben. So war er einfach.

„Erin, ich habe schon eine Frau an der Backe, die mich auf Schritt und Tritt herausfordert. Ich brauche nicht noch eine." In seinem Ton lag die genervte Belustigung, die er im Umgang mit Miss Harp hatte.

„Wie geht's Evelyn?", fragte ich.

„Kooperiert nicht und ist ohne besonderen Grund eine Nervensäge, wie immer. Aber nach ihrer letzten Flucht hat sie versprochen, eine komplette Studie mitzumachen. Dr. Reyes kommt nächsten Monat vor dem Vollmond zurück." Er war wütend. Ich war mir sicher, dass es an den Schulden lag, die er dadurch angehäuft hatte. Ashers Scharfsinn machte meine innere Debatte, ob ich meine Unterhaltung mit Miss Harp zur Sprache bringen sollte, hinfällig.

„Ich weiß, was sie will", sagte er. „Das kann sie vergessen."

„Asher …"

„Ich ignoriere sie nicht. Wir werden eine Alternative

finden, sie zu behandeln, ohne, dass sie wandeln muss. Das ist etwas, womit ich mich befasse, aber der andere Unsinn, den sie vorgeschlagen hat, wird nicht passieren. Auf keinen Fall." Seine Entschlossenheit ließ keinen Raum für Debatten, und ich wollte auch keine anfangen. Ich wollte, dass sie am Leben blieb. Tod konnte keine alternative Behandlung sein.

Etwas Anspannung in mir ließ nach. Meine Unterhaltung mit Miss Harp war eines der latenten Probleme, die mich belastet hatten, obwohl ich mir dessen nicht bewusst gewesen war, bis ich spürte, dass die Last nicht mehr da war.

„Was ist passiert, Erin?"

Nicht allzu oft hatte ich Asher sprachlos gemacht, aber er brauchte einen Moment, um seine Gedanken zu sortieren, nachdem ich alles erzählt hatte, mit Ausnahme der Dinge, die mit Mephisto und dem Laes zu tun hatten. „Also, wie du siehst, bin ich nicht in Gefahr. Du kannst deinem Wolfspferd da draußen sagen, es soll gehen."

Sein Mund verzog sich, bevor er das Handy abstellte, wahrscheinlich auf einen Halter. Asher entspannte sich in seinem Sessel, doch sein Kiefer arbeitete. Trotz meines Ziels, sie unter Kontrolle zu halten, flammte meine Wut auf.

„Was gibt es da zu denken? Ich habe dich gebeten und erwarte, dass du dieser Bitte nachkommst", knurrte ich. „Schau, dass dein Wolf sich bewegt, oder ich werde ihn bewegen."

Aus meinem Handy kam schallendes Gelächter und aus der anderen Richtung ein Schnauben. An das spöttische Schnauben eines Tieres werde ich mich nie gewöhnen. Es ist der Gipfel der Arroganz.

„Nur zu, sag Daniel, dass er sich bewegen soll. Ich würde es gerne sehen."

Ich starrte ihn böse an.

„Ich will ihm nicht wehtun."

Noch mehr Gelächter schürte nur das Feuer meiner Wut.

„Es sind seine Augen, nicht wahr? Mehr als einmal habe

ich gehört, dass sie zu sanft und harmlos aussehen und den Eindruck erweckten, er sei viel sanfter, als er es tatsächlich ist. Lass dich davon nicht täuschen, Erin."

„Asher." Ich hasste das flehende Winseln in meiner Stimme. All die Jahre, die ich mit Asher zu tun hatte, hatten mich gelehrt, dass er Freude am Streiten hatte und einen Streit als Gelegenheit nutzte, an seiner Dominanz zu arbeiten. Er würde sich Zeit für diese Übung nehmen. Er war stolz darauf, unbezwingbar zu sein. Der Grund, aus dem wir in einer Beziehung nicht funktionieren würden, war genau das, womit ich gerade zu kämpfen hatte. Manche Auseinandersetzungen mit Asher fühlten sich wie ein anstrengendes Workout an. „Ich komme schon klar."

Nach einigen weiteren Momenten des Nachdenkens wurde seine Stimme um ein paar Dezibel lauter. „Daniel, du kannst gehen!"

„Pass auf dich auf, Erin", sagte Asher und beendete den Anruf. Als ich bei meinem Auto ankam, zog Daniel gerade sein Hemd an und öffnete die Tür seines Trucks.

35

Mein Herz pochte unregelmäßig, als Madison nicht auf mein Klingeln reagierte. In der Hoffnung, dass ich nervig war, klingelte ich nochmal, als die Tür aufschwang.

„Erin." Clayton ging an mir vorbei, eine Reisetasche über der Schulter. Madison winkte ihm zu, und er erwiderte das Winken, bevor er seine Aufmerksamkeit mir zuwandte. Sein beruhigendes Lächeln schenkte mir nicht den beabsichtigten Trost, weil ich zu viel hineininterpretierte. Versicherte er mir, dass ich den Zusammenbruch der Beziehung mit Madison überstehen würde? Dass er in schweren Zeiten für sie da wäre, da ich es nicht mehr sein würde? Die Gedanken kreisten, und viel zu lange stand ich in der Tür und starrte Madison an. Oder besser gesagt, wir starrten einander sprachlos und in einem nebulösen Zustand an.

„Hallo", sagten wir gleichzeitig.

„Es tut mir leid", platzte ich schnell heraus und bot ihr die zwei großen Tüten Jelly Belly an. Unser Trostessen und Friedensangebot seit unserer Kindheit. Sie nahm die Tüten und trat zur Seite, um mich einzulassen.

„Ich bin diejenige, die sich entschuldigen sollte", sagte sie, warf die Süßigkeiten auf die Konsole und zog mich in ihre

Arme. „Erin, das hätte ich nicht sagen sollen. Egal, wie wütend ich war, es war inakzeptabel", schluchzte sie.

„Du hast es nicht so gemeint. Ich weiß das." Da ich jetzt bei ihr war, war ich mir dessen sicher. Gestern nicht so sehr.

Keine von uns wollte loslassen, doch ich war die Erste, die sich zurückzog, aber ohne den Kontakt zu beenden. Etwas so Einfaches, wovon ich gedacht hatte, ich hätte es für immer verloren. Schließlich wandte sie sich ab, nahm eine der Tüten mit den Süßigkeiten, öffnete sie und holte eine Handvoll heraus, bevor sie mir welche anbot. Ich nahm eine Handvoll und folgte ihr ins Wohnzimmer.

„Ich denke immer noch an den Tag, an dem du zu uns gekommen bist", sagte Madison und durchbrach damit das gesellige Schweigen, in das wir verfallen waren. „Wir haben buchstäblich ein Baby vor unserer Haustür gefunden. Und du hast geweint. Und gejammert. Nichts, was meine Mutter oder mein Vater getan haben, konnte dich beruhigen. Du hast beim Füttern geschwiegen und hast ein bisschen mit dem Weinen aufgehört, wenn du gehalten worden bist, aber dann hast du wieder geschrien. Es war, als wüsstest du, welches Leben dich erwartet. Ich wollte, dass du aufhörst zu weinen – nicht nur, weil du wahnsinnig laut warst." Sie warf mir ein schiefes, wehmütiges Lächeln zu.

„Meine Mutter hatte dich schon als Teil der Familie akzeptiert – sie hat zu mir gesagt, ich würde deine Schwester sein. Ich habe es gespürt. Ich habe meinen Finger in deine Hand gelegt, und für einen Moment hast du aufgehört zu weinen. Ich wollte das arme Kind beschützen, dessen Eltern es verlassen hatten. Dann wurde es zu mehr als nur unsere Eltern und ihre seltsame Beziehung. Du wurdest zu der Freundin, die ich beschützen musste. Ich habe das Beste von beidem: eine Freundin und eine Schwester. Ich kann nicht leugnen, dass es manchmal schwierig ist, diese Beziehung zu dir zu haben."

„Ich weiß. Ich mache es dir nicht leicht, oder?", gab ich

leise zu. Unser Leben war eine Achterbahnfahrt gewesen, aber noch nie war ich so dankbar dafür, dass sie meine Partnerin auf dieser Fahrt war.

Sie zuckte mit den Schultern. „Das ist keine Kritik. Das Schicksal hat dir beschissene Karten ausgeteilt, und Stolpern und Rudern war zu erwarten. Manchmal frage ich mich, ob einiges davon selbstverschuldet war. Bittest du je um Hilfe, bevor du kurz vor dem Ort ohne Wiederkehr bist?"

„Das ist nie meine Absicht. Ich kann anderen nicht zur Last fallen. Ich gebe dir die Erlaubnis, mich nicht aufzufangen, wenn ich stolpere, und mich rudern zu lassen, bis ich wieder auf den Beinen bin."

„Du weißt, dass ich das genauso wenig tun kann, wie du es bei mir tun könntest. Aber ich muss alles wissen, Erin", sagte sie. „Nicht die bereinigte Version und nicht die, von der du glaubst, dass ich damit weniger Angst um dich habe. Du musst mich reinlassen, ganz und gar."

„Ich habe dir alles erzählt, aber aus den von dir genannten Gründen nie darüber gesprochen, dass ich ins Blose Chasm gehen würde. Ich wusste, dass ihr nicht damit einverstanden wärt, aber ich hatte die Diskussion schon mit Nolan geführt. Seine Antwort hat mir gesagt, dass es für euch alle noch schlimmer sein würde. Ich will nur, dass die ganze Sache vorbei ist."

In ihrem Seufzen lag Erleichterung, als ihr klar wurde, dass ich nichts verschwiegen hatte, als ich ihnen im Krankenhaus davon erzählt hatte. „Du hast keine Magie."

„Bisher nicht. Das sollt mich eigentlich nur meine Elfenmagie kosten, bis …" Ich verstummte. Es kam mir krank vor, weiter darüber zu reden, dass die Rückkehr meiner Magie davon abhing, ob Malific an ihren Verletzungen starb.

„Du hattest eine Transfusion. Könnte das der Grund sein?"

Ich zuckte mit den Schultern. Die launenhaften Aspekte der Magie ließen sich oft nicht erklären.

„Was, wenn sie nicht zurückkehrt und du jetzt so bist? Nur menschlich?"

„Es ist ein akzeptables Opfer für ein normales Leben. Damit wir alle ein normales Leben führen können. Ich kann meinen Job weiter machen und tun, was ich zuvor getan habe. Schließlich hatte ich nicht sehr lange Zugang zu Magie."

Sie runzelte die Stirn. Ich wusste, dass sie sich Sorgen machte, ob ich zu meinen alten Gewohnheiten zurückkehren und versuchen würde, ein unstillbares Verlangen zu stillen. Aber es war nicht dasselbe. Vorher hatte ich das Gefühl gehabt, dass etwas fehlte, etwas, das ich brauchte, um ganz zu sein. Ich war der wandelnde, funktionierende Schatten meiner Selbst, der alles getan hatte, um diese Lücke zu füllen. Es fühlte sich jetzt anders an. Ruhig. Wie eine Stase. Ich fühlte mich ganz, auch ohne Magie. Ich war mir dessen und der Leute, die Magie besaßen, nicht hyper-bewusst wie damals. Magie zog mich nicht wie ein Magnet an.

„Es ist nicht dasselbe. Ich spüre nichts. Nicht einmal die Abwesenheit von Magie. Vorher hat etwas gefehlt. Jetzt ist das Gefühl idyllisch. Ich kann so leben. Cory kann mich wie früher mit Magie versorgen, wenn ich sie jemals brauche."

Als sie mein Gesicht untersuchte, während sie auf dem Jelly-Belly kaute, machte die dünne Linie ihrer Lippen einem Lächeln der Erleichterung Platz. „Gut. Ich will nur, dass du glücklich bist, aber Fabian wird enttäuscht sein."

„Fabian?"

„Ja. Ich hatte Besuch vom Elfenlord oder was auch immer er ist. Als ich nach seiner Rolle unter den Elfen gefragt habe, sagte er, dass er keine andere hätte, als dein Lehrer zu sein, was meiner Meinung nach eine dreiste Lüge war. Wenn es eine Hierarchie gibt, steht er auf jeden Fall an der Spitze, wenn er nicht sogar der Alleinherrscher ist."

„Er spielt eine wichtige Rolle unter den Elfen, ich habe

nur nie herausgefunden, welche. Die Elfen in Havenage scheinen egalitär zu sein. Eine große Familie."

Sie nickte, als fügten sich die Teile eines Puzzles zusammen, und sagte: „Glaubst du, dass du eingeladen wirst, Teil der Familie zu werden? Aus seinen Fragen habe ich geschlossen, dass er herausfinden wollte, wie nahe wir uns stehen und wie hoch die Wahrscheinlichkeit ist, dass du nach Havenage ziehen würdest."

Als ich jede Interaktion zwischen uns durchging, hatte nichts davon diesen Eindruck bei mir erweckt. „Was hältst du von ihm?", fragte ich sie. Weder Cory noch Mephisto mochten Fabian, aber sie waren als Richter nicht geeignet; sie hatten eine angeborene Abneigung, mit Y-Chromosom-Voreingenommenheit.

„Er ist nett. Höflich. Angenehm. Es hätte mich beruhigen sollen, aber es hat mich übervorsichtig gemacht, als wäre es eine Fata Morgana seiner wahren Persönlichkeit." Sie schnaubte und ließ sich mit einer Grimasse auf das Sofa fallen. „Das bin ich. Ugh, wie zynisch. Er interessiert sich aufrichtig für dein Wohlergehen, und ich kann nicht anders, als zu vermuten, dass er der verkleidete Teufel ist."

„Im Umgang mit den Leuten, mit denen wir zu tun haben, ist Zynismus angebracht."

„Ihm scheint dein Wohlergehen als seiner ‚Elfenschwester' wirklich am Herzen zu liegen. Ich will nicht sagen, wie seltsam dieser Name ist. Ich habe von ihm nichts *Geschwisterliches* gespürt."

„Ich auch nicht, nicht, ohne ein paar sehr angemessene Gesetze zu brechen. Sein Interesse an meinem Wohlergehen kommt daher, dass ich eine Elfe bin. Es scheint, dass alles, was ihn interessiert, darauf beschränkt ist. Aber er ist ein Mittel zum Zweck."

Dem Zweck, der sich bald erfüllen würde.

„Also, Clayton, hm?" Ich zog neugierig eine Augenbraue hoch. Der Blick, den er ihr zugeworfen hatte, als er gegangen war, hatte mir verraten, dass das mehr war, als zwei Leute, die ungezwungen Spaß miteinander hatten.

„Er war meine Ablenkung davon, zuzugeben, dass ich mich meiner Schwester gegenüber so schrecklich benommen habe."

„Natürlich war er das ", sagte ich mit derselben Stimme, die Cory oft benutzte.

„Du hängst zu viel mit Cory herum", tadelte sie.

„Ja, das tun wir."

Sie runzelte die Stirn. „Das ergibt überhaupt keinen Sinn", schimpfte sie lachend. Ein Geräusch, das irgendwo zwischen Gackern und Schnauben lag, war eines der besten Geräusche, die ich je gehört hatte. Es ließ alle Reste der Spannung zwischen uns verschwinden. Ich warf einen Blick auf mein Handy und sah eine Benachrichtigung von Fabian.

„Morgen kommt er rüber, um sich um die Asial-Sache zu kümmern", sagte ich und antwortete auf ihren fragenden Blick, während meine Finger über den Bildschirm strichen und ich fragte, ob er Elizabeth gefunden und das Laes beschafft hatte. Er antwortete schnell mit: „Noch nicht, aber bald."

„Muss ich jemanden auf Asial ansetzen?", fragte sie.

„Nein, das mache ich, bis ich einen Weg finde, ihn zu managen. Er könnte uns überraschen und sich benehmen."

Meiner Antwort mangelte es an Sicherheit, weil es keine gab. Ich vertraute mehr als Asial. Aber zumindest würde ich nicht mehr an den Eid gebunden sein.

36

Als Fabian in meine Wohnung kam, wurde sein freundliches Lächeln angespannt, als er Cory bemerkte. Die herzliche Art, wie er mich begrüßt hatte, stand im scharfen Kontrast zu dem starren Lächeln, das er Cory zuwarf.

„Meine Magie ist nicht zurückgekehrt. Also wird Cory ihn rufen", entschuldigte ich mich, auch wenn der tatsächliche Grund ein anderer war: Corys Interesse, die Magie zu sehen, die einen Dämon körperlich machte, was der Grund war, den er mir genannt hatte, um den anderen Grund zu verbergen, nämlich sein Misstrauen gegenüber Fabian. Es war nicht, dass er ihm nicht vertraute, aber er war vorsichtig.

„Er hat dir seinen Namen genannt?", fragte Fabian.

Ich nickte.

„Der Hexenmeister ist nicht nötig. Er wird kommen."

„Es macht mir nichts aus, zu bleiben. Es ist interessant, Elfenmagie in ihrer reinsten Form zu sehen."

Was als Schmeichelei gedacht war, verfehlte das Ziel. Fabians Lippen waren zu einer Linie zusammengepresst, als seine Augen langsam über Cory wanderten.

„Das ist eine Elfenangelegenheit und sollte eine bleiben."

„Es macht mir nichts aus, wenn Cory bleibt", beharrte ich.

„Mir schon." Fabian ließ keinen Raum für Diskussion. Doch es musste diskutiert werden. Warum waren Elfen so geheimnistuerisch, was ihre Fähigkeiten anging, und so versessen darauf, im Schatten zu leben?

„Er ist vertrauenswürdig", versicherte ich ihm. Fabian kam näher, und seine anmutigen Bewegungen brachten Cory dazu, sich anzuspannen, als er auf ihn zuging. Dass Cory diesen Beschützerinstinkt entwickelt hatte, war etwas, woran ich mich nicht gewöhnen würde. Vielleicht würde er sich beruhigen, sobald wieder ein Anschein von Normalität in mein Leben eingekehrt war.

„Erin." Fabian legte seine Hand auf meine und drückte sie aufmunternd. „Das ist eine Elfenangelegenheit. Ich tue das nicht nur, um Nolan zu ehren, sondern weil du eine von uns bist."

Selbst jetzt, wo meine Magie weg war und Nolan meine einzige Verbindung zu ihnen war, betrachtete er mich immer noch als Elfe. Es hätte mir nicht so viel bedeuten sollen, und ich fühlte mich naiv, so zu empfinden, doch ich tat es. Mir war nicht bewusst gewesen, welche Wirkung Elizabeths Ablehnung auf mich gehabt hatte. Dass Fabian mich akzeptierte, linderte den Schmerz, doch seine Akzeptanz wog nicht schwerer als das, was Cory mir bedeutete. Dass ich ihn und Madison von meinen Plänen für Malific ausgeschlossen hatte, hätte fast unsere Beziehung zerstört. Ich würde sie nicht noch einmal riskieren.

„Ich will, dass er hier ist", beharrte ich.

„Ich verstehe. Dann ist meine Hilfe hier nicht länger nötig. Pass auf dich auf." Er ging an mir vorbei und war an der Tür angekommen, bevor ich etwas darauf sagen oder meinen Fall plädieren konnte.

„Ich gehe", platzte Cory heraus und warf mir einen missbilligenden Blick zu. Ich hatte den Bogen überspannt und fast meine Chance verspielt, meinen Eid zu erfüllen. „Ruf mich später an", sagte er, als er an Fabian vorbeiging und ihm herausfordernd in die Augen sah.

„Ich mag es nicht, bedroht zu werden", sagte ich. Fabian war jetzt nur ein paar Zentimeter von mir entfernt.

„Inwiefern fühlst du dich bedroht?"

„Das Hilfsangebot zurückzuziehen, das du gemacht hast, weil du deinen Willen nicht bekommst. Sag mir, in welcher Welt das keine Drohung ist."

„Meinen Willen", flüsterte er leise, als versuchte er, die Bedeutung zu interpretieren. Er biss sich auf die Unterlippe, während er mich musterte. „Glaubst du, meine Motive sind egoistisch?"

„Ich weiß nicht, was ich denken soll."

Nach einem abschätzenden Blick sagte er: „Ich beschütze das Wissen um unsere Magie, weil es uns in Gefahr bringt. *Mein Wille* ist, uns zu beschützen, weil ich glaube, dass wir ein Kollektiv sind, durch Blut aneinander gebunden. Du fällst unter diesen Schutz. Ich biete das mit keiner anderen Bedingung an, als dass du diese Werte genauso respektierst wie ich."

„Ich werde meine Freunde nicht für die Elfen verraten."

Er runzelte die Stirn. „Habe ich das von dir verlangt?"

„Nein." Ich war peinlich berührt angesichts der Andeutung.

Ein strahlendes Lächeln breitete sich auf seinem Gesicht aus. „Das werde ich nie tun. Ich bitte nur um Verständnis und Akzeptanz dafür, dass du ein Teil des Kollektivs bist und dich verpflichtet fühlst, unsere Art zu schützen. Das ist dringend nötig, da es so wenige von uns gibt."

Ich zögerte, dem zuzustimmen. Ich vermutete, dass mein Zynismus Nihilismus gewichen und ich allem gegenüber misstrauisch war. Die Ausdrucksweise, die mich an einen Kult erinnerte, tat ihm auch keinen Gefallen.

Er nahm meine Hände auf die gleiche Weise wie in Havenage.

„Kann das für dich auch wichtig sein?"

„Ich will nichts tun, was den Elfen schadet", sagte ich als meiner Variante seiner Kult-Formulierung. Innerlich fügte ich eine Ausnahme für Elizabeth hinzu. Sie war meiner Vergeltung entgangen, aber ich hatte kein Bedürfnis, sie zu beschützen. Ich gehörte unauslöschlich zu dem Team, das ihr Schaden zufügen würde. Meine Antwort musste akzeptabel gewesen sein, denn er ging in die Mitte meines Wohnzimmers, wo Cory schon den Dämonenkreis gezogen hatte, ging um ihn herum und überprüfte seine Sicherheit.

„Kann ich den Vertrag sehen?", fragte er. Ich versuchte, ihn zu beschwören, wurde jedoch an meine fehlende Magie erinnert. Als er seinen Fehler erkannte, bedachte er mich mit einem schwachen Lächeln und zog eine Nadel aus seiner Tasche. „Darf ich?", fragte er und streckte seine Hand aus. Er legte meine Hand in seine und stach mir in den Finger. Er beschwor den Vertrag und steckte dann die Nadel in seine Hemdtasche, bevor er den Vertrag studierte.

„Ich werde ihn rufen", sagte er, nachdem er nach Asials wahrem Namen gefragt hatte. Sekunden, nachdem er die Beschwörung geflüstert hatte, erschien Asial in seiner menschlichen Gestalt und vibrierte vor Aufregung, als er Fabian sah. Wäre er ein Hund gewesen, hätte er aufgeregt mit dem Schwanz gewedelt.

„Erin." Asial begrüßte mich wenig aufmerksam, da er aufgrund der spitzen Ohren, der scharfen Gesichtszüge und der Ausstrahlung mächtiger nicht-irdischer Magie offensichtlich einen elbischen Mann anstarrte. In seiner Aufregung lag Überraschung. Wahrscheinlich hatte er sich mit der Vorstellung abgefunden, dass ich sein Wirt sein würde.

Fabian hielt sich nicht mit Höflichkeiten auf. „Körperlichkeit wird diese Schuld begleichen, korrekt?"

Asial nickte, unfähig, seine Aufregung zu unterdrücken, was mich nachdenklich machte. Fabians Fuß wischte über die Linie, durchbrach den Kreis und ließ Asial frei. Seine rauchige, körperlose Gestalt wirbelte herum auf der Suche nach einem willigen Wirt, während Fabian eine Reihe von Worten in seiner Sprache sprach. Asial wurde langsam weniger durchsichtig. Nachdem er mehrere Minuten lang Zauber gewirkt hatte, stand Asial in menschlicher Gestalt vor mir. Er ging herum, machte sich mit seiner Umgebung vertraut, berührte Dinge in meiner Wohnung, sah aus dem Fenster, atmete die Luft ein.

„Ich muss wandeln", sagte Asial. Seine Schultern hoben und senkten sich. Sein Brustkorb weitete sich, und seine Atmung wurde schwerer, als er sich auf seine Dämonengestalt vorbereitete, für deren Erlangung er mehrere Minuten brauchte, viel länger als in seinem Reich. Ich hatte es schon einmal gesehen, und Fabian beobachtete ihn gelangweilt. „Mit etwas Übung wird es besser", sagte er, bevor er sich mehr Zeit nahm, um wieder in die ansehnlichere, menschliche Gestalt zu wandeln.

„Ich bin sicher, dass du dir Dareus' Schicksals bewusst bist?", fragte Fabian.

Asial wirkte plötzlich angespannt und trat mehrere Schritte zurück, während eine dunkle Wolke von Magie von ihm ausging. Fabian hob seine Hand.

„Ich habe kein Interesse daran, dass das dein Schicksal wird. Ich kann dafür sorgen, dass du vor allen meiner Art sicher bist", sagte er zu ihm. „Aber dafür brauche ich einen Eid von dir."

Asial betrachtete ihn misstrauisch.

„Das Black Crest-Grimoire", sagte Fabian. „Ich möchte, dass du mir hilfst, alle Exemplare davon zu finden. Das ist alles. Wie du sicher weißt, ist es wichtig, dass wir jeglicher Nachbildung unserer Magie Einhalt gebieten. Indem du das tust, hilfst du auch deinesgleichen."

Asials Schultern entspannten sich.

„Und für diesen Eid?"

„Immunität davor, jemals zurückgeschickt zu werden."

„Von wie vielen Exemplaren weißt du?"

„Du weißt darüber mehr als ich. Ich hoffe, dass dadurch ein Bündnis zwischen dir und den Elfen geschmiedet wird. Es ist mir egal, was du hier machst – du wirst auf dich allein gestellt sein. Elfen werden das Verhalten von Dämonen nicht überwachen. Ich will nur unsere Magie schützen."

Fabian hatte ihn verführt. Asial wollte sich keinen Regeln unterwerfen. Wenn die Elfen, die mehr Einfluss auf ihn hatten, alle Zwänge beseitigten, war das eine Garantie dafür, dass er nicht untätig bleiben würde. Ich musste einen Weg finden, ihn zu überwachen und im Griff zu behalten. Auf Dauer einen Dämon zu babysitten war nicht etwas, das ich tun wollte, aber für den Moment würde es mein Job sein.

Um meinen Verdacht zu bestätigen, dass dieser Deal geplant war, ließ Fabian einen halbseitigen Vertrag erscheinen. Asial überflog ihn, seine Lippen zuckten vor Anstrengung, seine Freude über die Wendung nicht zu zeigen.

„Hier steht, dass ich mich bemühen werde, alle Black Crest-Grimoires zu finden. Was, wenn es keine gibt?"

„Dann hast du deinen Eid erfüllt. Du weißt, wie Verträge funktionieren. Sie sind an deine Absichten geknüpft. Wenn du dagegen verstößt, verstößt du gegen den Eid."

Was für ein beschissener Vertrag. Er könnte im Grunde einfach ab und zu danach fragen, und das würde reichen. Bevor ich Einspruch erheben konnte, hatte Fabian dieselbe Nadel hervorgeholt, die er bei mir verwendet hatte. Asial, der offenbar Angst davor hatte, dass Fabian den Fehler bemerken und erkennen würde, wie leicht sich der Vertrag umgehen ließ, streckte schnell seinen Finger aus und erlaubte Fabian, ihn zu stechen und unterschrieb den Eid. Fabian warf einen Blick darauf und ließ den Vertrag dann mit einer Handbewegung verschwinden.

Magie pulsierte im Raum, als Fabian an Asial herantrat.

„Du bist vertraglich gebunden, mir und meinen Freunden bei der Suche nach den verbliebenen Black Crest-Grimoires zu helfen. Erteilst du mir damit die Erlaubnis, den Minesa-Zauber auszuführen?"

Asial stimmte begeistert zu.

Fabian drückte seine Hand auf Asials Brust. Dann atmete er ein und sprach die Worte. Ein trotziges Lächeln breitete sich auf Asials Gesicht aus, als er mich ansah. Er hatte sich jeglicher Verantwortung für seine Taten entzogen und würde hier freie Hand haben, ohne Konsequenzen fürchten zu müssen.

Die Selbstgefälligkeit verschwand, als sich seine Augen weiteten. Die Verwandlung passierte schnell und abrupt. Ein menschlicher Mann, der vor meinen Augen alterte. Faltige, gräuliche Haut hing von ihm herab, und sein Körper verlor durch die bemerkenswerte Krümmung seiner Wirbelsäule an Höhe. Asial atmete tief und keuchend ein, bevor er auf die Knie fiel. In meinem Wohnzimmer lag kein Mensch Mitte dreißig, wie Asial sich mir oft gezeigt hatte, sondern eine ungewöhnlich gealterte Leiche.

Fabian schien der Dämonenmord nicht zu stören. „Dein Vertrag wurde erfüllt", sagte er kühl. „Schaffst du es, die Leiche zu beseitigen?"

Ich eilte zu Asial und kniete mich neben ihn. „Was zum Teufel, Fabian? Was hast du getan?"

„Ich habe deinen Vertrag erfüllt."

„Das … das. Fuck." Das war alles, was ich herausbrachte. Fucks und Clusterfucks.

„Und die Grimoires. Wie willst du an sie rankommen? Was hast du getan? Warum ist er so?" Asial war eines menschlichen Todes gestorben. Da lag ein menschlicher Mann auf meinem Boden. Ein toter menschlicher Mann.

„Es gibt zwei. Eines wurde zerstört, und wir werden uns irgendwann das zweite besorgen und es ebenfalls zerstören."

„Und das?" Ich deutete mit der Hand auf Asials verfallenen, menschlichen Körper.

„Minesa-Zauber." Er tat es mit einer Handbewegung ab.

„Musstest du überhaupt meinen Vertrag mit Asial sehen?"
Der Vorwurf, dass er mich getäuscht hatte, war in meinem
Ton nicht verborgen.

„Nein, ich habe nur dein Blut gebraucht. Menschliche
Zerbrechlichkeit ist das, worunter die meisten leiden. Dein
Blut hat sich mit seinem vermischt und hat dem Zauber
erlaubt, ihn bis zum Tode altern zu lassen. Du hast ihn nicht
getötet oder töten lassen und damit auch nie gegen die
Bedingungen des Vertrags verstoßen. Das Alter hat ihn getötet." Die Nadel, die er bei mir und dann bei Asial benutzt
hatte. „Ich wusste vom ersten Mal, als du ihn mir gezeigt
hast, was im Vertrag stand. Asial musste dem Zauber zustimmen. Er war stolz auf den Vorteil, den er dir gegenüber
erlangen würde, besonders, als dein Gesichtsausdruck deine
Wut darüber verraten hat. Er hat nicht ein einziges Mal
daran gedacht, dass er sich in Gefahr begeben könnte. Ich bin
sicher, er wusste, dass es nicht genug Ausgaben des
Grimoires gab, um einen solchen Deal zu rechtfertigen. Der
Wunsch, ungebunden zu leben, war zu verlockend. Er hat
weder Ehrlichkeit noch Tugend besessen."

Das war eine ziemlich selbstherrliche Rede für jemanden,
der gerade einen Dämon ausgetrickst und ihn dann getötet
hatte.

Er hatte mich von meinem Eid gegenüber Asial befreit,
aber das war ihm gelungen, indem er uns beide getäuscht
hatte. Ein hohles Danke war alles, was ich herausbringen
konnte. Ich wollte Fabian als den weißen Ritter sehen, der
eine schlimme Situation geregelt hatte, aber etwas daran
störte mich. Wie makellos und präzise er es gemacht hatte,
indem er Asials Charakterfehler ausgenutzt hatte. Ich hatte
einen Anflug von Verachtung gehört, als er von der menschlichen Zerbrechlichkeit gesprochen hatte. Eine Zerbrechlichkeit, die sowohl in mir als auch in Nolan existierte.

„Ich bin froh, dass ich helfen konnte. Hat das meine
Verpflichtung dir gegenüber erfüllt?", fragte er.

Ich schüttelte den Kopf und wusste nicht, ob das ein Versehen war, oder eher ein weiterer Täuschungsversuch. „Das Laes. Die Jäger brauchen es."

„Natürlich. Und das wird das böse Blut zwischen dir und Elizabeth beseitigen?"

„Das müsstest du sie fragen. Ich bin nicht diejenige, die versucht hat, sie von den Jägern töten zu lassen, sie an eine Psychopathin gebunden hat, die sich nicht von Schmerzen aufhalten lässt, oder dafür gesorgt hat, dass sie in das Dämonenreich verbannt wurde", spie ich.

Ein langsames, verständnisvolles Lächeln huschte über seine Lippen. „Sie muss für viele Dinge büßen, und das wird sie."

Weitere Fragen schwirrten mir durch den Kopf, aber Fabian blieb nicht lange genug, als dass ich sie hätte sortieren und stellen können. Er ging mit der Versicherung, dass er sich bei mir melden würde, sobald er das Laes hatte.

—

37

„Er hat Leben geschaffen." Cory hatte zum sechsten Mal ausgespien und die gräuliche menschliche Gestalt betrachtet, die ich mit einem Laken zugedeckt hatte. Madison verarbeitete immer noch alles, was ich ihnen erzählt hatte.

„Genau genommen hat er kein Leben geschaffen. Er hat ihn zu einem Menschen gemacht und einen Zauberspruch benutzt, um ihn zu Tode altern zu lassen", sagte ich.

„Oh, weil das so anders ist. Fuck." Cory würde eine kahle Stelle bekommen, wenn er nicht aufhören würde, sich die Haare zu raufen.

„Es war nicht so einfach, wie du es darstellst. Fabian musste bei Asial dieselbe Nadel verwenden, die er bei mir verwendet hatte, um unser Blut zu mischen und Asial dazu zu bringen, dem Zauber zuzustimmen. Es gab Bedingungen, die erfüllt werden mussten, bevor der Zauber ausgeführt werden konnte", fügte ich hinzu und spendete mir selbst den gleichen Trost, den ich Cory zu bieten versuchte. Das war kein einfacher Zauber. Das musste ich glauben.

„Fabian hat euch beide dazu manipuliert", betonte Cory. Sein bedrohlicher, besorgter Gesichtsausdruck, als er aufhörte, auf- und abzugehen, war nicht schwer zu deuten.

Mein Blut hatte einen Dämon menschlich gemacht – mit Hilfe von Elfenmagie. Was würde es mit einem Vampir bewirken?

„Ich glaube nicht, dass er menschliches Blut gebraucht hat. Es war *dein* Blut. Und es war nur die kleine Menge an der Nadel. Malific hat eine einzigartige Kontrolle über das Leben. Ich glaube, dass du über ähnliche Fähigkeiten verfügst", spekulierte Madison.

„Du darfst keine Vampire mit Landon erschaffen. Finde einen Weg, aus den Schulden rauszukommen", drängte Cory mich, und Madison nickte zustimmend. Aber was könnte ich Landon stattdessen anbieten?

Während Cory sich daran machte, die Leiche mit einem Zauberspruch loszuwerden, saß Madison mit Papier in der Hand in der Küche und katalogisierte die magischen Fähigkeiten der Elfen, während ich alles noch einmal durchging, was zwischen mir und Fabian passiert war. War es ein mündlicher oder ein magischer Vertrag, als er mich gebeten hatte, dem Schutz der Elfen zuzustimmen? Es hatte dabei keine Magie gegeben; dessen war ich mir sicher.

„Können sich andere Elfen in Tiere verwandeln?", fragte Madison und unterbrach meine Gedanken.

„Nein, nur ich, und genau genommen kann ich mich nur in *ein* Tier verwandeln."

Der genervt verzogene Mund und die prompte Rückkehr zu ihrer Arbeit machten deutlich, dass das nicht wichtig war. Nach einigen Momenten des Brütens über dem Papier starrte sie auf die Stelle, wo der menschgewordene Dämon gewesen war, dann runzelte Madison die Stirn. „Ich möchte ihn als dieses Monster darstellen, aber ich kann nicht", gab sie zu. „Hätten wir das nicht auch gemacht, wenn wir das Wissen dazu gehabt hätten? Wir haben tagelang versucht, einen Weg zu finden, den Vertrag aufzulösen. Er hat es geschafft."

„Mord – Die Erfolgsgeschichte, bald auf Hulu", brummte

Cory. Wir befanden uns in der graustenGrauzone, einem Ort, an dem wir schon einmal gewesen waren, aber Cory konnte diesmal nicht herausnavigieren. Der Grund war sein Misstrauen und seine Abneigung gegenüber Fabian.

„Cory!", flehte ich.

„Ich weiß", seufzte er. „Ich bin einfach frustriert. Diese Enthüllungen über andere magische Wesen werden immer erschreckender. Ich weiß, dass du gesagt hast, dass Fabian jede Verbindung zwischen den Elfen und Dämonen geleugnet hat, aber es muss eine geben. Und das kommt mir falsch vor. Als hätte er eine familiäre Beziehung genutzt, um Schaden anzurichten. Es ist lächerlich, aber so fühlt es sich für mich an."

Ich stimmte ihm zu. Und navigierte durch meine innere Debatte darüber, ob Fabian bisher ehrlich zu mir gewesen war. „Er hat mich nicht angelogen", sagte ich. Es war wahr. „Er hat Informationen ausgelassen, die Situation manipuliert, aber er hat mich nicht angelogen."

„Sei vorsichtig in seiner Nähe, okay?"

Ich schenkte Cory ein beruhigendes Lächeln.

„Er wird dich bitten, nach Havenage zu gehen", versicherte Madison ohne jeden Zweifel. Selten war sie sich einer Sache so sicher gewesen. „Was wird deine Antwort sein?"

„Nein." Die Antwort bedurfte keiner großen Überlegung. Ich gehörte hierher, wo mein Leben – wenn auch ohne Magie – normal sein konnte. „Wenn meine Magie nicht zurückkehrt, ist es vielleicht nicht so schlimm." Ich wandte mich Cory zu. „Es ist meine Magie, die Landon anzieht. Glaubst du, er merkt nicht, dass ich anders bin? Und mich nach Havenage einzuladen, wenn ich keine Magie habe, würde ihnen keinen Nutzen bringen. Ich hoffe, dass Malific tot ist, andererseits kann sie da nicht raus oder mir Schaden zufügen, wenn sie es nicht ist. Die Elfen sind die Einzigen, die das Blose Chasm öffnen können – und wir müssen uns keine Sorgen machen, dass sie es jemals tun werden." Eines der wenigen Dinge, bei denen ich absolut sicher sein konnte, war, dass die Elfen das Chasm nicht öffnen würden, um sie herauszulassen.

Aus Corys und Madisons Gesichtern verschwand die Sorge, als sie beschlossen, die Vorteile meiner neuen Situation zu sehen. Mit einer neuen Perspektive und einem anderen Leben blickte ich optimistisch in meine Zukunft. Verdammt, ich freute mich sogar auf ein Leben ohne Magie.

Ein Lächeln umspielte Madisons Lippen, und ein Glitzern leuchtete in ihren Augen auf. „Und wenn dir nach noch mehr Veränderungen zumute ist: Wir suchen immer noch Leute für die Archivabteilung.“

Der Job hatte mich nicht angesprochen, als sie ihn mir das erste Mal angeboten hatte, und er tat es auch jetzt nicht.

38

„Gibt es ein Problem, Clay?", fragte ich schließlich. Es war das dritte Mal, dass ich ihn dabei erwischt hatte, wie er mich musterte, während ich das Omelett aß, das Isley zum Brunch zubereitet hatte. Von den fünf Tagen, die ich bei Mephisto verbracht hatte, war Clayton zu drei Mahlzeiten zu uns gekommen und hatte heute Madison mitgebracht.

Er schüttelte den Kopf und grinste. „Ich denke nur über die protzige Opulenz der Lebensstile anderer Leute nach", sagte er und warf einen vorwurfsvollen Blick in Mephistos Richtung.

Seine Neckereien hielten sich in Anwesenheit von Madison in Grenzen, weil sie schnell auf die Heuchelei in seinem Urteil hinwies; was sie getan hatte, als er in der Einfahrt eine abfällige Bemerkung über Mephistos Auto gemacht hatte. Madison antwortete, indem sie auf die Extravaganz eines Heimkinos, eines Heim-Fitnessstudios und einer Luxusdusche mit einer Felswand hinwies. „Es ist, als würde man in einer Höhle duschen", hatte sie mir vor ein paar Tagen erzählt. Sie erwähnte auch seine Motorradsammlung und das wandgroße Aquarium in seinem Wohnzimmer. Nach weiteren Nachforschungen, die Madison auf seinen

Wunsch hin nicht beendete, hatte sie festgestellt, dass Mephisto kein Flugzeug besaß.

Da sie ihm seine Heuchelei nicht durchgehen lassen konnte, schnaubte Madison bei Claytons Neckereien über Mephistos Lebensstil.

„Ja, mach nur weiter. Sind dir diese Überlegungen vorhin in meinem Pool oder beim Brunch mit uns in den Sinn gekommen?", schoss Mephisto mit einem spöttischen Grinsen zurück.

Es war beruhigend zu sehen, wie ihr Geplänkel auf das Niveau zurückgekehrt war, auf dem es einst gewesen war.

Clayton zuckte mit den Schultern. „Sie kommen und gehen."

„Oft nach Belieben."

„Zu einem ungünstigen Zeitpunkt zu kommen, würde an meinem Spott nichts ändern, oder?"

Mephisto tat seine Antwort mit einem Kopfschütteln ab.

Wieder bemerkte ich Claytons fragenden Blick auf mich und einen stillen Austausch zwischen ihm und Mephisto. Es schien Madison nicht zu stören, oder sie hatte die Anzeichen dafür übersehen, dass sie es taten.

„Hört auf damit! Wenn es mich betrifft, möchte ich es hören."

Nach einigem Nachdenken sagte Clayton: „Wie geht's dir, Erin?" Eine einfache, aber wirkungsvolle Frage, die mit Sorge überzogen war.

Er hatte es geschafft, sie nicht auf seinem Gesicht zu zeigen, aber es war reichlich davon in seiner Stimme. Seit der Situation mit Fabian und Asial hatte ich mich an meinen neuen Normalzustand gewöhnt, ein Leben ohne Magie. Mephisto war überzeugt, dass meine Magie zurückkehren würde, doch er glaubte, dass Fabian gewusst hatte, dass es länger dauern würde, als er mir gesagt hatte und es mir nicht hatte mitteilen wollen, damit ich mich nicht gegen den Plan entschied. Ich war mir nicht sicher, was das anging. Ich war überzeugt, dass es eine unerwartete Konsequenz war. Trotz Fabians Interesse und Äußerungen war ich als Teil-Caste für sie nur von Nutzen, wenn ich Elfenmagie besaß. Nach einer Reihe von Debatten waren wir uns einig, anderer Meinung zu sein.

„Gut, wirklich." Eine Zusicherung, die mehr Aufmerksamkeit und pure Faszination hervorrief. Warum Madison auch immer angespannt gewesen war, sie entspannte sich, ein Lächeln breitete sich aus und erreichte ihre Augen, nachdem sie mich ein paar Minuten lang beobachtet hatte. Es war keine Lüge.

Die meiste Zeit meines Lebens hatte ich ohne Magie gelebt, und meine komplexe Beziehung dazu war tief in meine Existenz eingewoben. Mit der Magie von Elfen und Göttern gelebt zu haben und ohne sie Frieden zu finden, war etwas, wovon ich nicht gedacht hatte, dass sie es für so radikal halten würde. Es war eine Kuriosität, die seziert und studiert werden musste. Der Grund dafür lag darin, wie die meisten Magieanwender reagierten, wenn ihre Magie vorübergehend eingeschränkt wurde. Der kultivierteste, ruhigste Magier wurde zu einem tollwütigen Tier, das sich gegen die Einschränkung wehrte und tobte, wenn sie zu lange anhielten.

Er und Mephisto nickten zustimmend und tauschten Blicke aus. Ich war mir nicht sicher, was das bedeutete, aber die Kameradschaft zwischen mir und Clayton hatte sich verändert. Ich nahm an, dass es viel mit meinem Opfer zu tun hatte. Ich verstand, warum. Unbeabsichtigt blieb ich ein Hindernis für ihre Rückkehr in den Schleier. Ich profitierte von ihren Opfern, während sie nicht sahen, dass ich selbst irgendwelche Opfer brachte. Es war eine verzerrte Wahrnehmung, geprägt von ihrem Wunsch, nach Hause zu gehen.

Es gab eine stillschweigende Akzeptanz, dass das Leben jetzt anders gemanagt werden würde. Wir müssten dort Erfolg haben, wo Fabian versagt hatte, und Elizabeth oder einen alternativen Weg finden, um in den Schleier zurückzukehren. Obwohl ich akzeptierte, dass ich magielos war, musste ich in Bezug auf meine Magie in einem ständigen Zustand der Ungewissheit leben. War Malific tot? Nichts war definitiv. War sie tot, und Fabian hatte Unrecht gehabt? Oder klammerte sie sich an das Leben, und sobald es zu Ende war, würde meine Magie zurückkehren?

Von seinem Schreibtisch aus hatte Mephisto mit den verstohlenen Blicken aufgehört, die er mir seit einer Stunde zuwarf, während ich auf der gegenüberliegenden Seite des Raumes saß, zusammengerollt auf dem schicken, zweckmäßigen Sofa, das bequemer war, als es aussah, und meine E-Mails nach potenziellen Aufträgen sortierte, um mein leidendes Geschäft wiederzubeleben.

„Du hast nicht vor, dir vor der Rückkehr an die Arbeit eine Pause zu gönnen?", fragte er.

„Ich habe mich ausgeruht. Ich bin schon fünf Tage hier im Urlaub, und ich hatte noch einen weiteren viertägigen Aufenthalt, bei dem mir Essen gebracht wurde und uniformierte Leute dafür gesorgt haben, dass ich nicht gestorben bin."

Er runzelte die Stirn. „Erin, such dir einfach einen Ort aus, und wir können ein paar Tage dort verbringen. Raus aus der Stadt und entspannen."

Es ging mir nicht darum, mich zu entspannen, sondern mich abzulenken. Er durchschaute meine Fassade der Gleichgültigkeit. Eine magielose Existenz störte mich nicht, mir war bewusst, wie sehr sich mein Leben verändert hatte. Ob ich es akzeptierte oder nicht, es war anders. Malific war vielleicht keine direkte Bedrohung mehr, Elizabeth jedoch schon. Als Realist hatte ich wenig Hoffnung, dass wir sie finden würden, wenn Fabian die Magie, die sie einsetzte, nicht orten konnte. Welche Chance hatte ich dann, den Verschleierungs- oder Tarnzauber zu umgehen, der sie verbarg?

Und meine Beziehung zu den Elfen war in der Schwebe. Mephistos Beharrlichkeit im Umgang mit der Landon-Situation bedeutete, dass sie an die Spitze der Liste gerückt war. Wir hatten später in der Woche ein Treffen geplant, bei dem ich vorhatte, die Karten auf den Tisch zu legen – ihm alles zu erzählen oder eine sehr hoffnungslose Version davon. Er würde erkennen, dass er keine neue Version eines Vampirs erschaffen würde, sondern nur denselben gewöhnlichen, wenig beeindruckenden, langweiligen Vampir, den jeder Vampir vor ihm erschaffen hatte. Das würde ihn mehr als alles andere entmutigen. Da ich mehr Freude an dieser Aussicht hatte, als ich hätte haben sollen, überraschte mich die Nachricht auf meinem Telefon.

Fabian. Er wollte das Laes übergeben.

Mephisto schien es schwerzufallen, die hoffnungsvolle Skepsis aus seinem Gesichtsausdruck zu verbannen. Er wandte den Blick von mir ab und atmete tief ein. „Das ist vielversprechend.“

Es war nicht nur vielversprechend. Es war das Ende einer über fünfzigjährigen Suche. Das Ende der Verbannung. Eine Rückkehr in sein altes Leben. Ich ließ mich auf die Freude ein und ignorierte die bittersüße Traurigkeit, die damit einherging.

Trotz seiner Zurückhaltung informierte er Kai, Simeon, Clay und Benton über Fabians Besuch und die geplante Übergabe des Laes.

Fabian kam später als erwartet bei Mephisto an und betrat das Haus mit zurückhaltender Feindseligkeit, die unverhohlenem Tadel wich. Fabians Verhalten war unerwartet und beunruhigend. Er schien kein Problem damit gehabt zu haben, mich bei Mephisto zu treffen, aber offensichtlich hatte er das jetzt, oder vielleicht lag es auch wieder an Mephisto und der erkennbaren Feindschaft, die zwischen ihnen herrschte.

„Sie scheinen ziemlich großes Interesse an uns zu haben", sagte Fabian. Seine Aussage lieferte den Grund für seine Feindseligkeit. Ich konnte nicht feststellen, ob er ein Problem mit Mephisto hatte oder ein Problem damit, dass ich mit Mephisto zusammen war. Glaubte er, dass unsere Beziehung von meiner Magie abhängig war – Elfenmagie – und dass ihr Verschwinden ihr Ende bedeutet hätte?

„Nicht an allen, nur an ihr."

Fabian blickte finster drein. „Eine Unterscheidung, die keinen Unterschied macht. Ein Gott, der sich für eine Elfe interessiert, wie erwartet."

Mephistos träger, gleichgültiger Blick wanderte über Fabian und machte deutlich, dass ihm seine Gedanken und Meinungen unwichtig waren. Fabian gab sich spürbare Mühe, den Anschein zu erwecken, dass es ihn nicht störte.

„Ist deine Magie zurückgekehrt?", fragte Fabian mich.

„Noch nicht."

„Das wird sie. Und wenn es passiert, sollst du wissen, dass du zur weiteren Ausbildung in Havenage willkommen bist."

„Du hast Elizabeth?" Ich wollte eine Bestätigung, obwohl das Laes wahrscheinlich nicht in seinem Besitz wäre, wenn sie sie nicht hätten.

„Sie ist bei uns." Er näherte sich mir und fügte hinzu: „Es ist wichtig, dass du weißt, dass Elizabeth nicht dein Feind ist. Uns alle verbindet das Ziel, die Elfen zu schützen. Ein Ziel, von dem du sagst, dass es auch dein Ziel ist." Ob wir ein gemeinsames Ziel hatten oder nicht, ich hoffte, dass sie nicht nur bestraft, sondern inhaftiert worden war. Oder zumindest in Havenage eingesperrt, wo sie keine Bedrohung mehr für mich darstellen würde.

„Elizabeth hat mich zu ihrer Feindin erklärt, ich hatte kein Mitspracherecht", erinnerte ich ihn.

Stirnrunzelnd seufzte er und nutzte die Zeit, um seine

Antwort zu formulieren. Die Überlegung war in den dunklen Tiefen seiner Augen zu erkennen, die sich ins Nachdenken zurückzogen. „Erin, die Person, war nicht die, die sie als Feindin betrachtete. Es war das, was du repräsentiert hast. Malifics Tochter. Ich glaube, dass es diesen Animus nicht mehr gibt."

Er reichte Mephisto einen seltsam geformten aquafarbenen Gegenstand, der einem deformierten Kleeblatt ähnelte. Eine genauere Inspektion der Zeichen am unteren Rand jagte eine Welle der Wut über Mephisto. Er stürzte sich auf Fabian und hob ihn in die Luft, während Fabians Füße nach Halt strampelten. Er stieß gurgelnde Geräusche aus, als Mephisto die Finger um seinen Hals schloss.

„Glaubst du, ich weiß nicht, was ein Mortem-Zauber ist? Wer stirbt, wenn wir es zerstören?" Wut vibrierte in seiner Stimme. „Hast du es mit Erin verbunden?", knurrte Mephisto.

Fabians Leben hing von der richtigen Antwort ab. Die Muskeln von Mephistos Armen traten mehr hervor, je stärker er drückte. Als keine Antwort kam, lockerte er seinen Griff so weit, dass er sprechen konnte.

„Sie ist eine Elfe, ich würde ihr nie etwas tun", krächzte Fabian.

„Wer dann?"

Sein Blick fiel auf Mephistos Arm und signalisierte damit, dass er nichts sagen würde, bis er freigelassen wurde. Eine Forderung, die Mephisto offenbar nicht erfüllen wollte.

„Lass ihn runter, Mephisto!", drängte ich und schob mich neben ihn.

Als er Fabian losließ, fiel der in geduckter Haltung zu Boden.

„Du musst wissen, dass ich entschlossen bin, Erin am Leben zu erhalten." Fabians Aufmerksamkeit richtete sich auf mich. „Erinnerst du dich, als du gefragt hast, ob es eine Verbindung zwischen Dämonen und Elfen gibt?"

Besorgt bewegte sich mein Kopf zu einem kaum merklichen Nicken.

„Die gibt es nicht, aber es gibt eine zwischen Feen und Elfen. Mir sind sie egal, aber dir nicht." Er flüsterte einen Zauberspruch, der die Zeichen des Mortem-Zaubers auf dem Laes schnell mit anderen ineinandergreifenden Symbolen verdeckte. Die, die ich erkennen konnte, erinnerten mich an Symbole der Feenhöfe.

Meine Gedanken schossen zu Madison auf, seinen Besuch bei ihr und wie er Asial dazu manipuliert hatte, einem Zauberspruch zuzustimmen, der ihn getötet hatte. Es fügte sich alles zu etwas zusammen, das geklärt werden musste. Meine Gedanken rasten. Das Pochen meines Herzens passte zu den Bildern, die mir durch den Kopf schossen, als ich alles durchging, was sie mir über seinen Besuch erzählte.

„Erklär es mir", verlangte ich und drückte meine Nägel in meine Handflächen.

„Wir können ihre Magie beeinflussen und zu unserem Vorteil manipulieren. Darf ich?", fragte Fabian. Mephisto reichte ihm das Laes. „Es ist ein Mortem-Zauber." Seine Finger strichen über die Symbole auf der Unterseite. Mephistos Gesichtsausdruck verriet sein Unverständnis nicht, und ich hätte das Zucken in seinem Kiefer übersehen, wenn ich ihn nicht so intensiv beobachtet hätte. Wir wussten beide, dass etwas nicht stimmte, aber nicht was.

Fabian verringerte den winzigen Abstand zwischen uns. Er flüsterte einen weiteren Zauberspruch, und die Symbole wiederholten sich übereinander.

„Erin, bitte sei dir darüber im Klaren, dass meine Handlungen altruistisch sind, selbst wenn du nicht mit meinen Methoden einverstanden bist. Malific ist grausam, blutrünstig und unvernünftig, doch niemand kann ihr vorwerfen, dass sie keine Vision hat. Es war nur die falsche. Elfen können sich nicht mit Göttern verbünden, und wir sollten auch nicht unter eurer Herrschaft leben." Er wandte einen berechtigt wachsamen Blick in Mephistos Richtung.

„Ich glaube auch nicht, dass ihr unter unserer Herrschaft stehen solltet", sagte Mephisto schulterzuckend.

„Eine Meinung, die wir teilen. Eine von sehr wenigen. Ich glaube, dass es keine Passage durch den Schleier geben sollte. Ihr werdet eure Welt haben, und wir unsere." Fabian ging zu Mephisto. Seine langen Finger strichen über den Boden des Laes, dann gab er es Mephisto zurück. Die Zeichen leuchteten, und eine weitere passende Reihe erschien. Mephistos Gesichtsausdruck verriet die Anstrengung, die er aufwenden musste, um Fabian nicht mit dem Laes zu erschlagen.

„Was sind diese Zeichen auf dem Laes, Erin?", fragte Fabian.

Ich kam näher und betrachtete sie.

„Erinnerst du dich an den Pflanzenzauber?"

Ich nickte und zog die Informationsfäden zusammen, die er in einem rasenden Tempo auswarf. Elizabeth wollte, dass die Jäger weg waren und nie wieder zurückkehrten. Der Pflanzenzauber: Eine Art nutzen, um eine andere zu beeinflussen. Die Teile fügten sich nicht gut genug zusammen, um einen Sinn zu ergeben. Wie könnte sich die Zerstörung des Laes auf die Feen auswirken?

Fabian sprach uns beide an, doch seine ganze Aufmerksamkeit war auf mich gerichtet. „Der Mortem-Zauber ist für die Feen. Um ihn aufzuhalten, muss das Laes zerstört werden. Es wird auch die Jäger aus ihrer Gefangenschaft befreien. Sobald sie hindurchgegangen sind, wird er geschlossen."

„Dann werde ich das Laes wohl nicht zerstören", forderte Mephisto heraus.

Fabian hob eine Braue. „Das wirst du. Eine Beziehung mit einer Frau, deren Schwester deinetwegen gestorben ist, wäre unmöglich. Das wissen wir beide. Die Zeit läuft."

Weitere Zeichen schlängelten sich um das Laes. „An

deiner Stelle und wenn dir Erin wirklich am Herzen liegt, würde ich nicht zulassen, dass der Zauber vollendet wird." Er sagte nicht ausdrücklich, dass der Zauber, sobald er das Laes ganz bedeckte, abgeschlossen sein würde, aber ich wusste es. Die leuchtenden Sigillen schlangen sich weiter in gleichmäßigem Takt um das Laes. Die Zeit, die blieb, war begrenzt.

Mein Mund war trocken. Ich atmete in kurzen, flachen Stößen. Ich bekam nicht genug Sauerstoff, um lange bei Bewusstsein zu bleiben.

„Ein Elfenzauber, der Leben oder Tod beinhaltet, muss vereinbart werden. Deshalb hast du Asials Zustimmung gebraucht", platzte ich heraus. Madison hätte so etwas auf keinen Fall zugestimmt. „Keine Fee, die bei klarem Verstand ist, würde dieser verdammten Sache zustimmen. Kein Trick könnte sie dazu bringen."

„Elizabeth ist Teil-Caste. Elfe und ..."

Er wartete auf meine Antwort. Aber ich konnte es nicht ertragen, es laut auszusprechen. „Elizabeth würde dem niemals zustimmen. Wenn das Laes nicht zerstört wird, stirbt auch sie."

„Sie *würde* so etwas zustimmen, weil sie weiß, dass du Madisons Leben nicht für Rache an ihr opfern würdest. Wir alle wissen das." Sein Gesicht wurde grimmig. „Opfer müssen gebracht werden, Erin. Elizabeths Kapitulation hatte ihren Preis, und das ist er. Die Jäger müssen gehen. Wie ich schon sagte, besitzt Elizabeth eine Fülle an Informationen und ungenutzte Zaubersprüche. Sie ist diejenige, die gelernt hat, wie man den Schleier schließt. Sobald sie weg sind, werde ich ihn endgültig schließen."

Aus meiner Peripherie konnte ich sehen, wie Mephisto die Situation berechnete. Seine Absicht war böse. Würde Fabians Tod einen bereits in Gang gesetzten Zauber stoppen?

„Fabian, bitte gib uns mehr Zeit. Halt den Zauber an",

flehte ich in einer Stimme, die ich nicht kannte. Sie kam aus den Tiefen meiner Verzweiflung.

Fabians Blick wanderte von mir zu Mephisto. Und als er zu mir zurückkehrte, war da ein dunkler Anflug von Verachtung. „Zeit ist das Einzige, was ich ihnen nicht geben werde." Dann bewegte er seinen Finger zwischen mir und Mephisto. „Dieser Sache." Seine Antwort war voller Hohn.

Eine weitere Reihe von Sigillen schlang sich um das Laes, bevor ich die Woge spürte. Etwas, das ich seit über einer Woche nicht mehr gespürt hatte, das Summen der Andersartigkeit, die in mir gelebt hatte. Magie überwältigte mich und vermischte sich mit der Wut, die sich zusammenbraute. Die Kugel traf mitten in Fabians Brust. Durch den Schock konnte er nicht schnell genug reagieren, um den Aufprall gegen die Wand abzufedern. Er hüllte sich in einen Schutzzauber, und ich beeilte mich, ihn einzureißen. Er schwankte, fiel aber nicht. Ich versuchte immer wieder, ihn zu deaktivieren, aber ohne Erfolg.

„Erin, du bist immer noch eine Teil-Caste. Eine beeindruckende Teil-Caste und eine Bedrohung für andere mit minderwertiger Magie. Aber nicht meine."

Täuschung. Fabian hatte bewiesen, dass er ein Meister darin war.

Als hätte er meine Gedanken gelesen, sagte er: „Keine Täuschung … Motivation. Du bist talentiert. Du musstest es wissen. Fühl dich sicher darin. Das habe ich in dir kultiviert. Was hätte ich bewiesen, wenn ich deine Bemühungen zunichtegemacht hätte, bevor sie vollständig verwirklicht wurden?"

„Du bist nicht besser als Elizabeth", zischte ich.

„Vielleicht. Die Magie, die du jetzt besitzt, hast du Elizabeth zu verdanken. Sie ist die Verbündete, die du immer brauchen wirst. Eine, die bereit ist, das Unangenehme zu tun. Du hast alles in Gang gesetzt, aber es war Elizabeth, die es zu Ende gebracht hat."

„Malific ist tot", flüsterte ich. Elizabeth hatte Gelegenheit bekommen zu tun, was sie die ganze Zeit gewollt hatte: Malific töten. Etwas, das sie nie geschafft hätte, wenn ich sie nicht halbtot zurückgelassen hätte.

Fabian warf einen Blick auf das Laes und lächelte freudlos. „Tick, tick, tick. Es bleibt nicht mehr viel Zeit", sagte er. „Er muss gehen, bevor der Zauber abgeschlossen ist, oder er ist für den Tod der Feen verantwortlich. Entscheide dich jetzt: das Leben deiner Schwester oder ein Leben mit Mephisto."

Ich konnte mich nicht zu Mephisto umdrehen. Er wusste, wie die Entscheidung ausfallen würde. Der Druck seiner Hände auf meinem Rücken, bevor er mich zu sich umdrehte, trieb mir Tränen in die Augen. Ich weigerte mich, sie vor Fabian zu verschütten. Ich würde ihm keine Befriedigung gewähren.

„Jetzt." Er redete nicht mit mir, sondern ließ mich nur an einem Gespräch teilhaben, das er mit den anderen geteilt hatte. Magie und Emotionen erfüllten die Luft. Kai, Simeon, Clay und Benton kamen herein. Die Jäger starrten den Mann an, der durch sein magisches Feld von ihnen getrennt wurde. Es war das, was ihm das Leben rettete – und das, wovon ich mir verzweifelt wünschte, ich könnte es brechen.

Mephisto strich mit seinen Fingern über meinen Kiefer. Dann küsste er mich. Ein langer, zärtlicher Kuss. Er war ganz er. Eine Erfahrung, die ich zu kurz haben durfte, die ich aber sehr vermissen würde. Ich ließ meine Hände in seine gleiten und hielt sie fest.

Er blickte in Richtung der Jäger und Bentons. „Wir müssen gehen", sagte er zu ihnen. Hinter mir herrschte Aufregung. Das Geräusch von Fingern auf Handys. Setzten sie Notfallpläne in Bewegung? Ich hatte keine Ahnung. Mein böser Blick brannte auf Fabian, als Mephisto mich drängte, seine Hände loszulassen. Die Anstrengung, loszulassen, war erschöpfend.

Mephisto umarmte mich und gab mir einen Kuss auf die Schläfe. Dann drückte er seine Lippen an mein Ohr und flüsterte: „So wird es auf keinen Fall enden. Ich komme zurück." Er sagte es mit der Überzeugung eines Versprechens. Eines, das er niemals brechen würde. Es gab mir genug Mut, um etwas Abstand zwischen uns zu schaffen. Ohne jede Anmut schlurfte ich ein paar Schritte von Mephisto weg.

Als ich das Geräusch von zerbrechendem Glas hörte und einen triumphierenden Ausdruck der Zufriedenheit auf Fabians Gesicht sah, schloss ich die Augen und brach mein Versprechen, als eine Träne über meine Wange floss. Als ich sie wieder öffnete, hatte Fabian das Feld fallengelassen und war nur noch Zentimeter von mir entfernt.

„Das war zum Wohle unserer Art. Ein neuer Anfang. Du wirst bald erkennen, dass ich nicht der Feind bin. Das ist zum Wohle von uns allen geschehen. Du wirst sehen", versprach er.

Sorge zeichnete sich auf seinen Zügen ab, als er mich musterte. Alle Emotionen, die der Verrat, Fabians Zugeständnis an Elizabeth und ihr Bündnis, die Bedrohung von Madisons Leben und die Vertreibung von Mephisto mit sich brachten, gipfelten in einer lodernden Wut und einem unstillbaren Durst nach Rache. Und ich konnte die Emotionen nicht unterdrücken.

Von Angesicht zu Angesicht mit Fabian knurrte ich: „Vielleicht glaubst du, dass du nicht mein Feind bist, aber ich bin ganz sicher deiner. Wenn du geglaubt hast, dass Malific ein Schrecken war, dann hast du keine Ahnung, wie ihre Tochter sein wird."